ちくま文庫

ガルガンチュア

ガルガンチュアとパンタグリュエルⅠ

ラブレー
宮下志朗 訳

目次

ガルガンチュア

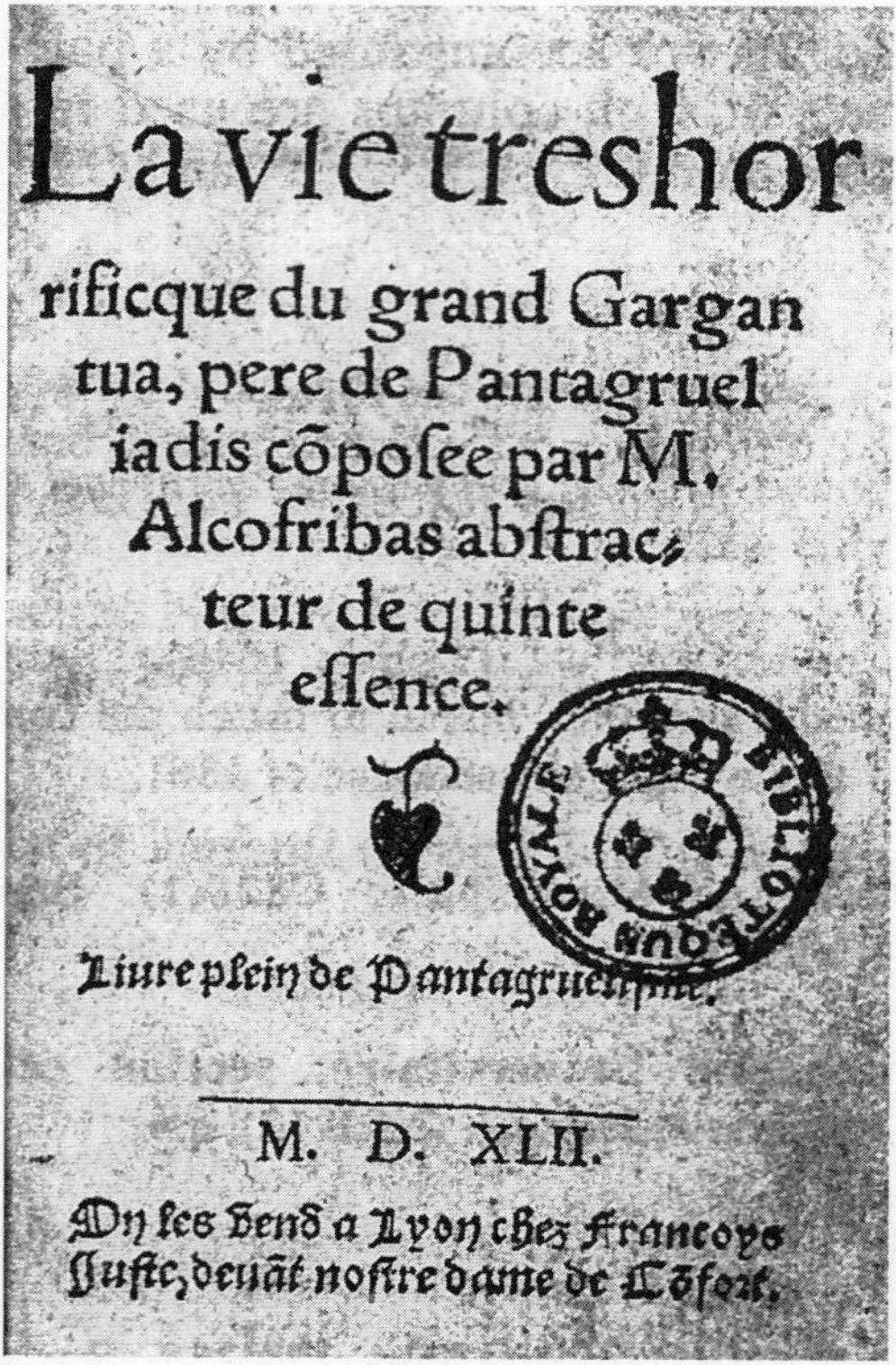
La vie treshor
rificque du grand Gargan
tua, pere de Pantagruel
iadis cõposee par M.
Alcofribas abstrac
teur de quinte
essence.

Liure plein de Pantagruelisme.

M. D. XLII.

On les vend a Lyon chez Francoys
Juste, deuãt nostre dame de Cõfort.

図1 『ガルガンチュア』決定版（1542年）［NRB 23］の扉

ガルガンチュア(1)

パンタグリュエルの父親、大ガルガンチュアの、
とってもおそろしい(2)生涯

第五元素の抽出者アルコフリバス先生の旧作なり(3)

パンタグリュエル主義でいっぱいの書物(4)

一五四二年。

リヨン市は、ノートル＝ダム・ド・コンフォール教会前の、フランソワ・ジュスト書店(5)にて発売。

（1）以下、底本とした決定版（一五四二年）[NRB 23] の扉を訳しておく（図1参照）。一般には『第一の書　ガルガンチュア』と題されるが、これは作者の死後、作品集が上梓されるようになってからの話である。

（2）初版［NRB 19］は扉の紙葉が欠けているため、作品のタイトルは不明である。一五三五年の再版［NRB 20］では、「ガルガンチュア　パンタグリュエルの父親、大ガルガンチュアの、比類のない生涯」Gargantua. ΑΓΑΘΗ ΤΥΧΗ. La vie inestimable du grand Gargantua, père de Pantagruel となっていた。ΑΓΑΘΗ ΤΥΧΗ は「幸運を！」の意味で、契約書の冒頭などに記されたことばだという。

『パンタグリュエル』や、ラブレー編の『ルキウス・クスピディウスの遺言書』で、この文言が添えられた版が存在することから、ラブレー自身の座右銘とも推測されている。

「パンタグリュエルの父親」とあるが、解説でも触れるように、ラブレーは最初に『パンタグリュエル』(=『第二の書』)を執筆、その後で父親の物語(=『第一の書』)を書いたのである。

(3) フルネームは Alcofrybas Nasier で、François Rabelais のアナグラムとして、『パンタグリュエル』初版の扉に使われていた。『ガルガンチュア』の場合、この固有名は決定版で初登場する。「第五元素抽出者」とは錬金術師 alchimiste のことで、それもあって、アルコフリバスといかにもアラビア風の名前にしている。「旧作」とわざわざ銘打ったのは、パンタグリュエルの父親の物語を、あとから出すという事情と関係するのか。つまり、前々から書いてあったのですけど、ご要望にお応えして蔵出し致しますというイメージか。『パンタグリュエル』初版が「アルコフリバス・ナジエ先生の書き下ろしなり」とタイトルで銘打っていたのとコントラストをなしている。現在と同様で、一六世紀でも、「新作」などと銘打つのが出版の常道であったことも覚えておきたい。

(4) のっけから「パンタグリュエル主義」が標榜されるが、その意味はかならずしも明確ではない。とりあえずは、「平和に、楽しく、健康に、いつも大いに飲んだり食べたりして暮らすこと」という、『パンタグリュエル』最終章の、パンタグリュエル主義者の定義でも、念頭に置いておこう。もう少しきちんとした定義は、『第三の書』の「前口上」を参照。

(5) フランソワ・ジュストは、ラブレーともっとも縁の深い印刷・書籍商(活動年は一五二四―四七)。ノートル=ダム・ド・コンフォール教会はドミニコ会修道院の別名で、フィレンツェ国民団の菩提寺でもあった。ラブレーが勤務するリヨン市立病院から歩いてすぐ近くで、界隈には印刷工房が軒を連ねていた。cf.[宮下1]。

読者のみなさまへ

この本を読まれる、親愛なる読者よ
あらゆる先入観《アフェクシオン》〔「情念」などとも訳せる〕を捨て去りなさい。
本書を読んで、つまずいてはなりません(1)。
ここには悪も腐敗も含まれてなどおりません。
正直なところ、ここで学ぶものといったら、
笑いをのぞけば、ほかに利点はございません。
わたしの心は、それ以外の主題などは選ぶことができません。
あなたがたを憔悴させ、やつれさせている苦しみを見るにつけても、
涙よりも、笑いを描くほうがましなのです。
なにしろ笑いとは、人間の本性なのですから(2)。

(1)「つまずく」は scandaliser で、「信仰につまずく」という意味を内包している。前の行の

affection とともに、本書末尾のガルガンチュアのせりふに出現することば。

（2） アリストテレス『動物の部分について』以来、有名な表現で、一六世紀にも、「もっとも人間的な情念である」（ロラン・ジュベール『笑いについての考察』）など、しばしばコメントされている。

作者の前口上《プロローグ》

世にも名高いよっぱらいのみなさま、そして、ほら、そこのあなた、なんとも貴重な梅毒病みのみなさま、――だって、わたしの書物が捧げられるのは、まさにあなたがたなのですよ――、いいですか、あのアルキビアデスはですね、『饗宴』と題されたプラトンの対話篇におきまして、師のソクラテスを、つまりは哲学者の王といって異論の余地なき、あの人物を賞賛しておりまするぞ。それも、シレーノスたちに似ているといっているのです。[(1)] シレーノスとはなんぞやですって？　それは大昔の小さな

(1) cf.［プラトン］「諸君、ぼくはソクラテスを、こういうやり方で讃美しようと思う。つまり、比喩によってです。（中略）さて、ぼくの主張では、彼は、あの彫像屋の店頭に鎮座しているシレーノスの像――その像というのは、彫刻家が牧笛横笛《つのぶえ》を持たせてつくっており、また、真ん中を二つに開かれると、なかに神々の像を持っているのが見られるわけだが――そういうシレーノスの像に、きわめて似ている」（『饗宴』二一五）。ただし、ラブレーは実際は、エラスムス『格言集』「アルキビアデスのシレノス」を、ほぼなぞっている。

図2　「作者の前口上」の図版［NRB 23］。著者の権威を象徴する机や書物。

箱でして、このご時世ですと、そうですね、薬局(2)かなんかにいけば拝見できましょうか。その表には、他愛もないけれど、なにやら愉快なものが描いてあります。人々の笑いをちょうだいしようとして、ハルピュイア〔顔は女、体は鳥の怪物。貪欲さの象徴〕、サチュロス、たがいに綱でむすばれたガチョウ〔おひとよし、愚か者のたとえ〕、角の生えたウサギ、荷鞍をつけたアヒル、空飛ぶヤギ、馬車を引くシカといった図柄が、勝手きままに描かれていたのです。善良なバッカス神の先生にあたるシレーノスとは、そんな感じの御仁なのでした。ところが、実はこんな箱のなかに、バルサム香、竜涎香、アモン香、ムスク、麝香《じゃこう》、薬石のたぐいなど、貴重な品々がしまってあったのです。

ソクラテスもまた、そのような人間であったといわれているのです。こういうことです。もしもソクラテスを外からながめて、外見で価値を判断したとしますよね。すると、みなさまはタマネギの皮一枚分の値段もつけないに決まってます。なんてったって身体は不細工ですし、ふるまいもこっけいでして、とんがり鼻に、雄牛みたいな目つきをして、なんだか気でもふれたような顔だちなんですから。生活だって質素そのもの、いなかっぺみたいな服を着て、金運にも、女運にも見放され、いかなる国家

(2) プラトンでは「彫像屋」の店頭にシレーノスの箱があったのを、薬屋に移してしまったのである。

の仕事にも不向きなくせに、いつだって笑い声をたやさずに、だれとでも酒を飲みかわし、ものごとを茶化してばかりいて、そのすばらしい学識を、こっそりと隠していたのです。

ところがどうです、ひとたび、このソクラテスという箱をあけてみますと、なかには、この世のものとは思われぬ、なんとも貴重な薬種が見つかるのですから、さあお立ち合い。つまりですね、とても人間とは思われない知性や、驚くべき精神力が、はたまた不屈の勇気や、たぐいまれなる節度が、さらには無欲恬淡にして、毅然とした心もちが見つかるのですし、人々がろくに眠らず駆けずりまわり、あくせく働いたり、海に乗り出したり、戦争をしたりすることなんかを、信じられないほどに軽んじる心が見つかる次第なのであります。

ところで、みなさま、はたしてなんのために、わたしが、こんな序奏《プレリュード》というか小手試し《クー・デセー》から始めたと思います？ それはですね、わがよき弟子であるみなさまがたにしても、あるいは、暇をもてあましている阿呆な連中にしても、『ガルガンチュア』『パンタグリュエル』『フェスパント』〔架空の書。『パンタグリュエル』「前口上」にも出てくる〕『ブラゲットの品位について』〔第八章を参照〕『注釈つき、ベーコン豆』〔『パンタグリュエル』第七章の、サン＝ヴィクトール図書館の蔵書にも挙がる〕などなど、われわれがでっち上げた書物の、愉快なタイトルを読みますと、その中味はどうせ、冗談話や、おふざけや、おもしろおかしいほら話ばかりに決まってらあと、早合点するからなのです。いやはや、店の外に出ている看板などというものは——まあこれがタイトルということなのでありますが——、はてなと深く考えてもらえることはなく、とかく、ばかにされたり、笑いぐさになるのが落ちなのでございますよ。けれども、人間のすることを、そんなふうに軽々しく評価してはなりませんぞ。ほら、みなさまだって、「人を外見で判断するべからず」〔エラスムスも、この格言を論じている〕なんていうではないですか。修道士のかっこをしていても、その中身は修道士どころではない連中もおりますし、かっこよくスペイン風のマントをひるがえしていたって、その心意気ときたら、全然スペインにふさわしからぬ輩だっているではないですか。ですから、ちゃんと書物を開いて、そこで述べられていることを、念入りに吟味しなくてはいけません。そうすれば、みなさまも、箱のなかに収められた薬が、外箱から予想されるものとはまったく別の、価値あるものだとおわかりになるはずです。つまり、ここで論じられている主題は、うわべのタイトルから想像されるほど軽佻浮薄なものではないのでございます。

ですから、もしも仮に、文字どおりに、とても愉快で、タイトルにふさわしい題材を見いだしたとしましても、セイレーヌの歌に魅せられたみたいに、そこでぐずぐずしていてはなりません。どうも熱に浮かされているなと思った個所だって、もっと高度の意味に解釈しなくてはいけないのです[3]。

ところでみなさん、酒瓶の栓を抜いたことはありますよね？　まったくもう《カーニュ》[4]！　そのときの表情を思い出していただきたい。というか、髄が入っている骨を見つけた犬の様子を見たことがあるんですかい？　プラトンも『国家』第二巻〔三七五E－三七六B〕で述べてますがね、犬というのは地上でもっとも哲学する動物なんですぞ。見たことがおありならば、こやつが、どれほどの思いをこめて、この骨をじっとうかがい、注意深くあたりの様子をうかがってから、やおら骨をわっとつかんだかと思うと、慎重にかじり始めて、熱心に嚙みくだいて、夢中になって骨の髄をすすることに、気づきましたよね[5]。では、いったいどうして、犬がこんなことをするのか知ってますかい？　なにを期待して、こんなに熱心にがんばるんです？　なにが欲しいというのです？　ええっ、なんですって？　そうそう、そうなんです。ほんの少しばかりの骨の髄ですわ、こやつが欲しいのは。だって、本当の話、このわずかな髄こそ、他のたくさんのところよりも、よっぽど美味なんですから。なんてったって、あのガレノス先生が『自然機能論』第三巻、ならびに『身体各部の働きについて』第一一巻でも述べておられますように、骨の髄こそは、自然の力で完璧なまでに練り上げられた食べ物なのであります。

ですからみなさまも、お犬さまを見習って、賢くなられてですね、こってりと、こくのある、これらの良書をば、しっかりと嗅ぎわけた上で、正しく評価しなければいけません。すばしこく獲物を追いかけ、大胆に飛びかかっていかなくてはだめなんです。そして、熟読玩味をおこなって、思索をつみかさね、骨を噛みくだき、滋味豊かなるエキスをすすらなくてはいけません。つまり、かくのごとき読書をすれば、思慮深く、賢明にもなれるのだと、確かなる希望を胸にいだいて、不肖わたくしがピタゴラス流の象徴によっていわんとするものを吸収するのです。といいますのも、こうし

(3)　中世の聖書解釈学では、「文字どおりの意味」と、隠された「精神的な意味」とが区別されて、後者は「より高次の意味」とも称された。この「精神的な意味」は、「寓意的《アレゴリクス》」に、「比喩的《トロポロジクス》」に、そして「予表的《アナゴジクス》」に解釈された。エラスムスも、次のように述べている。「福音書の寓話を、その外皮のままに解釈すれば、だれだって、これは愚か者の言だといいかねない。だが、その殻を破ってみれば、おびただしいほどの、神秘にして、本当に神々しい英知が、キリストご自身にそっくりなものが見つかるかもしれない」(『格言集』「アルキビアデスのシレノス」)。

(4)　caigne は「メス犬」の意で、ここではののしりとなっている。ディオゲネス・ラエルティオスによれば、ソクラテスは「犬にかけて」といって誓ったというから――モンテーニュもこのことにふれている――、このことも関係するのか。

(5)　なお、テクストの隠された意味は、「ことばの髄 medulla verborum」とも呼ばれてきた。

た読み方をしていれば、思いがけぬ味わいにも、また隠れたる教えにも出会うことになり、われわれの宗教のみならず、政治状況や家庭生活についての、最高の秘儀やら驚異の神秘が明らかになるのは必定なのであります。

その昔、ホメーロスは『イーリアス』や『オデュッセイア』を書き綴りながら、プルタルコス〔「ホメーロス伝」などを著した〕、ポントゥスのヘラクレイデス〔『ホメーロスの寓意』を著した〕、エウスタティウス〔『イーリアス』や『オデュッセイア』を注釈した〕、フォルヌトゥス〔別名コルヌトゥス、『神々の性質について』〕といった連中が、自分の作品をつぎはぎして、いろいろな寓話《アレゴリー》を作ってしまうかもしれないなどと考えていたと、みなさまは本気で信じているのですか？　そして、いずれはポリツィアーノ〔『ホメーロス評釈』〕に剽窃されることまで、ホメーロスが、しかと見通していたと思うのですか？

「うん、そう思うよ」とおっしゃるならば、わたしの考えていることに、手も足も届いておりません[6]。わたしが思うに、ホメーロスはそんなことは夢にも思っていなかったのでありまして、これは、『変身物語』を書いたオウィディウスが、『福音書』の秘跡のことなど想像もしていなかったのと同じことなのです[7]。ことわざにも、「割れ鍋にとじ蓋《ぶた》」なんていいますが、正真正銘の寄生人間のリュバンとかいう修道士[8]なんぞは、たまたま、自分とおなじぐらい阿呆な連中とでっくわすかもしれないものですか

ら、こうしたことを証明しようとして躍起になっていましたがね。(9)

「いや、そんなこと信じてないよ」(10)とおっしゃるならば、このわたくしめの愉快にして、最新の年代記につきましても、なぜ、同じように考えていただけないのです？(11)

もっとも(12)、わたしにしても、この年代記を書きながら、ひょっとしてわたしと同じように、お酒かなんかがぶがぶやっていたみなさまと同様に、そんなことなんて考えて

(6) 昔からあった表現。エラスムスは『格言集』で、「足で意見に賛同する pedibus in sententiam discedere」をとりあげている。

(7) たとえば、一四世紀ごろに書かれた『教訓オウィディウス』では、『変身物語』の各挿話に新約聖書の予兆を読みとったり、その隠された意味を探ったりしている。この本は、一五世紀には散文化されて、揺籃本でもいくども出された。

(8) 怠け者で、好色な坊主の総称。

(9) 古典を神格化して、そのなかにすべての寓意・象徴が含まれているとする読みへの批判。モンテーニュも『エセー』二・一二「レーモン・スボンの弁護」で似たようなことを述べている。

(10) 「そんなこと」とは、ホメーロスが後世の寓意的な読みまで射程に入れていたということ。

(11) 「同じように」の内容は、二様に解釈できる。1「拙著を、隠された意味のあるものとして深読みすること」、2「拙著を、そんな寓意などあるわけないよと思って読むこと」である。ラブレーの「前口上」の真意をめぐっては活発な議論がたたかわされてきたが、その際、鍵となる一節。

(12) 原文は Combien que であり、順接ではないことに注目。

もいなかったのですけれども。だって、この堂々たる書物を執筆しながら、わたしは元気を回復するために設定された時間、つまりですね、飲み食いする時間以外は、これっぽっちも消費もしなければ、使いもしなかったのです。それにですね、こうした高級な題材や深い学識を論じるには、そうした時間こそが、まさにおあつらえむきなのであります。ホラティウスさんも証言してくれてますが〔『書簡詩』一・一九〕、あらゆる古典《フィ》愛好者《ロローグ》にとっての模範であるホメーロスも、ラテン詩人の父であるエンニウス⑬も、このようにして、みごとにやってのけたわけです。もっとも、どこぞの困ったお人が、エンニウスの詩句は、油のにおいよりも⑭、酒のにおいが感じられると申してますけれど。

どうやら、すじの悪いやつ《ティルリュバン》が⑮、拙著について似たようなことをほざいているようだが、くそ食らえでござるぞ。酒のにおいとはな、油のにおいなんかより、よっぽど心地よくて、楽しくて、祈りたくなるものなんだし、よっぽど神々しくて、甘美なものなんだぞ。かのデモステネス先生⑯は、お酒はたしなまず、酒よりも油をたくさん使いましたねといわれて、これを光栄としましたが、それと同じ理屈で、わたしは、「あんた、油よりも酒をたくさん使ったんだね」といわれれば、それこそ、むしろ光栄のいたりにて候。とにかくわたしにとっては、愉快な野郎だとか、楽しい相棒だなんて呼ばれたり、もてはやされたりすることが名誉でありますし、栄光なのでございます。そんな評判をちょうだいしてこそ、この愚生も、パンタグリュエリスト(17)の楽しいお仲間から、歓迎していただけるという具合なのです。デモステネス先生に対しては、気むずかしい御仁から、こやつの演説は、ばっちくて、きたない油屋の雑巾かなんかのにおいがするとの批判が出たのですよ。(18)ですから

(13) 前二三九―前一六九。叙事詩『年代記』など。ウェルギリウス等に影響を与えた。
(14)「油」とは、燈芯用の油のことで、「苦労のあと」とか、「念入りにすぎる下調べ」といったイメージか。ただし「九月の油」といえば「ワイン」のことなのだが。
(15) 中世の異端派のメンバーを turlupin といったが、これをもじったもの。Turelupin という固有名で、『パンタグリュエル』第七章に出現。
(16) 前四世紀、アテネの雄弁家・政治家。『パンタグリュエル』第一〇章を参照。
(17)『パンタグリュエル』第三四章では、「平和に、楽しく、健康に暮らして、いつもたらふく食べること」と説明されている。
(18) ここまでずっと、作品と「油のにおい」の関係が話題となっているが、これはプルタルコス「デモステネス伝」(『対比列伝』所収)を下敷きにしているのか。デモステネスは、才気あふれる雄弁家のピュテアスに、「あなたの演説は、灯心のにおいがする」と笑われた。そこでデモステネスは、「あなたとわたしでは、ランプが照らすものがちがうのでね」と言い返して、暗にピュテアスの不品行を批判したという。

ねえ、不肖わたくしのいうこと、なすことを、すみからすみまでずずーいと、完全無欠の意味に解釈していただきたい。なんてったって、こんなにみごとなたわごとを、みなさまにご馳走してさし上げるのですから。チーズみたいなわが脳みそ(19)に、畏敬の念をいだいてくださいな。そしてですね、できるだけ、このわたしを、うれしがらせてくださいな。

さてさてお立ち合い、わが親愛なるみなさまよ、たっぷりとお楽しみください。腰にやさしい姿勢で、リラックスして、以下のお話をおもしろおかしくお読みいただきたい。――ほらよっと、そこのありがたまきんさん、よく聞くがいいぜ。さもないとな、軟性下《なんせいげ》疳《かん》かなんかになっちゃって、歩けなくなるぞ！　飲むのなら、わたしに乾杯するのを忘れないでくださいよ。そしたら、こっちも、今すぐにも《アレス・メティス》返杯つかまつりますから。

(19)　チーズは狂気の象徴でもあった。

第1章　ガルガンチュアの家系と先祖について(1)

ガルガンチュアが生まれてきた家系と祖先について知りたいとおっしゃるなら、『パンタグリュエル大年代記』(2)をごらんになるがよろしかろう。この年代記をひもとけば、巨人族がどうやってこの世に誕生したのか、また彼ら巨人族の直系として、パンタグリュエルの父ガルガンチュアが、どのようにして生まれたのかが、もっと詳しくおわかりになるはずだ。したがって、なるほど、これはくりかえしお話しすれば、それだけ、みなさまがたのお気にも召すことなれど、いまは、そのことを差し控えさ

(1)　当時、王権の意向を受けて、有力な著作家たちは、いわば修史官として、ガリアの建国神話を作り上げていた。たとえばジャン・ルメール・ド・ベルジュの『ゴール（ガリア）縁起』全三巻（一五一〇—一三）がそれで、ボッカッチョ『神々の系譜』や、いくつかの偽書の力を借りて、フランス人をトロヤと結びつけようと試みている。こうした偽史においては、王の系譜を披露するのが定番となっていたから、ラブレーはこれをもじったのである。

(2)　本書『ガルガンチュア』よりも先に書かれた『パンタグリュエル』の第一章のことを示していると思われる。

せていただきたい。どうぞ、ごきげんななめになられぬようにお願いいたす。このことについてはみなさまも、プラトンの『フィレボス』や『ゴルギアス』を、さらにはホラティウスをひきあいに出すことができましょうが、くりかえして語れば語るほど、味わい深い話というものが必ずあるのである。

願わくば、みなさまのひとりひとりが、ノアの箱舟から現代にいたるまで、ご自分の家系をば、しっかりと把握していただきたい。思うに、今日、この世で皇帝や、国王や、王侯貴族、はたまた教皇であっても、免罪符売りの連中とか、籠をかついでブドウを摘んでいた連中の子孫がいくらでもいるはずだ。また反対に、現在は食いつめて、極貧にあえぎ、乞食稼業に落ちぶれて、貧民救済院《オスティエール》にでもいくしかない連中だって、元をたどれば、偉大なる国王や皇帝の血を引いていることも多い。王位やら、皇帝の位が、驚くばかりの変遷を経ていることからして、そういうことなのである。

アッシリア人からメディア人へ、
メディア人からペルシア人へ、
ペルシア人からマケドニア人へ、
マケドニア人からローマ人へ、
ローマ人からギリシア人へ、

ギリシア人からフランス人へという具合に。(3)

さて、こうしてお話をしている、このわたしのことも、みなさまに知っていただく必要がありそうだ。わたしは自分が、その昔の、どこかの国王ないし王族の末裔だと信じている。というのも、みなさま、王様になりたいとか、金持ちになりたいという情熱を、このわたしほど大きく持っている者など、まず見つかりっこないのである。なにしろそうなれば、たらふくごちそうが食べられますし、働く必要もない、なにひとつ煩うこともないし、友だちや有徳の士、それに学識ある人々を裕福にしてあげられるではないですか。でもね、いずれ、あの世にいけばそうなれる、いま現在、あつかましくも望んでいる以上に偉くなれそうだとも考えまして、まあ、自分をなぐさめておりまするぞ。(4) みなさまもですな、こんなふうにお考えになり、いや、もっとおいしい話でも考えて、ご自分の不幸を慰められるがよろしい。そして、できるならば、なにか冷たいものでもごくんと飲むんですな。

(3) このあたりは(神聖)ローマ皇帝の地位、正統性をめぐる当時の議論や確執を背景とした記述。一五一九年、フランソワ一世は皇帝選挙に出馬するも、スペイン国王カルロス一世に敗れている。なお、「ギリシア人」とは、東ローマ帝国のこと。

(4) 『パンタグリュエル』第三〇章、地獄での「さかさまの世界」を参照。

さてと、本題に戻りましょう。(5) 天からの尊きめぐみによりて、ガルガンチュアの古き家柄と血筋は、どこのだれよりも完璧なままに保たれていることを申しておきたい。さりながら、別格ともいえる救世主《メシア》の家系については、ここではお話しはしない。そもそも、わたしの役目ではないし、悪魔たちが——つまりは誹謗中傷する連中や、インチキ信者のことだが——反対するに決まっているのだ。ところで、その家系図であるが、オリーブ川(6)の南をナルセー村〔シノンの東方〕方面にいったところの、アルソー＝ガローの近くに牧場を所有しておる、ジャン・オドー〔不明〕が発見したのである。ジャンが、牧場の溝の掃除をさせたところ、人夫たちの鍬《くわ》が、ブロンズでできた、とほうもなく長くて大きな墓石にぶちあたったという。長いといったって、なにしろ尋常ではない。とにかく、墓石はヴィエンヌ川の水門の先までずっと延びていて、端が見つけられなかったというぞ。墓石には目印のコップが描かれていて、その周囲にエトルリア文字(7)にて「ここにて飲まれたし《ヒック・ビビテュール》」とあったから、その場所をあけてみると、ガスコーニュ地方で九柱戯《キーユ》〔ボウリングの前身〕のピンを並べるみたいに、とっくりが九本並んでいたという。そして、中央のとっくりの下には、分厚くて、大きくて、灰色で、かわいくて、ちっちゃくて、かびくさい書物が隠されていた。バラよりも強い匂いだけれど、なにやらよからぬ匂いがしたというぞ。

この書物のなかに、さきほど述べた家系図が、尚書院書体[8]で長々と書かれているのが見つかったのである。それは、紙でも、羊皮紙でも、蠟板にでもなく、ニレの木の皮に書かれていたが、長い年月のために文字も摩滅してしまって、三文字続けて読むのがようやくであった。

そして、そんな資格はないものの、このわたし[9]に助けがもとめられたのであります。そこで、このわたし、眼鏡の力を大いに借りまして、アリストテレスが教える不分明なる文字の解読術〔おふざけか〕を実践いたし、家系図を翻訳してみたのです。それにつきましては、パンタグリュエルのおっそろしい武勲のかずかずを、パンタグリュエル風に読まれれば、すなわち、好きなようにお酒でも飲みながら読んでくだされば、おわ

(5)　原文は Retournant à nos moutons「われわれのヒツジ（の話）に戻りまして」で、『笑劇パトラン先生』で使われた表現をもじっている。
(6)　この『ガルガンチュア』に出てくる地名は、基本的に実在のもの。「オリーブ川」も、シノンを流れる、ヴィエンヌ川の支流の小川の名前である。人名についても似たことがいえて、ジャン・オドーも不明とはいえ、作者の知人である可能性が高い。
(7)　いまだに解読されていない。ちなみに ethrusque＝étrusque は、これが初出。
(8)　教皇庁で用いられた草書体で、ローマン体の一種。これからイタリック体が発したとされる。
(9)　このように、ラブレーの物語では、語り手が、ときどき露骨に介入する。

かりになるにちがいありません。ところでですね、その書物の終わりには、『解毒よしなし草《ファンフルルシュ・アンチドテ》』と題する小文が添えられておりました。ネズミやらシミのたぐいが、いやいや、うそをついてはいかんですな、本当をいいますと、別の害虫が冒頭部分を食い破ってしまっておりました。とはいえ、古文書は尊重すべきものでありますから、残りの部分を、ここに差しはさんでおきたいのであります。

第2章　古代建造物のなかから発見された『解毒よしなし草』(1)

……キンブリ人(2)を征服した偉大なる者は、
……夜露をおそれ、空を飛んできた。
……そこで、桶に、できたてのバターを
……たっぷり注ぐと、ざあざあと、あふれて落ちた。
……すると、これをひっかけられた偉大な母が、
大声でさけんだ。「あんた、お願い、彼をつかまえて。

(1) 一六世紀に流行した「謎歌《エニグム》」の一種といえる。ローマ教会やカール五世への仄めかしは読みとれるが、全体の意味は曖昧模糊としている。内容は、最終章の「謎歌」と関連するのかもしれない。一〇音節・八行詩の詩節が、一四ある。脚韻はいずれもABABBCBC。なお、『ガルガンチュア』再版（一五三五年）では、冒頭の虫食い部分をリアルに再現すべく、活字が叩きつぶされている（「スクリーチ」を参照）。

(2) ユトランド半島に居住していたゲルマン民族。紀元前二世紀にヨーロッパを南下したが、前一〇一年、イタリアでローマ将軍マリウスに敗退、やがて滅亡した。

あごひげがほとんど、牛のうんちでまみれてますよ、
さもなければ、せめて、はしごでも渡してやってくださいな。」
なかには、「免罪符を手に入れるより、
彼のスリッパをなめるほうが、よほどまし」と話す者もいた。
だが、きどったならず者が、
コイやフナが釣れる深みより現れて、こういった。
「みなさまがた、もちろん、そんなことはしないように。
そこにはウナギがおりますぞ、その店に隠れておりまする。
よく眺めれば、見えますぞ、
聖職帽の奥に、大きな欠陥が。」
彼は、その一節を読もうとしたが、
子牛の角しか見つからなかった。
そこで、「わが僧帽の底は、つめたくて、
おつむりが風邪をひく」といった。

そしてカブの香を焚いて、暖めたから、
ごきげんななめの連中には、
新しい馬をつないでやればいいといって、
自分は、暖炉のそばにいた。

彼らの話題といえば、聖パトリック(3)や、
ジルバタル(4)など、数多くの洞窟のこと——
それらの洞窟が、どれもこれも風をすーすー吹かせるなど、
一同に対して無礼千万、
もう咳もできないように、なんとかして、
洞窟を傷口みたいにふさげないものか？
ひょっとして、うまく洞窟がふさげたならば、

(3)　三八五／三八七—四六一。スコットランド生まれで、アイルランドに渡り、人々をキリスト教に改宗させた。ダーグ湖には、彼が信仰に生きた洞窟がある。

(4)　「ジブラルタル」のことだが、わざとこう表記している。ジブラルタル海峡は、巫女の「シビラの洞窟」だともいわれ、メラン・ド・サン＝ジュレの詩にも出てくる。

住居として貸し出せるのに。

この判決により、カラスが、リビアからきた
ヘラクレス(5)によって、皮をはがれた。
「なんだって」と、ミノス(6)がいった。「なぜ、わたしを呼ばなかったのだ？
わたし以外は、全員が招待されただと。
おまけに、わたしが悔しがっても、
カキやカエルを出したことはがまんしてほしいだと。
やつらが糸巻き棒を売るのを、わたしが憐れむようなことがあれば、
それこそ、悪魔にでもくれてやる。」

かわいいムクドリへの通行券のことで、彼らをとっちめようと、足をひきずった
Q・B〔不明〕が現われた。
一つ目巨人のキュプロクスのいとこの、篩《ふる》い男が、
彼らを虐殺した。どなたも、鼻をかみなさい！
この耕作地では、タン皮用水車で粉砕してやった。

男色家《ブグラン》は、少ししか生まれていない。
全員、そこに駆けつけて、警鐘をうち鳴らせ。
去年とはちがって、獲物は多いぞ。

その少しあとで、ユピテルの鳥が、(7)
最悪のことに賭ける決心をした。
しかし彼らがひどく悔しがっているのを見て、
帝国《ランピール》が、破壊されつくして、滅亡するのをおそれ、
晴朗なる大気に陰謀をめぐらして、
ヘブライ語聖書学者の言説に服従させるよりも、
むしろ、薫製ニシンを売る木の幹から、
天空の火を奪いとるほうを選んだ。

(5) ルメール・ド・ベルジュの『ゴール（ガリア）縁起』によれば、ガリア十代目の王だという。
(6) 伝説のクレタの王だが、死後、地獄の裁判官となった。
(7) ワシのこと。ちなみにカール五世の神聖ローマ帝国の紋章は、中央が双頭のワシである。

サギのごときふとももをした、女神アテ〔ギリシアの女神で、狂気や不和をもたらす〕の意に反して、
すべては、細部にわたり、はっきりと決められた。
アテがそこに座していると、寄る年波のペンテシレイア(8)が、
なんと、クレソン売りの女とまちがわれていた。
みんなが、「そこのきたない炭焼き女、
そんなところでじゃまする気か。
まるごと羊皮紙でつくった、ローマの旗を、
おまえは盗む気だろ」と叫んでいた。

虹のしたで、シマフクロウを使い、
もち竿猟をする、ユノーがいなければ、
その女に、みごといっぱい食わせて、
あちこちぼろぼろにさせるだろうに。
だが、女が一口で、プロセルピーナ〔冥界の女王、ギリシア神話のペルセポネに相当〕の卵を、
二個もらうという同意が成立した。
そこで、もしも女が捕まるならば、

サンザシ山に縛りつけることとなろう。
七か月後、――そこから二を引きたまえ――
かつてカルタゴを滅ぼした者〔大スキピオ（スキピオ・アフリカヌス）〕が、
礼儀正しく、彼らのあいだにわってはいり、
自分の相続分を要求し、
あるいは、双方から差し引くきまりにしたがい、
ただしく分配するようにして、
魔よけづくりの人足には、
ポタージュを少し分けてやれといった。
しかしながら、トルコ弓〔数字の3のように、弧がふたつある〕ひとつ、紡錘《つむ》五本、
鍋底が三つのしるしがついた年がおとずれて、
あまりに礼節に欠ける王の背中は、

(8)　アマゾネスの女王。『パンタグリュエル』第三〇章、エピステモンの地獄めぐりでは、本当にクレソン売りになっている。

隠者の法衣のしたで、瘡《かさ》かきとなろう。(9)
ああ、哀れなり！　猫かぶりのために、
あなたは、何町歩も蕩尽してしまうのか？
やめなさい、やめなさい！　だれも、こんな仮面をまねはしない。
ヘビ兄弟〔悪魔のことか〕のところに引っこみなさい。

その年が過ぎれば、存在者〔神のこと〕は、
そのよき友だちとともに、平和に統治することとなろう。
乱暴狼藉がわがもの顔にふるまうことなく、
善意により、妥協が得られるであろう。
かつては、天上の人々に約束されていた快楽は、
その者の鐘楼に訪れよう。
そのとき、悲嘆にくれていた種牡馬たちは、
王家の儀礼馬として勝ち誇ることとなろう。
手品《バス・バス》のようなこの時代は、

マルスが足かせをはめられるまで、続く。
そして、心地よく、楽しく、かぎりなく美しく、
あらゆる時代を凌駕する時代がやってくる。
わが忠臣どもよ、心を高くあげて(10)、
この食事をめざせ。なぜならば、
どうしても戻らないのは、死んだものなのだから。
過ぎ去った時間は惜しいけれど。

そして結局は、蠟細工《シール》の者も、
時を打つ人形の蝶番《ちょうつがい》に入れられよう。
やかんを持って、ふりまわす者も、
もはや「殿《シール》、殿《シール》」と叫ぶことはない。
ああ、あの短剣〔ペニスの隠語でもある〕を奪いとることができれば、
すぐにも玉キャベツは処分されようし、

(9)　以下、時制が未来形となって、予言詩らしくなってくる。
(10)　ミサのときの sursum corda「汝の心を捧げよ」のもじり。

誤謬のつまった袋(11)も、細ひもで、
強くしばることができようものを。

(11) 「現在の世界」や「教会」などを暗示するのか。

第3章　ガルガンチュアが母親の胎内に十一か月いたこと（1）

（1）　主人公の生誕が語られるが、それに、妊娠期間の長さと嫡出子としての認知という、当時のアクチュアルな議論が重ねられている。ハドリアヌス帝あたりまでは、妊娠期間十か月以上でも、認知の可能性があったが、ユスティニアヌス法典によって、十か月が限度と定められたらしい。ただし、この場合の十か月といっても、いわゆる太陰暦によるものであるから、現行の九か月に相当するらしく、議論がはなはだ厄介なものとなっている。ともあれ、それ以後、十か月以上の妊娠期間でも嫡出子と認定すべきか否かをめぐって、法学者のみならず医学者をもまきこんで、さまざまな議論が繰り返されてきたのである。一般的には、医者は一年近い妊娠期間を容認する立場で、法律家がそれに反対してきたという経緯がある。フォントネー＝ル＝コントの知識人サークルの総師で、ラブレーの友人でもある、ユマニストのアンドレ・チラコー（一四八八―一五五八）も、この問題に強い関心を寄せたひとりで、詳細なる考察をおこなっているが、ラブレーはこれを原稿段階で読み、この章の記述に活用したとされている。モンテーニュも、「ほら、医者や、哲学者や、法学者や、神学者が、女性の妊娠期間は最大どのぐらいかをめぐって、われらが妻たちをもまじえて、争っているではないか。わたしは、自分の実例もあるから、十一か月の妊娠期間を認める人々に味方する」（『エセー』二・一二）と語っている。

ちなみに、日本の場合、民法第七七二条第二項には、「婚姻成立の日から二百日後、又は婚姻の解消若しくは取消の日から三百日以内に生まれた子は、婚姻中に懐胎したものと推定する」となっている。

その時代、グラングジエ[2]はいかにも陽気な御仁で、当時のだれにもまけず劣らず、お酒をぐびっと飲みほすのが大好きで、好んでしょっぱいものを食していた。そのため、日頃から、ちゃんとマインツやバイヨンヌのハムを備えてあったのだし、牛タンの薫製、季節物のアンドゥイユ・ソーセージ、マスタードにまぶした塩漬けビーフもたっぷり用意してあった。からすみ《ブータルグ》やソーセージも山ほどたくわえていた。ソーセージはビゴール〔ガスコーニュ地方の町〕、ロンゴルネ〔ブルターニュ地方の村、サン＝マロの近く〕、ラ・ブレンヌ〔ベリー地方、アンドル川とクルーズ川のあいだ〕、ルエルグ〔フランス南部、現在のアヴェロン県のあたり〕産であって、ボローニャ産は御法度であった――ロンバルディア人お得意の、毒入りの食べ物をおそれていたのである。グラングジエは、びんびんと元気なときにパルパイヨ〔南仏語で「蝶々」の意味〕国王の娘で、かわいくて美形のガルガメル[3]姫と結婚した。そしてしょっちゅう、二つ背中の動物遊びをしては、楽しく、お肉をこすりあわせているうちに、姫はりっぱな男の子をみごもり、十一か月もおなかに宿したのである。

つまり、女性というものは、このぐらい、いやもっと長く、子供をはらんでいることができるのであって、とりわけ傑物というか、時代に抜きんでた武勲をたてる運命にある人物の場合などが、それにあたる。ホメーロスも申したとおり、ネプトゥヌスがニンフにはらませた子供[4]などは、一年が満了して、すなわち十二か月がすぎてから生まれてきたのだ。アウルス・ゲッリウスも第三巻〔『アッティカの夜』〕で述べているけれど、こうした長期間こそ、ネプトゥヌスの位にふさわしきもの、これだけの時間をかけて子供は完璧にかたちづくられたという次第である。ユピテル（ゼウス）がアルクメーネとの夜の秘めごとを四八時間にわたって続けたというのも、同じ理由であって、これより少ない時間では、世界から怪物や暴君を一掃する、あのヘラクレスをかたちづくることなどできなかったのである。

次に挙げまする、その昔のパンタグリュエリストのみなさまがたもまた、わが発言をば裏づけてくれるのでして、夫の死後、十一か月をへて妻が子供を生むこともありうるし、りっぱな嫡出子なのだと宣言しているのである。(5)

ヒポクラテスは『栄養論』で、

(2)『ガルガンチュア大年代記』ではグラン・ゴジエとして出てくる。「大きなのど」の意。

(3)『ガルガンチュア大年代記』ではガルメル Galemelle と出てくる。「鳥の餌ぶくろ」「大食らい」の意だという。ラングドック方言では、gargamello なら「のど」だし、galimello なら「背高のっぽ」だという。

(4) ニンフのテュローは、ペリアース、ネーレウスというふたごを生んだという。

(5) 以下の部分を、ラブレーは、アンドレ・チラコーの論考から借用している。ただし、十一か月派には不利なテクストも挙げたりして、わざと議論を混乱させている。

プリニウスは、第七巻第五章で、

プラウトゥスは『小箱の話』で、

マルクス・ウァロは「遺言」と題された風刺詩で、この件に関して、アリストテレスという権威を引用している。

またケンソリヌスは『誕生日について』で、

アリストテレスは『動物誌』第七巻第三章ならびに四章で、

ゲッリウスは第三巻第一六章〔『アッティカの夜』。すぐ前で言及したばかり〕で、

またセルウィウスは『田園詩』において、ウェルギリウスの「十か月後の母親は」という詩句を説明している。

ほかにも、大げさな連中がたくさんいるばかりか、その数は法律学者のせいで、さらにふえているが、これについては、まずは『ユスティニアヌス法典』の、「私有財産ナラビニ相続財産ニツイテ、遺言ナキ場合ノ第三条項、第一三節」を、そして『ユスティニアヌス新法典』の、「権利回復、ナラビニ夫ノ死後十一カ月に出産セシ妻ノコトニツイテ」を参照されたい。

さらにまた、こうした連中は、『ガッルス法典』の「嫡子ナラビニ、死後ノ相続者ト非相続者ニツイテ」、あるいは、学説・判例集成の「七カ月条項」、すなわち「人間

トイウ身分トハ」といった法律を、生半可にかじったり、こすったりして、あれやこれや書きなぐっているわけなのだが、ここではこれ以上の贅言はつつしんでおく。

ともあれ、こうした法律によれば、妻たる者、夫に死なれても、二か月間は、いささかもはばかることなく、思うぞんぶんお尻を使いまくってかまわないのである。

ですから、お仲間のみなさん、そうした後家さんで、ブラゲット外しにあたいするのが見つかったら、ぜひとも、がばっと乗っかってから、わたしのところに連れてきてくださいな。だって、仮に旦那が死んで三か月後にはらんだとて、その子は亡き夫の嫡子となれるのですぞ。そして、妊娠したとわかったならば、これはもう乗りかかった船だとばかりに、ぐいぐいやっちまえばいいのです——なにしろ、おなかはぽんぽんなのですからね。皇帝オクタウィアヌスの娘ユリア〔ふしだらで有名〕なんぞ、みごもったとわかってはじめて、太鼓たたきの連中に身をまかせたといいますよ。きちんとまいはだを詰め、荷物の積み込みが終わってからでないと船には舵取りを乗せない、というのと同じ理屈なのですよ。動物はみごもったら、オスには乗っからせないではないかといって、女が妊娠中に、はめはめ遊びをするのはけしからんと咎めても、彼女たちは、「それはけものどものお話でござります。わらわは人間でござります。マクロビウス先生も『サトゥルナリア』第二巻で述べておりますが、その昔にポプリアさまがお答えになったように、妊娠していても、さらに妊娠するという、なんとも楽しくて、ささやかなる権利があるのでございます」とでも言い返すにちがいないのです。あくまで《ディアブル》も、はらませてなるものかというのなら、樽の栓でも、ぐぎぐぎっとねじこんで、穴ぼこをふさいでおかなくてはいけませんぞ。

第4章　ガルガンチュアを妊娠したガルガメルが、トリップを たっぷり食べたこと

さて、ガルガメルがいつ、どのようにして子供を産んだのかは、次のとおりにてござるぞ。あんたらが、そんなもの信じないとでもいうのなら、脱肛にでもなってしまえばいいのだ！

そのガルガメルなのだけれど、実は、牛の臓物料理《ゴドビヨー》を食べすぎて、二月三日(1)の昼食後《アプレディネ》であったか、肛門が抜け出てしまったのである。このゴドビヨーなる臓物料理は、コワローと呼ばれる牛の脂っこい臓物《トリップ》のこと。して、コワローとはなんぞやというならば、まぐさ桶とギモー牧場で、まるまる太らせた牛をいう。ならば、ギモー牧場とはなんぞやといえば、それは、年に二度草がはえる牧場の意なり。このまるまる肥えた牛を、三六万七千と十四頭も屠らせて、マルディグラ〔謝肉祭の最終日〕のために塩漬

(1)　聖ブレーズの日。のどの病気・百日咳などの守護聖人で、おならの守護神でもあり、この日付に深い意味を読みとる学者もいる。

けにしてあったのだ。つまりは、春先には、旬の牛肉がたっぷりあるようにしておいて、前菜のときに、この塩物をぱくぱくかじっては、お酒のほうにきもちよく入っていこうという魂胆なのである。

みなさまのご賢察のごとく、トリップはたっぷりあったし、とてもおいしそうだったので、だれもかれもが堪能しまくった。ところがですな、四人も登場人物がいる悪魔劇《ディアブルリ》(2)さながらに、めんどうなことがござった。そもそも、この臓物料理は長く保存できないのである。つまり腐ってしまうのだけれど、それもまた、どうにももったいないではないか。そこでどうしたかといえば、なにひとつ残さず、全部たいらげてしまおうという結論になったのである。そのため、シネー、(3)スイイー、ラ・ロッシュ＝クレルモー、ヴォーゴドリといった町の人々はもとより、ル・クードレー＝モンパンシエ、ヴェードの浅瀬などなど、近隣の村人たちが呼び寄せられたのだ。いずれも、それはそれは酒には目がない陽気な連中であって、おまけに九柱戯《キーユ》の名人(4)ぞろいでもあった。

おひとよしのグラングジエは欣喜雀躍、大盤ぶるまいするように命じた。ただし妻に対しては、出産の予定日も迫っていることだし、臓物料理は、あまり勧められる食べ物とはいえないから、なるべく食べるでないぞと申し渡した。「トリップなどという糞の袋を食べる奴は、糞が食べたくてしかたない連中なんだからな」、グラングジエはこういった。ところが、この忠告もなんのその、ガルガメルは、一六ミュイ〔ミュイは二六八リットル〕と二樽、それに六壺分もトリップを食してしまったのだから、さあたいへん。ああ、彼女のおなかは、どれほどみごとに糞便でふくらんでしまったことか！

昼食後、みんなは連れだって柳が原《ソーセー》〔ヴェード川のあたりである〕にでかけた。そして生い茂った草の上で、楽しいフラジョレットの音色や、やさしいバグパイプの音に合わせて、なんとも楽しそうに踊ったから、一同がこうやって遊んでいる様子を見ているだけでも、この上ない気晴らしなのであった。

(2)　聖史劇《ミステール》で、悪魔が登場する場などのこと。悪魔が四人も出てくると、てんやわんやの騒ぎになってしまう。

(3)　巻末地図2参照。いずれも、ラブレーの故郷シノン近くの村や字《あざ》であって、やがてはピクロコル戦争の舞台となる。

(4)　「九柱戯をする」には「セックスする」の意味もある。

第5章　酔っぱらいたちの会話

それからみんなは衆議一決、この場所で、軽くなにか食べることにした。

それでもって酒びんが歩き、ハムが小走りし、グラスが飛びまわり、カラフがちんちんと鳴り始めたのである(1)。

――抜いてくれや。

――よこせ。

――こっちに向けろや。

――水で割ってくれ。

――おれは、そのままついでくれ。おっとっと、そんなもんだ。

――こいつを、ぐびぐびっと一気に飲みほしてくれよ。

――クレレ酒〔ロゼ・ワインの一種〕を、グラスにあふれるほど提出してくださらんか。

――のどのかわきも、これで一休みと。

――おい、ずるがしこい熱病め、いいかげんに消え失せろ。

――それが、おばさん、どうにも飲めないんでさあ。

――あんた、風邪でもひいてるのかい？

――ええ、本当にそうなんで。

――聖人クネさま〔架空の聖人。quenette「小さなワイン壺」に掛けたともいう〕の腹にかけて、酒の話でもしようぜ。

――わいは、気の向いたときしか飲まんよ、教皇さまのラバと同じやで。

――わしは、聖務日課書に入れて飲むんじゃ[2]、フランチェスコ会のおえらい神父さまみたいにな。

――のどが渇くのが先か、飲むのが先か？

――そりゃ、のどが渇くのが先さ。だって、罪もけがれもない時代、のども渇かないのに、だれが飲んだっていうんだい？

――いや、飲むのが先だ。「欠乏ハ所有ヲ前提トスル」〔スコラ哲学の表現より〕というではない

（1）以下、「酔っぱらいたちの会話」は、原典では改行もなく、べたで組まれている。当時は、いわゆる引用符もないので、実際には、どこまでをだれがしゃべっているのかなど、正確には知りえない。たとえば、最初の「抜いてくれや」以下の、四つのせりふは、ヴィルギュル（読点）でつながれているので、同じ人物の発話とも解せる。ここでは、そうした混沌たる会話を分節して、便宜的に改行もほどこしてある。なお、この章が独立したのは、この一五四二年版でのこと。

（2）聖務日課書のように四角いびんに入れてなど、諸説あり。

か。わしは学があるんじゃい。「豊穣ナル盃ニヨリテ、タレカ雄弁ニナラザラン」〔ホラティウス『書簡詩』一・五〕とな。

——おれたち、罪なき衆生は、のどなんか渇かなくたって、浴びるほど飲んじゃうもんね。

——わたしは罪深いから、渇かねば飲まぬ。現在、渇かなくても、少なくとも、未来に渇かなければ、飲まないのです。そして、おわかりでしょうが、乾きを予測して、将来の乾きのために飲むのであります。永遠に飲みますぞ。[3] これぞ、わたしの飲酒の永遠性にして、永遠性の飲酒なのですからな。

——歌って、飲もうよ。モテットでも一曲、ぐびっといこう《アントノン》。[4]

——おい、わいのコップはどこや？

——なんですって、わたしは代理人を立てて飲めですと？

——おぬしは、渇かすためにうるおすのか、それとも、うるおすために渇かすのか？

——それがその、理論はさっぱりですが、実践ならば、少々、力《りき》が入りますのです。

——早う、持ってこいや。

——ぬらして、しめして、きこしめす。すべて死ぬのがこわいから。

――いつだって飲みなされ、けっして死にはしませんから。

――飲まないと、からからだ。死んだも同然だよ。おいらの魂は、どこか水浴びできるところに逃げていっちまう。「霊魂、乾きたる場所に住まいたまわず」〔聖アウグスティヌスのことばに帰される〕とくらあ。

――ソムリエよ、新たなる形態の創造者よ、われをば飲まざる者より飲む者に変じたまえとな(5)。

――からからに渇いて、かちんかちんになったわが腹に永遠のおしめりをば！

――飲んでも酔わぬ者、飲んでもむだなり。

――こやつは、血管には入っていくが、便所《ピソチエール》〔現在では、「男子用の公衆便所」の意味だが、ここがフランス語としての初出〕には恵んでもやらんのよな。

――けさがたに、おべべ着させた〔habiller は「着せる」「(料理の)下ごしらえをする」〕、この牛太郎の臓物を、たっぷりと洗わせてもらいやしょう。

――わしは、胃の腑にたらふく詰めこみましたぞよ。

(3)　ジルソンによれば、この前後は、スコラ哲学による「永遠」の定義をもじったものという。

(4)　entonner には「樽につめる」と「歌い始める」の意味がある。

(5)　「実体」や「変化」をめぐるスコラの議論をもじっている。

――約束手形の紙が、わしと同じくらいがぶ飲みしてくれれば、字も消えまして、債権者がちと証文を拝見とやってきても、ほんの酒手ですむでしょうに。

――このいけないおててのせいで、鼻が赤くなるのよね。

――下からおでましになる前に、たっぷり上から流しこんでやらぁ。

――おいおい、こんな浅瀬で飲ませよっていうのかい。胸の骨が折れちゃうぜ。[6]

――おつまみは、酒びんをおびき出す罠と解くとね。

――では、酒びんと、とっくりの差やいかに？

――大したちがいだ。酒びんは栓でふたをするけど、とっくり《フラコン》[7]は、ちんぼでふたをするからな。

――こりゃ傑作だわい。

――わしらの祖先はよおー、たっぷり飲んでさあ、酒がめを空にしたとさあ、ときた。

――そのお歌、うまくひりだしたじゃないか。さあ、飲もうぜ、飲もうぜ。

――この酒は、ただいまより、はらわたを洗い清めにまいりまするぞ。諸君、酒の川になにか用事はござらんか？[8]

――われ、飲むこと、海綿にはおよばず。

——われ、鯨飲すること、テンプル騎士のごとし。「新郎ノゴトクニ」(9)飲まん、はたまた、われ、「水ナキ大地ノゴトクニ」(10)飲まんと。

——ところで、ハムの別名とはなんぞや？

「飲酒召喚命令書」という。はたまた「酒蔵のはしご」ともな。その心は、ワインは、はしごにて地下の酒蔵におろし、ハムにて、胃の腑におろすからと。

——おい、酒だ、酒だ！　まだ積み荷がたらんぞ。「人ニハ気ヲ配ルベシ。二人分ツグベシ。飲ンダナル活用ハ使ワレズ。」(11)

——酒を飲みくだすのと同じように、空にのぼれたら、とっくの昔に、天高く舞い

(6)「酒がないよ」ということ。馬が、水を飲もうとして体をかがめて、胸骨を折ることがあるのに引っかけた。
(7) flac「ゆるんだ」＋con「女陰」とのしゃれ。
(8) 川で臓物を洗うことと掛けている。
(9)「海綿 spongia」と「新郎 sponsus」の語呂合わせで、「詩編」一九・六にひっかけた。
(10) cf.「あなたに向かって両手を広げ、渇いた大地のようなわたしの魂を、あなたに向けます」（「詩編」一四三・六）。
(11)「二人分」を pro duobus といわず、わざと pro duos といっている。それは bus という「飲む boire」の「単純過去形」など使いたくないからだということ。

上がっているのになあ。

――「かくしてジャック・クールは富豪となれり。[12]」

――「かくして荒れた森は成長せり。」

――「かくしてバッコスはインドを平定せり。[13]」

――「かくして哲学はメリンダ〔アフリカ東海岸、驚異の町として、あこがれの的であった〕に到達せり。」

――小雨が強風をしずめるとあらば、酒の長雨にして、いずくんぞ雷をしずめん。

――あんたさん、わしのちんぽからこんな小便がでたら、しゃぶってくれますかねえ？

――いやあ、あとでちょうだいつかまつる。

――酒をくれ、お若いの。こちとらの順番だから登録しておくぞ。

――「飲め、飲め、ギョさんよ。まだ一杯残ってる」〔当時の歌謡の一節らしい〕とね。

――おれは、こののどの渇きに対して、不当だと控訴してやるぞ。給仕よ、控訴の書類をきちんと書き留めてくれよ。

――この飲みかすは？　昔は、全部飲みほしていたが、いや、今だって、なにも残さんからな。

――あせらずに、ぜんぶ集めまひょ。

――ほれ、賭けようぜ、トリップと、黒鹿毛馬の臓物料理《ゴドビヨー》だよ。

――さあさあ、きれいさっぱりたいらげようぜ。

――飲みなされ、さもないと。

――いや、いや、もうけっこう。

――飲んでくれと、頼んでいるのじゃ。

――スズメだって、しっぽをたたいてやらんと食べませんぞ。わしは、おだててもらわねば飲みませんぞ。

――みなしゃん《ラゴーナ》、飲まんかな《エダテーラ》〔バスク語らしい〕。ワイン力で、五体のすみずみの渇きを追っ払うんや。

――この一杯で、渇きにびーんと一発くらわせてやる。

――この一杯で、渇きも退散とくらあ。

(12) ジャック・クール（一三九五―一四五六）は、ブールジュ生まれの大商人で、シャルル七世の財務をあずかったが、冤罪で亡命を余儀なくされた。大富豪の代名詞。cf.［ヴィヨン］「ジャック・クールほど金持ちでなくても、貧乏で、ぶかぶかの粗布着て生きてる方が、生前領主で、立派な墓の下で腐るよりはずっといい」（『遺言書』三六）。
(13) ルキアーノス『閑談あるいはバッコス』でも、この話が語られる。

——とっくりと酒びんを叩いて宣言するぞ。のどからからでなくなった連中が、ここにそんなものを探しにきてもだめだとな。お酒で奥まで浣腸して、からから族を退散させたからな。

——偉大な神さまは空の星《プラネット》をつくり、わしらは空の皿《プラ・ネット》をつくるのだ。

——わたしとしては、わが主の御言葉を申したい。「ワタシハ渇《シ》イ《テ》テ《ィ》イル《オ》」(14)とな。

——石綿《アスベストウス》(15)とかいう石と同じく、神父さまの渇きにもいやしがたいものがあるぞよ。

——「食べているうちに、食欲がでる」とは、ル・マンのアンゲスト［ル・マン司教で、ルターと敵対した］のことばだけんど、のどの渇きは、飲めば去るものなんじゃ。

——のどの渇きをいやす術とは、いかなるものと心得るのか？

——それは、イヌにかまれぬ術の反対なり。イヌの後をつねに追いかければ、けっしてかまれはせぬ。して、つねに渇きのまえに飲めば、けっしてのどが干上がることはないという理屈なりけり。

——あれ、こんなところにいたのかい。目を覚ましなさいよ。永遠の酒蔵番《ソムリエ》さんよ、ぼくたちの寝ず《ソンム》の番もしてくれよ。アルゴス(16)には目が百もあったけど、きみが疲れもしらずに酒をつぐにはね、ブリアレオスみたいにね、手が百本必要なんだ。

――のど、しめさん。干上がるもけっこうなれど。

――白ワインだ！　全部ついじまえ、おらおら、どぼどぼとな。すりきれ一杯にな。べろがむけそうなんだよ。

――相棒、飲めやい《ランス・トリング》〔スイス人傭兵のことば〕！　ほら、おまえに乾杯だ。楽しくやろうぜ。ラ、ラ、ラ！　まったく、牛飲馬食とはこのことだ。

――おお、これは名酒ラクリマ・クリスティ〔イタリア中部のマスカット・ワイン〕ではないか。

――ラ・ドヴィニエール[17]産じゃ。ピノー種ぞ。

――おお、高貴なる白ワインよ、まろやかなること琥珀織《タフタ》のごとし。

――ふむ、ふむ。良質のウールでもまとったような、極上の酒じゃな。

――相棒、がんばれ！

――この勝負、まだまだ。今度はおれさまが親だ。[18]

(14) イエスの最後のことばのひとつ。cf.「ヨハネによる福音書」(一九・二八)。
(15) この個所はギリシア語で組んである。アスベストの原義は「燃えがたい」。
(16) 『パンタグリュエル』第一章を参照。パンタグリュエルの先祖のひとり。
(17) シノン郊外の村で、ラブレーはここで生まれたとされる。
(18) 原文は un levé で、lever les cartes「場札を集める」と、lever son verre「乾杯する」をかけている。

――「コチラヨリ、コチラヘ」とな。いや、別にいかさまでもなんでもない。みなさま、見てましたよね。わたしは、この道では「名人で通って《メートル・パセ》」ましてね。

――ブルン、ブルン！ なら、わいは「通人でならしてまっせ《プレートル・マセ》(19)」ましてね。

――おお、酒飲みの諸君よ！ のどからから族《レ・ザルテレ》の諸君よ！

――ボーイさん、ワインをめいっぱいついでくれ。たのむぞ。

――なみなみとな、枢機卿の帽子みたいに真っ赤にな。

――「自然ハ真空をオソレル(20)」とな。

――ハエならば飲めるぐらいは残っているだって？

――ブルターニュ流〔ブルトン人は大酒のみとの評判だった〕に景気よく飲もうぜ。

――ほら、あけちまおうぜ、この酒を。

――一気にな。酒は百薬の長なり。

(19) maistre passe が prestre Mace となっている。いわゆる contrepétrie という語呂合わせだが、翻訳は不可能。なお、第二七章に、「亡きマセ・プロッス修道士」と出てくる。

(20) アリストテレスを受けて、スコラ学が格言としていた有名な表現。一七世紀のパスカルは、この命題と格闘して「パスカルの原理」を発見した。

第6章　ガルガンチュアがとても変な生まれかたをしたこと

こうして一同が、どうでもいいような酒飲み話をしていると、ガルガメルの下腹《したばら》が痛みだした。草の上に起きあがったグラングジエは、さては陣痛だなと思って、妻をしっかり励まして、こういった――柳《ソーセー》が原で草原にごろんとなっていたのだから、もうすぐ、新しいあんよが生えてくるぞ。赤ん坊が生まれるまで、もうひとがんばりしなくちゃいけない。少しばかり痛くて、つらいだろうけど、ほんのひとときのしんぼうだ。すぐに、喜びがやってきて、それまでの苦しみなんてけろっと忘れてしまうからな。[1]――

そしてグラングジエは、「ヒツジみたいにびくびくするなよ。腹のなかのやや子をさっさと生んじまって、すぐにでも、もうひとり作ろうではないか」といった。

「はあ？　あんたら男たちときたら、まったく勝手なことをいわれますね」とガルガ

(1)　以下、「そのようにがんばってみますわ」までの部分、パリ大学神学部の介入を危惧してか、この一五四二年版では、大幅に書き直されている。

メルが答えた。「でも、あなたがそうしてほしいとおっしゃるのですから、神さまに誓って、そのようにがんばってみますわ。それにしても、あなた、そのような物はちょんぎってしまえばよかったのですわ。」

「なんだって?」とグラングジエが叫んだ。

「まったく、いい気な男。わかってらっしゃるくせに。」

「このわたしの逸物《いちもつ》のことか? これは、滅相もない。だが、そうしたいならば、包丁でも持ってこさせるがいいぞ。」

「まあ、とんでもない」と、ガルガメルがいった。「神様、おゆるしを。本気でいったわけではございません。そのようなことは、けっしてしないでね。神様のご加護がないと、今日、わたしはものすごく苦しまなくてはいけませんが、それもこれも、あなたのあれのせいなのですよ。あなたが満足したいなんていうから、わたしも大変ですわ。」

「ほら、しっかりしろ、がんばれ」とグラングジエはいった。「もう峠はこえたのだから、あとのことは心配するな。前の四頭の牛にでもまかせておけばいいではないか。わたしは、ちょっと一杯ひっかけに行ってくるぞ。そのあいだに苦しくなっても、ちゃんとそばにくるからな。大声で呼んでくれれば、すぐはせ参じるから。」

それから少しして、ガルガメルは、はあはあ、うんうん、ぎゃあぎゃあ叫びだした。

するとたちまちにして、あちこちから産婆がわんさか集まってきた。そして下《しも》の部分をさわってみたところ、悪臭のする皮きれがみつかったので、これはてっきり赤子が出てきたのだと思った。ところがそれは、直腸――みなさまは、これを「肛門路地《ボワイヨ・キュリエ》」と呼んでおりまするが――がゆるんでしまって、脱肛をおこしていたのである。さきほども述べたごとく、トリップの食べすぎが原因なのであった。

そこでどうしたかというと、六十年も前に、サン＝ジュヌー〔現在のアンドル県〕近くのブリズパーユ部落からこの地に移り住み、産婆たちのなかでも名医のほまれが高いしわくちゃばばあが、(2)強烈な収斂剤をかけたものだから、肛門の括約筋がすべて閉じて、縮みあがってしまい、みなさまがたが、いくら歯でもってこじあけようとしてもどうにもならないという、想像するだけでもおっそろしいことになってしまった。聖マルティヌスのミサのときに、ふたりのかみさんのおしゃべりを書きつけていた悪魔は、歯でもって羊皮紙をぐっと引きのばしたというけれど、それと同じような話なのである〔『黄金伝説』にも出てくる〕。

さて、この不具合によって、子宮のなかの胎盤葉の上方がゆるんで、そこから胎児

（2）　六十年も前から産婆さんなのだからして、ものすごい老婆ということになる。

がとびだして、静脈のなかにはいりこみ、横隔膜のところから肩までよじのぼり、――ここで静脈は二本に分かれているのでござるが――、左の道をとおって、左耳からぽーんと外に出たのである。

ところがこの子供、生まれ落ちてすぐに、世間の赤子みたいに「おぎゃあ、おぎゃあ」とは泣かなかった。大音声にて、「のみたいよー、のみたいよー、のみたいよー」と叫んだのであって、まるでみんなに酒でもすすめているみたいであって、この声が、ブークス(3)方面やビバレ(4)地方のどこからでも聞こえたという。

でも、みなさまは、こんな異常な降誕《ナティヴィテ》のことなど、きっと信じないのでしょうね。いや、信じてくれなくても、わたしは気にしません。しかしながら、有徳の士とか、良識ある人ならば、ひとのいうことや、書かれていること《エクリ》〔「聖書」と訳してもいいと思われる〕を、いつも信じるものなのですぞ。

こうした誕生が、われわれの法や、信仰や、良識や、はたまた聖書にそむくものだというのですか？ 少なくともわたしなんぞ、これに対する反証を、聖書のうちになにひとつ見つけられないのです。「しかしながら、神のご意志がそうであったとしても、そんなことまでなさるわけがないだろうに」ですって？ ほお、そうざんすか。でも、お願いなのです、あなたがたのおつむりをですね、そんなむだな考えで、めちゃらくちゃら《アンビュルリュコケ》(5)にしないでいただきたいのです。いっておきますが、神の辞書には不可能などないのですぞ。(6)もしも神がお望みになれば、今後とも、女性は、このようにして子供を耳から生むことにもなりましょうぞ。(7)

そもそも、バッコスは、ユピテルのふとももから生まれたではないか。

ロックタイヤッド〔架空の存在〕は、母親のかかとから生まれたではないか。

(3)　シノンの南西一〇キロほどの町。boire の接続法半過去 busse との語呂合わせ。

(4)　フランス南部、現在のアルデッシュ県のあたりだから、非常に遠い。同じく boire の条件法 boirais のなまった発音との語呂合わせ。

(5)　ラブレーの造語ではなく、一五世紀からあった妙ないいまわしである。

(6)　「受胎告知」の際の大天使ガブリエルのことばがしたじきになっている。「あなたの親類のエリザベトも、年をとっているが、男の子を身ごもっている。不妊の女と言われていたのに、もう六か月になっている。神にできないことは何一つない」(「ルカによる福音書」一)。

(7)　このあたり、「耳からの降誕」という異常事態を素材にして、信仰をめぐる本質的な問題を提起していることに注目。実際、「神のみことば」であったイエスの受肉は、「受胎告知」という聖なる声により伝えられたわけだから、イエスは処女マリアの耳から誕生したとも信じられてきた。ラブレーは、イエスと巨人ガルガンチュアの誕生を重ね合わせることで、見えないことを信じるとはいかなることなのかを問いかけている。cf.「ヘブライ人への手紙」(一一・一－三)。

クロックムーシュ[8]は、乳母《うば》のスリッパから生まれたではないか。

ミネルウァは、ユピテルの頭から、お耳経由で生まれたではないか[9]。

アドニスは、ミルラの樹皮から生まれたではないか[10]。

カストールとポルックスの兄弟は、レダが産んでかえしたたまごの殻から生まれたではないか。


それにしても、自然に反する奇妙な出産を話題にした、プリニウス『博物誌』の一章をまるごとお話ししたならば、みなさまはさぞかし驚かれ、ますますびっくりなされるにちがいありません。でも、このわたくし、彼みたいな、確信犯のうそつきではございません。とにもかくにも、プリニウス『博物誌』の第七巻第三章〔ゾウやヘビの生まれ方が話題となっている〕を読まれるがよく、わたしの頭をば、これ以上悩ませないでいただきたいのであります。

(8) 同じく、架空の神格か。『第三の書』第四六章には、ドミティアヌスの異名として出てくる。
(9) 完全武装した姿で生まれて、戦いのおたけびを上げたという。
(10) ミュラは実父のキプロス王キニュラスと近親相姦してしまい、これを恥じて、神々にミルラの樹木にしてもらった。その幹が裂けて美少年アドニスが誕生した。

第7章　ガルガンチュアの命名の由来、ならびに彼がワインを飲んだこと

お人好しのグラングジエが、みんなといっしょに飲みながら、わいわいがやがやっていると、この世に生まれてきたわが息子が、ものすごい叫び声をあげているのが聞こえてくるではないか。「のみたいよー、のみたいよー、のみたいよー」と大声でせがむものだから、父親は、「おまえのはでかいんだなあ《ク・グラン・チュ・ア》」といった。いや、ここで補足しておくならば、「のど《グジエ》」がということである。そこに同席していた連中がこれを聞いて、子供の誕生にあたり、父親の口から発せられた最初のことばがそれならば、古代ヘブライ人の例にならって、ここはガルガンチュアと命名すべきだといった。(1) 父

(1)　ガルガンチュアという名前は、『ガルガンチュア大年代記』から借用したもの。中世の民間伝承に出てくるともいうが確たる証拠はない。史料としての初出は、一四七〇年二月四日で、リモージュ司教の会計簿に Gargantuas なる人物のことが出てくる。いずれにしても、固有名と、指示対象の個体との関係は、一六世紀に流行した主題。『第四の書』第三二章などを参照のこと。「大食らい」の意味だと

親はこれを承諾したし、母親もこの名前がとても気に入った。そこで、この赤子をなだめようと、たっぷりと一気飲みさせてから、洗礼盤のところまで抱いていき、よきキリスト教徒の習慣にしたがって、洗礼を受けさせたのだ。

ところで、ふだん、この子にお乳をやるためには、ポーティーユ〔ラ・ドヴィニェールのやや北〕とブレエモン〔アゼ＝ル＝リドーのあたり〕の乳牛一七九一三頭があてがわれた。なにしろ、この赤子を養うには、大量のミルクが必要なのであって、国中を探しても、それだけ十分なお乳がでる乳母などは見つからなかったのだ。もっとも、スコトゥス派の博士のなかには、授乳したのは母親であって、毎回、その乳房《マメル》からは、一四二樽と九杯分のおっぱいが搾りだせたのだと主張する面々もおられる。だがこれはうそっぱちである。この学説は、おっぱい的にけしからん《ママルマン・スカンダルーズ》(2)ものであり、敬虔な人々の耳をけがし、遠くからでも異端邪説のにおいがすると宣告されてしまった(3)。

このようにして、ガルガンチュアが一歳と十か月ほどがたつと、医者たちの勧めにより、ガルガンチュアを外出させることになったのだが、そのために、ジャン・ドニョー〔不明〕が考案した、すばらしい牛車がつくられ、これに乗せて、あちこちを愉快に散歩させた。見るからに楽しそうで、なにしろガルガンチュアは、顔色もよくて、あごが二重どころか十八重ねにもなっていたのだし、ほとんど泣いたりしなかった。

でも、のべつまくなしにうんちをしていた。というのもガルガンチュア、おしりがおどろくほど粘液質《フレグマティック》で、それは生まれつきの体質もそうだったけれど、「九月のピューレ」を、すなわちワインをあまりに飲みすぎたものだから、たまたまこうした具合にもなってしまったのだ。いや、そうはいっても、彼は理由もなしには、一滴たりとも飲まなかったのである。

ごきげんが悪くなったり、むかついたり、腹が立ったり、悲しくなったり、あるいはじだんだ踏んでくやしがったり、泣いたり、叫んだりしたようなときに、ワインを持っていってあげると、元気もりもりになって、おとなしく、にこにこ顔に戻るのだった。

子守女のひとりが、誓って本当ですといって話してくれたところによると、こうしたことがくせになったガルガンチュアは、酒の入った壺やとっくりの音を聞きつけただけで、まるで至福の歓喜でも味わっているみたいに、うっとりするようになったと

も、いや「のど」のことだともいわれる。パンタグリュエルも、同じような方式で命名される。
(2) male scandalosam という、パリ大学神学部の告発の文言をもじったともいう。
(3) 実際は、エラスムス、ビベスなど、同時代のユマニストは、母乳をあげるのが自然に則したことだとして、乳母に養育させる習慣を批判している。

いう。このような神々しい習性を考慮して、彼女たちは、朝からガルガンチュアを喜ばせようと、グラスをナイフでたたいたり、とっくりを栓でたたいたり、酒壺をふたでたたいたりした。(4)これを聞くとガルガンチュアは、うれしくて、ぞくぞくしてきて、首をふりながら、体を左右にゆらし、指先で鍵盤を弾くしぐさをしたり、お尻からはブーカ、ブーカと低い音のらっぱ《バリトナン》を鳴らしたりしたのである。

(4) 実際、この種の音遊びが幼児にいいとされていた。

第8章　ガルガンチュアの衣装

さて、先ほどの年頃〔第七章を参照。一歳と十か月である〕になると、父親は、白と青を息子の当色《とうじき》として、衣装をつくってやれと命じた。そこで人々は仕事にとりかかると、当時の流行にあわせて裁断・縫製をおこない、衣装を仕立てたのである。

モンソロー(1)の会計検査院にある古文書により、そのガルガンチュアの衣装は次のようなものであったことがわかる。

肌着用には、シャテルロー〔シノンの東南、約五〇キロの町で、生地で有名〕の布が九〇〇オーヌ〔「パリのオーヌ」ならば、約一・二メートル〕裁断され、うち二〇〇オーヌは、四角いあて布に使われて、脇の下にあてがわれた。なお、この肌着にはギャザーは付いていなかった。というのも、ギャザーというのは、肌着づくりの女たちが、針の先が折れてしまったといって、針の尻のほうを使うようになってから考案されたのである。

(1) ロワール河とヴィエンヌ川の合流地点の町だが、会計検査院などは存在しない。

胴衣《ブルボワン》には、白サテンが八一三オーヌ裁断され、腰ひもには、一五〇九・五頭分の犬の革が使われた。ちなみに、このころから、胴衣をズボンにではなくて、ズボンを胴衣につなぐようになり始めていた。オッカム先生〔唯名論の領袖〕が、高袴《オート・ショサード》氏〔ラブレーがでっちあげた名前〕の『論理学詳解』(2)に関して十分に説明しているとおり、胴衣をズボンにつなぐのは、自然に反することだからである。

ズボンのためには、一一〇五オーヌと三分の一の白いウール地《エスタメ》が裁断されたが、腰のあたりがむれないようにと、後ろ側は、細縞の、ぎざぎざのフリルになっていた。内側からは、青いダマスク織りが、ちょうどよく、ふっくらと浮きでていた。なお、申し添えておくならば、ガルガンチュアはみごとな脚をしていて、体のほかの部分ともじつにバランスがとれていたのだ。

ブラゲット(3)には、同じくウールが一六オーヌと四分の一も裁断された。その形は、まるで教会の飛び梁《アルク・ブータン》のようで、二個の美しい黄金のリングにつけられていた。そのリングは七宝《しっぽう》細工のフックで留められ、このふたつのフックには、オレンジ大のエメラルドがはめこまれていた。というのも、かのオルフェウスが『宝石論』で、またプリニウスが『博物誌』最終巻で書き記しているように(4)、エメラルドには男根を勃起させ、強壮ならしめる力がそなわっているのだ。ブラゲットは杖一本分ほども隆起しており、ズボンと同様に青いダマスク織りでフリルのようになっていた。それにしてもみなさまが、ブラゲットを飾る金糸銀糸の刺繡や、高級なダイヤモンド、ルビー、トルコ石、エメラルド、ペルシア真珠をあしらった、あでやかな飾り細工をごらんになれば、古代の記念建造物に見受けられるような、そしてまたレアが、ユピテルの乳母のアドラステアとイダというふたりのニンフに授けたともいう、あの豊穣角《コルヌ・ダボンダンス》(5)になぞらえたのではないだろうか。それほどに、つねに潑剌として、滋味ゆたかで、湿潤で、緑したたる、百花繚乱たるものであって、実りもゆたかで、いのちの水と、花と、果実と、あらゆる悦楽に満ちていたのである。神に誓って、目にも綾なるものなのである。だが、このことについては、拙著『ブラゲットの品位について』〔「前口上」に出てきた〕のなかで、より詳しく説明する所存である。さりながら、ここでひとつだけお教えし

(2)　当時の「モダン論理学」に属する、実在の著作である。

(3)　この頃、男性のズボンの前あきのところにつけられていた袋。英語では codpiece。

(4)　典拠は、ともにでたらめらしく、エメラルドは逆に、性欲を抑えるものと考えられていたともいう。

(5)　ラテン語では cornucopia なので、ラブレーは cornecopie とも書いている。生命力と豊穣のシンボル。『第三の書』「前口上」で、作者は自作を、「陽気さとからかいにみちた、本当の豊穣角」と述べている。つまり、ラブレーのテクストそのものの象徴ともいえる。

ておくと、そのブラゲットは長くて、ゆったりしていたけれど、中味もたっぷりとつまっていたし、栄養もきちんとゆきとどいていたのであって、世にわんさかいる色男連中の、見かけ倒しのブラゲットとはくらべものにならないのである。きゃつらのブラゲットときたら、女性にはお気の毒なことに、すけすけで、風通しがいいだけではないか。

靴のためには、あざやかな青のビロードが四〇六オーヌ使われた。布地は、平行に何本も切れ目を入れられてから、くるっと円筒形に縫い合わされた。靴底には、褐色の牛革が一一〇〇枚用いられ、タラの尾みたいなかたちに裁断された。

短いマント《セー》には、みごとに染めあげられた青いビロードが、一八〇〇オーヌ裁断された。マントの縁には、ブドウの枝葉模様の刺繍がなされ、中央には、縒《よ》り糸で、銀の酒壺《パント》がいくつかあしらわれ、そこに真珠がたくさんついた金環模様がからみあっていた。このことで、ガルガンチュアが名だたる酒豪《フエスパント》となることが示されていた。

ベルトには、絹のサージが、三〇〇・五オーヌ使われた。わたしのかんちがいでなければ、半分は白、半分は青であった。

長剣はバレンシア製ではなかったし、短剣もまた、サラゴッサ〔バレンシアとともに、武具の製造で名高かった〕製ではなかった。というのも、父のグラングジエは、マラーノの血が混じったスペインの酔っぱらい貴族《インダルゴス・ブラチュウ》を、悪魔のようにいみきらっていたのだ。その代わりに、みごとな木刀と、煮沸した牛革の短刀を与えたが、いずれも彩色され、金泥がほどこされており、だれでも欲しくなりそうなできばえであった。

財布は、リビア総督のプラコンタル殿(6)より献上されたゾウ《オリフラン》の睾丸でつくられた。

式服《ローブ》のためには、先ほども述べた青のビロードが、九六〇〇オーヌから三分の二オーヌを引いた分使われたが、金糸が対角線に縫いこんであって、正しい角度から見ると、なんとも名状しがたい色調が現れて、まるでキジバトの首のあたりでも眺めているようであり、見る者の目をとても楽しませてくれるのだった。

帽子には、白いビロードが、三〇二と四分の一オーヌ裁断され、頭がすっぽり入るように、丸く、大きくつくられた。というのも、父グラングジエは、パイ皮みたいなかっこうのムーア人風の帽子は、坊主あたまにいつか不幸をもたらしかねないと、日頃から話していたのである。

帽子の羽根飾りとして、荒涼たるヒルカニア〔中央アジアのあたり〕の土地のペリカン《オノクロタル》からとった、みごとなる青い羽根がつけられて、それが右耳の上に、ちょこんとかわいらし

(6)　フランソワ一世に仕え、地中海を荒らしまわった同名の海賊がいた。

く垂れさがるのだった。

帽子につけるバッジは、六八マール〔一マールは約二四五グラム〕の重さの金のプレートに、七宝製の像がぴたっとはめられていた。そこには、頭がふたつ向かいあっていて、腕と足が四本、お尻がふたつという人体が描かれていたが、プラトンも『饗宴』でいうように、創世の神話時代の人間の姿とは、こうしたものなのだった(7)。そして、その人体の周囲には、ギリシア文字で「慈愛は、みずからの利益を求めず」(ΑΓΑΠΗ ΟΥ ΖΗΤΕΙ ΤΑ ΕΑΥΤΗΣ)(8)と書かれていた(9)。

首には、二五〇六三マール〔六〇〇〇キロ以上になる！〕もある金の鎖をかけることになったが、それは大珠をつなぎあわせたもので、珠のあいだには緑の碧玉《ジャスプ》がはめてあり、その昔、ネケプソス王〔エジプトのファラオで占星術師〕がつけていた碧玉と同じく、光線や火花に囲まれたドラゴンが彫ってあった。この首飾りは、腹の上部の幽門のあたりまで垂れさがっていたが、おかげでガルガンチュアは、一生、ギリシアの医者たちもごぞんじの、碧玉のご利益《りやく》〔消化を助けるといわれていたらしい〕にあずかることとなった。

手袋には、小悪魔《リュタン》の皮が十六枚、その縁取りに狼男《ルーガルー》の皮が三枚使われた。サン＝ルーアン〔シノンの北西〕在のカバラ学者の見立てで、こうした材料を用いたのである。

高貴なる家柄の由緒正しき目印を一新すべく、父親は、ガルガンチュアが指輪をはめることを願ったのであったが、それでどうなったのかといえば、左手の人差し指の指輪には、良質なセラフ金の台に、[10]ダチョウのたまごほども大きいざくろ石がきれいにはめこまれた。また薬指には、摩訶不思議な方法により、四金属〔金、銀、銅、鉄〕を合金とした指輪が光っていた——鉄が金を傷つけたり、銀が銅を押しつぶしたりしないようになっていたのだ。これはすべて、シャピュイス将軍[11]と、その秘書官アルコフリバス[12]に

(7)『饗宴』一八九によれば、そもそも人間は男、女、そして両性具有者（アンドロギュノス）の三種族がいた。そして三種族とも、次のような形をしていた。「それらのいずれも、その形は、それぞれで充足した一つの全体をなしていた。そして、丸い背、円筒状の横腹をそなえ、四本の手、手と同数の足を持ち、また円筒形の首の上には、すっかり似通った二つの顔を持っていた」［プラトン］。

(8) cf.「愛は自慢せず、高ぶらない。礼を失せず、自分の利益を求めず、いらだたず、恨みを抱かない」（「コリントの信徒への手紙一」一三）。

(9) プラトンと聖パウロが合体しているわけで、ユマニストかつキリスト者としてのラブレーの信条を物語る一節として、よく引き合いに出される。

(10) 黄金の指輪は、古代ローマから騎士のシンボルだった。

(11) 枢機卿ジャン・デュ・ベレーに付いて、ラブレーとともにローマに赴いた、宮廷詩人クロード・シャピュイスのことか。あるいはフランソワ一世の海軍を率いたミシェル・シャピュイスか。後者は、一五三八年、エーグ＝モルトでのフランソワ一世とカール五世の歴史的会談に、ラブレーとともに同席している。

(12) なぜか、初版からこうなっている。Alcofribas Nasier は、François Rabelais のアナグラム。

よってつくられた。また右手薬指の指輪は、螺旋形をしていて、そこにバラス・ルビーの逸品がひとつ、ブリリアント・カットのダイヤモンドがひとつ、そしてピソン川〔「創世記」二を参照。地上の極楽を流れる川〕のエメラルドがひとつ、ちりばめられており、その価値ははかりしれぬものであった。というのも、メリンダ王〔第五章を参照〕御用達の大宝石商ハンス・カルヴェル[13]は、これらの宝石を、大アネル金貨にして六九八九万四〇一八枚と評価しているのだし、アウグスブルクのフッガー家[14]も同様に見積もっているのである。

(13) 『第三の書』第二八章、「ハンス・カルヴェルの指輪」という挿話で再登場する。

(14) cf.「アレッサンドロ・デ・メディチ公は、フィリッポ・ストロッツィ殿の莫大なる財産を押収しようとなされました。それと申しますのも、ドイツはアウグスブルクのフッガー家に次ぎまして、ストロッツィ家は、キリスト教国のもっとも富裕なる商人と評価されているからでございます」(ラブレー「イタリア書簡一」一五三五年一二月三〇日)。なおモンテーニュは、フッガー家の邸宅を見物している。

第9章　ガルガンチュアの当色《とうじき》(1)

すでに読まれたように、ガルガンチュアの当色《とうじき》は白と青でありました。父親としては、この色彩が、「無上の歓喜」であることをみんなにわかってほしかったのであります。というのも、グラングジエにとって、白は喜び、楽しみ、快楽、祝賀を、青は至上のものを意味したからなのです。

とはいいましても、このことを読まれて、みなさまが、老いぼれの酒飲みがなにを

(1)　この章は、修辞学でいうところの「練習弁論（デクラマティオ）」の模作ともいわれる。ユマニストの declamatio とは、たいていはかなり奇抜なテーマを設定して、架空の演説を、スコラの神学者とはちがって、独断におちいることなく、いわば「おもしろまじめ」に展開するものといえる。作品としては、エラスムス『痴愚神礼讃』、そしてなによりもアグリッパ・フォン・ネッテスハイム――『第三の書』の魔術師ヘル・トリッパ先生のモデル――の、『学芸の不確実性と空しさについてのデクラマティオ』（一五二七年）などがある。第九章・第一〇章は、色彩のシンボリズムについて議論が交わされ、またエンブレム・ブックが流行した時代状況を背景とした、ときにまじめで、ときに滑稽なディスクールである。

いうのかとせせら笑い、色彩の説明だってあまりにお粗末で、ナンセンスじゃないかと思われることぐらい、とくと承知しております。白は「信仰《フォワ》」を、青は「剛毅《フェルムテ》」を意味するのだと、おっしゃりたいに決まってますよね。けれども、まあみなさん、そんなに興奮したり、いきり立ったり、かっかしたり、のどからからになったりしないで——といいますのも、今は油断のならない季節なのですぞ——、よろしければ、以下の問いに答えていただきたいものです。みなさまに対しまして、いや、どなたであろうとも、これ以外のことを無理じいするつもりなどございませんから、ご安心のほど。酒びんになり代りまして、ひとこと申しあげたいだけなのです、あしからず(2)。

それにしても、いったい、だれがあなたをけしかけたり、そそのかしたりするのですか? 白は「信仰《フォワ》」を、青は「剛毅《フェルムテ》」を意味するなんて、だれから聞いたというのです? 薬売り《ビズアール》や行商人《ボルトバル》が売り歩く、『色彩の紋章学』(3)とかいう、つまらない《トレブリュ》(4)本から仕入れたとでもおっしゃるつもりじゃないですよね。まったく、だれがこんな本を書いたのか? まあ、その正体がだれであれ、名前を出さなかったのは、賢明でしたよ。それにしても、わたしとしては、この御仁のうぬぼれかげんと、ばかさかげんの、どちらを最初に賞賛すべきか、とんとわかりかねまするけれども。

うぬぼれというのは、つまり、なんの理由も、道理も、確証もないくせに、ずうずうしくも自分の独断でもって、これこれの色彩の象徴はなんだらかんだらと決めつけることをいうのです。こんなのは、無理《アルビトル》を通して、道理《レゾン》をひっこめようとする、暴君まがいのやりくちというしかありません。明白な道理によって読む者を満足させてくれる、賢者や学識者の作法とは到底いえないのであります。

そして、ばかさかげんですが、それは、なんの証明や論拠がなくても、どうせ世間の人々は、自分のばかげた象徴解釈をまにうけて、紋章やモットーを決めるだろうと思いこんだことをいうのです。

「下痢便野郎の尻なんて、いつでも糞にまみれてる」ということわざがありますが、実際、この御仁、自分の著作をいまだに信じてくれるような、時代おくれの連中を見つけたにすぎないのです。こうした背高帽子〔ルイ十一世の時代に流行したという〕をかぶった連中は、そこに書かれていることに合わせて、自分の座右の銘やら箴言をつくりますし、ラバに

(2)　意味不明の個所。『第三の書』『第四の書』の、「聖なる酒びん」のお告げとも関連するのか。

(3)　アラゴン連合王国のアルフォンソ五世の紋章官のシシルが、一五世紀中葉にフランス語で著した『色彩の紋章学』のこと。揺籃本として出されたが、一五三〇年代からは、第二部を付けて刊行。

(4)　「ほとんど読まれない」très peu lu と掛けてある。ただし『色彩の紋章学』は、版を重ねたし、一五六五年にはイタリア語訳も出ている。

はそうした馬具をあてがい、小姓の衣装を決めて、そのズボンを色模様に染め、手袋には刺繍をほどこし、ベッドの房飾りをつくり、バッジの色を染め、歌までつくり、あげくのはては、つつしみぶかい叔母さまがたに囲まれて、こっそりとだましたり、ずるがしこいことをしたのであります。

　そしてですね、宮廷の鼻高々な連中とか地口の運び屋たちも、こうした愚昧さからぬけだせず、その紋章には、「希望《エスポワール》」の象徴としては「球体《スフェール》」を、「苦悩《ペーヌ》」の象徴には鳥の「大きな羽《ペーヌ》」を、「メランコリー」には「オダマキ《アンコリー》」を描かせているのです。また、「隆盛をきわめる《ヴィーヴル・アン・クロワッサン》」ならば、「三日月《クロワッサン》」で、「破産《バンク・ルート》」ならば「こわれた台《バン・ロンピュ》」で、「永続すまじ《ノン・ドゥラビット》」は、「否《ノン》」と「重ねよろい《アルクレ》」(5)で、「解雇された人《リサンシエ》」ならば「天蓋《リ・サ》のない《ン・》ベッド《シエル》」で表したという次第なのです。これらは、いずれも同音異義《オモニム》ということでしょうけれど、まったくもって不適当で、くだらないし、やぼで野蛮なしろものにすぎません。よき学芸が復興されたこのご時世にあっては、こうしただじゃれを弄する連中に対しては、その襟元にキツネのしっぽでもつけてやる必要がありますよ。そして各人に、牛糞仮面でも特注してやるがいいのですよ(6)。

　同じ理屈でいうならば——これをしも、屁理屈とはいわずに理屈というならばの話なのですが——、このわたしだって、「籠《プニエ》」の絵を描いて、「自分は苦しめられて《オン・ム・フェ・》いる《プネ》」ということを表せばいいことになりそうじゃないですか。それはかりかですね、「マスタードの壺《ポ・タ・ムータルド》」なら「じりじりするような《キ・ムー・タルド》」わが心となりますし、「溲瓶《しびん》」が「宗教裁判所判事《オフィシアル》」(7)に、「ズボンのお尻」が、「おならの容器」を飛び越して「平和の船」(8)になっちまいますよ。わが「ブラゲット」だって、「勃起棒」にして「判決作成課」(9)でおかしくもなんともない。この調子だと、「イヌの糞《エストロン・ド・シャン》」なんかは、恋人の愛が宿る「わが太棹《トロン・ド・セアン》」になりさがりましょうね、まったく。

ところが、その昔、エジプトの賢人たちがヒエログリフと呼ばれる文字でものを書いたときの方法は、これとははるかに異なっていたわけです。この象形文字は、描か

(5)「永続すまじ」non durabit を、non＋dur＋habit「固い衣装」と変え、それをさらに「重ねよろい alcret」と変えている。

(6) キツネのしっぽが、嘲笑のマークであるのは明らかだが、それ以上はよくわからない。ラブレーの戯作『パンタグリュエル占い』(一五三三年)の扉には、ブラント『愚者の船』の図版が借用／引用されているが、そこでは道化師がキツネのしっぽを付けている。ブリューゲルの絵画にも、キツネのしっぽをつけた乞食などが描かれている(第一九章、注(7)を参照)。「牛の糞でつくった仮面」も不明。

(7) official には「溲瓶」の意味もある。

(8) vaisseau de pets/paix という地口。

(9)「ブラゲット」→「勃起棒 gneffon arressé」→「判決作成課 greffe des arrêts」。

れたものの功徳、特性、性質を理解していないと、見当がつきませんものの、逆にそれを会得していれば、しっかりと納得がいく文字なのであります。ヒエログリフに関しましては、オルス・アポロンがギリシア語にて二巻の書[10]を著しておりますし、『ポリフィルスの夢』〔ヴェネツィア、一四九九年。仏訳版は一五四六年刊〕のなかでは、さらに詳しい説明がなされております。フランスにおきましては、かの大提督《アドミラル》殿[11]の紋章に、このヒエログリフの一部をごらんになれますが、これは実はですね、皇帝アウグストゥスが最初に用いたものにほかならないのであります。

いやはや、話がすぎました。かくのごときおもしろくもなんともない湾や浅瀬で、わが小舟を進ませるのはもうやめにして、出発した港にもどることにいたしましょうか[12]。愚生としては、いずれまた、なにかの折りにでも、もっと詳細なる記述をこころみて、自然には、どのような色彩が、どれほどたくさん存在して、それぞれの色彩がなにを意味するのかにつきまして、古代から、受容され、認められてきた権威をも援用しつつ、哲学的な考察をも含めて、こもごもに述べてみたいものだと考えております。しかしながら、それとても、このわが首を、つまりはなんと申しましょうか、この帽子の型というか、わがおばあちゃんにいわせれば、ワイン壺[13]をですね、神さまがきちんとお守りくださればの話ではございますが。

(10)　別名ホラポロン、四世紀のエジプト人。その著書『ヒエログリフィカ』は、ルネサンス時代に人気を博した。ジャン・マルタンの仏訳が出るのは一五四三年。

(11)　フィリップ・ド・シャボのことか。その紋章はイルカと錨の組み合わせで、「ゆっくり急げ Festina lente」と記されている。

(12)　創作行為をめぐるこの種のメタファーは、文学的なトポス。cf.［ダンテ］「より良い海を馳せゆくために、私の詩才の小舟はいま帆を揚げて、あの残酷な海を後にして進む」(『神曲』「煉獄編」一)。

(13)　首／頭のメタファーとしてのワイン壺は、『パンタグリュエル』第三三章、『第三の書』第八章にも出てくる。

第10章　白い色と青い色は、はたしてなにを意味するのか

したがってですね、白い色は、楽しみ、喜び、歓喜などを意味するのでありまして、こうした意味内容《シニフィエ》はまちがっているどころか、まさに当を得たところの、正しいものにほかなりません。みなさまが予断をしりぞけ、これから説明いたすことに耳を傾けてくださるならば、このことが確認できるに相違ないのであります。

アリストテレスは、善と悪、美徳と悪徳、寒さと暑さ、白と黒、快楽と苦痛、喜びと悲しみのように、——いや、まだまだいくらでもありますが——、同じカテゴリーのふたつの概念を措定して、片方の概念にあるものの対立物が、逆側に控えている対立物と、論理的にぴったりと合致するように組み合わせたならば、結果として、その他の項目についても、相同的な関係が成立すると述べております。実例を挙げましょうか。「美徳」と「悪徳」は、同一カテゴリーに属する対立概念であり、「善」と「悪」についても同じことがいえます。そして「美徳」と「善」のように、第一のカテゴリーの一項と第二のカテゴリーの一項とが照応するならば、——つまりですね、

「美徳」が「善」であるというのは周知のことなのですから――、「悪徳」と「悪」という残りについても、同じことがいえるというのです。要するに、「悪徳」は「悪」だということにほかならないのです〔アリストテレス『命題論』を参照〕。

この論理学の法則がおわかりになったら、そうですね、まずは「喜び《ジョワ》」と「悲しみ《トリステッス》」、それから「白《ブラン》」と「黒《ノワール》」という、ふたつの対立概念を考えてみるのがよろしいのです。それらはともに、その本性からして対立しているではないですか。したがって、「黒」は「悲しみ」を意味し、「白」は理の当然として「喜び」を意味することになります。(1)

こうした意味作用《シニフィアンス》は、人間の恣意的な解釈によって決められたものではなく、万人の合意によって、つまりは、哲学者が「万民の法《ユス・ゲンティウム》」と呼ぶところの、あらゆる国々に有効なる普遍法則によって、受けいれられたものにほかなりません。

みなさまもご承知のように、あらゆる国民、あらゆる国家――ただし、邪心の持ち

(1)　スクリーチによれば、ラブレーはここで、意図的かどうかは別として、まちがった論法を用いているという。同一カテゴリーに属していたとしても、「原因」が同一でないと、「喜び」と「悲しみ」が対立概念とはいえないという。この点は、すでにトマス・アクイナスが『神学大全』「すべての悲しみは、すべての喜びと対立するのか」で指摘しているとのこと（[Screech 2]）。

主であった、古代シラクサエ人と若干のアルゴリス人〔ペロポネソス半島に居住。「ギリシア人」の意もある〕は除外いたしましょう、[2]——あらゆる言語では、悲しみを外に向けて表そうとして、黒い衣服を着るのであります。かくして服喪の悲しみは黒い色で示されます。自然がこれになんらかの論拠や理屈を与えなくても、このことには普遍的な証人が与えられているのでありまして、各人は、だれに教えられなくても、このことをおのずと、ただちに感得できるわけでありまする。こうした理屈をば、われわれは「自然法《ドロワ・ナチュレル》」と呼ぶのでありますぞ。

そしてですね、これと同じく、ごく自然な類推によりまして、人々は、「白」を、楽しみ、喜び、歓喜、快楽、悦楽だと理解してきたのであります。たとえば、その昔のトラキア人やクレタ人は、幸福で楽しい日々を白い石で、悲しくて不幸な日々を黒い石で示したといいます。

いっぽう、夜とは、不吉にして、もの悲しく、憂鬱なものではないでしょうか。夜は、喪失ゆえに黒く、おまけに暗いのであります。また光は、自然そのものを喜ばせるのではないでしょうか。光は、いかなるものよりも白いのであります。この証明のためには、ロレンツォ・ヴァッラがバルトーロに反駁した著作[3]を読むことをお奨めいたしまするが、福音書の証言でも、みなさまはご満足なさるにちがいありません。

「マタイ福音書」第一七章、キリストの変容の物語には、「その衣は光のごとく白くなりぬ」(4)と記されているではないですか。この光り輝く白さによりまして、イエスは三人の使徒に、永遠の歓喜なるもののイデーと形象とをお示しになったのです。と申しますのも、人間はだれしも、光明に喜びを感じるものでありまして、なにしろ、歯抜けのふがふがばあさんだって、「光はいいもんじゃ」といったと、みなさまはおっしゃったではありませんか。(5)また「トビト書」第五章には、盲目となったトビアスが、大天使ラファエルのあいさつを受けて、「天の光が少しも見えないわたしに、いかなる喜びがありましょうか」と答えておりますぞ。天使たちは、救世主キリストの復活

(2) 黒ではなく白が、服喪の象徴であったという。ラブレーが、「普遍法」と「自然法」を同一視していることに注目。

(3) バルトーロは、『パンタグリュエル』第一七章などでも風刺されている、イタリアの法学者で、紋章・色彩論を書いている。ユマニストのヴァッラは、『バルトーロの著作に反論する』において、バルトーロが聖書のウルガタ版を典拠にして、あやまった議論を組み立てていることを批判した。ちなみにヴァッラは、『コンスタンティヌス帝の寄進状』が偽書であることを証明した文献学者として名高い。

(4) 「光のごとく sicut lux」が、ウルガタでは、「雪のごとく sicut nix」となっていた。エラスムスがギリシア語版聖書により「光のごとく」と訂正した。ラブレーが、ヴァッラやエラスムスに従っていることを示す一節。

(5) cf. エラスムス『痴愚神礼讃』三一。

に際しても（「ヨハネ福音書」第二〇章）、その昇天に際しても（「使徒行伝」第一章）、この白という色によって、全世界の歓喜を示しているのです。福音史家の聖ヨハネも、至上にして、至福なる都エルサレムの信徒たちが、この色の衣服をまとっているのを目撃したのであります（「ヨハネ黙示録」第四章、第七章）。

あるいは、ギリシアやローマなど、古代の歴史をひもとかれるのもよろしいかと。ローマのそもそもの起源であるアルバの町が、一匹のまっ白なブタが発見されたことにちなんで建設され、命名されたことがわかります[6]。

また、敵をうち破り勝利を収めた者が、ローマの都に凱旋入城する場合には、白馬に引かせた車で入ったのでありますし、準凱旋《オヴァシオン》〔車ではなく、馬あるいは徒歩で入城する〕により入市する者も同様であったのです。なぜならば、そうした歓迎の喜びを表すには、白い色にもまして確実な記号や色彩はなかったのであります。

さらにはですね、アテナイの将軍ペリクレスが、兵士たちのうちで白い豆を引き当てた者に、その日一日を、歓喜と、楽しみと、休息のうちにすごさせて、残りの者たちに戦闘をさせた話も、お読みになることができるはずです〔プルタルコス『対比列伝』〕。これ以外にも、こうした実例とか一節は、いくらでも挙げることができますが、ここは、そうした場でもございませんから、このぐらいにとどめておきましょう。

ともあれ、以上のことを理解されたならば、「叫び、咆哮するだけで、百獣をおびえあがらせる、あのライオンが、なぜまた、白いニワトリをおそれ、畏敬するのか」という、例のアプロディシアスのアレクサンドロス〔アリストテレスの注釈者として有名〕が解決不可能だとした問題にいたしましても、解けるのではないでしょうか。つまり、プロクロス〔五世紀の新プラトン学派の哲学者〕が『供犠と魔術』で述べているとおりでございまして、地上ならびに宇宙のあらゆる光の集積体でありまする、太陽という功徳の存在は、白という色彩ならびに、その特性や物性によりまして、ライオンなどよりも、はるかに白いニワトリに照応した、ふさわしいものなのであります。おまけに、悪魔はしばしばライオンの姿で目撃されますものの、白いニワトリを見ると、すぐさま消えていなくなるともいうではございませんか。(7)

こうした理由から、ガリア人は――これはフランス人のことでして、ギリシア語で

(6) cf. ウェルギリウス『アエネイス』八・三六―四八など。アルバの町は、アエネーアスの息子アスカニウスにより建立された。三〇頭の子ブタを産み落とした白い母ブタがいる場所が都となろうという神託を父親が授かり、その場所に都を築いた息子は、白ブタにちなんで「白い《アルバ》」という名を付けたのである。

(7) このあたり、フィチーノのプロクロス注釈からの借用だという。

ガラと呼ばれる牛乳のように、生まれながらに肌が白いから、こういわれたのです――、好んで帽子を白い羽根で飾るのです。というのもガリア人は、その天性からして、陽気で、純真で、愛想がよく、人に好かれるのでありまして、彼らは、いかなる花にもまして純白なる、かの白百合を、シンボルならびにエンブレムとしているのであります。

では、自然はいったいなぜ、白い色によって、われわれに喜びや楽しみの気持ちを感得させるのかと、みなさまがお尋ねになるかもしれません。その場合、わたくしといたしましては、類似性《アナロジー》ならびに相同性《コンフォルミテ》によるのだとお答えいたします。アリストテレスの『問題集』や光学の権威によりますれば、白い色は、外界に向けて視覚を分解・分散させてしまい、明らかに視覚の精気を溶解させるのであります。たとえば、雪におおわれた山を越えていくときに、目がよく見えないと嘆いたご経験がおありでしょう。かのクセノフォンも、部下の身にそうしたことが起こったと書いておりますし、ガレノスもまた、『人体各部の機能について』で、この点について詳しく論じております。そして、これと同様に、心というものも、この上ない喜びを感じると、内部に分散を生じ、生命の精気の溶解を起こすことになるのであります。この溶解現象が激化いたしまするとと、心は、それを支えているものを奪われたままになりまして、その結果として、極度の歓喜により生命が失われることもありうるのです――ガレノスが『治療法』第七巻、『患部について』第五巻、『病因について』第二巻で論じているとおりであります。またキケロ『トゥスクルム荘対談集』、ウェリウス・フラックス〔ローマ皇帝アウグストゥス時代の文法学者〕、アリストテレス、ティトゥス・リウィウス著『ローマ史』のカンネ(8)の敗戦後の部分、プリニウス『博物誌』第七巻三二章と五三章、アウルス・ゲッリウス『アッティカの夜』第三巻、第一五巻などの証言にもございますとおりで、こうしたことは、その昔に、ロードス島のディアゴラス、キロン、ソフォクレス、シチリアの僭主ディオニシウス、ピリピデス、ピレモン、ポリクリタ、ピリスティオン、マルクス・ユウェンティウスの身に起こったのでありまして、彼らはいずれも、感きわまって死んでしまったのであります。さらにはアウィケンナが、『医学宝典』第二巻「心臓の力について」におきまして、サフランについて述べているごとくに、この植物を過度に摂取いたしますと、心臓が大喜びしすぎてしまい、溶解や膨張を引き起こして、命が失われることもあるのです。この点に関しましては、アプロディシアスのアレクサンドロスの『問題集』第一巻一九章を参照していただければさいわいであ

(8)　アドリア海に面した古代都市で、前二一六年、ローマ軍は、ハンニバル率いるカルタゴ軍に敗れた。

ります。では、これにて一件落着といたす所存でございます――いやはやなんとも、このわたくしとしたことが！　最初の腹づもりよりも、ずいぶんと深入りしてしまったではないか。このあたりで船の帆をおろして(9)、残りは、この問題を論じつくした書物にまかせることにいたそう。とはいえ、最後にひとことといわせてもらうぞ。白が、喜びと楽しみを表すのと同じ象徴作用により、青は、明らかに空と天上のものごとを表すのであるぞよ。

（9）　ここでも、エクリチュールが航海にたとえられている。

第11章　ガルガンチュアの幼年時代(1)

三歳から五歳まで、ガルガンチュアは、当然必要とされるあらゆる学習において、父親の意向にしたがってはぐくまれ、教育された。この時期を、その国の子供たちと同じようにすごしたのだ。すなわち、飲んだり、食べたり、眠ったり、あるいは食べたり、眠ったり、飲んだり、はたまた眠ったり、飲んだり、食べたりしてすごしたのである。

いつも、どろんこのなかをころげまわり、鼻のあたりを真っ黒にし、顔をよごしたり、靴のかかとをつぶしたり、しょっちゅう、ハエに向かってぽかんと口を開けてい

(1)　原文は l'adolescence だから「思春期」といった意味になるが、本文冒頭には「三歳から五歳まで」とあるので、「幼年時代」と意訳した。『パンタグリュエル』では、enfance「幼年時代」を、まだことばもしゃべれない幼児期の意味で使ってもいるから、ここも、ずらし技法か。いずれにせよ、やがてガルガンチュア少年は、ソフィストのホロフェルヌ先生を家庭教師にして、半世紀以上も勉強を学ぶわけである（第一四章）。

た。[2] そしてチョウチョを追いかけまわしては喜んでいたが、なにしろ父親は、蝶々国《パルパイヨ》を支配していたのである〔第三章を参照〕。靴におしっこをしたり、パンツにうんこをもらしたり、服の袖で鼻をふいたり、スープに鼻汁をたらしたり、ところかまわず、ぬかるみにばしゃばしゃ入ったり、上履きで酒を飲んだり、いつも自分のおなかをかごにこすりつけたりしていた。また、木靴で歯をみがき、煮込みのスープで手を洗い、コップで髪をとかしていたし、二つの腰かけのあいだに尻もちをついたり、[3] びしょぬれの袋をかぶったり〔「へたな言い訳をする」という意味〕。スープを飲みながら酒を飲んだり、パンがなければフーガス〔原文はfouace。第二五章以下を参照〕を食べたり、笑いながら噛んだり、噛みながら笑ったりした。しょっちゅう、献金用の皿につばを吐いたし、強烈なおならをしたり、お天道様におしっこしたり、[4] 雨宿りだといっては水中にもぐったり、冷えた鉄をたたいたり、とりとめのない空想にふけったり、やたらと愛嬌をふりまいたり、げえげえ吐いたりしたし、もぐもぐと、わけのわからないことを祈ったり、元の話題に戻ったり、メスブタをまぐさの方に向かせたり〔「話題を変える」こと〕、ライオンの前でイヌをぶったり、荷車をウシの鼻づらにつなごうとしたり〔「本末転倒」という感じか〕、かゆくもないのにかいてみたり、鼻から虫を引っぱりだしたり〔「たくみに秘密を聞き出す」こと〕、二兎を追いすぎて失敗したり、後先も考えずに白パンから食べたり〔「先に楽をする、将来のことを考えない」〕、セミに蹄鉄を打とうとしたり〔不可能なことのたとえ】、自分をくすぐって笑ったり、台所でたらふく食べたり、神様に麦わらを供えたり(5)、朝課のお祈りに、夕べの祈り《マグニフィカート》を唱えて悦に入ったり、キャベツを食べて、フダンソウのうんこをしたり、牛乳のなかのハエを見わけたり(6)、ハエの足をむしりとったりした。紙をこすって、つるつるにしようとしたり、羊皮紙にへたな字を書きまくったり、さっさと逃げ出したり、ヤギの革袋の酒を飲みほしたり、勘定をたしかめずに、宿賃をあれこれ計算したり、草むらをたたくばかりで、小鳥をつかまえなかった(7)り【「他人に漁夫の利を与えてしまう」こと】、雲は青銅のフライパンで、ブタの膀胱《ぼうこう》は提灯《ちょうちん》だと思いこんだり、

(2)　以下、俚諺・格言をもじったものも多いが、注解はごく一部分にとどめる。「ハエに向ってぽかんと口を開ける」は、無為にすごすことのたとえ。

(3)　いくつかのチャンスがありながら、逃してしまうこと。優柔不断さなどから、結局失敗してしまうこと。なお、ブリューゲル《ネーデルラントの諺》（ベルリン国立美術館）では「二つの椅子の間の灰の中に座る」として図像化されている（左端の中ほど）。

(4)　野心ばかり大きくて、結局失敗すること。友人などの不興を買う、という意味もあるらしい。「月に向って小便する」も同じで、ブリューゲル《ネーデルラントの諺》の中央に描かれている。

(5)　神を愚弄すること。モンテーニュ『エセー』二・一二「レーモン・スボンの弁護」にも、「神に麦わらを供えてはならない」と出てくる。

(6)　cf.「ヴィヨン」「私は見わけられる、ミルクの中のハエが」（「枝葉末節のバラード」）。

(7)　ここも、ヴィヨンと重なる。「(女は) いつもわたしや他の男をあざむいて、膀胱を提灯だと思わ

一石二鳥の得をしたり、ばかなふりして、まんまと望みのものを手に入れたり、自分のこぶしをハンマー代わりにしたり、飛び立つツルをつかまえようとしたり、鎖を編んで鎖帷子《くさりかたびら》をつくろうとしたり、馬とみれば、かならず口のなかをのぞきこんだり(8)、次から次へと脈絡のない話《コ・カ・ラーヌ》(9)をしたり、酸いも甘いもいっしょくたにしたり、掘り返した土で堀割をつくるようなまねをしたり、お月様をオオカミから守ろうとしたり〔「不要なこと」〕、空が落っこちれば、ヒバリをつかまえられるなんて期待したり〔「無駄な望み」〕、必要を美徳としたり、これこれのパンをクルトンにしたり〔「人をしかるべく遇すること」〕、はげ頭もぼうず頭も、区別なしに無視して、朝ともなれば、げろを吐いたりしていたのだ。

父親の飼っていた子犬たちはガルガンチュアの皿で食べていたが、彼もいっしょに食べた。そしてイヌの耳にかみつき、鼻をひっかくのだった。また尻をふうっと吹いてやると、イヌのほうは、ガルガンチュアのくちびるをぺろぺろとなめるのだった。

さてさて、みなしゃん、知っとりましゅか。ぐでんぐでんによっぱらっちまえてんだ〔ここはガスコーニュ方言〕！　このませた男《お》の子《こ》はですねえ、子守女のボディの上から下まで、前からうしろまで、いつだって、なでなでしては、はいしどうどう、はいどうどうと、はやくもですね、ブラゲットを使い始めていたのですよ、まったく。そして毎日毎日、子守たちは、このブラゲットを、きれいな花束や、リボンや、花や、モールで飾ってあげて、まるで軟膏の棒でもいじくるみたいに〔薬屋が手でこねてスティックにしていたという〕、両手でさすってあげたのです。そのせいで、ブラゲットのお耳がぴーんと立ったりすると、この遊びが気に入ったわとばかりに、みんなで、げらげら大笑いするのでした。

そのブラゲットのことを、ある者は「かわいい樽の栓」と呼び、ある者は「わたしのピン」とか「サンゴの小枝ちゃん」と、あるいは「大樽の栓ちゃん」、「栓太郎さま」、「わたしのハンドドリルさま」、「わたしの押し棒ちゃん」、「わたしの錐之介《きりのすけ》さま」、「わたしのペンダント」、「わたしのしこしこ、びんびんちゃん」、「わたしの起立棒君」、「わたしの赤いソーセージちゃん」、「わたしのふぬけの玉々ちゃん」なんて呼んでおりましたぞ。

「これは、わたしのものよ」と、だれかがいうと、「いいえ、わたしのものです」と、もうひとりがいう。そして別の子守が、「ええっ？　このわたしには、なにもないで

せるんだから。空を、青銅のフライパンだと、雲を、仔牛の皮だと、朝を夕方だと」(『遺言書』六九五—六九九行)。

(8)　歯で馬齢を数えるわけだが、そうした余計なことはせずに、「贈り物はすなおに受け取るべし」という意味で使われた。

(9)　「コ・カ・ラーヌ」と呼ばれる、ナンセンスな風刺詩も存在して、クレマン・マロが才能を発揮した。

すって？　ならいっそう切ってしまいますわよ」なんて言い返すものだから、別のところから、「なんですって！　お子供のなにをお切りあそばすなんて、冗談ではございませんわ。そんなこといたしますと、尻尾のないただの殿方になってしまいますわ(10)」という声があがるのであった。

そしてガルガンチュアが、この国の男の子たちみたいに遊べるようにと、彼女たちは、ミルボー近辺〔ポワチエの北の町で、風車で有名だったらしい〕の風車の羽根でもってきれいな風ぐるまをつくってあげましたとのことである。

(10) 名前だけで、de 以下の爵位や肩書きがない、ということと掛けている。

第12章　ガルガンチュアの木馬

　それからみんなは、ガルガンチュアが一生ずっと馬乗りの達人であってほしいと願って、大きくて、りっぱな木馬をつくってあげた。するとガルガンチュア、これにまたがり、ぴょんぴょんと飛びまわったり、跳ねたり、いっしょに踊ったり、ゆっくり歩いたり、だくを踏んだり、キャンターをしたり、側対歩で歩いたり、ギャロップで走ったり、不整駆歩《オーバン》や不整速歩《トラクナール》をしたり、あるいはまたラクダやロバの歩き方までもするのだった。修道士が祝祭の種類によって祭服を着替えるように、木馬の毛色も、黒鹿毛、栗毛、連銭芦毛、ネズミ色、鹿毛、白黒のぶち《ルーアン》、赤茶、鎌形紋《ザンクル》、まだら、芦毛、白と変えてあげた。

　そしてガルガンチュア自身も、大きな木材運搬車を狩猟用の乗馬に見立てたり、ブドウ圧搾機のレバーをふだんの乗馬にして、太いカシの木に覆いをつけては、部屋のなかでラバがわりに乗りまわしたりしていた。ほかにも、替え馬を十頭ないし十二頭、駅馬を七頭もっていて、そばに寝かせていた。

図3　第12章の図版［NRB 23］。棒馬で遊んでいるから、オリジナルの木版か？

ある日のこと、ペナンサック殿[1]が家来をたくさん引き連れて、にぎにぎしく、父君グラングジエを訪問したが、ちょうど、フランルパ公〔「無銭飲食」の意〕とムイユヴァン伯[2]も表敬に訪れていた。ところが、これだけたくさんの来客があると、さしもの館も手狭であり、ことに厩舎などは足りなくなってしまった。そこでペナンサック殿の執事と宿舎係が、屋敷のどこかに馬小屋が空いていないものかと考えて「軍馬用の厩舎はどこですか」と、少年ガルガンチュアにこっそり聞いてみた。子供ならば、なんだってべらべらしゃべってくれると思ったのである。

するとガルガンチュア、ふたりを案内して、お城の正面の階段をあがると、二つ目の大広間を通って、大回廊へと抜け、そこから大きな塔に入り、またしても階段を、とことこのぼっていく。そこで宿舎係が、「この子供は、われわれをだましてますぞ。厩舎が建物の上階にあるはずはないですからね」と、執事にいった。

「それは、あんたの誤解だよ。リヨン、ラ・ボーメット[3]、シノンなど、厩舎が屋敷の

(1) 「締まり屋」という感じか。Painensac を、manger son pain en sac「自分のパンを袋から食べる→けちだ、強欲だ」と掛けた。『フランソワ・ヴィヨン学士の無銭飽食』にも、Pennensac 殿が出てくることに注目。

(2) Mouillevent だが、mouiller (le) vin ならば、「ワインを水で薄める」となる。

てっぺんにある土地を、わたしは知っているんだ。たぶん、この裏手のあたりをいくと、乗馬用の踏み段《モントワール》かなんかになっているんだよ。でも、聞いてたしかめてみよう。」

こういうと執事は、「坊や、どこに連れていくおつもりですか」と、ガルガンチュアにたずねてみた。

「ぼくの大きなお馬さんたちがいる厩舎にだよ。もうすぐだよ、この段々をのぼるだけでいいからね。」

こういうと、彼はもうひとつの大広間をぬけて、自分の寝室に連れていき、扉をあけると、「ほら、お望みの厩舎だよ。これがスペイン子馬《ジュネ》、これが去勢馬《ギンダン》、こっちがラヴダン〔ガスコーヌの競走馬〕で、こっちが不整速歩《トラクナール》をする馬さ」というと、ふたりに太い棒を持たせると、こう話した。

「このフリースラント種[4]をあげるよ。フランクフルトで手に入れたんだけど、おじさんたちにあげる。子馬だけど、とてもじょうぶなんだから。こいつに乗って、オオタカを一羽、スパニエル犬を五、六匹、それにグレーハウンド犬を二匹連れていれば、ほら、おじさんたちだって、今度の冬は、シャコ狩りやウサギ狩りの名人になれるよ、きっと。」

「やれやれ、聖ヨハネさま！　ころりとだまされちまったわい。おそれ入谷の鬼子母神とはこのことだ。」

「そんなことないよ、おじさん。だってこの三日間、そんな神さまは、お家《うち》のなかにいないもんね。」

でもって、ふたりが、穴があったら入りたい気分になったのか、それともですね、気も晴れ晴れと、げらげら笑う気になったのかは、みなさん、ここで当てていただきたいのであります。

とにかく、おそれいったふたりは、そのまま下におりかけたのですが、ガルガンチュアはこうたたみかけました。

「おじさんたち、オーブリエール aubeliere(5) がほしくないかい?」

「なんだい、そいつは?」

「おじさんたちの口輪にする、うんこ玉《エストロン》(6)が五個っていうこと。」

(3)　アンジェ近くで、フランチェスコ会修道院があり、ラブレーも修練士として入っていたとされる。

(4)　フリースラントは、現在のオランダ北部。本当は、大きな馬であるらしい。

(5)　架空の単語。aubel「白ポプラ」は、木工品によく使われた。ガルガンチュアは、「馬の口輪」muselière にどうですと、「オーブリエール」という得体のしれぬものをあげようとしたのか。

(6)　estron は「糞」の意味だが、tronçon「輪」との語呂合わせか。このあたりの言葉遊びを駆使した大人いじめは、『ティル・オイレンシュピーゲル』を想起させる。

「まったく、今日という今日は」と、執事がいった。「火あぶりになったって、こげつく心配など少しもないわい。なにしろ、こってりと油をしぼられた、いや塗られちまったのだからな。坊や、おじさんたちを、まんまといっぱいくわせてくれたね。いつか、教皇《パープ》さまにでもなるつもりかい？」

「そのつもりだよ。でも、そのときには、おじさんは蝶々《パピヨン》教皇になってるし、こっちのやさしいオウム《パプゲ》おじさんなんか、完璧な偽善坊主《パプラール》になってるんじゃないのかい。」

「ほんとうかねえ、そうかもな」と、宿舎係りがいった。

「ところでさ、ぼくの母上の下着に、縫い目がいくつあるか当ててごらんよ」と、ガルガンチュアが聞いた。

「十六だろ」と、宿舎係りが答えた。

「残念でした、大はずれ。それじゃあ、全然めちゃくちゃだい。前と後ろに百ずつあるんだよ。(7)数え方がへたすぎるよ。」

「いつ数えたっていうのだい？」

「おじさんの鼻を樽の穴にして、うんちを一ミュイ〔二六八リットル〕ばかりひり出してから、おじさんののどをじょうご代わりにしてね、別の入れ物に移しかえたときの話さ。なにしろ、おけつだってね、樽みたいに、穴ぼこがあいちゃってるんだから。」

「くそっ、こりゃたまらん」と、執事がいった。「とんでもないおしゃべり子供にでくわしてしまった。口先王子さま、神さまのご加護を。あなたは、お口がうますぎますぞ。」

こういうとふたりは、おおあわてでおりていったが、階段から出たアーチのあたりで、しょわされていた大きな棒を落としてしまった。そこで、ガルガンチュアはこういった。

「まったく、馬に乗るのがへたなんだから。かんじんのときに、短足馬《クルトー》がいないんだから。ここからカユザック[8]まで行く用事があるとして、おじさんたち、ガチョウのひなに乗るのと、ブタに綱かけて引っぱっていくのと、どっちがいいんだい[9]？」

(7)「それじゃあ」以下、原文は il y en a sens davant et sens derrière.「前で感じろ、後ろで感じろ」というエロチックな意味にもとれる。翻訳不可能。

(8) 南仏、現在のロット＝エ＝ガロンヌ県の村。ラブレーの後ろ盾ジョフロワ・デスチサックの甥の領地。

(9) 一二世紀のシャルトル学派の哲学者ソールズベリーのヨハネスは『メタロギコン』で、当時の教育において、「市場に連れていかれるブタは、人間に引かれているのか、あるいは綱に引かれているのか」といった不毛な議論が横行していたことを批判している。ガルガンチュアは、早くもこの種のロジックを自家薬籠中のものとしている。

「そんなことより、一杯飲むほうがいいですな」と、宿舎係りがいった。

こういってふたりは、一同がつどう下の広間に入っていった。そして、見聞きしたばかりのことを話したものだから、みんなは、まるでハエの群れみたいに抱腹絶倒したのだった。(10)

(10)『第四の書』「前口上」では、「ハエの小宇宙（ミクロコスム）みたいにげらげら笑った」と出てくる。

第13章　グラングジエ、ある尻ふき方法を考案したガルガンチュアのすばらしいひらめきを知る

五歳の終わりころ、カナール人〔国王はアルファルバル。第五〇章を参照〕をうち負かして帰国したグラングジエは、その足で息子ガルガンチュアを訪ねた。そして、世の父親がわが子に再会したのと同じように大喜びして、チュッチュッと口づけしたり、抱きしめたりして、たわいもないことを、あれやこれや聞いた。それから、ガルガンチュアやその小間使いたちといっしょに、たっぷりきこしめすと、彼女たちに、息子をきれいに、清潔にしておいてくれたのかと、気がかりなことを聞いてみた。するとガルガンチュアが、「自分でちゃんとしておいたから、国中を探したって、ぼくみたいに清潔な男の子なんかいませんよ」と、答えたのだ。そこでグラングジエは、「どういうことなんだい」と聞いてみた。

「ぼくはね、長いあいだ、熱心に実験をくりかえして、これまでにはない、なんともみごとで、具合もよくて、高貴なお尻のふきかたを発明したんですよ。」

「どんな方法なんだ？」

「じゃあ、お話ししましょう」と、ガルガンチュアが語りはじめた。

――あるときは、小間使いがもっていたビロードのスカーフでお尻をふいてみたけど、いい感じだったよ。絹のやわはだのおかげで、お尻の穴のところが、なんともいい気持ちだった。

別のときは、その小間使いのビロード頭巾もためしてみたけど、これまた気持ちよかった。

マフラーもためした。深紅のサテンでできた頭巾の耳当てのところでふいてみたけど、これは、真珠だかなんだかでごてごてと飾られていて、お尻がすりむけちゃった。こんなくそいまいましい金ぴかものをつくった職人や、頭巾をかぶってた女のうんち袋なんか、聖アントニウス熱(1)でかっかと燃えてしまえばいいんだ。

でも、この痛みも、スイス傭兵風に、羽根かざりがたくさんついた小姓の帽子で、お尻をふいてるうちに、すっとおさまったけどね。

それからね、草むらでうんちしていたら、三月《マルス》ネコ(2)を見つけたから、これでふいてみたんだ。だけど、アリのとわたりのところをあちこちひっかかれちゃった。

でも、この傷も、割れ目香水《モージョワン》(3)のにおいがぷんぷんする母上の手袋でふいたらね、翌日にはなおったよ。

それから今度は、セージ〔以下、整腸作用のある薬草が多い〕、ウイキョウ、アニス、マヨラナ、バラ、カボチャの葉っぱ、キャベツ、フダンソウ、ブドウの葉っぱ、タチアオイ、ビロードモウズイカ——こいつは、お尻が真っ赤になりますよ——、レタス、ホウレンソウの葉っぱなんかをためしてみたけど、どれもこれもだめだった。ヤマアイ〔下剤として使われた〕、ハルタデ、イラクサ、ヒレハリソウ〔下痢の治療に使った〕も使ったけど、ロンバルディア赤痢[4]にかかりましたよ——ブラゲットでふいてなおしましたけどね。

次に、ベッドのシーツや、毛布や、カーテン、クッション、カーペット、ゲーム台、ぞうきん、ナプキン、ハンカチ、部屋着でもふいてみたんだ。どれもこれも、疥癬にかかったところを、ごしごしかいてもらうとき以上に、いい気持ちだった。

「なるほど」と、グラングジエがいった。「ところで、尻ふき《トルシュキュ》にはなにが最高だった

(1) 壊疽になったり、足がなえる熱病で、中世以来流行していた。最近の研究では、麦角菌による中毒症状ではないかという。ブリューゲル《いざりたち》(ルーヴル美術館)は、それを描いたともいう。
(2) 三月生まれのネコは粗暴だとされる。『第四の書』第三二章を参照。
(3) benjoin「安息香」と maujoint「女陰」の語呂合わせ。
(4) 北イタリアで戦った兵士たちに流行したという。

のだい？」
「それがね、わかったんです」と、ガルガンチュアがいった。「もうすぐ、結論《トウ・アウテム》を教えちゃいますからね。ぼくは、まぐさや、わらや、麻くず、動物の毛くず、毛糸でふいてみた。それに紙なんかもためしてみたけどね、

紙などで、ばっちいおけつをふいたとて、
いつもふぐりに、かすぞ残れる。」

「なんじゃ、おまえ、おちんちん小僧のくせに、酔狂にも歌などひねりおって。さては、もう酒の味をおぼえたんだな？」
「もちろんですよ、王様とうさん。ぼくは、もっとたくさん歌をひねってますよ。でも、歌仙《アン・リマン》で苦しんでも、たいていは、風邪《マンリーム》で苦しむだけなんですけどね。でも、ここはひとつ、「脱糞人に雪隠が話しかける歌」というのを聞いてやってください。

うんち之助に、
びちぐそくん、

ぶう太郎に、
糞野まみれちゃん、
きみたちのきたないうんこが、
ぼたぼたと、
ぼくらの上に、
落ちてくる。
ばっちくて、
うんちだらけの、
おもらし野郎、
あんたの穴がなにもかも
ぱかんとお口を開けたのに、
ふかずに退散するなんて、
聖アントニウス熱で焼けちまえ（5）！」

（5）詩人クレマン・マロのエピグラム「口さがないシーツ係りの女リノットに寄せる」（制作は一五二七年以前）と形式的にも同じで、内容も明らかに想を得ている。

「もっとやってみましょうか?」

「やれ、やれ」と、グラングジエはいった。

「それではひとつ」といって、ガルガンチュアはまた歌い始めた。

ロンドー⑹

先日、われ脱糞しつつ
わが尻に残りし借財を感ず
その香り、わが思いしものにあらずして
われ、その臭さに撃沈さる

嗚呼《ああ》、だれか、
われが脱糞しつつ、待つ貴女を、
連れてきてくれぬものか。
さすれば、われ、女の小用の穴を、

がばっとふさぎて、
女は、脱糞しつつ、
その指にて、わが糞穴をふさがんものを。(7)

「でも、ぼくにはちんぷんかんぷんなんですからね。ぼくが作ったんじゃないんだ。ふんとだからね。ここにいるおばあちゃんが歌っているのを聞いて、それをぼくの記憶のずた袋《ジブシエール》(8)のなかにしまっておいたのですからね。」

「では、本題にもどるとするか。」

「本題って？　うんこのこと？」

「いや、尻ふきの話だよ。」

「もしも父上をぎゃふんといわせたら、ブルトン・ワインの中樽《ビュサール》をひとつ、はずんでくれますか？」

(6)　rondeau は、中世に流行した短い定型詩。マロはかなり多く試みたが、プレイヤード派によって断罪され、廃れていく。
(7)　ちなみに渡辺一夫訳は「先日脱糞痛感／未払臀部借財……」と、漢文調の名訳になっている。
(8)　『第三の書』第三六章でも、「知性（分別）のずた袋」という表現が出てくる。

「もちろんだとも。」

「うんちがついていないなら、尻ふきの必要はないのであります」と、ガルガンチュアがいった。「うんちをしなければ、うんちはつかないのでありまする。したがいまして、尻をふく前に、うんちをしなくてはいけないのであります。」

「このがきめ、なんとも利発なやつだな。近々、戯言学博士《ゲー・シアンス》[9]にでもしてやるとするか。年に似合わず、ずいぶんものごとをわきまえているからな。さあ、尻ふき学の話を続けておくれ、お願いだ。このひげにかけても、中樽一本とはいわず、大樽を六〇本でも奮発しようじゃないか。あの、ブルトン・ワインをな。ブルトン種は、ブルターニュでは育たず、[10]このうまし国ヴェロン〔ロワール河とヴィエンヌ川流域の豊かな地域〕でできるのだからな。」

「それから」、とガルガンチュアがいった。「頭巾や、枕や、スリッパや、腰巾着もためしましたし、かごでもふいてみましたが、これなどは、なんとも不快な落とし紙でした。帽子でも、ふいてみましたよ。注意しなくてはいけないのですが、帽子と申しましてもですね、ざらざらした感触のもあれば、ふさふさしたのもありますし、ビロードみたいにすべすべのもあれば、タフタ織りみたいにやわらかなのとか、サテンのようになめらかな感触のもあるのでございまする。でも、最高なのは、ふさふさした毛の帽子でしょうね。うんこをきれいにふきとってくれますから。

そして、おんどりやめんどり、ひなどり、子牛の皮、ウサギ、ハト、ウ（鵜）、弁護士の書類袋、大きな頭巾《バルビュト》、おこそ頭巾、鷹狩り用のおとり《ルール》などでも、ふいてみました。

しかしながら、結論として申しますれば、うぶ毛でおおわれたガチョウのひなにまさる尻ふき紙はないと主張いたしたいのであります。ただし、その首を股ぐらにはさんでやらなくてはいけません[11]。ぼくちゃんの名誉にかけて、信じてください。羽毛の

(9) gai savoir「愉しい知識」は、中世南仏のトルバドゥールが、哲学・神学に対抗して、自分たちの詩歌につけた名前で、これをもじったものか。

(10) ブルターニュはブドウ栽培の北限を越えているため、リンゴから、シードルやカルヴァドスを醸造している。

(11) この個所に関して、実に刺激的な議論を展開したのがフランソワ・リゴロである（[Rigolot] を参照）。フランソワ一世の注文により、ミケランジェロの《レダと白鳥》（模写のみが現存）が弟子のミーニによってフランスに運ばれた。一五三一年の暮れに、ミーニの一行はリヨンに到着、現地のフィレンツェ国民団に歓迎される。（ユピテルが化けた）白鳥をレダが股ぐらに挿むという、挑発的なポーズが大いに話題となり、ミーニは三枚もの模写を依頼され、結局は翌年春までリヨンに滞在する。まさにラブレーが、この都市にやってくる時期にあたる。そこでリゴロは、模写を見て図像に興味をいだいたラブレーが、「落とし紙」の挿話のなかで、《レダと白鳥》のポーズを、男の子の尻ふきへと「格下げ」し、高貴な白鳥も、さえないガチョウに変えて、パロディとしたのではと推測するのだ。なお白鳥を股

やわらかさといい、はたまた、ひなの適度の温かさといい、父上がおけつの穴にすばらしき快感をおぼえるのは必定なのであります。そして、その温かさが、たちまちにして直腸はおろか、ほかの腸にまで伝わりまして、ついには心臓や脳のある部位にまでも達するのでございます。したがいまして、極楽浄土におられまする英雄やら超人の方々の至福というものが、ここら近所のばあさんがいうように、天国の花ツルボラン《アスフォデル》〔ユリ科で、薬効がある。死・永遠のシンボル〕や、霊薬アンブロシアや、神酒ネクタール(12)のおかげだなどと思ってはなりませんよ。管見によりますれば、それは、こうしたみなさまが、ガチョウのひなで尻をふいているからにほかなりません。ドゥンス・スコトゥス先生のご高説も、かようなものなのでありまする。」

ぐらに挿むレダという図像は、リヨンの知的・芸術的サークルでは、やがて、モーリス・セーヴの象徴詩集『デリー』(一五四四年)の図版(エンブレム)としても出現する。

(12)「神々の酒であって、詩人たちのあいだで有名である」(『第四の書』「難句略解」)。

第14章　ガルガンチュア、ソフィストにラテン文学を教わる

以上のような話を聞いて、人のいいグラングジエは、わが子ガルガンチュアの、すぐれた知性とみごとな判断力にほれぼれとしてしまい、うれしくてたまらなかった。

そこで、小間使いたちにこう述べた。

「マケドニア王のフィリッポス〔二世〕は、アレクサンドロスが馬をとてもたくみに乗りこなすのを見て、息子の才能を知ったというぞ〔プルタルコス『対比列伝』「アレクサンドロス」〕。それがとても気性のはげしい、癇性の馬であって、もはやだれひとり、これに乗ろうとはしなかったのだ。乗ろうとすると、ひどく体をゆすって飛び跳ねるものだから、だれもが、首や足を折ったり、頭蓋骨やあごを打ちくだいたりと、さんざんな目にあってきたのでな。ところが「イポドローム」でこうした様子をじっと観察していたアレクサンドロスは、——いや、馬場《イポドローム》というのは、馬を歩かせたり、走らせたりする場所のことなのだが——馬が怒りくるうのは、自分の影におびえるからにほかならないと気づいたのだ。そこで彼は、この悍馬《かんば》にまたがると、太陽の方にむかって走らせたという。

おかげで、馬の影はうしろに落ちることとなり、馬を思うままに、おとなしくさせることができた。このことによって、父君フィリッポスは、息子のうちに比類なき知性が宿っていることを悟り、当時、ギリシアのあらゆる哲学者のなかでも、ひときわ尊敬を集めていたアリストテレスの手で、アレクサンドロスをしっかりと教育させたという次第なのであるぞ。

さて、申しておきたいのだが、いましがた、おまえたちの前で息子ガルガンチュアとことばを交わしたわけだが、これだけでも、この子の知性にはなにかしら神がかり的なものがあることがわかるのだ。実にするどく、精妙であって、深遠にして晴朗なる知性ではないか。しっかりと教育するならば、この上ない英知《サピアンス》にまで到達するのではないか。したがって、わたしとしては、息子をしかるべき学者の手にゆだね、その能力にふさわしい教育を授けたいと思う。そのためならば、なにごともいとわないつもりだ。」

こうして、テュバル・ホロフェルヌ先生[1]というソフィスト[2]の大博士はどうかということになった。このホロフェルヌ先生、アルファベット表をしっかりと教えこんだので、ガルガンチュアはうしろからでも暗誦できるようになったけれど、それに五年と三か月を要した。それから、『ドナトゥス文法』[3]『ファケトゥス礼法書』『テオドルス神話約解』『アラヌス箴言集』を教えたが、十三年六か月と二週間を要したのである。

だが、ご注意願いたい——このあいだにも、博士はゴシック体《ゴチックマン》で書くことを教え、(4)ガルガンチュアはあらゆる書物を筆写したのだ。というのも、印刷術はまだおこなわれていなかったからである。

ガルガンチュアはふだん、重量が七千キンタル(5)以上もある巨大な矢立を持ち歩いていたが、そのペンケースはサン＝マルタン＝デネー教会〔リヨンにある教会。現在は、ペラッシュ駅の近く〕の円柱とおなじぐらい太かったし、鉄の鎖でつるされたインク壺は商売用のワインの大樽

(1) テュバルはヘブライ語の「混乱、卑劣さ」で、「エゼキエル書」に、この名前の人物が出てくる。ホロフェルヌスは、ユダヤの女傑ユディットに首を切り落とされたアッシリア軍の司令官で、迫害者のシンボル。

(2) この個所に限らず、作者は、初版以降「神学者《テオロジアン》」とあった表現を、この決定版で「ソフィスト」に書き直している。ソルボンヌ（パリ大学神学部）をむやみに刺激したくないという意図が働いての訂正と思われる。ただし、ソルボンヌ神学者たちは「ソフィスト」呼ばわりされていたのも事実であり、風刺の毒が消されたわけではない。

(3) 四世紀に書かれたラテン語文法。以下の学校教科書は、どれもラブレーの時代にも使われていた。

(4) 「ゴシック体」は、古い、あるいは文明化されていない知のシンボル。

(5) 一キンタルは一〇〇リーヴル。一リーヴルは、リヨンだと約四〇〇グラム、パリだと約五〇〇グラム。

〔約五立方メートルだという〕ほどもあった。

それから、北風ぴゅう太《ウルトビーズ》先生、荷物担之進《ファスカン》先生、有象無象《トロディトー》師、らんちき騒ぎ之介《ガルルオー》先生、牛太郎《ジャン・ルヴォー》先生、贋金作太郎《ビヨニオ》先生、割目通人《ブルランガンドウス》先生といった面々の注釈がついた文法書『意味の方法論』(6)を教授するのに、十八年と十一か月以上をかけた。ガルガンチュアはこれをしっかりと覚えて、試験のときには、うしろから暗誦してみせたし、母親には「『意味の方法論』など学問ではなかった」ということを、指を折りながら、ひとつひとつ教えてあげたという。

それから暦法を教えたが、十六年と二か月もかかり、結局、この家庭教師先生は死んでしまった――「紀元は一四二〇年、天然痘《ヴェロル》にて倒れたり」という次第である。(7)

そこで今度は、ジョブラン・ブリデ先生〔jobelinは「愚か者、でたらめ」といった意味〕という、ごほんごほん老人が雇われて、フグティオ『ラテン語彙集』、エブラール『ギリシア語源《グレキスムス》』、ド・ヴィルデュー『ラテン語初歩《ドクトリナル》』、『弁論八部集《パルス》』、『問答集《クイド・エスト》』、『補遺集』、『マルモトレ』、『子供の食卓作法』、偽セネカ『四つの枢要徳について』、パッサヴァンティ『贖罪の鑑』、注釈付き(8)』、『祭日用、説教の手引き』を講読した。さらには似たような小麦粉でこねあげた書物を、ほかにも読んだのである。こうしてガルガンチュアは、後にも先にもパン焼きがまに放りこんだことのないような、とんでもない賢さになってしまった。

(6) 中世の代表的な文法理論書で、エラスムスに、有為の若者を愚かにすると批判された。
(7) ここで、物語の時間を計算してみる。ガルガンチュアは五歳のときからホロフェルヌ先生に勉強を教わる。その期間を合計するとおよそ五十四年になりそうである。そして先生が一四二〇年に天然痘で死んでしまう（verolle は「梅毒」とも訳せるが、一四二〇年なので、一応「天然痘」としておいた）。逆算すると、ガルガンチュアの誕生日は一三六一年二月三日となる。ラブレーの物語を相手に、こうした律儀な計算をするのは、まあ半分はお遊びにすぎない。そもそも「紀元は一四二〇年、天然痘にて倒れたり」という文は、クレマン・マロの「紀元は一五二〇年、天然痘［この年号なら「梅毒」でもかまわない］にて倒れたり」をもじったにすぎないのだから。
(8) いずれもユマニストが槍玉にあげた、中世の学校教科書類。

第15章　ガルガンチュア、他の教師たちに託される

こんなわけであって、父君は、わが息子が、すべての時間をつぎこんで、本当にしっかり勉強しているくせに、いささかも得るところなく、それどころか、頭が変で、まがぬけて、ぼんやりして、すっかりばかになってしまったことに気づいたのである。そこで、パプリゴス[1]国の総督であるドン・フィリップ・デ・マレー殿[2]に不満をもらしたところ、そのような教師のもとで、その手の著作を勉強するくらいなら、なにも教わらないほうがましだとわかった。ああした連中の知識ときたら、じつにばかばかしいものにすぎず、その英知など、もうすりきれた手袋も同然で、善良にして高貴なる精神を堕落させ、青春の盛りをだいなしにしてしまうのが落ちだというのだった。

「もしなんでしたら」と、デ・マレー殿がいった。「当代の若者のなかから、二年間だけ学んだ者を連れてきてください。そして、その若者が、あなたの息子さんほどの判断力も、弁舌の才も、議論の能力ももちあわせず、さらには、人前で、みごとな立ちふるまいや礼節を示さなかったならば、今後は、わたしのことを、ラ・ブレンヌ

図4　第15章の図版。第21章、23章にも、この図版が使われる。

〔第三章にソーセージの産地として出てきた〕の肉切り包丁め、とんだ食わせ者だと、いいふらしてもかまいませんよ。」

こういわれたことが、むしろお気に召したグラングジエは、さっそく、そのようにはからうのだと命じた。

その日の夕食時に、デ・マレー殿は、ヴィルゴンジス村〔アンドル県、シャトールーの近郊〕出身のユーデモン〔ギリシア語で「幸運な、才能ある」といった意味〕なる若い小姓を連れてきた。この少年、髪をきれいにとかして、身だしなみをととのえ、ものごしも実に優雅であって、人間というよりも、むしろ小さな天使かなんかのようであった。デ・マレー殿は、グラングジエにこういった。

「この少年をごらんなさい。まだ十二歳にもなっておりません。もしよろしければ、時代遅れの、夢想たわごと博士《レヴール・マテオロジアン》[3]の知識と、現代の若者とのあいだに、どれほどの差があるのか、確かめてみようではありませんか。」

この提案が気に入ったグラングジエは、ユーデモンにスピーチをするように命じた。するとユーデモンは、主人のデ・マレー殿に発言の許可を求めると、帽子を片手にもち、いささかも臆することなく、赤いくちびるをきりっと結び、落ちついたまなざしでガルガンチュアを見すえて、いかにも若者らしい謙虚さで、すっくと立ちあがって、ガルガンチュアを賞賛することばを述べ始めた。まずは、その徳操の高さとすぐれた品性から説きおこして、第二に、その学識に言及し、第三に、その気高さに、第四に、そのみごとな肉体をほめたたえた。そして五番目には、「あなたにりっぱな教育を授けたいと心を砕いておられるお父上をうやまい、いいつけにはしっかり従わなくてはいけません」と、やさしく説いた。そして最後に、「わたくしを、若様のしもべの末席に連ねていただけませんでしょうか。わたくしが、いま天に願っておりますのは、なにかしら若君の意にかなうようなご奉公をいたしまして、およろこびいただけるような才能を賜りくださいということだけなのでございます」と願い出るのだった。

ユーデモンは、こうした演説を、ことごとく、適切にして自然な身ぶりと、はきはきとした発音、朗々たる声、まばゆいばかりの、正しいラテン語でおこなったのであ

(1)　架空の国。聖史劇に Papagoce という国名が出てくる。
(2)　『子供の教育について』（一五二九年）を著したエラスムスのことが念頭にあるともいわれるし、ドイツのユマニストのフィリップ・メランヒトンも思い浮かぶ。
(3)　mateologien はギリシア語 mataiologos「無駄口たたき」をもじった、ラブレーの造語で、「神学者《テオロジアン》」と掛けている。両者の関連づけは、すでにエラスムスによっておこなわれている。

って、その姿は、当世の若者というよりも、むしろ、その昔の、グラックス、[4]キケロ、あるいはアエミリウス[5]をほうふつとさせるものであった[6]。ところがである。ガルガンチュアの様子はといえば、わんわん泣き出してしまって、帽子で顔をかくすというていたらく、まるで死んだロバのおならみたいに、ぷうとも、すうともいうことができなかったのだ。

これに激怒したグラングジエは、ジョブラン先生を殺そうとまで思った。だが、デ・マレー殿が、さようなことはいけませんぞと、ことばたくみに諫めたおかげで、父君の怒りもおさまった。そしてグラングジエは、この先生には給金を支払って、ソフィストらしく、たっぷり酒を飲ませて、そのうえで、さっさと追い払うように命じると、「イギリス人みたいに、へべれけに酔っぱらって、くたばっちまうがいい。そうすれば、とにかく今日は、宿屋の主人だって迷惑せずにすむのだから」といった。

こうしてジョブラン先生を追い出したグラングジエは、どのような先生を世話してもらえるのかと、デ・マレー総督に相談した結果、ユーデモンの家庭教師のポノクラート〔これもギリシア語からの造語で、「タフな働き者」といった感じ〕がこの役目にあたり、当世のフランスの若者たちの勉強ぶりを知るために、一同をパリに行かせようではないかと話がまとまった。

(4) グラックス兄弟の兄のティベリウスのことで、雄弁家として名をはせた。

(5) 上記グラックスとともに、キケロが『ブルートゥス』で称賛している。

(6) ガルガンチュアを誉めたたえる、ユーデモンの演説は、修辞学でいう「礼賛 encomium」のディスクールとなっている。この若者の堂々たるスピーチによって、旧来のスコラ的な修辞に代わる、新たな人文主義の修辞学の到来が示されている。

第16章　ガルガンチュア、巨大な牝馬に乗って、パリに派遣される。また、この牝馬が、ボース地方の牛にたかるハエを退治したこと

ちょうど同じころ、ヌミディア国〔ローマ時代にアフリカ北部にあった王国〕第四代の王であるファヨール殿[1]が、アフリカから、かつて見たことのないほど巨大にして怪異きわまりない牝馬を、グラングジエに献上した。みなさまもご承知のとおり、「アフリカの地からは、つねになにかしら珍奇なるものがもたらされる」[2]のである。

なにしろ、この牝馬の大きさは、ゾウ六頭分もあって、足先は、ユリウス・カエサルの愛馬のごとく、割れて指となっていたのだし〔プリニウスが『博物誌』でこう記述している〕、耳は、ラングゴート〔ラングドックのことで、意味は「ゴート人のことば」〕のヤギみたいに垂れさがり、お尻には小さな角まではえていたのだ。おまけに、その毛色は焦げ茶色で、ところどころ格子のように連銭芦毛がまじっていた。だがなんといっても、おそろしいのはしっぽだった。ランジェ〔トゥールの西。ロワール河右岸で、ルイ十一世の城で有名〕近くの、サン＝マルス＝ラ＝ピールの塔〔現存、古代の霊廟とされる〕のよう

に、四角くて、太く、麦の穂さながらの、ぎざぎざした剛毛がついていたのだ。

そいつは驚いたですって？　ならば、みなさん、重量三〇リーヴル以上もあったという、スキタイの地のヒツジのしっぽや、――テノー(3)の言を信じるならば――あまりに重くて長いので、お尻に車をつけて、しっぽを運ばなければいけないという、シリアのヒツジのしっぽには、もっとびっくり仰天していただきたいものですな。みなさんのような、いなかっぺはそんなしっぽをもってるわけないですからね。

で、この牝馬だけれど、カラッカ船三隻、小帆船《ブリガンタン》一隻という船団により、タルモンデ地方のオロンヌ港(4)まで運ばれてきた。

グラングジエは、この牝馬を見ると、こういった。

「おお、これならば、息子をパリに運んでいくのに、うってつけではないか。ありが

(1)　フランソワ・ド・ファヨールのことか？　ラブレーの後ろ盾ジョフロワ・デスチサックの親類で、アフリカ遠征を企てた。
(2)　エラスムスも『格言集』で、この表現を採りあげている。
(3)　フランシスコ会士で、『海外旅行記』(一五二〇年頃)に、似たような記述があるという。
(4)　大西洋岸、ラ・ロシェルの北のレ・サーブル＝ドロンヌのこと。現在は海浜リゾートだが、いくつかの岩には「××馬」とか「牝馬××」といった名前が付いている。「タルモンデ」Thalmondoysは、このあたりの旧称で、Talmont-St.-Hilaireという村が残る。

たき思し召し、これで万事うまくいきそうだ。息子も、やがては大学者になってくれようぞ。間抜け野郎がいなければ、わしらはみんなインテリ暮らしなんてね。[5]」

さて翌日、お察しのとおりに、祝杯を交わしてから、ガルガンチュアとポノクラート先生、そして従者たちは、若い小姓のユーデモンとともに出発した。天気晴朗にして、穏やかな季節であったから、父親グラングジエは、息子に褐色のしゃれたブーツをつくってやったが、靴屋のババン〔ラブレーの故郷シノンの町に、この名の靴屋がいたという〕は、これを編み上げ靴《ブロドカン》と呼んでいる。

こうして一行は、愉快に楽しく街道を進み、毎日毎日、ごちそうを食べながら、オルレアンの北のあたりにまでやってきた。

このあたりには、長さが三五リュー[6]、幅が一七リューにもなる壮大な森が広がっていた。ところがこの森には、牛バエやスズメバチが、ものすごくたくさんいて、かわいそうなことに、牝馬や牡馬やラバたちにとっては、さしずめ山賊の巣窟といった場所なのであった。だが、ガルガンチュアの牝馬は、この森で、仲間の馬たちに加えられてきた暴行に対して、あっと驚くような奇策をもちいて、みごとに仕返ししてやったのである。

その次第はといえば、一行が森にさしかかると、スズメバチどもがわっと襲ってきたが、牝馬は待ってましたとばかりに、そのしっぽの刀を引き抜くと、ばったばったと斬りつけて、ハチやらハエやらを追い払い、森全体をなぎ倒してしまったのだ。つまり、めくらめっぽうに、あっちゃこっちゃと斬りつけて、どこもかしこも、縦横無尽になぎ倒し、まるで草刈り男が、草を刈るように、森の木をことごとく切り倒してしまったのである。おかげで、以後、ここには森がなくなり、スズメバチも姿を消して、一帯は田園地帯に変身をとげたという次第なり。(7)

これを見たガルガンチュア、大いに喜んだものの、自慢顔などすることもなく、「これは、これは、みごとだな《ボー・ス》あ」と一同にいった。これをきっかけに、この地方はボースと呼ばれることになったのである。もっとも、彼らの朝食は、あくびですませ

(5)　本当は「学識ある人がいなければ、われわれは愚か者として生きるしかない」という警句なのだが、「学識者」と「愚者」を逆にいってしまったのである。

(6)　距離の単位「リュー lieue」は、時代と地域によって、また海上と陸上でも異なるので、一概にはいえないが、一応は四キロメートル程度と考えてさしつかえはない。『パンタグリュエル』第二三章で、道化たリュー論議が開陳されている。

(7)　ボース地方は、むろん当時からパリの穀倉としての機能をはたしていた。このハエ退治の挿話は、『ガルガンチュア大年代記』の挿話のリライト。『大年代記』にはシャンパーニュ地方も出てきて、「森林」から「耕作地」への転換が語られる。以下の道化た語源談義は、ラブレーが付け加えたもの。

ることになったために、これを記念して、今日でもボース地方の貴族は、朝食をあくびですませて気分爽快、ぺっぺっぺと唾ばかり吐いているという話なのである。(8)

こうして一行は、とうとうパリに到着した。ガルガンチュアは、数日間休養して、従者ともどもごちそうをたらふく食べながら、都にはいま、いかなる学者がいて、いかなるワインを飲めるのか、調べたのだった。

(8)「ボースの貴族、犬を売ってはパンを買う」という俚諺もあった。

第17章　ガルガンチュア、パリ市民に、とんでもない入会金を払う、そして、ノートル＝ダム教会の大きな釣り鐘を持ち去る

すっかり英気をやしなってから数日後に、ガルガンチュアはパリの町を見物したが、だれもかれも、ガルガンチュアにすっかり見とれていた。というのも、パリっ子というのは、なんともあほうで、まぬけで、物見高いのである。だからして、大道芸人、聖遺物やら免罪符を売る連中、鈴をつけたラバ、辻楽士といった連中のほうが、よき福音伝道師たちよりも、よほど客が集まるのである。

このように、人々にうるさくつきまとわれては、ガルガンチュアもノートル＝ダム教会の塔の上で、一休みするしかなかった。塔の上のガルガンチュア、たくさんの野次馬がまわりにいるのを見ると、朗々と響く声でこういった。

「ろくでなしの諸君、ぼくが、諸君に入会金を支払い、ご祝儀《プロフィキアツト》〔本来は、新来の司教に与えられた祝儀〕をはずんでくれるものと、期待してるんですよね。それもごもっともです。よろしい、

では一杯ふるまってしんぜましょう――パリだから、おふざけ《パルリ》でね。」

こういうと、ガルガンチュアはにこにこしながら、みごとなブラゲットを外すと、逸物《いちもつ》を空中高くつきだして、じゃあじゃあとおしっこをしたので、なんと二六万四一八人もの人々が溺れてしまった――ただし、女子供をのぞいての話だが(1)。

何人かの連中は、早足のおかげで、このおしっこ洪水をまぬがれた。そして、汗だくで、咳もこんこん、唾をはきはき、はあはあいいながら、大学《ユニヴエルシテ》の丘(2)の上までやってくると、ある者はかんかんに怒って、またある者は、げたげた笑い《パルリ》ながら、あれこれ悪態をつき始めた。

「くわばら《カリマリ》、くわばら《カリマラ》(3)。聖母マミヤさま、おふざけ《パルリ》から、びちゃびちゃになっちまいましたぜ」と。これがきっかけで、それ以後、この町はパリと呼ばれることとなったのだけれど、それまではストラボンも『地誌』第四巻で記すごとく、「レウケース」と呼ばれていた。これはギリシア語では「白いもの」、つまり当地の女性の白いふとももにちなんでいたのである。

こうして新たな名前が付けられると、そこに居あわせた人々は、各人の教区の聖人の名をあげて、あれこれ悪態をつくわけで、とにかくパリっ子《パリジアン》は、十人十色とはいえども、そもそも口ぎたなくて、理屈にうるさい連中であって、いささかうぬぼれが強いのだ。したがって、ヨアニヌス・デ・バランコが『畏敬の念の豊かさについて』〔実在せず〕で評しているように、ギリシア語ではパリっ子は「パレジアン」、すなわち「口さがない連中」[4]ということになるのである。

さてガルガンチュア、塔のなかの大きな釣り鐘をとくと眺めていたが、美しい響きでこれを鳴らし始めた。そうしているうちに、ふと、「この釣り鐘ならば、ぼくのお馬ちゃんの鈴に使えそうだ。ブリーチーズや生きのいいニシンをめいっぱい積んで、お父上のところに送り返したいし」[5]などと思いついた。そこで、ちゃっかり、釣り鐘を宿屋に持ち帰ってしまったのである。

(1)　聖書における人数のかぞえかたをもじったもの。cf.「弟子たちはそのパンを群衆に与えた。すべての人が満足した。(中略)食べた人は、女と子供を別にして、男が五千人ほどであった」(「マタイによる福音書」一四)。

(2)　当時のパリでは、セーヌ右岸は「町《ヴィル》」、左岸は「大学」と呼ばれていた。「大学の丘」とは、いまはパンテオンがある、サント＝ジュヌヴィエーヴの丘のこと。

(3)　先行する各版には、この個所に、その都度、多くの呪詛が書きこまれていたが、思想統制も厳しくなって、自主規制したものと推測される。

(4)　もちろん、おふざけ。ただしギリシア語で「パレーシア」は「率直な物言い」の意。

(5)　ノートル＝ダム大聖堂の鐘をガルガンチュアが持ち去るエピソードは、『ガルガンチュア大年代記』からの借用。それをラブレー流に、「拡大、変形、一新」(バフチーン)したのである。バフチーンそんなところに、聖アントニウス修道会のハム会長(6)が、ブタ肉類をいただきにやってきた。この修道士、こんな鐘があれば、遠くからでも自分がきたことがわかるし、塩漬けした脂身をぶるんぶるんと揺さぶることもできると考えて、こっそり釣り鐘を持ち去ろうとした。ところが、正直にそのまま置いていくしかなかった。熱すぎたからではなくて、運んでいくには、ちと重すぎたのだ(7)。いやいや、この人は、ブール＝カン＝ブレスの修道士(8)ではありませんから、念のため。それならば、わたしの大の仲良しですからね。

かくしてパリ中は騒乱状態におちいったのであるが、みなさんもご承知のとおり、パリの人々は、いともたやすく(9)このようになってしまうわけで、諸外国も、歴代のフランス国王のしんぼう強さにはあきれかえっているほどだ。なにしろ国王方ときたら、弾圧などすれば、日に日に状況が悪化するばかりと考えて、しかるべき裁きにより騒乱を抑えることをあまりしないのだから。願わくば、こうした謀反やら陰謀が画策されている場所をつきとめて、わが教区の信徒たちに教えてやりたいものではないか(10)！さて、よろしいか、愕然として、すっかり取り乱した人々が集まる場所はネールの館(11)であった。いまはもはやちがうが、当時は、ここで巴里市《リユセース》の神託がくだされていたのだ。そこで本件もここに持ち出され、釣り鐘が持ち去られて、いかに不便しているかの説明がなされた。

は、「寺院の鐘を牝馬の鈴に変えるという奪冠行為は、カーニバル的格下げ行為に典型的なものである」と述べて、この挿話を詳細に検討している（[バフチーン1]）。またドゥフォー（[Defaux 2]）やスクリーチ（[Screech]）は、福音主義運動と、それに敵対するパリ大学神学部との確執が、秘められていると読む（詳しくは、巻末の年表を参照）。ユマニストのルイ・ド・ベルカンが私淑するエラスムスの『結婚礼賛』『平和の訴え』などを仏訳したところ、パリ大学神学部はこれを告発・禁書とした（一五二五年）。この間、エラスムスもパリ大学神学部の保守派の権化ノエル・ベダに書簡を送り、訳者を擁護しているが、結局ベルカンは逮捕されて、異端の罪で火刑となってしまう（一五二九年四月）。そして一五三〇年、「王立教授団」（コレージュ・ド・フランスの前身）が国王の肝いりで発足すると、パリ大学神学部は、これを「つまずきの源」として批判する。こうした福音主義・ユマニスムをめぐる対立状態のなかで、フランソワ一世の介入によって、ソルボンヌ理事のノエル・ベダは、一五三三年から翌年にかけてパリから追放の憂き目にあう。こうした一連のできごとが、鐘持ち去り事件に託されて、描かれていると解釈するのである。たとえば「鐘 cloche」がそのヒントとなる。clocher には「足を引きずる」の意味があり、実際に足が悪かったノエル・ベダを暗示しているという。

(6)　聖アントニウスの象徴はかたわらのブタと鈴。修道士たちは、「聖アントニウスの火」と呼ばれた熱病や、ブタの病気を治癒するものと信じられた。そこで聖アントニウス会修道士には、「ハム修道士《ジャンボニエ》」のあだ名が付いた。また、修道会のブタはパリの通りで残飯をあさる権利を有していた。

(7)　取っていくのにおあつらえむきのことを、「熱すぎもしなければ、重すぎもしない」などといった。

(8)　サヴォワ公の宮廷司祭をつとめた Antoine de Saix のことで、彼も「ハム修道士」であった。

そして、その「是々非々《プロ・エト・コントラ》」について、あれこれご託が並べられてから、三段論法第一格第五方式《バラリプトン》にのっとって、学部〔初版などには「神学部」と明示されていた〕の最年長にして、もっとも老練なる人物をば、ガルガンチュアのもとに送り、釣り鐘の喪失は、この上なき不都合なりと宣言すべきだという結論がくだされた。そして、こうした任務はソフィスト〔これも、初版などでは「神学者」となっていた。以下、同様〕よりも雄弁家のほうがふさわしいと、大学の方々が忠告したにもかかわらず、結局、ジャノトゥス・ド・ブラグマルド神学博士(12)が使節に選ばれたのである。

(9) 初版では、さらに「もっとはっきりいうならば、その無関心さかげん」とあった。
(10) 初版では、「そこで、かっこいい、うんちの檄文《プラカール》でも作れないものか確かめたい！」とあった。「檄文」とは、一五三三年五月、ノエル・ベダの命令で出された、ルター派批判の文書を揶揄するのか？ いずれにせよ一五三四年十月の「檄文事件」以降は、「檄文」なる表現は物騒なものいいであったにちがいない。
(11) セーヌ左岸沿い、現在は造幣局。初版などには「ソルボンヌ」とあったが、自主的に削除した。
(12) フランス語ならば Janot de Braquemard といったところ。Janot は「田吾作、抜け作」といった意味。Braquemard は幅広の短剣だが、ペニスの代名詞でもあって、ラブレーは動詞化したりして使っている。

第18章　大きな鐘をガルガンチュアから取り戻すため、ジャノトゥス・ド・ブラグマルドが派遣される

ジャノトゥス先生は、カエサル流に頭を刈りこんで〔禿頭ということ〕、古代風の式帽《リリピピヨン》をかぶり(1)、「かまどのマルメロ」つまりはパンと、「地下蔵の聖水」つまりはワインでもって、しっかりと胃の腑を消毒してから、ガルガンチュアの宿所にむかったわけだが、赤鼻のうすのろ執行官三人を追い立て、あかにまみれた無芸学部の学士だか先生《メートル・イネルト》〔magistre es arts「文芸学部学士」に引っかけた〕だかを五、六人引き連れていた。

玄関で連中とでくわしたポノクラートは、彼らの異様な風体を見て、気でもふれた

(1)　神学博士のシンボルで、しっぽが付いていた。ユマニストや福音主義者は、ソルボンヌのこうした連中をばかにした。〔エラスムス5〕「その種の人々〔=神学者連中〕は、こういった二千ものつまらないお喋りで満たされ、詰まっております（中略）。そのようなわけで、そうともいたさなければ明らかにそれが遠くに跳ね飛んでいってしまうだろうというので、あれほど入念に帯を巻きつけました彼らの頭を、公開論争の場であなたがたがご覧になっても、どうか驚きにはなりませんようになさいませね」（『痴愚神礼讃』）。

連中の仮装行列《マスク》かなんかだと思って、ぞっとした。そこで無芸学士のひとりに、「そんなけったいなかっこうで、なにをお探しで」とたずねてみた。すると、「鐘をご返却願いたい」との答えが返ってきた。

そこでポノクラートは、すぐさまガルガンチュアのところに走っていって、事情を伝え、どんな返事をするのか、この場でどのようにすべきなのかを決めることにした。これを知らされたガルガンチュアは、家庭教師のポノクラート、執事のフィロトミー〔ギリシア語で「切るのが好きな」の意味。この個所だけに顔を出す〕、楯持ちのジムナスト〔ギリシア語で「体操の先生」〕、それにユーデモンをわきに呼んで、どう返事をして、どのようにしようかと、ごく簡単に相談した。

その結果、とにかく一同を酒を寝かせてあるところにでも案内して、がぶがぶ飲ませることになった。そして、自分が要求したからこそ、鐘が返ってきたのではないかと、咳はこんこん先生が鼻高々になってもいけないから、先生が酒をあおっているあいだに、パリ長官《プレヴォ》(2)や、学部長や、副司教を呼んできて、ソフィスト先生が使者の口上を述べる前に、なんとかこっそり鐘を返してしまおう、そうしておいてから、お偉方にも同席していただいて、ごりっぱなる演説を聴こうではないか、ということになった。このとおりにことが運ばれて、お歴々が到着したが、やがて、満員の部屋に通されたソフィスト先生、ごほんごほんと咳こみながら、こう話し始めた。

(2) ジャン・ド・ラ・バールなる者がこの地位にあって、ノエル・ベダ宅の家宅捜索を指揮していたという。

第19章　ジャノトゥス・ド・ブラグマルド先生、鐘を取り返すべく、ガルガンチュアにむかって演説する(1)

ごほん、えへん、えへん。んちわ、ムッシュー。んちわ、みなしゃん。われらに鐘を返されるがよろしいですぞ。なにしろ、たいへんに必要なものなのです。ずいぶん昔、カオール近くのロンドン村の人々が大金を申し出たときも、ブリー地方のボルドー村〔いずれの村も実在するという〕の人々から申し出があった折も、お断りしたほどなのです。いずれも、この鐘のですな、本質的にですな、世俗的なる性質のうちにですな、就任させられたるところのですな、基本的構成要素の実質的なる特徴のゆえに、買い取りたいと申し出られたのですがな。その実質とは、すなわちですな、われらがブドウ畑をおそう、日月《じつげつ》の暈《かさ》やら竜巻をばですな、遠ざけてくれることですじゃ。いや、本当はですな、われらのではなくて、この近辺のということですじゃ。なぜならばですな、われらがお酒を失えば、おさけまっくら、いっさいがっさいおしゃかですからな。もしも若様がですな、わが要請に応じて、釣り鐘をですな、返してくださればですな、拙者、長さ六パン(2)ほどのソーセージと、りっぱなもも引きをちょうだいできましてですな、おみ足のぐあいもまことによくなるのでありますです。さもないとですな、きゃつらは約束など守るわけはないのですじゃ。おお主よ！　もも引き一足とは、さぞかしよきものならん、「賢者ハ、コレヲ憎ムコトナカラン(3)」ですじゃ。わっはっはっ、ほしくても、もも引き一足ないのです。拙者には、よくわかっておりますです。主よ、よくお考えくだされ。拙者、この十八日間、かようなですな、演説をですな、ふるいにかけかけしてきた《マタグラボリゼ》のですじゃ〔ギリシア語からの造語で、原義は「むなしく、ふるいにかける」〕。「皇帝ノモノハ皇帝ニ、神ノモノハ神ニ」〔cf.「ルカによる福音書」二〇・二五〕ですじゃ。「問題ノ核心、ココニアリ」でござる。

誓ってですな、ご主人めですな、慈悲ノ部屋ニオイテ(4)、拙者と夕食でもなさりたい

(1)　修辞学もなにもない、行き当たりばったりの演説である。以下、ラテン語もどきの個所の多くは、カタカナにしてある。
(2)　pan/empan とは、手のひらを広げたときの長さだから、二〇センチ近く。
(3)　cf.「主は大地から薬を造られた。分別ある人は薬を軽んじたりはしない」(「シラ書」三八)。
(4)　修道院などの一室で、ということか？

とおっしゃればですな、大盤ブルマイじゃて。「拙者ハブタヲ一頭ホフリヌ、美酒ヲモテリ」ですじゃ。美酒あらば、へぼいラテン語など出てまいりましぇん(5)。さて、神ノ名ニオイテ、ワレラノ釣リ鐘ヲ返却メサレヨ。願わくば、釣り鐘をお渡しいただきたく、拙者、神学部の名において、ウティーノ《ウティナム》〔一五世紀末のドミニコ会士で、説教集が出されていた〕流の説教をいたしますです。「汝、免罪符ガホシイカ？　クソ、持ッテケドロボウ、金ナンゾイランワイ」ですじゃ。

ああムッシュー、ご主人、「釣リ鐘返シノワザヲ、ワレラニ！　ソハ、マコトニ、当市ノ財産ナラム」ですじゃ。みんなが、あの鐘を使っておりまする。殿のおウマがご満足というなら、われらが学部も同じなのですじゃ。「わが学部、無知なる牝馬にたとえられ、そのようなものとなりぬ、いずれの詩編か知らねども」〔cf.「詩編」四九・一三―二一〕ですじゃ。いやはや、きちんといずれかの紙片に書き留めておけば、げに〈アキレウスのごとき無敵の理屈なり〉という次第ですじゃ。ごほん、ごほん、えへん、はくしょん！

では、釣り鐘をお返しいただくべきことを、証明いたすです。ワレ、以下ノゴトク論証イタス！

〈鐘楼で、がんがらがんと揺れながら、がんがらがんと鳴る鐘は、がんらがんらの響きにて、ずんずるずんと足ひきずる者も、がんがらがんと揺さぶりぬ。花の都のパリだから、鐘はたくさんあるのです。以上、証明終わり、とかなんとかいっちゃって〉ほっ、ほっ、ほっとした。話し方やめ。これはですな、三段論法は、「第一格第三方式」でしてな、いわゆるダリウス方式だかなんだかですじゃ〔これは正しい〕。いやはや、わが魂にかけて、拙者もかつては、鬼気せまるばかりの論証をした時代もあったもんなんじゃ。だが、いまでは、うわごとぐらいしか出ないのじゃて。うまい酒によき寝床、背中が暖炉であったかく、おなかがいつも食卓で、深いお皿があるならば、ほかはなんにも用なしよ、というのが今後の拙者ですじゃ。

あい、ご主人よ、父と子と精霊の名にかけて、アーメンでござるぞ。われらが釣り鐘をお返しくださるならばですな、神さまはもとより、「アラユル時代ヲイキ、支配ナサレシ」健康の聖母《ノートル・ダム》さまもお守りくださりますです。アーメン。こん、こん、ごっほん、げご、げご、ぺっ、ぺっ、ぺっ！

正に、実際、本当に、であるからして、おそらくは、ポルクス《エデポル》にかけて、しかりしこうとするならば、確かに、誠意をつかさどる神かけて、鐘なき町は、杖なき盲人の

（5）実際はこのあたり、かなりでたらめのラテン語が連発される。

ごとく、はたまた尻当てなきロバのごとく、かつまた鈴なき牝牛のごときものなり。したがいまして、釣り鐘を返していただくまで、いつまでも、若様のあとを追いかけまわし、杖をなくした盲人のごとく慟哭《どうこく》し、尻当てなくしたロバのごとくになきわめき、鈴をなくした牝牛みたいに咆哮《ほうこう》いたしますですぞ。

市立病院《オテル・デイウ》の近くに住む、某ラテン学者が、タポンヌス、——いや、もとい、世俗詩人ポンタヌス(6)を権威づけに引用して、あるとき、こう申しましたです。「鐘は鳥の羽で、鐘の舌はキツネのしっぽでできていてほしい(7)。そうでないと、韻文をひねくっているとき、脳みその臓物にも疝痛がおこりますから」となる。だがですじゃ、がんがん、きんきん、ぴんぴん、ちくちく、さらさら、むにゅむにゅっと、この御仁、異端者だと宣告されてしもうた。異端邪説の徒など、いくらでも、蠟《ろう》細工みたいに、簡単につくれますです。供述、これにて終わり。「みなさま、ごきげんよろしう、ご喝采を(8)」、「われカレピヌス、校訂済みとす(9)」ですじゃ。

（6）ジョヴァンニ・ポンターノ（一四二二—一五〇三）。ナポリのユマニストで、その対話編で鐘への反感を表明している。

（7）ゼバスティアン・ブラントの風刺文学『愚者の船（阿呆船）』（バーゼル、一四九四年）には、「キツネのしっぽをぶらさげても、舌のない鐘は鳴りはせぬ。人の噂など聞き流せ」とあって、さかさ

Pantagrueline
prognosticatiõ certaine veritable & ĩfalible pour lã mil. D. xxxiii. nouuellemẽt composee au profit & aduisemẽt de gẽs estourdis et musars de nature p maistre Alcofribas architriclin dudict Pantagruel

De nõbre dor non dicitur / ie nen troune point ceste annee quelque calculation que ien aye faict / passons oultre / qen astsen deffacé en moy / qui nen a sy en cherche. Verte foliũ.

図5　『パンタグリュエル占い』（リヨン、フランソワ・ジュスト）［NRB 14］の扉。ブラント『愚者の船』からの借り物である。道化師がキツネのしっぽを付けている。

まになった鐘にキツネのしっぽがぶらさがっている図版が載っている。一五三〇年には、『愚者の船』のフランス語版――初版は一四九七年――が出ているが、奥付に「版元ドニ・ジャノ、市立病院前に居住」とあるから、これとの関連も指摘される。ラブレーの『パンタグリュエル占い』の扉絵は、この『愚者の船』の挿絵を借用しているが、そこでは道化師がキツネのしっぽを付けている（図版5参照）。

「キツネのしっぽ」は、一六世紀の文学や絵画のあちこちに出てきて、多義的なシンボルとなっているが、とりわけ、（聖職者などの）貪欲さや偽善の、あるいは現世での物欲の象徴として機能していたようだ。たとえばハンス・ザックスの『真の友とおべっか使いの違い』では、おべっか使いがキツネのしっぽをいっぱい身につけて登場、これを売ろうとする。図像として有名なのは、ここでもブリューゲルで、《足なえたち》（ルーヴル美術館）では、松葉杖をついた五人が胸と背中にキツネのしっぽを付けている。いずれにせよ、今後の詳しい研究が待たれる主題。詳しくは、［森1］pp. 323-326、［宮下2］pp. 119-125を参照。
（8）　ギリシア・ローマの劇では、幕もなかったから、この手の拍手喝采を求めるせりふが、終わりのマークとなっていた。この個所は、特にテレンティウスの喜劇の終わりを意識したものとされる。
（9）　テレンティウスの編者にカリオピウスなる者がいる。このカリオピウス版のことを、ジャノトゥス先生は、有名なラテン語辞書の編纂者カレピヌスといいまちがったのか。

第20章　ソフィスト先生、毛織物を持ち帰る。そして他の先生方を訴える

このソフィスト先生の演説が終わるやいなや、ポノクラートとユーデモンは、げらげらと笑いころげてしまい、あまりにおかしくて、このまま死んでしまうのではないかと思ったほどだった――まったくのところ、巨大ふぐりのラバがアザミを食べたのを見たときのクラッスス〔「決して笑わない《アゲラスト》」ことで知られた〕とか、食事のために用意しておいたイチジクを食べたラバの姿を見て、笑いすぎて死んでしまったフィレモンみたいだった。かれらにつられて、ジャノトゥス先生も、負けてはなるものかと、いっしょに笑いだし、一同の目には涙が浮かんできたのだが、これは、脳みそがはげしく揺さぶられることに起因するのであって、この振動により、涙腺分泌液がしぼり出されて、視神経にそって流出するのである。そのさまは、さしずめ、ヘラクレイトスのように号泣するデモクリトス、はたまた、デモクリトスのように哄笑するヘラクレイトスといったところだった[1]。

この呵々大笑が、すっかりおさまると、ガルガンチュアは一同にどうすべきか相談した。するとポノクラートが、次のような意見を述べた――この雄弁家先生に、もう一度酒をふるまってあげましょう。大いに楽しませてくれたし、役者のソンジュクルー(2)以上に笑わせてくれたのですから、愉快なる演説に出てきたソーセージを景気よく一〇パンばかりと、もも引きを一足あげるとして、おまけとして、大きな薪を三〇〇本、ワインを二五ミュイ、ガチョウの羽毛を三重につめたベッドを一台、大きくて深い皿を一枚、つまりはですね、先生が老後に必要だと申したものを差しあげようではありませんか。――

この決定のとおりに、すべてが運ばれた。ただし、ガルガンチュアは、先生の足にちょうど合うもも引きは、すぐには見つかりそうにないと思ったし、それにもも引きといっても、この雄弁家先生には、はたして、うんちをするのに都合のいい、おけつ跳ね橋方式のマルタンガル〔股の部分がずれて、開くようになっている。フランス語としての初出〕か、腰のあたりがゆったりした水兵用《マリニエール》か、はたまた、たいこ腹を暖めてくれるスイス風なのか、それとも、腰がむれてはいけないからと、うしろが割れたタラのしっぽ式〔はかまをイメージすればいい〕なのか、どれがいいかなあと迷ってしまった。そこで結局、先生には、黒い毛織物《ドラ》を七オーヌと、裏地用の白い毛織物を三オーヌ渡した。人足たちが薪を、文芸学部の学士連中がソーセージと大皿を運ぶことになって、ジャノトゥス先生は、毛織物を持っていこうとした。

　すると、学士連中のうちの、ジュッス・バンドゥーユ[3]という者が、そんなかっこうはみっともないし、品もわるいから、だれかにお渡しくださいと注意した。すると、ジャノトゥス先生、こういい返した。

「はあ、なんだと。うすのろめ、ばかやろうめ。おまえの結論は、姿もかたちも《イン・モード・エ・フイグーラ》三段論法になっとらんぞなもし。『論理学要説』やら、その抜粋が役立つとは、このことぞな。コノ毛織物ハ、イカナルモノニ関ワルヤ？」

「全体ニ関ワリテ、分カツベキモノカト。」

「おろか者めが、拙者、〈関係の性質〉を聞いているのではない。〈ダレノタメニ《プロ・クオ》〉と聞いているのじゃ。いいか、うすのろめ、これはな〈ワガ脛骨ニ帰属スル〉のだ。だ

(1)　デモクリトスは常に微笑を浮かべ、ヘラクレイトスは常に悲しげな顔をしていたとされる。cf. モンテーニュ『エセー』一・五〇「デモクリトスとヘラクレイトス」。

(2)　「夢想家」の意。当時の有名なお笑い芸人ジャン・ド・レスピーヌのあだ名。フランソワ一世に寵愛されて、国王の巡幸にも同行している。

(3)　この男も J. B. というイニシャルであることに注目。bande「連中、一味」、andouille「ソーセージ」、bandoullier「追いはぎ」といったことばが浮かぶが。

からして、拙者がこれを運んでいくのじゃ、ワレミズカラな。コレスナワチ、実体ハ属性ヲ運ブということなのじゃもし。」

こうしてジャノトゥス先生、毛織物をくすねたパトランみたいに、こっそりと《タピノワ》運んでいった[4]。

それにしても、けっさくなのは、マチュラン教会〔クリュニー美術館の近くにあった〕で開かれた神学部の公開審査の席上、この咳こみ博士が、得意満面で、もも引きとソーセージを要求したことだ。というのも、この件についての情報によれば、すでにガルガンチュアからもらっているのだからという理由により、要求は断固拒否されたのである。そこで先生、あれは無償で、気前のよさゆえに、たまわったものであるからして、諸君の約束がはたされたことになど絶対にならないのだと主張した。

しかしながら、ほどほどで満足するのが道理ではないか、これ以上はパン切れ一枚だってやれないぞ、という回答が返ってきた。

「道理《レゾン》だって？」と、ジャノトゥス博士、思わず力がはいった。「そんなもの[5]、ここでは使っておらんじゃないか。しょうのない裏切り者めが、おまえたちは、まったくの役立たずだ。三千世界に、おまえたちほど腹黒い連中はおらんのだよ[6]。すっかりわかっておるんじゃ。拙者の前で、妙な小細工などはすまじきものよ。おまえたちと手を組んで、さんざっぱら悪事をしてきた、このわしじゃないか。神さまの脾臓《ひぞう》にかけて申そうか。おまえたちの手練手管やら陰謀により、ここでつくりあげられている悪逆非道なる誤謬のかずかずを、国王にお伝えしてしまうからな。てめえらなんぞ、神と美徳の敵である、男色者《ブーグル》、売国奴、異端者、ペテン師と同じに、国王さまのお力で、生きたまま火あぶりにしてもらうがいいんだ！　さもなくば拙者、レプラ《ラードル》にでもなるほうがましじゃて。」

これを聞いた面々は、ジャノトゥスに対する告訴状を作成したものの、博士のほうも、すかさず召喚状で応酬した。結局のところ、この訴訟は裁判所にとめおかれ、そのままとなっている。そこで、判決がくだされるまで、先生方はあかをこするまいと誓ったし、[7]ジャノトゥス博士とそのご一統は、断じて鼻をかむまいと誓ったのである。こんな誓いをしたおかげで、連中はいまだに、あかまみれだし、鼻水たらたらとい

(4)『笑劇ピエール・パトラン先生』で、パトランは生地屋をだまして、毛織物を小脇にかかえて、「こっそり」いなくなる。

(5) raisonには、「理性」「知性」といった意味あいもある。

(6) 古いことわざで、直訳すれば、「びっこの前で足をひきずるなかれ」。ノエル・ベダとの関連が浮上する。

(7) 第一八章冒頭と同じく、ソルボンヌの学者連中の不潔さが強調されている。

う始末——というのも、裁判所は、いまだに一件書類をきちんと調査していないのだ。判決が出るのは、鍛冶屋のあしたか、紺屋のあさって《カランド・グレック》だという。つまりは、永久に出ないということである。みなさんも知ってのとおり、裁判所の連中は、自分たちの原則にさからってでも、とにかく自然に外れたことをするのである。パリ市の条文は、神だけが無限のわざをなしうることをうたっている。自然は、不滅のものなど、いっさい作りえないのであって、自分が生みだしたすべてのものに、終わりや期限をもうける。なぜならば、「起きたものは、すべて倒れる《オムニア・オルタ・カドゥント》」[8]〔エピクロス派の格言〕のだから。ところがである。朝霧食らいののらくら判事は、訴訟を先延ばしにして、宙ぶらりんにし、無限の、不朽のものとしてしまう。こうしたていたらくによって、彼らは、ラケダイモンのキロンの格言を生み、その正しさを立証することにもなってしまったのだ。キロンのことばは、デルフォイにおいて聖別されたものだが、[9]「訴訟につきあうのは悲惨なり。訴えをおこす人々も、また悲惨なり。自分たちの権利が認められぬうちに命が尽きてしまうから」というのである。

（8）第五四章「テレーム修道院の大きな扉に記された碑文」にも、この表現が出てくる。判事は裁判所の審議のために早起きが求められたからだという。

（9）キロンはギリシアの七賢人のひとりで、三つの箴言がデルフォイ神殿に刻まれていたという。

第21章　ガルガンチュア、ソフィストの家庭教師たちの[1]方法で勉強する

このようにして最初の日々がすぎさり、釣り鐘も元の場所に返されたので、この誠実なふるまいに感謝して、パリ市民たちは、いくらでも好きなだけ牝馬のめんどうを見ますよと申しでた。ガルガンチュアも、これを快諾し、牝馬はビエールの森〔フォンテーヌブローの森のこと〕に放し飼いにされた——もっとも、もうそこにはいないと思うのだが。

さて、ガルガンチュアは、ポノクラート先生の裁量にしたがって、一生懸命に勉強しようと思った。ところが先生のほうは、最初はとりあえず、従来の方法で勉強してみなさいと命じた。以前の教師たちが、いったいどんな方法で、長いあいだに、ガルガンチュアを、これほどまぬけで、あほうで、無知にしてしまったのかを、しっかり把握したいと考えたのである[2]。

そのガルガンチュアの時間の割り振りとは、次のようなものであった。夜が明けようと明けまいと、お目覚めは八時から九時のあいだであった。前の家庭教師たちが、

「夜明け前に起きるなど、むなしきことなり」(3)というダヴィデの箴言を引き合いに出して、そう命じていたからだ。

起きてからガルガンチュアは、しばし、ベッドの上で飛び跳ねたり、ごろごろ転がったりして、動物精気(4)をより活発にするのだった。そして季節に応じた服を着るのだけれど、好んで着用したのは、キツネ皮の裏地がついた、長くて、だぶだぶの、毛羽

(1) 初版などでは、「ソフィスト」ではなく、「ソルボンヌ野郎《ソルボナーグル》」となっていた。

(2) 第一四章で、ガルガンチュアはホロフェルヌ先生のもとで、「ゴシック体」が象徴する、旧来の教育を受けるものの、むしろ阿呆になってしまった。そこで今度はポノクラート先生に託されて、パリに留学したのだ（第一六章）。だから、ユマニスムにもとづいた新しい教育を、ただちにガルガンチュアにほどこせばいいのではないのか？　なぜ、わざわざ古い方法を実行してみるのか？　ドゥフォー（[Defaux 2]）は、ラブレーが、一五三三年のソルボンヌと福音主義者の確執というアクチュアルな現実を、急遽、鐘（＝ノエル・ベダ）持ち去り事件として挿入したからだと解釈する。うまく辻褄を合わせて、物語を運ぶために、作者は少し前——第一四章——に戻って、もう一度、古い教育方法のデメリットを確認する必要に迫られたというのだが？

(3) cf.「朝早く起き、夜おそく休み、焦慮してパンを食べる人よ、それは、むなしいことではないか、主は愛する者に眠りをお与えになるのだから」（「詩編」一二七）。

(4) 古来、動脈の血液が左心室で温められて、「動物精気」という微細な粒子が、脳に上昇していくものと考えられてきた。

を立たせたガウンであった。それからアルマン博士流⑤に髪をとかした。要するに、五本の指で手櫛《てぐし》にしたのである。というのも、教師連中は、これ以外の方法で髪をとかしたり、洗ったりするのは、この世での時間の浪費だといっていたからだ。

それから、うんちをして、おしっこをして、げろを吐いて、げっぷをして、おならをして、あくびをして、つばを吐いて、咳をして、しゃっくりをして、くしゃみをして、じゅるじゅるっとばっちく鼻水をかみまくってから、朝食をとり、夜露やら悪い空気を追い払った。おいしい臓物のフライや、うまい炭火焼き肉やハムや、子ヤギのグリル焼きに舌つづみを打ち、修道院の朝食式に、スープにひたしたパンもたらふく食べた。

そこでポノクラートが、起き立てで、なにも運動をしていないのに、急にそんなに食べ物をつめこんではいけませんよと、忠告した。するとガルガンチュア、こう答えたのである。

「なんですって？ ちゃんと運動したじゃないですか。起きあがる前に、ベッドで六、七回は転げまわりましたよ。それで十分ではありませんか。教皇のアレクサンデルさ⑥まは、ユダヤ人の侍医の忠告で〔ボネ・ド・ラテスといって占星術師でもあった〕、このようになさって、恨みやねたみをものともせずに、きちんと死ぬまで生きたのです。ぼくの最初の先生たちも、朝の食事は記憶力にいいといって、こういう習慣をつけてくださったのです。ですから、先生方は、われ先にお酒も飲まれましたしね。おかげで、ぼくも、すこぶる調子がよくて、昼食もおいしく食べられますよ。パリ大学を首席で出て学士号を取られた、あのテュバル・ホロフェルヌ先生は、速く走ってもすこしも得しないが、早めに出かけるのは得策だとおっしゃいましたよ。したがいまして、われわれ人類のまったき健康のためには、アヒルみたいにがぶがぶ、たくさん飲んでもだめでして、むしろ朝方に飲むのがいいのです。シカラバ諺ニモ、〈朝起きは、三文の徳ならずして、朝酒こそ、げに最高かな〉なんていうではないですか。」

こうして、たっぷりと朝食をとってから、ガルガンチュアは教会へ行くのだけれど、そのときには、しっかりと包んだ、大きな聖務日課書を、巨大なかごにいれて持ち込むのだった。その重さときたら、羊皮紙に表紙の留め金、それにこびりついた手あかまでいれて、およそ一一〇六リーヴルもあった。ガルガンチュアは、二六回とか三〇回も、ミサを拝聴するのだが、そうこうするうちに、時禱をとなえる専属司祭がやっ

(5)　main「手」とAlmainの語呂合わせ。ジャック・アルマン（一四五二―一五一五）はパリ大学教授の神学者で唯名論を奉じた。
(6)　アレクサンデル六世となったロドリーゴ・ボルジア。チェーザレやルクレツィアの父。

てくる。この方がまた、まるで鳥のヤツガシラみたいに外套にすっぽりとくるまり、ブドウ・シロップをたっぷりきこしめし、(7) 口臭をば、しっかりと解毒しておられるのだ。ガルガンチュア、この司祭とともに、あらゆる連禱《キリエル》をぶつぶつ唱えるのであったが、ひとつひとつ丹念に片づけていったので、一粒たりとも地面に落ちたりしなかったほどである。(8)

さて教会から出ると、牛車に山積みされたサン＝クロード〔ジュラ県、スイス国境近くの町で、じゅずが特産〕産のじゅずが運ばれてくる。じゅず玉のひとつひとつが、帽子の型〔「頭」の言い換え〕ほども大きかった。ガルガンチュアは回廊や、広間や、庭を歩きまわりながら、隠者一六人分よりも、もっとたくさん主の祈りをとなえるのだった。

それから、書物にじっと目をこらして、ほんの三十分ばかり勉強する。でも、かの喜劇作家《コミック》もいうとおり、彼のたましいは台所のなかにあった。(9)

そこで、尿瓶《しびん》にあふれるほどおしっこをしてから、食卓につく。そして、生来、粘液質であったから〔第七章を参照〕、ハムや、牛タンの薫製、からすみ、アンドゥーユなどを数ダースというふうに、まずは、お酒の前ぶれとなるものを食するのであった。(10)

そのあいだも、四人の家来が、口のなかに、スコップに山盛りのマスタードを次々と放りこんでいく。そしてガルガンチュアは、腎臓をすっきりさせないといけませんよねと、白ワインをがぶがぶと飲んで〔利尿効果があるとされた〕、お気に入りの旬の料理を食べて、満腹になったところで、ようやく食べるのをやめるのだった。

でも、お酒を飲むことについては、終わりもなければ、決まりもなかった。飲んでいて、上履きのコルクの底が足の半分ぐらいまでふくらんできたら、(11) それがお酒の限界なんだと、つねづね語っていたほどなのである。

(7) 原文は syrop vignolat で、スミレのエキスを含んだ syrop violat という薬用シロップのもじり。

(8) 「マタイによる福音書」一三、「種蒔く人」のたとえを念頭に置いている。

(9) 「喜劇作家」とはテレンティウスのこと。「ずっと前から、心は鍋のなかにありまする」(『宦官』八一六行)。エラスムスも『格言集』で引用している。

(10) 「粘液質の人間は、精神が鈍重で、とても怠け者だ」(パレ『外科学入門』)。要するに刺激物を取らないと、食欲が出てこないということか。

(11) 「かかとから酒があふれるまで飲む boire jusqu'à ce que le vin sorte par les talons」などというらしい。

第22章　ガルガンチュアのお遊び(1)

さてそれから、ガルガンチュアは、食後の感謝の祈りをひとくさり、口先でぶつぶつと唱えると、つめたいワインで手を洗い、豚足でもって歯をみがき、家来たちと愉しくおしゃべりする。そうこうするうちに緑のマットが広げられると、カードがたっぷりと、さいころもわんさかと、それにゲーム盤が山ほど出てきて、次のような遊びをしたのである。

マーク揃え(2)
四種揃え
札集め《ラ・プリーム》〔イタリアのprimièra〕
全部いただき
大勝利
ピカルディ

一〇〇点集め
エピネー
不幸な女
わるだくみ
一〇点越え
三一

(1) さまざまな子供の遊戯が列挙されていて興味深いのだけれど、この章が、ソフィストの家庭教師のもとでのガルガンチュアという枠組みに収められたものであることも忘れてはならない。遊戯は、無為の象徴であるし、いざこざの原因ともなるので、当局はしばしばリストを添えたりして、遊戯禁止令を出していた。教会はもっと厳しく、公会議の決議や教区命令で遊戯を取り締まっていた。本章は、こうした権力による「禁じられた遊び」のリストの模作とも解釈できよう。あるいはまた、ブリューゲルの《子供の遊戯》に関して、大人の愚行の寓意と解する説が有力であることも想起すべきかもしれない。いずれにしても、物語のコンテクストのなかでは、この遊戯のカタログは悪しき教育の一環として位置づけられているのである。cf.［森1］。

(2) 決定版では、以下、カードゲームを筆頭として二一七の遊びが列挙される（初版では一四三種であった）。正体不明の遊びも数多く、注はごく少数にとどめた。なお、ブリューゲルの《子供の遊戯》（ウィーン、美術史博物館）には、合計九一種類の遊びが描かれている。共通のものも、かなりあると思われる。

フルハウス
三〇〇
不幸な男
有罪判決〔condemnataというイタリアの遊びで、「エカルテ」に似ている〕
裏返し
不満足
ドイツ傭兵《ランスクネ》
コキュ
話し合い
坊主めくり《ビル・ナード・ジョック・フォール》
結婚
ワンペア
ご意見番
ばば抜き
続き札
リュエット〔タロット・カードを使う〕

タロット
負けるが勝ち
だまされ役
拷問
レイズ・ポーカー
グリック・ポーカー(3)
絵札《オヌール》(4)
イタリア式じゃんけん《ラ・ムール》(5)
チェス〔以下、盤遊び《ゲーム》など〕
キツネとめんどり

(3) cf.「ヴィヨン」「詩を作れ、ギャグをとばせ、シンバルを叩き、フルートを吹け、(中略)さいころ博奕《ベルラン》やトランプ《グリック》や柱戯《キーユ》で稼ぎまくれ、それからそれから……まあ聴けよ! すべて、居酒屋と淫売宿で消えちまう」(「御教訓のバラード」)。
(4) ゲームというよりも、トランプ用語。なお、ここまでがカードゲーム関連。
(5) この遊びだけ、なぜか、カードゲームと盤上ゲームのあいだにはさまれている。イタリア語のmorra で、「恋愛ごっこ」à l'amour とかけている。

石けり
白牛黒牛
くじ引き《ブランシュ》
さいころ振り
ちんちろりん
チェス盤遊び
バックギャモンまがい《ニックノック》(6)
大勝利
総どり
すごろくもどき
トリックトラック
四隅すごろく
駒くずし
こんちくしょうめ
徒刑囚
チェッカー

図6　16世紀の版画から。手前が「石投げ遊び franc du carreau」

バブー
棒《プリムス・セクドウス》はじき（7）
ナイフめがけて⑧
鍵投げ
石投げ遊び
丁か半か
表か裏か
お手玉
変わりお手玉
ゲートボール
ぼろ靴隠し⑨
ふくろうごっこ
うさぎちゃん
ムカデ競走
的だま

カササギ遊び
角《つの》だし
飾り牛ごっこ
ふくろう遊び
にらめっこ
ちくちく遊び
蹄鉄はずし
ヒツジ追い
ブリ・ブリ・ズー(10)
座るが勝ち

(6)『パンタグリュエル』第七章、「サン＝ヴィクトール修道院の図書目録」にも、この名前が登場する。
(7)『パンタグリュエル』第一八章では、パニュルジュが、小姓連中と夜っぴてこの遊びをする。
(8)以下、その他の遊びで、にらめっこ、鬼ごっこ、けん玉なども挙げられていることに注目。
(9)ちなみに、ここから「積み木遊び」までは、第二版（一五三五年）からの増補で、架空の遊びも多いのではといわれている。
(10)ラングドック方言で、「かかれ、うすのろ、前進」といった意味らしい。

金色のひげ
雑種ごっこ
串抜き
びちぐそ出し
ことば探し
ヤギだま打ち〔牛の膀胱などを使った球技〕
プロタ
マルセーユのいちじく
ハエ退治〔追いかけっこの一種か〕
ホッケーもどき
キツネの皮はぎ
橇《そり》遊び
足払い
カラスムギ売り
炭火吹き
まあだだよ《レスポンサーユ》〔かくれんぼの一種〕

生きてる判事、死んでる判事
火箸《ひばし》抜き
にせ百姓
ウズラごっこ
猫背人間
聖人みっけた
めんない千鳥
さかだちごっこ
お尻蹴り
トリオリ踊り
輪跳び
ミニゴルフ
腹あわせ
積み木遊び
箸相撲
石投げ

キャッチボール
鼻火消《フーケ》し
九柱戯
三柱戯
変わり九柱戯
回転矢羽根
ローマで杭打ち
くそかじり
アンジュナール
短球
羽根つき
かくれ遊び
壺投げ
好き勝手
棒飛ばし
ブローチ遊び

棒引き
羽根飛ばし
もういいかい
棒刺し
くじ《ブランク》遊び(11)
輪探し
がっちゃん
お城くずし
行列破り
ビー玉遊び
いびき独楽《ごま》
ラッパ独楽《ごま》
坊主独楽《ごま》

(11) blanque で、語源は「白」blanc、すなわち「はずれくじ」と思われる。一五三九年、フランソワ一世は「宝くじ」を公認している。宝くじはイタリアから持ち込まれ、彼らが胴元となることも多かった。cf.［宮下1］pp. 324-328.

雷ごっこ
びっくりさん
ブルターニュ棒球技《スール》〔ラグビーの前身だとも〕
しこしこ
お尻たたき
ほうき乗り
聖コスマス詣で
茶色ゴミムシ
不意打ち
わーい、四旬節がいくよ
裂けたカシの木〔さか立ちの一種〕
馬跳び
オオカミ歩き
二人転がり
槍騎兵ごっこ
枝ブランコ

図7　同じく、16世紀の版画から。手前が「ビー玉遊び fossette」、後方が「ラクロス la crosse」。

一三人目
シラカバ
ハエたたき
牛はモーモー
耳打ち
てのひら重ね
目隠し鬼
橋くぐり
まぬけ鬼
石けりカラス
羽根つき
鬼ごっこ
わたしはだあれ?
スパイごっこ
ガマガエル
ラクロス[12]

ピストン
けん玉《ビルボケ》(13)
女王さま
ジェスチャー《メチエ》
あべこべ
種遊び
お念仏
鼻はじき
マダムの帽子洗い
ふるいごっこ
麦まきごっこ
大食らい
回転風車
たんま

(12)　原文も la crosse となっているが、今のホッケーに近いのか？　図版7を参照。
(13)　原文は bille boucquet だが、「けん玉」bilboquet の初出として興味深い。

とんぼ返り
キャッチ棒
農夫ぜめ
フクロウごっこ
いらだち羽根
さかさおんぶ
指はしご
死んだ子ブタ《アルソー・モリ》
お尻の塩漬け
ハトが飛んだ
三人目〔鬼ごっこの一種〕
火渡り
草むら跳び
はさみ鬼ごっこ
もういいよ
尻の財布に輪をとおし

ノスリの巣
パサヴァン
指おめこ《ラ・フィーグ》
ブーイング《ペタラード》
マスタードつぶし
足に気をつけろ
また落ちた
ダーツもどき
長馬《ながうま》
カラス遊び
高鬼《たかおに》
首切り
鼻つまみ
ヒバリ
指はじき。

こうしてたっぷりと遊びまくり、さらさらっ、ざくざくっと時間をすごすと、ほんの少しばかり聞こしめすことになった。いや、ほんの少しばかりといっても、各人が一一ペガ〔ガスコーニュ地方の度量衡で、一ペガは約六〇リットル〕は飲むわけだったが、この酒盛りがすむと、一同は、りっぱな長いすやダブルベッドにばたんきゅうと横になって、邪心を抱くことも、また悪態をつくこともなく、ぐっすり二、三時間眠るのだった。

目が覚めると、ガルガンチュアは耳をぶるぶるっと、少しばかり動かしてみせる。すると、そのあいだに冷えたワインが運ばれてくるので、最高の気分で飲みほすのである。

そして、ポノクラートが、そのように起き抜けにお酒を飲むのは身体にさわりますよと、諫めると、ガルガンチュア、こう答えるのだった。

「これこそ正に教父《ペール》の生き方でしてね、(14)ぼくは生まれつき、眠るとのどからからになるんです。睡眠というのはね、ハムを食べたのと同じことなのですよね。」

そしてほんの少し勉強を開始するけれど、まずは主の祈りをしなくてはいけません。そこで、お祈りをさっさと唱えられるようにと、おいぼれラバにうちまたがる。なにしろ、九代の国王に仕えてきたラバさんなのだ。こうして口をもぐもぐ、首をゆらゆらさせながら、いつのまにか、ウサギを網でつかまえるのを見に出かけてしまうのである。

そして戻ってくると、台所をのぞきにいって、今日はどんな肉が串焼きになってるかなと、確かめる。

いやはやそれがですね、正直《パル・マ・コンシアンス》なところ、なんともおいしそうに夕食をするのです。おまけに、近隣の酒飲みどもを招いては杯を酌みかわしまして、昔の物語やら、珍聞奇聞やらに話の花を咲かせるのであります。

そうした気のおけない相手としては、デュ・フー〔ジャック・デュ・フーという、フランソワ一世の大膳がいた〕、ド・グールヴィル(15)、ド・グリニョー〔フランソワ一世の側近にこういう人物がいたらしい〕、はたまたド・マリニーの殿さま〔ジャック・ド・シャティヨンのこととされる〕といった連中がおりました。

夕食後は、木製のみごとなる福音書(16)の出番とあいなりまする。要するにですな、「一、二、三」とか、「一か八か」の勝負をするゲーム盤がたくさん持ち出されたのであります。あるいはまた、ガルガンチュアさまは、近所のギャルたちに会いにいきますと、ちょっとしたおやつや、お夜食に、はたまたお口直しのお食事にあいなるわけ

(14) 教父にとっての関心事は、もっぱら飲み食いだからということか？
(15) グールヴィル家は、フランソワ一世の生地アングレームの一族。
(16) 本のように開くことから、チェス盤などをこう言いかえた。

でございます。そうしてあとは、翌朝の八時まで、ぐっすりとお眠りになるのでありました。

第23章　ガルガンチュア、ポノクラートによって、ひとときもむだにしない方法で、一日中教育される(1)

ガルガンチュアのまちがった生活方法がわかると、ポノクラート先生は、別の方法で彼に学芸を教えようと決心した。ただし、自然なるものは、突然の変化をこうむると、非常な無理が生じてしまうことを考慮して、最初の何日間かは大目にみてあげた。そしてことをうまく運ぶために、そのころ、博識で知られた医者のテオドール先生(2)に、ガルガンチュアを正道に戻すことができるものかご検討いただきたいとお願いし

(1)　ユマニストたちは教育に強い関心をいだき、この頃、重要な著作が次々と出ている。エラスムス『子供の教育について』(一五二九年)、フアン・ルイス・ビベス『学問伝授論』(一五三一年)などで、ラブレーはこうした著作にとどまらず、ヴィットリーノ・ダ・フェルトーレなど、イタリアの教育理論家の影響を受けているともいわれる。
(2)　初版では、フランソワ・ラブレーのアナグラム Seraphin Calobarsy 先生となっていた。

てみた。すると先生は、医学の常道にしたがって、アンティキラ産のヘレボルス(3)を用いて、ガルガンチュアに下剤をかけて、この薬効により、脳が変質した部分や、よこしまな傾向などを、きれいに洗い清めてくれたのである。この方法で、ポノクラートは、ガルガンチュアが以前の家庭教師のもとで学んだことを、すっかり忘却させたのであったが、これは、かのティモテウス(4)が、別の音楽家から学んでいた弟子たちに対してとった方法と同じであった。

こうした処置の仕上げにと、ポノクラート先生、ガルガンチュアを、当時の知識人たちにも紹介したところ、彼らとのライバル意識から、ガルガンチュアは気力が充実してきて、これまでとは別の方法で勉強して、頭角をあらわしたいという欲望がもりもりわいてきたのである。

それからポノクラートは、ガルガンチュアが一日のうちの片時もむだにすることとなく、時間のすべてを文芸や教養に捧げるべく、しっかりと勉強のリズムをつけさせた。

かくしてガルガンチュア、朝の四時ごろにはお目覚めである(5)。体をこすってもらっているあいだに、聖書の一節が、その内容にふさわしく、よくとおる声で、高らかに朗読されるのだった。この役目は、バシェ〔シノンの南〕生まれの、アナグノスト〔ギリシア語の「読む人」から〕という若い小姓にゆだねられた。こうして読み聞かせられる一節の主題や内容に応じて、ガルガンチュアは幾度となく、熱心に神をあがめ、崇拝し、祈りや誓願をささげるのだった。聖書の朗読により、神のご威光と、驚くべき審判の力が立ち現れたのである。

それから雪隠《せっちん》におもむくと、自然の消化作用による産物を排泄する。(6) そこでも、師傅《しふ》が、いましがた読んだ個所をくりかえして聞かせ、難解で、はっきりしない点について説明するのだった。

雪隠からの帰り道、先生と弟子とは、空模様をじっと眺める。前の晩に気づいたとおりの様相をしているのか、その日は、太陽と月とが、いかなる兆候を示しているのかを確かめるのである。(7)

(3) アンティキラは、エーゲ海の島。ヘレボルスは、古来、狂気を治癒する薬草とされており、『第三の書』第二四章にも出てくる。エラスムスも『格言集』I, VIII, 51 などで言及しているし、『痴愚神礼讃』にも出てくる。ただし副作用が強く、この薬草の使用を糾弾する医学者も多かった。

(4) 古代の都市国家ミレトゥスの音楽家。クインティリアヌス『弁論術教程』二・三より。

(5) 当時の学生は、これが当たり前であったらしい。

(6) 「排泄」excretion は、この個所がフランス語としての初出。

(7) この個所、なんとなく『パンタグリュエル占い』(一五三三年)の表紙も想起させる(一五三ページ参照)。ただしこれは、ブラント『愚者の船』の図版の借用なのだが。

それがすむと、着替えをおこなって、髪をとかして整髪し、身だしなみをととのえ、香水をつけるのであったが、こうしたあいだにも、前の日の学課がくりかえされる。そしてガルガンチュア自身も、それを暗誦し、それにもとづいて、人間存在にかかわる具体的なことがらについて考えるのだ。ときには、こうしたことを二、三時間も続けることもあったけれど、ふつうは、身づくろいがすんだところで、終わりにした。

それから、たっぷり三時間、講義《レクチユール》がおこなわれる。

そしてふたりは講義の内容について議論をかわしながら、外にでかけていく。ブラックのコート(8)や、あちこちの野原に向かい、ボール遊びや、テニス《ボーム》や、三人キャッチ《ビル・トリ》(9)ボール《ゴーヌ》をして、いましがた精神を鍛錬したのと同様に、肉体を鍛えるのである。

とはいえ、こうした球技はどれも、まったく自由きままにおこなわれた。好きなときにゲームをやめたし、たいていは、全身に汗をかいたり、かなり疲れたりすれば、運動をやめたのである。そして、しっかりと汗をふいて、体を摩擦し、肌着も着替えると、ゆっくりと散歩しながら、昼食《ディネ》の用意はできているかなと見にいくのである。食事を待つあいだにも、授業で覚えた金言名句のたぐいを、はきはきと流暢に朗唱するのであった。

このようにしていると、「空腹先生《ムッシユー・ラペティ》」(10)のご光臨とあいなって、ちょうどいい具合

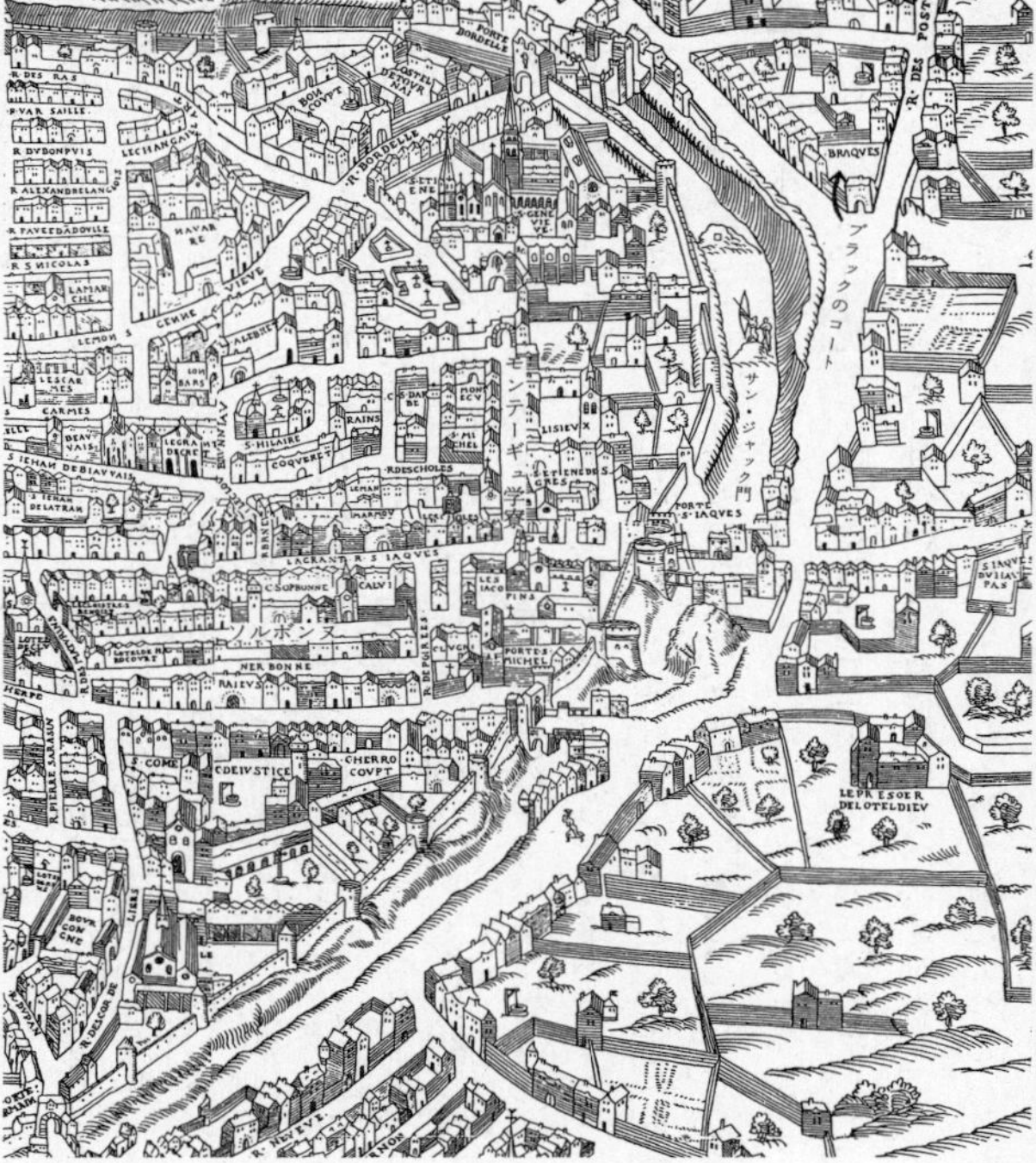

地図1　16世紀半ばのパリ図から。左が北である。

に食卓につけるのだ。

食事が始まると、まずはワインの到来を待ちながら、昔の武勇伝を伝える愉快な物語[11]が朗読される。そして、よさそうな場合には朗読が続けられたし、さもなければ、みんないっしょに愉しく閑談するのだった。最初の何か月かは、パン、ワイン、水、塩、肉や魚、くだもの、ハーブ、根菜、そして調理法など、食卓に出されるあらゆるものの功徳、特性、効能、本質が話題となった。こうしてガルガンチュアは、これらに関して、プリニウス、アテナイオス〔『食卓の賢人』〕、ディオスコリデス[12]、ユリウス・ポルックス[13]、ガレノス、ポルピュリオス[14]、オピアヌス[15]、ポリュビオス、ヘリオドロス[16]、アリストテレス、アイリアノス[17]といった著作家が述べているくだりを、またたくまに全部覚えてしまった。こうした話をしながらも、きちんと確かめるために、当の書物を食卓に持ってこさせるようなことも、よくみられた。そして、述べられていることを全部まるごと記憶してしまったものだから、当時の医者で、ガルガンチュアの半分まで知識がある者はひとりもいなかった。

それから、午前中に読んで聞かされたことがらについて議論をして、食後にマルメロの砂糖漬けをいただくと、乳香樹のつま楊枝で食べかすをとり[18]、つめたい水で手と目を洗った。そして、いっしょに、寛仁大度なる神を讃えてつくられた美しい賛美歌を歌って、神さまに感謝を捧げる。それが終わると、今度は、トランプが持ってこられるのだけれど、それは遊ぶためではなくて、すべて算術の分野に属する、興味深いことがらや発見について学ぶためだった。

(8)　サン＝ジャック門を出て、サン＝マルセル門の方に少し歩いたところ。現在だと、パンテオン近くのエストラパード広場。「ブラック＝ラタン」というポーム場、すなわちテニスコートの前身があった（地図1参照）。
(9)　当時のパリ図には、「プレ・オ・クレール」の野原で、球技かなんかをする人々が描かれている。
(10)　渡辺訳では「腹野減蔵殿」。ヴィヨンの「記憶夫人《ダーム・メモワール》」（『形見分け』）とも相通じる、コミカルな敬称。
(11)　当時、流行していた騎士道物語のことか。あるいはホメーロスなどのことか。
(12)　皇帝ネロの時代のギリシア人医学者。『薬物について』。
(13)　二―三世紀の人、狩猟・漁に関する語彙集を著した。
(14)　三世紀のギリシア人哲学者。『肉食を断つことについて』。
(15)　三世紀ギリシアの詩人で、狩猟に関する詩がある。
(16)　『エチオピア物語』の著者か、あるいは、ユウェナーリスが言及している外科医のことか。
(17)　紀元前二―三世紀のギリシアの著作家。『ギリシア奇談集』『動物の特性について』。
(18)　エラスムスが『格言集』I, viii, 33 で紹介しているように、古来、この樹木からつま楊枝が作られていた。

こうしてガルガンチュアは、数字の学問が好きになって、毎日、昼食や夕食のあとには、さいころ遊びやらカードゲームに時を忘れるのと同じく、数字遊びにも楽しく時間をすごしたのだった。やがて、数学を、理論も実践もしっかりと理解するにいたり、この学問について浩瀚な書物をあらわしたイギリス人のツンスタール[19]も、「ガルガンチュアさまとくらべたら、わたしなど、数学は、さしずめ高地ドイツ語[20]でして、さっぱりわかっていないのでございますよ」と、告白したほどであった。

数学にとどまらず、幾何学、天文学、音楽[21]といった、数理にかかわるほかの学問も好きになった。食べ物がこなれて、消化されるのを待ちながら、ポノクラートとガルガンチュアは、いろいろとおもしろい楽器をつくったり、幾何学模様を描いたり、さらには、天体の法則を実地に確かめたりしていたのだ。それから今度は、四部合唱や五部合唱を妙なる声で歌って楽しんだり、あるメロディを声をかぎりに歌ったりした。

また楽器に関しても、ガルガンチュアは、リュート、スピネット、ハープ、九穴の横吹きフルート、ヴィオラ、トロンボーンの演奏を覚えた。

食後をこのように活用すると、腹ごなしも進んで、すっきりと排便することができる。それから、三時間あるいはそれ以上、主要な勉強に取り組む。朝のうちに講読したことを復習したり、読み始めた書物を先へ進んだり、由緒あるローマン書体によるきちんとした筆づかいを学んだりしたのである。[22]

これが終わると、トゥーレーヌ出身の若い貴族で、ジムナストという楯持ち[23]を帯同して外に出て、乗馬のてほどきをさせるのである。

乗馬服に着替えたガルガンチュアは、軍馬、荷かつぎ馬、スペイン子馬《ジュネ》、軽快なバルブ馬〔北アフリカ原産〕などにうちまたがって、馬場を百周もするかと思えば、空中を跳ばせたり、堀割を飛び越えさせたり、生け垣障碍を越えさせたり、円形の調教場で右に左にと、何度も急に向きを変えさせたりした。

とはいえ槍を折るようなことはなかった。というのも、「馬上槍試合《トゥルノワ》やら合戦やらで、槍を一〇本も折りました」などとうそぶくのは、大工ふぜいならばいざしらず、

(19) ロンドン、ダラムの司教で、ヘンリー八世の秘書もつとめた。著書『計算法について』を一五二九年、パリのロベール・エチエンヌ書店が上梓している。

(20) ドイツ南部の方言で、現在の標準ドイツ語の基盤をなす。イギリス人のツンスタールからすれば、「低地ドイツ語」の方が、まだ分かるということになろうか。

(21) 前出の「算術」、そして「幾何学、天文学、音楽」が、いわゆる「自由四科」quadrivium である。

(22) 第一四章で、ホロフェルヌ先生にゴシック書体を教えられたのとは対照的である。

(23) 第一八章に既出だが、作者はそれを失念しているのか。

これこそ烏滸《おこ》の沙汰にほかならず、あっぱれなる名誉とは、むしろ一本の槍で一〇人の敵の槍を折ることにほかならないのであるから。

こうした次第で、ガルガンチュア、するどい穂先の、がちがちにがんじょうな長槍を手にして、扉を突き破り、甲冑にぐさりと突き刺し、立木をものけぞらせ、丸い的をば串刺しにし、軍馬の鞍や、鎖帷子《くさりかたびら》や、籠手《こて》を、ぽんぽんとはねとばすのである。おまけに、足の先から頭のてっぺんまで、がっちりと甲冑具足で身をかためたままで、すべてをやってのけるのだった。馬にまたがり、ラッパの音も高らかにパレードしたり、返し馬をこまかくおこなうことにかけては、ガルガンチュアにかなう者はだれもいなかった。かのフェラーラの曲馬師(24)だって、これではサル同然なのだった。

とりわけ、馬から馬へとぽんぽんと飛びうつる技を習得したが、こうした馬は「曲馬《デジュルトワール》」と名づけられた。そして、槍をにぎったまま、あぶみもなしに、右からでも、左からでもぽーんと馬に飛び乗り、はだか馬を、思うままにあやつった。というのも、こうしたことこそ兵法には大いに役立つのである。

また別の日には、まさかりの訓練もおこなった。さっとみごとに振りおろして、力強く攻めたて、しなやかな手つきで、ぐるりと払いわざをかけたのであって、野戦など、あらゆる試練を迎えても、ガルガンチュアならば、りっぱな騎士として通用したにちがいなかった。

それから手槍をふりまわしたり、両手を使う大きな剣、バタルド剣〔突いたり斬ったりする、細身の剣〕、スペイン剣〔突き用の長剣〕、短剣やら短刀をふりあげたりした——楯や、腕あてで身を固める場合もあれば、そうでない場合もあった。

また狩りでは、シカ、ノロ、クマ、ダマシカ、イノシシ、ウサギ、シャコ、キジ、ノガンなどを追いつめた。大きなボールを上手にあやつって、空中高く蹴りあげたり、投げたりもした。

とっくみあいも、駆け足も、跳躍もしたけれど、さっと助走をつけて跳んだり、けんけんをしたり、ドイツ式にジャンプ[25]したりはしなかった。「なぜならば、そうした跳びかたは、戦時にはむだで、なんの役にもたちませんからね」と、ジムナストがいっていた。その代わりにガルガンチュアは、掘り割りをぽーんと一気に飛びこえたし、生け垣をジャンプし、城壁などを五、六歩分、するするっと登れたわけで、こんなふうにして長槍ほどの高さの窓にだって、よじのぼってしまうのだった。[26]

(24)　当時、イタリアの曲芸師は評判が高かったが、この個所がだれをさすのかは不明。

(25)　一七世紀のウーダン『フランス俗諺集』には「ベッドからテーブルに跳ぶこと」とあるが、意味不明。

そして水の深い場所でも泳ぎまわり、平泳ぎや背泳ぎ、それに横泳ぎなどをしたし、全身を使ったり、あるいは足だけで泳いで、片手を空中に出して本を持ち、濡らすことなく、おまけにユリウス・カエサルがしたように〔アレクサンドリアでの戦いのときの挿話で、プルタルコスが述べている〕、マントを口にくわえて、セーヌ河を渡ることもした。[27] 片手だけを使って、その怪力で船にのぼったかと思えば、またどぼんと飛びこんで、水底を探ったり、岩と岩のあいだのくぼみにはいったり、深みや淵にもぐったりした。そして船の舵をとって、向きを変えたり、緩急自在に、流れをくだったり、遡航したりもした。あるいは水門のまぎわでぱっと船を止めて、片手で舵をにぎり、もう片方の手で大きなオールを漕いでみせたり、帆を揚げたり、綱づたいにマストによじのぼったり、帆桁の上を走りまわったり、羅針盤を調整したり、風上に向かっていっぱい開きに走ったり、操舵棒をしっかりにぎったりしたのである。

水からさっと出ると、山にずんずんのぼったり、くだったりしたし、ネコみたいに身軽に木によじのぼり、リスのように木から木へと飛びうつるのだ。そして、まるでミロン〔紀元前六世紀のギリシアの怪力の格闘家〕の生まれ変わりのように、太い枝をばさばさと打ち落とす。するどい二本の短剣と、性能は確認ずみの千枚通し二本を手にして、ネズミさながらに、するするっと屋根にのぼると、しなやかに飛びおりるものだから、降りたってもすこしもけがなどしないのだった。

槍、鉄棒、石、手槍、狩猟用の槍、矛槍《ほこやり》をぽーんと投げたり、弓をぴゅーんと射たり、包囲戦に使われる強力な大弓を、腰に力を入れてぐっと引きしぼるかと思えば、重い火縄銃を肩にあてて狙いをつけたり、大砲を台座にすえたり、的や動く標的《パプゲ》をめがけて、上方でも、下方でも、正面でも、真横でも、後方でも、とにかくパルティア人のようにみごとに命中させるのだった。

どこかの高い塔のてっぺんから綱を地面まで垂らしたとしよう。するとガルガンチュア、この綱を両手でつかむと、みなさまが、平坦な草原でやってもできそうにないくらいに、すばやく、また危なげもなしに、するするとのぼりおりする。太い棒を、二本の立木のあいだに渡してやるとしよう。するとガルガンチュア、この棒にぶらさがり、地面に足などふれずに、ぴょんぴょんと行ったり来たりする。駆け足でも追いつかないほどのスピードであった。

胸や肺をきたえるために、ものすごい雄叫《おたけ》びをはりあげることもあった。あるとき

(26)　このようにして、第二二章の遊戯のリストとは異なり、身体運動が列挙されることに注目。

(27)　初版では「モンソローでロワール河を渡った」とあったが、ガルガンチュアはパリに留学しているわけだから、このように訂正した。

など、ガルガンチュアがサン＝ヴィクトール門〔左岸、カルチエ・ラタンの東〕からユーデモンを呼んでいる声が、モンマルトル〔右岸、パリの市外〕まで聞こえてきた。あのステントールにしても、トロイア戦争で、これほどの大音声《だいおんじょう》を発しはしなかった(28)。

筋肉を強化するためには、巨大な鉛のかたまりをふたつ作らせたが、一個の重さが八七〇〇キンタル(29)もあった。ガルガンチュアはこれをバーベル《アルテール》(30)と呼んでいた。そしてこれを、それぞれ地面から持ち上げると、頭上高くかかげて、びくともせずに四十五分以上も支えていたのであって、まったくまねのできない怪力ぶりであった。

名人連中と棒術もおこなったが、相手がつーんと打ちこんできても、ぐっとふんばって、びくともしなかった。そして、足元をぐらつかせることができるものならしてみろとばかりに、もっぱら猛者《もさ》連中だけを相手にした。さしずめ、その昔のミロン〔この章に既出〕なのであって、ミロンにならって、ザクロの実を握りしめると、奪い取れるものならそうしてみるがいいと挑戦に応じたりもした。

こうして時間を使うと、体をふいて汗をぬぐい、服も着替えて、ゆっくり帰路につくのだけれど、どこかの牧場やら草原を通りがかると、草や木を調べては、テオプラストゥス、ディオスコリデス、マリヌス〔著名な解剖学者だが、著作はないともいう〕、プリニウス、ニカンドロス(31)、マケル〔『植物の効能について』の作者に擬された〕、ガレノスといった、古代の著作と比較照合した。

そして手に余るほど採集した草木を屋敷に持ち帰ると、リゾトーム〔ギリシア語の「根」と「切る」から〕という名前の若い小姓が引き受けて、鍬《くわ》、つるはし、セルフェット、スコップ、草刈り鎌など、必要な道具を用いて世話をした(32)。帰宅すると、夕食の準備ができるまでのあいだも、それまでに読み聞かせられた個所を復習し、それから食卓についた。

ここで、ガルガンチュアの昼食《ディネ》が、控えめで、つましいものだったことに注意していただきたい。腹ぺこ虫のさけびをなだめるためだけしか、食べなかったのである。しかしながら、夕食《スーペ》はたっぷりと、もりだくさんだった。自分の体を維持し、滋養を供給するのに必要な分量を食べたのである。これこそ、真正にして確実な医学が定め

(28)　「ステントールのような声」：強くて、大きな声」（「難句略解」）。ステントールは五〇人分の声の持ち主で、現在では「大声の人」という普通名詞。

(29)　一キンタルは一〇〇リーヴル。ということは時代・地域により異なるものの、四〇から五〇キログラム見当。

(30)　現在の綴りは haltère で、フランス語としての初出。

(31)　ギリシアの医学者で、毒と解毒剤のことなどを記述した教訓叙事詩に『テーリアカ』『アレクシパルマカ』がある。

(32)　ラブレー本人も、植物採集を各地でおこなっていた。

た食事法なのである——ソフィストたちの学校[33]での押し問答になれた、やぶ医者連中は、これとは反対のことを勧めるだろうけれど。

この夕食のあいだも、適当な程度に、昼食時の授業を続けたが、残りの時間は、学識にみちた、有益な談話のうちにすぎていった。

そして神に感謝を捧げると、みんなで心をこめて歌を歌ったり、楽器を合奏したり、あるいは、カードや、さいころや、さいころつぼを使って、ちょっとした気晴らしを楽しんだ。ときには、こうしてたらふく食べながら、寝る時間まで陽気にやることもあったが、学識ある人々とか、異国を見聞してきたとかいう人々を訪ねていくことだってあった。

夜もふけて、部屋に引きあげる前に、屋敷のなかでも、空がいちばんよく見える場所にいくと、空の模様を観測した。もしも彗星でも流れていれば、それに注意したし、また、星座の形や位置、相、衝や合を観察した。

そして、その日一日に読んだり、見たり、習得したり、したり聞いたりしたことをすべて、先生といっしょに、ピュタゴラスの流儀でざっと復習した[34]。

こうして一同は、創造者である神に祈りを捧げて、これを尊崇し、その堅信を誓い、神の広大無辺なる慈愛を讃えて、過ぎ去ったことのすべてに対し感謝を捧げ、先々のことすべてについて、神の寛大なる御心に身をゆだねてから、安らかな眠りについたのである。

(33)「学校」としたのはofficineで「薬局」も可能か。なお、初版などでは「アラビア人の学校」とあった。

(34) ピュタゴラスの弟子は、前日のできごとを全部思いだすまで、翌朝ベッドから離れなかったという。ここは、夜になってから、昼間のできごとを、しっかりと記憶にとどめることで、キケロ『老年について』一一、で述べられている。

第24章　雨模様のときの、ガルガンチュアの時間割

雨が降ったりして、どうも天候が荒れぎみのときは、暖炉の火をあかあかと焚いて湿気を追い払うものの、それ以外は、昼食まで、ふだんどおりに時間を使った。そして食後は、運動をする代わりに、屋内に残って、体力増強法《アポテラピー》(1)と称して、干し草を束ねたり、薪を割ったり、のこぎりでひいたり、納屋で、麦を殻竿《からさお》でたたいたりして、はしゃぎまわった。それから絵や彫刻も学んだし、レオニクス(2)が書き残し、わがよき友ラスカリス③が楽しんだように、昔の指骨遊び④をしてみた。

こうして興じているあいだも、このゲームについて古代の著作家が言及したり、ほのめかしている個所をあらためて調べたりした。また、金属をどうやって圧延するのか、武器をいかにして鋳造するのかを実際に見に行ったし、宝石職人、金銀細工師、宝石をカットする職人、錬金術師、貨幣鋳造職人、タピスリー職人、織物師、ビロード職人、時計職人、鏡職人、印刷職人、オルガン製造人、染め物師といった職人たちの仕事ぶりを見学しにいったわけだけれど、どこでも、心づけを渡しては、教えを請

図8 『ガルガンチュア』(1537年) [NRB 21] 第22章 (=決定版の第24章) の図版。

い、そうした手職の熟練のわざや創意工夫について思いをこらした。

公開講義や、大学での公開討論や、弁論術の稽古や架空演説《デクラマシオン》、優れた弁護士の弁舌、福音主義者の説教《コンシオン》なども聞きにいった。

フェンシング用の部屋などを通りがかると、師範たちを相手に、あらゆる武器で腕試しをして、彼らと同等、いやそれ以上の剣の使い手であることを歴々と示した。

植物採集の代わりに、薬種商や、薬草売りや、薬剤師のところを訪ねて、さまざまの木の実や、根っこや、葉っぱ、ゴム、種子、異国の芳香油をくわしく調べ、それらをどうやって調合するのかも学んだ。

軽業師、手品師《トレジエクテール》、万金丹売り《テリアクルール》(5)なども見物にいき、彼らの身ぶり手ぶり、ごまかしの手口、とんぼ返りやみごとな口上を、じっくりと見たり聞いたりした。とりわけ、ピカルディはショニーの大道芸人〔有名で、毎年集まって見せ物をしていたという〕に見とれていた。彼らは生まれつき、とてもおしゃべりで、あることないこと、大風呂敷を広げて、滔々《とうとう》とまくしたてたからだ。

夕食のために帰館すると、食事はふだんより控えめにして、あっさりした淡泊なものを食した。しめった空気に接していて、それにさらされ、否応なく体内にそうした毒気がしみこんでしまうから、こうやって退治するのだし、ふだんのように運動をしなかったせいで、体調が悪くなってもいけないからと、こうするのである。

ガルガンチュアは毎日、この指導法にのっとって日課をこなしていった。みなさまもおわかりのように、英知をそなえた、年頃の若者として、こうした訓練を続けるうちに、当然のごとく獲得できるものを、ガルガンチュアも身につけたのだった。訓練は、最初のうちはずいぶんむずかしそうに思えたが、続けていくうちに、とても心地よく、軽やかで、楽しいものとなって、学生の勉強というよりは、むしろ、王様の気晴らしにも似てきたのである。

とはいっても、ポノクラートは、こうした激しい精神的な緊張からガルガンチュアか？

(1)　原文は Apotherapic で、ガレノスの *αποθεραπια* を借用したものだから Apotherapie の誤植か？

(2)　イタリアのユマニスト。その『さいころ遊びについて』が、一五三二年、ラブレーの学術本の版元、リヨンのセバスチャン・グリフィウス書店から発売されている。

(3)　コンスタンチノープル出身のユマニストで、フランスにギリシア学を伝えた（一四四五―一五三四）。『イーリアス』、ソフォクレスなどの校訂もおこない、エラスムスやビュデの親しき友であった。

(4)　豚・牛・羊の足の骨などを使って、ビー玉やお手玉に似たような遊びをしていた。ブリューゲル《子供の遊戯》にも、ボウリングのような遊びをする姿が描かれている（右手後方、建物の脇）。

(5)　「テリアカ theriaca」は、ギリシア・ローマの昔から伝わる赤い練り薬で、解毒剤として重宝された。オランダ伝来の霊薬として、わが国でも有名。「万金丹売り」と意訳した。

を解放して、休息させてやらなくてはと、月に一度は、よく晴れて澄みきった日を選んで、朝早くからパリ郊外にでかけた。ジャンティ、ブーローニュ、モンルージュ、シャラントン橋〔マルヌ川に架かる〕、ヴァンヴ、サン＝クルーなどに足をのばしたのだ。そして一日中、思いつくかぎりの無礼講をくりひろげて楽しんだ。冗談やばかをいったり、杯を酌みかわしたり、遊んだり、歌ったり、踊ったり、きれいな牧草地を転げまわったり、スズメを巣から失敬したり、ウズラをつかまえたり、カエルやザリガニを釣ったりした。

この一日は、書物も読書もなしにすごしたのであったが、とはいえ、むだにすごしたわけではなかった。なにしろ、美しい野原で、ウェルギリウスの『農耕詩』やヘシオドスの『仕事と日々』、あるいはアンジェロ・ポリツィアーノの『田園詩編』から、いかにも気分爽快な詩句を暗誦したり、ラテン語でいくつか、愉快な風刺詩《エピグラム》をものしてから、それをフランス語のロンドーやバラッド[6]に直したりしていたのである。

饗宴のさなかにも、カトー『農業論』や、プリニウスが教えるとおりに、蔦《つた》でつくった酒杯で、水で割ったワインから水を分離してみた。また水がたっぷり入った鉢にワインを注いでから、じょうごを使って、うまくワインを分離したり、水を一方から他方に移動させたりした。おまけに、ちょっとした自動人形《オートマット》〔フランス語としての初出なので、以下に説明している〕

を、つまり、ひとりでに動くおもちゃを、いくつも作ったりした。

(6)　rondeau も ballade も、中世の定型詩で、一五世紀から一六世紀前半にかけて流行した。バラッドでは、女性詩人クリスティーヌ・ド・ピザン、シャルル・ドルレアン、フランソワ・ヴィヨンなどが有名。ラブレーと同時代の詩人クレマン・マロの場合、ロンドーはかなり作っているが、バラッドは二〇編たらずであり、バラッドの方が先に廃れていく。

第25章　レルネ村のフーガス売り[1]と　ガルガンチュアの国の住民が大げんかを始め、ついには大戦争になってしまったこと

さて、季節は秋のはじめである。ブドウの収穫期を迎えて、ムクドリにブドウの実を食べられないようにと、羊飼いたちは畑を見張っていた。

そんなとき、レルネのフーガス売りが、フーガスを一〇荷《か》も、一二荷《か》[2]も町〔シノンの町をさすものと思われる〕に運ぶため、大きな四つ辻《ル・グラン・カロワ》〔二六章に「スイイー村の先の」と出てくる〕を通りがかったのだ。

そこで羊飼いたちは、「金は払うよ、市場で売る値段でいいから、フーガスを売ってくれないか」と、丁重に頼んでみた。

いや、みなさま、それもそのはず、この焼き菓子は最高の食べ物でありまして、朝食かなんかに、それも焼きたてのやつを、ブドウの実といっしょに食べたなら、それこそ天にものぼる心地になれること請け合いなのであります。とりわけ、ピノー、ソーヴィニョン、ミュスカデ、ビカーヌ〔大粒である〕といったブドウとならば相性が最高で

すし、便秘によくきくフォワルー種〔現在でも、ロワール地方で栽培されている〕ともぴったり合うのです。ちなみに、このブドウ、なぜ下痢便《フォワルー》ブドウなどと呼ばれるかと申しますと、食べると、まるで槍みたいに、ずぶずぶっとお通じがあるからなのです。おかげで、おならをしているつもりで、うんちをもらしてしまうこともよくあったりして、こうした連中のことを、「ブドウ収穫期のおなら男」なんて呼んでいるのですがね。

ところで、レルネのフーガス売り、羊飼いたちが頼みこんでも、少しも色よい返事をしないどころか、彼らをひどく侮辱したのである。有象無象《トロディトー》、歯抜け野郎、赤毛のたいこ持ち、悪ふざけ野郎、おもらし野郎《シアンリ》、不良ども、猫っかぶり、ぐう野たら助、食いしん坊主、百貫でぶ男、ほらふき野郎、ろくでなし、いなかっぺ、おじゃま虫、たかり虫、からいばり、すかしたあんちゃん、サルまね芸人《コビゥー》、なまけもの、大貧民《マロトル》、とんまとんぺい、うすのろ、ばか殿、冗談太郎、自慢左右衛門、ふるえ乞食、くそカ

(1)　原文はfouaciersである。fouaceは、ガレットのようなものであったと思われる。南仏方言ではfougasseというが、最近、日本でも「フーガス」として認知されてきているので、これを訳語とした。なお渡辺訳は「小麦煎餅売り」。巨人もまじえての大戦争が、小さな村どうしで展開されるという、極端なコントラストに注目。

(2)　「荷」はchargeの訳。ウマ・ラバの背や、荷車の積み荷を「一荷《ラ・シャルジュ》」といい、課税の単位としても使われた。

ウボーイ、うんちの番人などなど、とにかく悪口雑言のいい放題。おまけに、「てめえらには、こんなおいしいフーガスを食する資格などないわい。ふすまでも混じったでかパン《グロ・パン》か、黒パン《トウルト》で満足するのがお似合いだわい(3)」と言い放ったのである。

このように侮辱されたものだから、羊飼いのひとりで、フロジエという、なかなか愛嬌もあって、誉れも高い若者が、静かな口調でこう答えた。

「諸君、そんなに高飛車にでてきて、角突きだしちゃって、いったい、いつから闘牛になったんです？ まったく！ 以前は、いつだって喜んでわけてくれたくせに、今度はいやだというのですか？ こいつは、まともな近所づきあいとはいえませんぜ。諸君が、お菓子やフーガスの材料にする上質の小麦を、こっちに買いにきても、そんなひどいことはしてないでしょうが。こっちなんかは、ブドウまで、おまけにつけてあげようっていうのに。くそっ！ マリアさまに誓って(4)、みなさん、あとで後悔しますぜ。いつか、こちとらに用があっても、仕返しさせていただきやしょう。とくと覚えておいて、おくんなせえ。」

するとフーガス作りの信心会《コンフレリ》の旗がしら《バストニエ》をつとめる、マルケ(5)がこう言い返した。

「おいきさま、とさかにでもきたのかよ！ けさはずいぶんなまいきじゃねえか。さてはきのうの晩、アワだかキビだか食いすぎたとみえる。ほら、こいよ、ほら、フーガスをくれてやろうじゃねえか。」

フロジエは人がいいものだから、マルケが袋からフーガスを出してくれるものと思い、近づいて、ベルトのところからオンザン貨幣〔二ドゥニエに相当〕を一枚とりだしたが、マルケときたら、手にした鞭で、フロジエの脚をみみず腫れになるほど思いきり叩いてから、一目散に逃げようとした。ところがフロジエは、「人殺し！　助けてくれ！」と大声で叫ぶと、脇にかかえていた丸太ん棒を投げつけた。あいにく、それが右の側頭動脈《アルテール・クロタフィック》の上部、いわゆる頭部冠状縫合部《ジョワンチュール・コロナール》に命中してしまい、(6)マルケはもんどりうって落馬して、死んだも同然になってしまった。

その一方、近くでクルミの殻をむいていた折半小作人《メステール》たちが、長い竿《さお》を手に駆けつ

(3)　当時のパンには、最高級の「白パン」、標準的な「ブルジョワ・パン」、ライ麦やふすまが入った庶民の「大型パン／黒パン」という三ランクがあった。庶民のパンの価格は、白パンの半額以下であった。

(4)　原文は par la mer dé で、par la mère de dieu「神の母に誓って」と par la merde「くそに誓って」の地口。

(5)　このあたりの田舎領主で、収税吏などもつとめる、ミシェル・マルケなる人物がいた。その娘が、ラブレー家と対立するゴーシェ・ド・サント＝マルトに嫁していた。第二六章、注（1）を参照。

(6)　ラブレーは、その解剖学の知識を駆使して、コミカルな味を出している。

けて、まるで、まだ青いライ麦かなんかを叩くみたいに、フーガス売りに襲いかかった。フロジエの叫び声を聞きつけた羊飼いの男女も、投石器やぱちんこを持ってやってきて、石のつぶてを雨あられと飛ばしながら、追いかけまわした。そしてフーガス売りに追いつくと、フーガスを四、五ダースは奪いとりはしたものの、いつもどおりの代金を支払ったし、年貢だとばかりに、クルミを一〇〇個、大粒の白ブドウを三籠くれてやったのだ。フーガス売りたちは、ひどい傷をおったマルケをようやく馬に乗せると、パリイー街道〔パリイー村まで行って左折すれば、シノンの町に向かう〕をそのまま進むことなく、ほうほうのていでレルネ村にもどっていった――スイイーやシネーの牛飼い、羊飼い、小作農たちに、「いまに見てろよ」と毒づきながら。

それから、羊飼いたちは、男も女も、フーガスとおいしいブドウという、ごちそうにあずかり、バグパイプの音色に合わせて遊び興じ、朝方、きちんと右手で十字を切らなかったばかりにとんだ災難にあった、いばりくさったフーガス売りをもの笑いの種にした。そして大粒のイヌブドウをしぼり、フロジエの脚をやさしく洗ってあげたところ、たちまちにして治ってしまった。

第26章　レルネの住民、ピクロコル王の命令で、ガルガンチュアの羊飼いたちを急襲する

さてレルネ村に戻ったフーガス売りの連中、食事のほうはさておいて、行政府《カピトール》にはせ参じ、ピクロコル三世なる王様に泣きついた。(1) たたきこわされた籠や、しわくちゃ

•

(1)　ギリシア語の pikrokholos「胆汁質の、怒りっぽい」から。なお、以下の「ピクロコル戦争」については、次のようなできごとが素材だともいわれる。レルネ村の領主にゴーシェ・ド・サント＝マルトなる人物がいたが、ソーミュール近く、ロワール河沿いのシャポーの地主でもあって、漁場用に河川に杭を打ったりしていた。一方、ラブレーの父アントワーヌは弁護士であり、またスイイー村の地主でもあったが、シャポーより少し上流のシャヴィニーにも領地があった。そして、サント＝マルトが勝手に河をいじくったことで、ラブレー、サント＝マルト両家は、一五二八年頃から、レルネ村、スイイー村をも巻き込んで裁判沙汰をくりひろげたというのである。実際、物語は、レルネ村、スイイー村という、シノン近くの村を中心に展開される、きわめてローカルな戦いの様相を呈している。だが、そうしたミクロコスモスのなかに、たとえばフランソワ一世とカール五世の確執のようなマクロな局面が描きこまれているのである。

「行政府」は capitoly の訳。ローマの「カンピドリオの丘」にならって、中心部にこの名称を付した

になった縁なし帽、びりびりの洋服、略奪されたフーガス菓子を、そしてなによりも、重傷を負ったマルケの姿をお見せして、すべてはグラングジエの羊飼いや農民のしわざです、場所はスイイー村の先の大きな四つ辻のあたりですと、申し立てたのだった。するとピクロコル、たちまち逆上してしまい、どうしてこのようなことになったのか、これ以上考え合わせてみることもせず、国中の家の子郎党に招集をかけ、武装して、正午に、城の前の広場に全員集合すべし、さもなくば絞首の刑に処すとのおふれを出した。(2)

そして作戦を確実に運ぶべく、町の周囲にも鼓手を送って、ふれ太鼓を鳴らさせると、昼食の準備の間をぬって、王みずから出向いて、大砲などをすえつけさせ、旗や幟《のぼり》を広げさせ、装備やら食料やらの軍需物資を大量に積みこませた。

昼食をとりながらも、ピクロコル王は、各部署の指揮官を次々と任命、王令によりトレプリュ殿〔「みすぼらしい」の意〕が前衛部隊司令官に指名された。前衛軍は、火縄銃部隊一六〇一四名(3)、志願した歩兵三五〇一一名をかぞえた。

主馬頭《しゅめのかみ》〔王の厩舎を司る役人〕のトゥクディヨン殿〔「虚勢を張る」という意味など、諸説がある〕が指揮官に任命された砲兵隊は、カノン砲、大カノン砲、バジリク砲、小口径砲、細身砲、射石砲《ボンバルド》、軽砲《フォーコン》、軽快砲、小型細身砲等、青銅の火砲全九一四門を擁していた。また後衛軍は、ラクドウナール公〔「金をかき集める」といった意味〕に委ねられ、大本営《バタイユ》には、国王ならびに王国の太子や公達が陣どった。

こうしてあたふたと装備をととのえると、進軍に先だって、アングルヴァン隊長[4]率いる軽騎兵三〇〇人を送って、索敵をおこなわせ、どこかで待ち伏せされていないか調べさせた。ところが一帯を熱心に偵察したものの、どこもかしこものんびりと静まりかえっていて、軍勢らしきものなど影も形もなかったのである。

これを聞いたピクロコル王、軍旗のもと、各軍は急いで出発せよと命じた。

そこで各部隊は、隊形も間合いもなんのそのと、とにもかくにも入り乱れて進軍を開始、その道筋で、あらゆるものを破壊し、けちらしていったのであり、貧者も富者も、聖なる場所も、俗なる場所も容赦しなかった。雄牛も牝牛も、種付け用の牛も、

都市もある（たとえばトゥールーズ）。ピクロコル王が、ローマ皇帝の後継者を自任しているとすれば、カール五世の野望とも重なってくる。

(2) cf.「エラスムス2」「今日では、そこかしこでいとも気易く、いかなることをも口実に設けて、残酷で野蛮な戦争がなされていることだろうか」（『戦争は体験しない者にこそ快し』）。

(3) ちなみにフランソワ一世の火縄銃部隊は、一二〇〇〇人を数えた。

(4)「風を呑みこむ」の意。『パンタグリュエル』第一章では、パンタグリュエルの祖先に、この巨人の名が挙がるのだが。

子牛も若い牝牛も、牡のヒツジも牝ヒツジも、牡のヤギも牝ヤギも、メンドリだろうとオンドリだろうと、はたまたワカドリだろうと、キンヌキだろうと、牡のガチョウも牝のガチョウも、牡ブタも牝ブタも、そして子ブタちゃんも、すべてかっさらっていった。クルミをたたき落とし、ブドウをもぎとり、親株を盗み、木になっている果実もことごとくゆすり落としていった。これぞ、まさに前代未聞の蛮行なのであった。

だが人々は、だれも逆らわなかった。ただちに降伏して、これまでおたがいに隣人としてなかよくやってきたではないですか、みなさんに乱暴非道なることなど一度たりとしたことはありませんよ、それなのに突然、まるで手のひらでも返したように、このようなご無体なる狼藉を働かれるとは、じきに天罰がくだりますよ、もっと人間《ユメー》的《ヌマン》に取り扱っていただきたいといって、兵士の慈悲に訴えかけたのである。だが、こうした切言に対して返ってきたことばといえば、「おまえたちに、フーガスの食い方を教えてやりたいんだよ」というものだけなのであった。

第27章　スイイーのひとりの修道士が、敵の略奪からブドウ畑を救う

こうして軍勢は、略奪や、盗みを重ね、乱暴狼藉のかぎりをつくしたあげくに、スイイー村に到着、村の男衆や女衆におそいかかり、てあたりしだいに略奪した。まったく、彼らにとっては、熱すぎたり、重すぎたりするものなど、いっさいなかったのだ。(1)大部分の家でペスト患者が出ていたのに、彼らはところかまわず入りこんで、家財をすべて奪い去った。それなのに、だれひとり発病しなかったというのは、驚くべきことというしかない。なにしろ、司祭も、助祭も、説教師も、医者も、外科医も、薬剤師も、病人の床におもむいて、看護や治療をおこない、説教やら、激励やらをおこなったのではあるが、逆に全員が感染して死んでしまったのだ。ところがである。略奪と殺しに明け暮れる、これらの悪魔どもは、ぴんぴんしているではないか。(2)みなさん、これはいったいなぜでしょう？　お願いです、ひとつ考えてみてくださいな。

(1)　第一七章を参照。「熱すぎもしなければ、重すぎもしない」は、「おあつらえ向きの」という意味。
(2)　参考までに、スクリーチの解答は次のとおり。「ペストは神や聖人のしわざではない。それは悪

さて、村を荒らしまわった兵士たち、騒然としたありさまで修道院[3]に向かったのだけれど、門扉《もんぴ》は錠がおりて、固く閉ざされていた。そこで本隊は、ヴェード[4]の浅瀬の方へと歩を進めることにして、歩兵小隊が七つ、槍兵《そうへい》二〇〇人が残り、ブドウ畑を根こそぎにせんものと、農園の囲いをうちこわした。

あわれな修道士たちは、どの聖人にご加護を願い出るのかもわからず、右往左往するばかり、とにもかくにも、〈発言権ある者は、参事会室へ〉《アド・カピトゥルム・カピトゥランテス》と鐘をうち鳴らし、非常招集をおこなった。そして、聖歌を歌い、おまじないに〈敵の待ち伏せに抗して〉《コントラ・ホステイウム・インシディアス》の連禱と、〈平和のために〉《プロ・パーケ》という答唱をとなえながら、りっぱに行進するべきことが決定された。

当時、この修道院には、ジャン・デ・ザントムール[5]と申す隠修修道士がいたが、この男、若くて元気はつらつ、粋で、陽気で、そつがなく、大胆にして果敢で、決断力があった。やせて背が高く、いかにも達者そうな大きな口をして、みごとな鼻がそびえ、時禱もすばやくすませ、ミサもてきぱきかたづけて、死者の供養も早口ことば、要するに、この三千世界に出家が出現してから《ル・モンド・モワヤナン・モワナ・ド・モワヌリ》、不世出の出家《ヴレ・モワヌ》[6]坊主なのであった。おまけに聖務日課のお祈りについては、すみずみまで知りつくしていた。なにやら敵軍が、ブドウ畑のあたりで大騒ぎをしている様子を聞きつけると、ジャン修道士は、いったいなにごとかと外に出てみた。すると、一年分のワインにするはずの畑から、連中がブドウをかっさらっているではないか。そこで修道士、ただちに教会のなかに入っていったところ、ほかの修道士たちは、釣り鐘を鋳るのに失敗した職人みたいに、きょとんとしていた。彼らが、〈な、ん、じ、ら、ー、て、き、の、ー、こ、う、げ、き、を、ー、お、そ、れ、る、な、か、れ、ー〉と歌っているのを見て、(7)ジャンはこういった。

魔のしわざであって、悪魔は、自分が王として君臨している世界では、自分の手下どもを見守るすべを心得ているのだ」([Screech])。ドゥフォーは、エラスムスを引き合いにだす。『戦争は体験しない者にこそ快し』のなかで、エラスムスは戦争をペストにたとえている。つまり、乱暴狼藉のかぎりをつくすピクロコル軍は、すでにしてペストに罹患している理屈になるというのである([Defaux 2])。

(3)　スイイーには、ベネディクト会修道院があった。現在は廃墟となっている。

(4)　ヴィエンヌ川に注ぐ小川で、現在ではネグロン川と呼ばれている。

(5)　「こま切れ男のジャン」の意味。敵をばったばったとなぎ倒すイメージと、料理好きのイメージが合体している。

(6)　「モワ、モワ」と頭韻を踏む喜劇手法。

(7)　ことばを区切って長びかせ、不明瞭にすることは、愚かしいこととして批判されていた。cf.「あなたがたが祈るときは、異邦人のようにくどくどと述べてはならない。異邦人は、言葉数が多ければ、聞き入れられると思い込んでいる」(「マタイによる福音書」六)。

「けっ、くそみたいにうまか歌じゃわい。後生だ。いっそのこと、〈ぶどう籠よさらば、収穫は終わりぬ〉〔当時の歌謡の一節〕って歌ってくれんかの。まったく！　ブドウ畑に入られて、株も実もきれいさっぱり持ち去られたのだよ、本当の話！　おかげでこの先四年間、落ち穂拾いに明け暮れることになるんだぞ。こんちくしょうめ！　聖ヤコブさまの腹にかけて、まったくあわれじゃないか、毎日、なにを飲んで暮らせというのか。神よ、〈われに飲み物をたもれ《ダ・ミヒ・ポーツム》〉とでもいえっていうのかい？」

すると修道院長が、こういった。

「おい酔いどれめ、ここでなにをしようというんだ。神のおつとめ《セルヴィス・ディヴァン》のじゃまをするとは不届き千万、牢屋にでもぶちこんでおけ。」

「なんですって？　酒のおつとめ《セルヴィス・デュヴァン》ならば、じゃまもなにもいたしませんぜ」と、ジャン修道士が、こういい返した。「院長さま、あなただって、美酒には目がございませんでしょ。有徳の士は、なべてかくのごとしとね。〈気高き人、美酒を断じて憎まず〉、これぞ修道の誓詞なり、ですぞ。だが、それにしても、みなさまが歌われる答唱なんぞ、おかどちがいもいいところだ。

よく考えてみてください。聖務日課の祈りが、麦やブドウの収穫の折りには短く、降臨節や冬に長いのは、なぜだと思いますか？　われらが宗派の熱烈なる指導者であられたところの、――いや、誓って本当の話ですよ――、いまは亡きマセ・プロッス修道士〔不明。第五章を参照〕が申したことを、わたしはよく覚えておりますぞ。《収穫の季節にしっかり樽につめて、ワインをつくり、これを冬にゆるりときこしめすため》とね。さあさあ愛飲家の諸君よ、わたしに続きなさい。ブドウ畑の危急存亡のときにあたり、(8)酒をたしなむ者が、これを救いにかけつけないとあっては、これはもう、聖アントニウス熱で焼かれても文句はいえまへん。なんてったって、教会の財産でっせ。ぜったいに許せまへん。まったくもう。イギリスのですね、あのエゲレスの聖トーマスさまなんぞ、(9)このために命まで投げ捨てたのでっせ。このわたしだって死ねば、聖者になれるかもしれません。でも、このわたしは絶対死にはしませんぜ。ほかの連中を、あの世送りにしてみせますからな。」

こういうとジャン修道士、僧衣をさっと脱ぎすてると、十字架型の棒をつかんだが、

(8)　ブドウの木は、キリストあるいはキリスト教信仰の象徴。改革派にあっても、事情は変わらなかった。cf.「われわれがみずからを鍛え、働くべきブドウ畑というのは、聖書のみなのです」（ルター『ドイツ国民のキリスト教徒に与える』）。

(9)　カンタベリー司教のトーマス・ベケット（一一一八―七〇）のこと。聖職者の権利を守ろうとして、ヘンリー二世の命で暗殺された。チョーサー『カンタベリー物語』は、この聖トーマス巡礼を題材としている。

これはナナカマドの木の芯でできた、槍のように長く、手にあまるほどの太いもので、ところどころに百合の模様が描かれてはいたが、ほとんど消えかかっていた。⑩こうして彼はマント姿で、僧衣をたすきに結んで出陣すると、ブドウ畑で、隊形も、軍旗もおかまいなし、ラッパも太鼓もおいたまま、ブドウつみに余念のない敵方に不意に襲いかかったのである。なにしろ旗持ちは、軍旗や旗印を壁のところに放り出したままブドウ狩りだし、鼓手は、ブドウをたんまり詰めこもうとして、太鼓の片側に穴をあけ、ラッパ手は、ブドウのつるを集めるのに夢中と、みんなが、ちりぢりばらばらなのであった。そこでジャン修道士、「いざ尋常に勝負」などともいわずに⑪不意をつくと、ブタも同然とばかりに、ばったばったとなぎ倒し、古式ゆかしい剣法にしたがって、めちゃくちゃに叩きのめしてしまった。

こっちのやからの脳みそをぐちゃぐちゃにしたかと思えば、⑫あっちのやからの手足をつぶし、頸椎のあたりをがたがたにし、腰骨をはずし、鼻をばさっとそぎ落とし、目玉をつぶれるほど殴り、あごをかち割って奥歯をがたがたいわせ、肩胛骨《けんこうこつ》にぐしゃっと穴をあけ、脚には壊疽《えそ》を引き起こし、股関節をも引っこ抜き、手足の骨をば粉砕してしまった。

そしてまた、こんもり茂ったブドウの木の陰に隠れようなどとしても、そいつの背骨をうち砕き、犬ころも同然、ぐちゃぐちゃにしてしまったのだ。すたこらさっさと逃げようとしても、頭部ラムダ型縫合部《コミッシュール・ランブドイド》のあたりに一撃をくわせ、頭をば、ぽーんと飛ばしてしまった。ここなら安全と思って、木の上にのぼっても、下から棍棒でお尻をぶすっと串刺しにしてしまう。

古くからの顔なじみが、「やあ、ジャン修道士ではないか。降参いたす」などといったって、「汝には、それしかあるまい。でもな、ついでに冥途にまで行っていただきやしょう」なんていって、たちまち、きつーい一発をお見舞いするのだった。まともに立ち向かおうなどという、無鉄砲な連中には、怪力のほどをたっぷりと見せつけた。胸の縦隔やら心臓のあたりに、風穴をあけるかと思えば、別のやからの肋骨のす

(10)「ナナカマド」cormier/cornus は、「戦いに有効な樹木」（ウェルギリウス『農耕詩』）とされる。「百合の花」は、むろんフランス王家の象徴。福音の戦士にして国王の戦士としてのジャン修道士の姿が見えてくるのか。

(11) 当時、イタリアから、「突き」を中心とした新しい剣法が入ってきていたが、それではない重戦士型の太刀さばきということか。

(12) 以下またしても、解剖学用語の連打。バフチーンは、この「カーニバル的解剖」に、いわゆるグロテスク・イメージを読み取る（「バフチーン1」）。

きまかなんかに突きをくらわし、胃をひっくり返したので、あっというまにお陀仏になってしまった。またなかには、おへそのあたりに強烈なパンチをくらい、臓物が飛び出した男もいたし、ふぐりから直腸まで、ぶすりと一突きにされたやからもいたのである。いいですか、みなさま、これぞ前代未聞のおっそろしい光景だったのですぞ。

聖女バルブさま！〔武器職人や火砲の守護聖人〕と叫ぶ者があれば、
聖ゲオルギウスさま〔騎士の守護聖人〕、
かまととちゃん《ニトウシュ》[13]と助けを求める者もいた。
クノー、ロレート、ボンヌ・ヌーヴェル、ラ・ルヌー、リヴィエール[14]のマリアさまなどと叫ぶ者だっていた。聖ヤコブのご加護にすがる者もいたし、シャンベリーの聖骸布に祈りを捧げる者もいたけれど、この聖骸布、その三か月後には燃えてしまって、なにひとつ残らなかった[15]。
カドゥワンの聖骸布[16]に祈った者もいたし、
聖ジャン・ダンジェリ〔洗礼者ヨハネの頭部が聖遺物となっている〕に願をかけた者もいた。
またサーントの聖ユートロプ〔水腫を治すとされた〕、シノンの聖メーム〔シノンの町中にあり巡礼が多かった〕、カンド〔ロワール河とヴィエンヌ川の合流地点〕の聖マルタン、シネー〔既出。ラ・ドヴィニエールのすぐ北の村〕の聖クルー、サン＝シャルティエ・ド・ジャヴァルゼー教会〔ポワトゥー地方〕の聖遺物など、あちこちの聖人に祈願した者もいた。

なにもいわずに、息たえだえになった者もいれば、死なずに、話している者も、話しながら死を迎える者もいたし、死にながら話している者もいた。また「懺悔なり、懺悔なり。われ告白す《コンフィテオール》。憐れみを《ミセレーレ》。主の御手のなかに《イン・マヌス》と、大声で叫ぶ連中もいた。

ところが、手傷を負った連中の叫び声があまりに大きいので、修道院長が、修道士

(13)「さわらないでN'y touche pas」との語呂合わせ。

(14) いずれも、聖母をまつった巡礼地。イタリア中部のロレートのような遠隔の地もあれば――モンテーニュが訪れている――、シノン近くのヴィエンヌ川左岸、ノートル・ダム・ド・リヴィエール教会なども挙がっている。なお、「ボンヌ・ヌーヴェル」はプロヴァンス地方の船乗りが信仰した聖母。以下、安易な聖人崇拝や、聖遺物信仰が諷刺される。

(15) 一五三二年十二月四日の火事をさすが、聖遺物箱だけが燃えて、聖骸布は奇跡的に無事であった。『ガルガンチュア』執筆時期とも関連するできごと。

(16) ラブレーの庇護者ジョフロワ・デスチサックが所有する、ドルドーニュ県の修道院にあった。cf.［「カルヴァン」「シャンベリーにある布が真正の骸布であると信じる者は、ブザンソン、アーヘン、カドゥワン、トリーア、ローマの人々を虚言者であると非難し」（「聖遺物について」）。

全員ともども、外に出てきた。ブドウ園のあちこちで、敵の者どもがひっくり返り、深手を負って死にそうなのを目にして、一同は、何人かの告白を聴聞してあげた。だが、こうして長々と告解を聞いているときに、年若い修道士たちがジャンのところに駆けつけてきて、「なにかお手伝いできることなど、ございませんか」と尋ねた。

そこで修道士、「地面に倒れている者は、のどをかっ切ってやれよ」と答えたものだから、小坊主たちは、大きな頭巾を近くのブドウ棚にぽーんとひっかけると、瀕死の傷を負った連中ののど首をかき切って、息の根を止めはじめた。みなさんには、いかなる道具を用いたのかおわかりですかな？　それはグーヴェという小刀ですわ――この地方の子供たちが、クルミの皮むきに使う、小さなナイフですって。

さてジャン修道士、十字架型の棍棒を手にして、敵軍にあけられた塀の割れ目のところにやってきた。少年修道士たちは、靴下どめでも作ろうかなと、旗や幟《のぼり》を部屋に持って帰った。告解を終えた連中が、裂け目から出てくると、ジャン修道士は、がつーんと殴り殺して、こういうのだった。

「こいつらはな、自分の罪を告白し、改悛したのだからな、もう赦免を受けたんだよ。三日月鎌とか、ファーユ街道(17)みたいに、まっすぐ天国にいっちまうんだからな。」

こうしてブドウ園に侵入した敵方は、ジャン修道士の武勲によって殲滅されたわけだが、その数は、なんと一三六二二人の多きにのぼった。[18] いや、例によってもちろんのこと、女子供は入ってはいないのだが。

かつて隠者のモージスが、巡礼用の杖でサラセン人〔中世におけるアラブ人への呼称〕に立ちむかったありさまは、『エモンの四人の息子』[19]に描かれているけれど、さしものモージスも、棍棒をふるって敵をなぎ倒した、このジャン修道士ほどの武勇は見せてはくれなかったのである。

(17)　シノンの約二〇キロ南、ファーユ＝ラ＝ヴィヌーズの街道。foi「信仰」との語呂合わせ。

(18)　数字の大きさが、逆に、荒唐無稽さを引き立てている。cf.「ピクロコル戦争は、何本もの綴り糸で編まれたロープのようなものだ。(中略) ジャン修道士の綴り糸は、パロディと笑いである。彼は、苦痛も与えずに傷つけ、われわれに死の存在を感じさせることなく、殺戮する。(中略) まるでそれが、グロテスクな人形たちの戦争で、自分が、ときには人形使い、ときには大きくて、できのいい人形の兵隊であるみたいに」([Screech])。

(19)　元来は、武勲詩『ルノー・ド・モントーバン』であったが、騎士道物語『エモンの四人の息子』として衣替えして、各国で人気を博した。その後、「青本」のレパートリーにも入っていく。モージスは四兄弟のいとこで、長兄ルノーに仕えて、勇猛ぶりを発揮する。

第28章　ピクロコル王、ラ・ロッシュ＝クレルモーを攻め落とす。グラングジエは戦端を開くことに悩み、ためらいを見せる

さて、いましがた述べたように、修道士ジャンは、ブドウ畑に侵入した敵軍とこぜりあいを展開していたわけだが、その間、ピクロコルが兵を引き連れてヴェード川の浅瀬を大急ぎで渡り、ラ・ロッシュ＝クレルモーの町〔巻末地図2を参照。現在の人口は、五〇〇人足らず〕を攻撃したところ、なんの抵抗も受けなかった。すでに日も暮れかけており、王は部下ともどもこの町に宿営し、その憤懣《ふんまん》やるかたない気持ちをおさめることに決めた。

翌日、ピクロコル軍は、砦も本丸も攻め落として、しっかりと防衛線を築くと、いざ攻撃を受けた場合はここまで退却するつもりで、必要な武器弾薬や兵糧を補給した。というのも、ここは、地形からしても、自然の要塞であって、そこに城を築いたという、まさに難攻不落の陣地なのであった。

ところで、彼らの話はこのぐらいにとどめて、われらが善人ガルガンチュアと、

好々爺のグラングジエの話に戻ることにいたそうではないか。(1) そのガルガンチュアであるが、パリにあって、よき学芸の勉強と、身体運動とに熱中していた。また父親グラングジエはといえば、夕食も終わり、あかるく燃える暖炉の火の前で、栗が焼けるのをいまかいまかと待ちながら、たまきんをあたためたり、あるいは火かき棒の先を焼いては、敷石になにごとか書きつけたり、妻や家族の者に、おもしろい昔話を聞かせたりしていた。

このときである。ブドウ畑の番をしていた、ピヨという羊飼いが、グラングジエのところにはせ参じ、レルネ王のピクロコルが、王さまの所領で略奪暴行のかぎりをつくし、国中を荒らし、破壊しまくっております、ただしスイーのブドウ園は、ジャン・デ・ザントムール修道士が、名誉にかけて守り通しました、現在、ピクロコル王はラ・ロッシュ＝クレルモー城にいて、あわただしく防御を固めておりますと、つぶさに報告した。

「これはこれは、なんたることじゃ！　ご一統」と、グラングジエがいった。「わしは夢でも見ているのだろうか？　いや、それともいまの話はまことなのであろうか？

(1)　こうした語り手の介入は、騎士道物語の常套手段で、以後も、ときどき使われる。

古くからの友で、父祖の代よりずっと一門として親戚づきあいをしてきたピクロコルが、わしに攻撃をしかけてきただと？　なにを血迷ったのか？　なにがまた、逆鱗に触れて、このような始末になったというのじゃ？　だれに入れ知恵されてのことじゃ？　うわああ、うわああ！　神さま、イエスさま、お助けください。お教えください、どうすればいいのか、知恵を授けてくださいませんか！

主よ、わたしはお誓いいたします。ですから、わたしにお恵みを！　わたしはピクロコルを不愉快な目にあわせたこともなければ、その住民に危害を及ぼしたこともありませんし、その領土で略奪を働いたこともありません。逆に、ピクロコルの得になると思えば、いつでも人員や資金を送り、好意や忠告を示して、彼を助けてまいったのでございます。なのに、これほどの乱暴狼藉をはたらくとは、あの男、悪魔《エスプリ・マラン》(2)にでもとりつかれたに相違ありません。神さま、あなたはわたくしの勇気をごぞんじのはずです。あなたに隠しおおせるものなどございません。はしなくもピクロコルが狂乱におちいりまして、その狂った頭を治してやるがいいと、主は、あの男をわたしのもとに遣わされたのでしょうか？　そうだとおっしゃるのならば、よき訓育を与えて、ピクロコルを神の御心《みこころ》に従わせるための、知恵と力を、わたしにお授けください。

ああ、なんたることよ。諸君、わが友よ、わが忠実なる家臣よ！　諸君の手をわずらわすような事態になるとは、なんとも残念無念なり。年もとったことだし、今後はひたすら心安らかに暮らしたいと思っていたのじゃ。そもそも、わしは一生涯、平和だけを希求してまいったのだ。とはいえ、よくわかっておる――臣民を助け、守るためにも、いまこそ、疲れ果てて、弱った、この両の肩によろいをせおい、ふるえる手に槍と棍棒を握らねばならぬことが。それこそが理の当然なのじゃ。なぜならば、このわしも、わが子も、一族郎党があるのは、臣民が額に汗して働いていてくれるおかげなのだからな。

さりとて、戦端を開くのは、ありとあらゆる和平の策を講じてみてからの話じゃ。わしは、そう固く、心に決めているのだからな。(3)」

かくして顧問会議が召集され、このたびのできごとに関する議論がなされた。そし

(2)『第三の書』第七章では、「天使」esprit munde との対比で言及される。

(3) cf.［エラスムス3］「本当の意味でキリスト者である君主ならば、（中略）平和というものが、どれほど望ましいものであり、どれほど立派で、どれほど有益なものであるか、考えてみなければならない。そして逆に、戦争については、たとえ正義の戦いであったとしても――仮に戦争に〈正義の〉という形容を付けることができるとして――、それがどれほどの危険と欺瞞に満ちたものであるか、ありとあらゆる犯罪を、どれほど大軍をなして引き連れてくるものであるか、熟考してみる必要がある」（『キリスト者の君主の教育』）。

て、だれか思慮深い人物をピクロコル王のもとに遣わし、なぜまた平和な日常をうち捨てて、なんの権利もない他人の所領に突如侵入したのかを尋ねてみることが決定された。また同時に、この非常時にかんがみて、国土を防衛すべく、使者を送り、ガルガンチュアとその家来を呼びもどすことも決定された。こうした決定はグラングジエの意にもかなうことであったから、王はそうするように命令をくだした。

そしてガルガンチュアを帰国させるべく、従僕のル・バスクなる者〔バスク人は健脚で知られた〕がただちに送られたが、グラングジエは次のような手紙をしたためた。

第29章　グラングジエがガルガンチュアに書き送った手紙(1)

おまえは熱心に勉学しているのだからして、わたしとても本当のところ、おまえを、この哲学的なる休息《ルポ》(2)から当分のあいだは呼びもどしたくはないのだ。だが、古くからの盟友であった者どもが傲慢不遜にも、このたび、わたしの老後の平安を奪いとろうとしているのだから、そうもいってはおられない。もっとも信頼しておった者どもによって安寧を乱されるのが、避けがたい運命だというのだから、わたしとしても、当然の権利としておまえに委ねられるべき財産と人民とを助けるべく、おまえを呼びも

(1)　書簡文なるものは、いわゆる弁論術から派生したジャンルであって、ラブレーの世紀には大いにもてはやされた。エラスムスも『書簡文入門』（一五二二年）において、さまざまな実例を挙げて、説得術としての手紙について考察している。そこでは、書簡とは、むしろ会話に近いもので、大げさな言葉づかいや衒学的なふるまいは避けるべきこととされる。フランス語書簡の書き方も次第に定式化されて、一五五三年には『書簡執筆必携』なるハウツー本がリヨンで刊行され、パリ・リヨンで版を重ねていく。

(2)　ラテン語の otium「暇」という概念を想起すべきところ。学問を修めるべき暇ということである。

どすしかないのだ。

そもそも内に施政よろしきをえなければ、外の軍隊も弱体でしかないと申すではないか〔キケロ『義務について』一・二二を踏まえている〕。しかるべきときに力づよく実行にうつし、実の成果をあげぬことには、学問はむなしく、施政もむだなものに終わるのだ。

わたしの腹づもりは、あたら挑発することではなく、鎮めることであり、攻撃ではなく、防御なのであって、征服することではなく、わが忠実なる臣下と先祖代々の土地を守ることにある。ところがピクロコルときたら、なんの原因も理由もなく、敵意をむきだしにしてわが領土に侵入し、その狂暴なるふるまいを日々くり返しているのであり、その傍若無人さには、自由なる人間からすれば、もはや寛恕しがたいものがある。

先方の横暴なる怒りを鎮めなくてはとも思い、わたしは、先方の意に添うと思われることを進んで申し出て、何度となく友好特使を派遣し、なぜ、だれのせいで、またいかにして侮辱を加えられたのかを尋ねてもみた。ところが、返ってきた返事は、自分勝手な挑戦状と、これまた身勝手な、わが領土に居すわる権利の主張だけなのだ。

ここに至って、わたしは悟ったのだ——永遠の神が、ピクロコルを、その自由意志《フラン・アルビ》や自身の英知《トル・プロプル・サンス》という操舵《そうだ》に委ねられたことを。だが、自由意志なるもの、たえず神の恩寵に導かれなければ、邪悪であるしかないのである。(3) ピクロコルをその本分にひきもどして、自覚をうながすべく、神は、あえて彼に敵の旗幟《きし》を持たせて、このわたしのもとに遣わされたにちがいないのだ。

されば、わが愛する息子よ、この書状を見たならば、一刻も早く帰郷して、この父のみならず――いや、むろんおまえは、慈愛の情によりて、そうする義務があるわけなのだが――、そなたの臣民を助けていただきたい。いいか、おまえが国の民を助け、守るのは、理の当然なのだ。流血をできるかぎり少なくとどめて、壮挙を達成してもらいたい。(4) また可能ならば、より有利な手段を、奇襲やら奇策を用いることで、全員

(3) このあたり、アウグスティヌスの恩寵論を想起させるし、エラスムスの自由意志論にもつながる。cf.「〈自由意志〉なるものを、わたしは、人間意志の有効な働きだと了解する。みずからの永遠の救済のために専心するのも、またそれから目を背けるのも、その人間の意志次第なのだ。(中略) 人間の意志は、まっすぐにして自由なものであり、新たな恩寵なしでも、無垢のうちにあり続けることは可能だ。だが、新たな恩寵という救いがないと、主であるイエスが人間に約束した、不滅の生という至福には到達できないのである。(中略) ペラギウスは、自由意志にあまりに多くを与えすぎた。スコトゥスは、もっと与えすぎた。ルターは、最初、自由意志の右腕だけを切断するにとどめていたが、やがて満足できなくなって、自由意志を完全に抹殺消去してしまった。わたしとしては、自由意志には小さな役割を与え、恩寵に主たる役割を与えるという考え方に同意したい」(エラスムス『自由意志論』)。なお、第五七章冒頭を参照。

の生命を救うことができようし、人々を喜んで家に送り返すこともできるのだ。
親愛なる息子よ、われらが贖《あがな》い主たるイエスの平安が、そなたとともにあらんことを。ポノクラート、ジムナスト、ユーデモンにも、よろしく伝えてくれ。

九月二〇日(5)　父グラングジエ

(4) cf.「エラスムス2」「戦争のやむをえざるに至ったとしても、平和を守るためのあらゆる手立てを試み、あらゆる手段を尽くした上で、戦争の厄災はひとえに邪悪な人間たちが引き受け、無辜の民の血が可能なかぎり流れずに済むよう力を尽くすのが望ましい」(「戦争は体験しない者にこそ快し」)。エラスムス的な「平和主義」を、荒唐無稽なお話として演出したのが、このピクロコル戦争にほかならないのだが。

(5)「ピクロコル戦争」がブドウの収穫期に勃発したことが、再度強調されている。

第30章　ウルリック・ガレ、ピクロコルのもとに派遣される

書状を口述させて(1)、署名をすると、グラングジエは、請願審議官《メートル・デ・ルケット》のウルリック・ガレ(2)という英明にして思慮深い者に、特使としてピクロコルのところに向かい、先に決めたことがらを申し述べるよう命じた。ガレの毅然たる態度と英知とは、これまでも、さまざまなる係争の際に実証ずみだったのである。

ガレ殿は即刻に出発すると、ヴェードの浅瀬を渡り、粉ひき小屋の男にピクロコルの動静を尋ねてみた。すると男は、「敵の軍勢は、農家の鶏小屋にいたるまで略奪のかぎりをつくすと、ラ・ロッシュ＝クレルモー城に籠城いたしましたが、見張りもお

(1)「口述させて」の動詞は dicter だが、この時代には「書く」という意味もある。国王だから、署名だけ自筆でしたと解釈するのが自然と思われる（[宮下4]の論文を参照）。

(2)シノンの法曹家で、ラブレー家の近親でもあるジャン・ガレなる人物がモデルだともいう。ロワール河の航行権を守るべく、ゴーシェ・ド・サント＝マルトへの訴訟を起そうと尽力した。

りますし、ここから先に行くのはおやめなされ。敵兵はおそろしく血気にはやっておりまするからな」というのだった。ガレはなるほどと思って、その晩は粉屋のところに泊まった。

翌日の朝、ラッパの音も高々と城門へと向かったガレは、国王のためにもぜひとも申し上げたいことがございますから、取り次いでいただきたいと見張りの者にいった。だがこのことばを伝え聞いたピクロコル王は、城門を開けることなどいささかも承知せず、城塞の塁道のところまでやってくると、使者のガレにむかって「なにか知らせでもあるのか？　なんの用事じゃ」といった。そこでガレは、次のような熱弁をふるったのである。(3)

（3）　演説の導入部である本章は、全作でもっとも短いものとなっている。

第31章　ガレがピクロコルに対しておこなった演説(1)

ごく当然のこととして、感謝や好意を期待しておりまするような場合に、あろうことか、苦しみを受け、損害をこうむるとあらば、人間として、これにまさる悲しみの種はあるはずもございません。こうした災難にあった人々が、このようなむごい仕打ちは、自分たちが命を失うことよりも、よほどたえがたいものだと考えてしまい、力をもってしても、才知をもってしても、この事態を改めることかなわずに、何人もが、みずから命という光明を絶ったのでありまする。確かに道理にはもとることとはいいながら、それが人情というものでございます。

したがいまして、わが主君グラングジエ王におかれましても、貴殿が怒りくるい、敵意をむきだしにして襲来したとあらば、大いなる悲しみにおそわれ、心を震撼させられたとしましても、これは驚くべきこととは申せません。いや、貴殿とその臣下の

(1)　ラテン語風の言い回しも多く、キケロ流の高尚なるスタイルとされる。

方々によりまして、わが所領と臣民とが、比較を絶する悪逆非道をこうむり、しかも、ありとあらゆる残酷なふるまいを受けたにもかかわらず、わがグラングジエ王が慄然となさらなかったとあらば、それこそが驚くべきことでございましょう。真心からの親愛の念により、つね日頃から臣民をいつくしんでまいった王といたしましては、このようなことは、世人のだれにもまして、痛嘆すべきことなのです。とはいえ、貴殿とその部下によりて、こうした危害や損害が加えられただけに、王は、このことを人道上のことがらとして、より悲しんでおられるのであります。

そもそも貴殿と、その父祖の方々は、はるか昔より、グラングジエ王ならびにその先祖代々とのあいだで、友誼《ゆうぎ》を結んできたのでありまして、現在にいたるまで、この友好関係を神聖なるものとして、力を合わせて守り、維持し、不可侵のものとしてきたのであります。そのおかげをもちまして、わが主君とその一族のみならず、ポワトゥー人、ブルトン人、ル・マン人といった異国《バルバール》の人々(2)も、またカナリア諸島やイサベラ(3)の町の住民も、貴国との同盟を解消することは、天空をうちこわして、その上に奈落を築くのに等しい難事だと考えてきたのです。彼らは、われらの友誼をひどく畏怖しておりましたから、ことにあたっても、同盟国の参戦をおそれるあまり、一方を挑発したり、怒らせたり、危害を加えたりすることが断じてなかったわけなのであります。

そればかりではございません。この神聖なる盟約は満天下をおおいまして、大陸や、大洋の島々に住む人々のほとんどが、貴国が定めたる条件でも、ぜひとも友好条約を締結して盟邦に加わりたいと願うにいたったのであります。彼らは、自分たちの国土や所領を思えばこそ、貴国との同盟をば尊んだのであります。それゆえに、どれほど傲慢不遜であったといたしましても、いまだかつて、いかなる君主も同盟も、貴国はもとより、貴国の盟友の領土に攻めこんだ試しなどないのでございます。たまさか軽挙妄動によりまして、そうした領土に奇襲などをかけることがありましても、貴国と同盟関係にありとの報に接すれば、ただちにその計画を断念したのであります。

わが主君も、その臣下も、貴国に損害を与えたり、逆鱗に触れたり、挑発したりなど、しておりませんぞ。にもかかわらず、いかなる激情にかられて、同盟をすべて破

(2)　この三者が異国の民として並んでいるのは、一四八八年のサン＝トーバン＝デュ＝コルミエの戦いへの暗示か。このとき、上記三者は、シャルル八世と敵対し、ブルターニュの側に加担したものの、敗北している。
(3)　一四九三年、コロンブスは第二回航海で、現在のハイチに植民地を再建し、スペイン女王の名前にちなんで、イサベラと命名した。

棄し、友誼を蹂躙《じゅうりん》し、権利をおかしてまで、わが領土に侵略なさるのですか？　誓約《フォワ》はいずこへ？　法《ロワ》はいずこへ？　理性《レゾン》はいずこへ？　人の道《ユマニテ》や神への懼れは、いずこに消え去ってしまったのでございましょう？[4]　ピクロコル王よ、あなたは、こうした非道なるふるまいが、われわれの行為に対して信賞必罰を与えたまう、至高の神や不滅の精霊の目に映じないとでもお考えなのですか？　もしもそう信じておいでならば、それはまちがいです。すべてのものごとは、神の裁きにかけられるのであります。[5]　必然的なる運命が、はたまた星辰の力が、あなたの安寧に終止符を打たんとしているのかもしれません。終わりと転変とは、森羅万象につきものであります。ものごとは頂点に達したならば、いつまでもそのままとどまっていることはできずに、かならずや崩れ落ちていくものなのでございます〔「運命の輪」のイメージ〕。みずからの幸運や繁栄を、英知や節度により支配できない人々の最後とは、そうしたものなのでございます。とは申せ、これが世の定めで、あなたの幸運と安寧が、いまや風前の灯火だといいたしましても、あなたの地位を確固たるものといたしたグラングジエ王に害を及ぼす必要などありましょうか？

　自宅が崩壊する運命にあるといたしましても、はたして、建物の装飾を受け持った者の家の暖炉に崩れ落ちてくるなどという道理がありましょうか？　このたびの事態は、いちじるしく道理《レゾン》に外れておりますし、常識《サンス・コマン》とはほど遠く、人間の判断力《アンタンドマン》をもってしては、ほとんど了解しがたいことでございます。神と道理とを捨てさり、その邪悪な情念《アフェクシオン》(6)にしたがう者にとっては、聖なるものも、不可侵なるものも、いっさい存在しないのだと、確実なる証拠により納得させていただかないことには、他国の人々にとりましては到底信じがたいこととなりましょう。

とは申しましても、ひょっとして、われわれが、あなたの臣下や所領に対して、なんらかの危害を及ぼしたとか、利敵行為に及んだとか、重大事にあって手をさしのべなかったとか、家名や名誉を傷つけたとかいったことがあるかもしれません。あるいは率直に申しあげて、あの「誹謗の怨霊(7)」があなたを悪に引きこもうとして、いつわ

(4) アウルス・ゲッリウス『アッティカの夜』に述べられた、大カトーの演説に倣ったものともいわれる。
(5) cf.「あなたは、他人を裁きながら、実は自分自身を罪に定めている。(中略)あなたは、かたくなで心を改めようとせず、神の怒りを自分のために蓄えています。(中略)神はおのおのの行いにしたがってお報いになります」(「ローマの信徒への手紙」二)。
(6) 「読者のみなさまへ」を参照。「先入観」「偏見」などとも訳せる。
(7) ギリシア語では、「悪魔」の別名。第一章を参照。ルキアノスの記述によって、アペレスの寓意画《誹謗》のことも知られていた。

りの形姿と幻影の力を借りて、古くからの親密なる友誼にふさわしからぬ所行がはたらかれたのですぞと、あなたに吹きこんだのかもしれません。しかしながら、左様な場合でありましても、まずは真相を究明されて、それをわれわれにお知らせいただくのが筋道ではございませんでしょうか。さすれば、われわれも、あなたのお気持ちに添うように努力をいたし、ご満足いただけたのではないでしょうか。しかるに、――ああ、永遠の神よ！――このたびの沙汰ときたら、はたしていかなることなのでございましょう？

あなたは、背信の暴君のごとくに、わが主君の王国に略奪をはたらき、国土を荒廃させようとの所存なのでしょうか？　グラングジエ王は、卑怯で、冷淡であるし、軍《ぐん》兵《びょう》にも軍資金にもこと欠き、洞察力も戦術もないのだからして、不当に攻め入っても、抵抗の意志も能力もないとでも思われたのでしょうか？　即刻、この地から立ち去り、明日には、ご自分の領地に引きあげていただきたい！　道中、騒擾やら暴力やらを引き起こされるようなことなど、断じてござらぬように。そして、われらが国土に対する損害賠償として、ブザン金貨[8]一千枚をお支払いいただきたい。半額は明日に、残りの半額の支払いは、きたる五月の一五日《イード》といたしたい。その間、トゥルヌムール公[9]、バドフェス公〔「お尻の下」の意〕、ムニュアーユ公〔「がらくた、ごろつき」の意〕、ならびにグラテル王子〔「疥癬王子」

といった感じ〕、モルピアーユ子爵〔morpionは「ケジラミ」〕を、人質としてわれわれにお預けいただきたい。

(8) ブザンは「ビザンチン」の意味。いわば国際通貨として中世には流通していた。一六世紀には使われていなかったともいう。
(9) 「臼を碾く」の意。以下、こっけいな人名が列挙されて、ここまでの格調高い演説が、ずっこける。

第32章　グラングジエ、平和を購《あがな》うためにフーガスを返却する

こう述べ終わると、善人ガレは口をつぐんだが、これに対してピクロコル王は、

「ならば、人質を引き取りにくるがいい。やつらは、ふぬけのふにゃまらとはいえ、りっぱな石臼たまきんを持っておるぞ。(1) フーガスだってすりつぶしてくれるわい」と答えただけであった。


そこでガレがグラングジエのところに戻ったところ、王は帽子をぬいで、自分の部屋《キャビネ》〔「心の小部屋」の意味も込めている〕のかたすみにひざまずき、こうべを垂れて、なにとぞピクロコルの怒りをしずめて、力に訴えることなく、思慮分別《レゾン》を取り戻していただきたいと、神に祈っていた。ふとガレの姿をみとめると、グラングジエは「おお、ごくろうであった。よい知らせでも持ち帰ったのか」と尋ねた。

「うまくいきませんでした。あの男は完全に常軌を逸しておりますし、神にも見放されておりまする。」

「そうか。だがそれにしても、あのように悪行《あくぎょう》をはたらく理由はなんだといっている

のだ？」

「わたしには、なんの理由も教えてはくれませんでした」と、ガレはいった。「ただ、ひどく憤慨して、フーガスがどうのこうのとは申しておりました。ひょっとすると、あちらのフーガス売りに、なにかゆきすぎたことでもしたのかもしれません。」

「そうか」、グラングジエがいった。「今後の方針を決定するにあたり、しっかりと事情を知っておきたいものだ。」

そこで、この事件について調べさせたところ、羊飼いたちが、ピクロコル国の者から、力ずくでフーガスをとりあげて、マルケなる者の頭に、丸太でがつーんと一発喰らわしたのが事実だと判明した。とはいえ、支払いはすべておこなったし、そもそもマルケが最初に鞭でフロジエの脚を傷つけたこともわかった。したがって、王の参議たちは、全力で防衛にあたるべきだとの意見であった。だが、グラングジエはこう述べた。

「そうはいっても、わずかばかりのフーガスのことが問題だというのだから、あちらの気のすむようにしてやろうではないか。戦端を開くなど、まっぴらごめんである

(1)　couille「睾丸、石臼、臆病」とmolle/meule「石臼／柔らかい」などの言葉遊び。『パンタグリュエル』第三二章では、「石臼みたいに重いたまきんは持ってられませんや」と出てくる。

ぞ。」

さっそくフーガスをどれほど頂戴してしまったのか調べさせたところ、四、五ダースと判明した。そこで、翌朝までにはフーガスを荷車五台分焼き上げよとの命令がくだった。うち一台分は、良質のバター、卵黄、サフラン、香料を使用して作り、これをマルケに与えることとし、損害賠償として、フィリップス金貨[2]を七〇万と三枚与え、治療にあたった床屋外科医《バルビエ》たちへの費用に充当させること、ならびに、ラ・ポマルディエール〔巻末地図2参照。スイイー村の南で、ラブレー家の農場があった〕の折半小作地を、地租もなにも免除して、マルケとその子孫に永代譲渡すべきことも命じられた。こうした手はずを実行するために、ガレが再度派遣された。ガレ特使は道すがら、柳が原《ソーレー》〔同地図を参照。ヴェード川の岸辺で、第四章では「ソーセー」となっていた〕でみごとな芦をたくさん刈り取らせて、車両の周囲に飾らせ、牛追いにも持たせた。また自身も、一本携えて進んでいったが、これは、自分たちがひたすら和平を求めているのであり、平和を購《あがな》うために来たのだということを、一目瞭然ならしめるためであった[3]。そして城門に到着すると、ガレは、グラングジエの名代なりといって、ピクロコルとの謁見を求めた。

ところがピクロコルは一行の入城も認めず、みずから謁見に臨むつもりもなかった——自分は都合が悪いが、城壁の上で砲門をそなえつけているトゥクディヨン隊長に用件をいうがよいと命じてきたのだ。そこでガレは、砲兵隊長にこういった。

「みなさま、このたびの紛擾《ふんじょう》の矛《ほこ》を収めていただきたい。以前の盟友関係になど戻れぬとおっしゃられることのないよう、その原因はきれいさっぱり取り除かせていただきますゆえ。このたびの諍いのきっかけとなりましたフーガスを、この場で返却いたしたく存じます。わが同朋が五ダースばかり頂戴したとのことではありまするが、きちんと支払いは済ませております。されど、われら、平和を祈念するがゆえに、荷車五台分を返却いたします。こちらの車両の分につきましては、もっともご不満の強いマルケ殿に差し上げまするぞ。

マルケ殿には、すっかりご納得いただきたく、フィリップス金貨を七〇万と三枚をば持参いたしました。損害賠償を主張される場合も考えまして、マルケ殿とその子孫には、ラ・ポマルディエールの折半小作地を永久に譲り渡し、租税もすべて免除いたしますまする。

(2)　元来は、マケドニア王フィリッポス二世の肖像の金貨。その後、さまざまな金貨にこの名が付けられた。
(3)　エラスムス流の平和主義の反映。cf.『エラスムス4』「場合によっては平和を買う覚悟も必要です。戦争がどれほど莫大な費用を食うものであるか、また、平和を選ぶことにより、どんなに多くの市民が破滅から救われるかを計算してみれば、たとえいくら高い代価を払っても、平和を買ったほうが安くつくように思われるでしょう」(『平和の訴え』)。

す所存。以上が、和解の条項であります。お願いでございます。今後は、おたがい平和に暮らそうではありませんか。この城を明け渡し、愉快な気分で、ご領地にお戻りください。貴国がこの土地にいかなる権利もないことは、そちらも明言されていることでございます。[4]以前と同様に、朋友の交わりを続けていこうではありませんか。」

しかしながら、トゥクディヨンは、このことをすべてピクロコルに伝えはしたが、こうも付け加えて、王の気持ちに毒を吹きこんでしまった。

「田舎っぺどもが、すっかり怖じ気づきおって。むろんグラングジエは、おびえて、うんちを垂れ流しておりますぞ。合戦などは、きゃつの仕事ではござらん。あの酒飲みにできることは、酒瓶を空にすることぐらいしかありませんぞ。

愚見を申しあげまするが、ここはフーガスも金貨も手元にとどめまして、急ぎ防御を固め、盛運にしたがうのが定法かと。やつらは、殿をみくびり、フーガスでも食べさせておけば、ころりとだませると思っているのですぞ。それもこれも、殿が、今の今まで、やつらを優しく取り扱われ、あまりにも親しくふるまってこられたがため。要は、甘く見られているのでございます。〈田舎者、優しくすればつけ上がり、手荒にすればごまをする〉と、ことわざにも申すではございませんか。」

「そ、そ、そのとおりじゃ」とピクロコルがいった。「聖ヤコブさまにかけて、目にもの見せてくれるわい！　しかとことを運ぶがよい。」

「はばかりながら、ひとつだけ申しあげます」と、トゥクディヨンがいった。「この城を固めるといたしましても、武器弾薬も兵糧の補給も不十分でございます。腹がへってはいくさはできませぬ。グラングジエがわが軍を包囲しますれば、拙者、ただちにわが歯を、三本だけ残しまして、すべて抜かせまするぞ。殿の兵士とても、拙者と同じにいたすに相違ございません。これだけ歯がそろっておりますれば、兵糧を食い過ぎるのが落ちですからな。」

「食糧ならば、あり余るほどにしてくれようぞ。が、それにしても、われらがここにいるのは、食べるためか、はたまた戦うためか？」

「むろん(5)戦うためでございます。しかしながら、ダンスは、腹《パンス》がいっぱいになってからのこと。腹がへっては、力がでませんぞ。」

(4)　実際は、ピクロコル側は、こうしたことを明言してはいないし、第二九章の書簡から察するに、むしろ権利を主張している。作者の不注意か？

(5)　当時の俗諺で、「ヴィヨン」にも出てくる。「みじめな心と、三分の一も／満たされることのない空きっ腹では、／色恋の道の方から逃げていくよ／（中略）ダンスは腹がくちくなってからっていうもんな！」（『遺言書』二二五）。

「いつまでもご託を並べるでない。やつらが持参したものを取りあげてしまえ。」

こうして彼らは、大金もフーガスも、牛も車も奪いとると、「二度と近くに寄るでない。その理由は、あした教えてつかわす」とだけいって、一同を追い返してしまった。ガレたちは、なすすべもなくグラングジエのところに戻ると、ことの子細を報告して、断固として干戈《かんか》を交えぬかぎり、(6) ピクロコルを和平にひきずりこむことはできませんと付け加えた。

(6) ドゥフォーなどは、こうした個所に、ラブレーの平和主義の限界を読みとる([Defaux 2])。

第33章　司令官たちの速断が、ピクロコルを最悪の危機におとしいれる(1)

いっぽう、ムニュアーユ公、スパダサン伯〔「刺客、剣客」の意味で、フランス語としての初出〕、メルダーユ隊長〔「うんこ野郎」といった感じ〕は、フーガスを奪いとると、ピクロコル王に見参して、こういった。

「殿、今日という今日は、殿を、マケドニア王アレクサンドロス亡き後、もっとも幸運にして、もっとも勇敢なる君主にしてさしあげまするぞ。」

「さようか、苦しうない、帽子はそのままでかまわんぞ。」

「それは、それは、かたじけのうございます」と、三人はいった。「任務をはたすことこそ、われわれの務めなのでございます。」

(1)　プルタルコス『対比列伝』「ピュルロス」、ルキアノス『船あるいは願いごと』が、発想の源として指摘されている。また、トマス・モア『ユートピア』で、作戦会議の最中のフランス王に、いくら賢明な策を進言してもむだだと、フランス国王批判がなされた個所を受けての、ラブレー流の回答だともいわれる。

「さて、その首尾でございますが、次のようなことでいかがかと存じまする。この地は、だれかに小部隊を率いて防衛にあたらせなさいませ。この城は、自然の要塞をなしておりまする上に、殿のご発案で城壁も築かれ、非常に堅固なものに見受けられまする。そして、いまさら申しあげるまでもございませんが、全軍をふたつにお分けなされ。

一軍は、グラングジエとその軍勢に攻めかかるのでございます。この攻撃により、敵軍はたちまちにして壊滅状態となりましょう。金銀財宝が山ほど見つかりますぞ。下人《げにん》めは、現ナマをざくざくと持っておりまするぞ。下人《げにん》と申しますのも、君主は貴人にして、びた一文持たぬのが世の定め、蓄財などは、下人《げにん》のなすことではございませんか。

さて、この間にも、別動隊をオーニス(2)、サントンジュ、アングーモワ、ガスコーニュ、さらには、ペリゴール、メドック、ランド地方に進軍させましょう。

さすれば、なんの抵抗も受けずに、町も、城も、要塞も攻略できましょう。またバイヨンヌ、サン＝ジャン＝ド＝リューズ、フエンテラビア〔バスク名はOndarribia〕といった港町で船舶をことごとく拿捕《だほ》してガリシア〔スペイン北西部。サンティアゴ・デ・コンポステラがある〕から、ポルトガルへと進み、沿岸地域をすべて略奪してリスボンにいたりますれば、そこで、征服者となら

図9　カール5世の紋章。王冠に双頭の鷲、
二本柱には Plus Oultre の銘が。

れるのに必要な、すべての装備を補強することができましょうぞ。

あなうれしや！スペインも降参ですぞ。なにしろ、まぬけな連中ですからな！

殿は、さらにジブラルタル海峡を越えて、その令名を永遠に記憶にとどめるべく、
ヘラクレスの柱にもまさる、壮麗なる二本の柱を建立されることとなりましょうぞ。(3)

そして海峡は、ピクロコル海と命名されましょう。

このピクロコル海を過ぎれば、かの赤ヒゲ大王《バルブルッス》(4)も降伏して、殿の奴隷となりましょう。」

「いや、わしはやつの命を助けてつかわす」と、ピクロコルがいった。

「御意《ぎょい》！　ただし、赤ヒゲが洗礼を受ければの話でござりましょうが」といって、三人は続けた。

「さらには、チュニス、ビゼルト、アルジェ、ボナ、キュレネの王国を攻略し、時をおかずにバルバリア(5)〔マグレブ諸国の旧称〕全土を手中になさるのです。

そして軍を進めて、マジョルカ、メノルカ、サルデーニャ、コルシカなど、リグリア海ならびにバレアレス海に浮かぶ島々をも掌中に。

左手(6)の沿岸を進まれれば、ガリア・ナルボネンシス全土、プロヴァンス、アッロブロゲス(7)、ジェノヴァ、フィレンツェ、ルッカはおろか、かのローマも平定できましょ

うぞ。あわれな教皇さまは、恐怖で生きた心地もございませんよ。」

「教皇の足元に接吻など〔第二章、第二詩節を参照〕、わしはだんじてごめんじゃ」と、ピクロコル

(2)　現在のシャラント＝マリチーム県のあたり、つまりラ・ロシェルの周辺。以下、フランス西部の旧称が列挙される。

(3)　こうした覇権主義は、カール五世を揶揄したもの。世界帝国を夢見た彼の紋章は、古代風の二本柱と、「さらに遠くへ plus oultre」の銘であった（図9を参照）。

(4)　ハイレディン・パシャ（一四七六―一五四六）のこと。オスマン帝国の提督、チュニスを根拠地として、通商や海賊をおこなう。フランソワ一世と手を組むバルブルッス（赤ヒゲ大王）がチュニスを占領したのが、一五三四年八月。カール五世は翌年初めには、北アフリカ侵攻を決意すると、六月から七月にかけてチュニスを包囲し、バルブルッスを掃討した。スクリーチは、こうしたアクチュアルなできごとが、この章の背景にあると考えて、従来は一五三四年とされてきた『ガルガンチュア』の刊行年を、一五三五年ではないかと推測した。とはいえ、そうした具体的な事件に言及していると考えなくても、かまわないように思われる。

(5)　原文は、En passant oultre で、カール五世の銘 plus oultre をもじったもの。これ以後も、何度か出てくる。

(6)　「左手の」とあって、すっかり地中海沿岸を西から東に進軍している気分であるのが笑わせる。

(7)　カエサル『ガリア戦記』の記述によれば、アッロブロゲス族は、ローヌ河左岸、ヴィエンヌからジュネーヴあたりまでを支配していた。ここは、もう少し南の地中海沿岸地域をイメージしているのか？

がいった。

「イタリアを落とせば、ナポリ、カラブリア、プーリア、シチリアも、マルタ島ともども、すべて略奪できまする。かつてロードス島にいた愉快な騎士団[8]が、殿に反旗をひるがえすことでもあれば、尿検査でもしてやりましょうぞ。」

「わしとしては、ぜひともロレート詣で〔アンコーナの南。聖母マリア教会は巡礼で有名〕もしたいぞよ」と、ピクロコルはいう。

「なりませぬ、なりませぬ、殿」と、三人がいう。「それはお帰りがけにいたしましょう。クレタ、キプロス、ロードス、キクラデス諸島を奪取し、ペロポネソス半島を攻撃いたし、手中にいたしましょう。なむあみだぶつ！ 神よエルサレムを鎮守したまえ。スルタンなど、殿のお力にかなうわけもないわい。

「では、ソロモンの神殿なりとも建立いたそうか。」

「いや、いましばらくのご辛抱を。壮挙をくわだてるにあたり、焦心は禁物にて。皇帝アウグストゥスが、なんと申したか、ご承知でしょうか。〈急がば回れ〉《フェスティナ・レンテ》でございまするぞ。まずは、小アジア、カリア〔以下、小アジアの地名だが、不明のものもある〕、リキア、パンピュリア、キリキア、リュディア、フリギア、ミュシア、ビシニア、カラシア、アダリア、サマガリア、カスタムーン、ルガ、セバスタを攻略して、ユーフラテス河に出なくてはなりません。」

「では、バビロンの都もシナイ山も目にするわけじゃ」と、ピクロコルがいう。

「いや、当面はその必要はございませぬぞ」と三人がいう。「カスピ海を渡り、大小のアルメニアと、三つのアラビアを走破したのでございますから、これはもう、十分にお暴れになったことになりましょう。」

「しもうた」と、ピクロコルがいった。「わしらは動けなくなってしもたぞ。」

「それはまた、なにごとで？」

「これなる砂漠地帯にて、なにを飲めというのじゃ。ローマ皇帝ユリアヌスとその軍勢は、のどの渇きに倒れたと伝えられるではないか〔「背教者ユリアヌス」は、三六三年、ペルシア遠征で戦死〕。」

「しかと手はずは整えておきました。世界最高のワインを満載したる、九〇一四艘もの大船が、シリア海経由で、ジャファ〔テルアビブの外港〕に到着いたしまする。そこにラクダが二二〇万頭、ゾウが一六〇〇頭、控えておりまする。殿がリビア進軍に際しまして、シジルマッサ〔サハラ砂漠の町〕の周辺で狩猟をおこない、確保なさることになっております。

（8）「ヨハネ騎士修道会」のこと。発祥の地はイタリアだが、一四世紀からはロードス島を本拠地としていた。一五二二年、オスマン・トルコのスレイマン二世に駆逐されるも、一五三〇年、カール五世がマルタ島に再興した。

加えましてメッカの隊商[9]が総動員される手はずでございます。ワインの供給は十分ではございませんでしょうか？」

「なるほど、そうかもしれぬ。だが、冷やして飲めなかったのだぞ。[10]」

「小魚の霊験にかけて[11]！ もとい、神かけて、勇者、征服者、「世界帝国《ランピール・ウニヴェール》」の玉座を求むる者は、つねにさわやかというわけにはまいりませんぞ。殿とその軍勢は、無事にティグリス河まで来られたのですから、なんともありがたきこと。神に感謝せねばなりませんぞ。」

「それにしても」と、ピクロコルはいった。「酔いどれ野郎のグラングジエをうち負かした、わが別動隊は、この間なにをしているのじゃ？」

「彼らとて、ぐずぐずしてなどおりません。もうすぐ、お会いになれましょう。殿、別動隊は、ブルターニュ、ノルマンディー、フランドル、エノー、ブラーバント、アルトワ、ホラント、ゼーラントを征服し、スイス人傭兵やドイツ人傭兵《ランスクネ》のしかばねをば乗り越えて、ライン河を渡り、その一部は、リュクサンブール、ロレーヌ、シャンパーニュ、サヴォワを鎮圧して、リヨンにまで到達いたし、その地で、船団による地中海制覇より戻りたる、駐屯部隊と再会いたしたのでございます。

そしてシュヴァーベン、ヴュルテンベルク、バイエルン、オーストリア、モラヴィア、シュタイアーマルク〔現在のオーストリア南部。中心都市はグラーツ〕を略奪したるのち、ボヘミアに集結しております。

ついで果敢にも、リューベック、ノルウェー、スウェーデン、デンマーク、イョータラント〔現在のスウェーデン南部〕、グリーンランド、ハンザ同盟諸都市を攻め上がり、ついには北極海にまで達しております。その後、オークニー諸島〔スコットランドの北に浮かぶ〕を征服、スコットランド、イングランド、アイルランドを支配下に収めました。

ついで砂の多い海〔バルト海の別名か〕を、サルマート人〔中央アジアの遊牧民だが、ローマ時代には黒海から、バルト海沿岸にまで進出した〕の土地を経て、プロシア、ポーランド、リトアニア、ロシア、ワラキア、トランシルヴァニア、ハンガリー、ブルガリア、トルコを次々と撃破、支配し、現在、コンスタンティノープルに駐屯しておりまする。(12)」

「即刻、彼らのもとに赴こうではないか。わしはトレビゾンド王国(13)の皇帝にもなりた

(9)　原文はGaravaneだが、初版などはCaravaneとなっていたから誤植か？

(10)　原文は単純過去形。ピクロコル王、すっかりその気になっている。

(11)　『第四の書』第三三章では、大海原で巨大なクジラに遭遇したパニュルジュが、このせりふを口にする。

(12)　以上の世界征服のロードマップは、カール五世のそれと重なるともされる。

(13)　黒海沿岸の都市トラブゾンを中心とする。一二〇四年、十字軍のコンスタンティノープル占領の

いのじゃ。ところで、トルコ人どもや、マホメット教徒どもは殺さんのかいのう?」

「殺さずば、なにをせよとの仰せかな、でござる。[14] 殿にりっぱに仕えたる者どもには、きゃつらの土地と財宝をお与えくださいませ。」

「当然じゃ、それが公正さというものぞ。そなたたちには、カラマニア、[15] シリア、パレスチナ全土を与えてとらす。」

「これはこれは、殿のご厚情、ありがたきしあわせにござります。殿の末永きご繁栄をお祈り申しあげまする。」

ところで、この場には、さまざまな苦境も経験してきた歴戦の古強者で、エケフロン[16]という名の老貴族も同席していた。エケフロン、一部始終を聞いていたが、こういった。

「拙者、ひどく心配でなりませぬぞ。この計画は、ことごとくが「牛乳壺」という茶番劇《ファルス》にそっくりなのでございます。ひとりの靴屋がですな、牛乳壺を元手に長者になるという夢を描くのでござる。されど、壺が割れてしまい、昼食にもこと欠いたという結末のお話にござる。

かように威勢のよろしい征戦とはまた、なにがお望みなのでございましょう。艱難《かんなん》辛苦《しんく》の跋渉渡洋《ばっしょうとよう》作戦の目的とは、いかなるものかと?」

「それはだな」と、ピクロコルが答えた。「凱旋して、のんびり休息することじゃ。」

そこでエケフロン、こう述べた。

「されど、殿、このたびの外征は長く、多難にして、二度とご帰還できぬかもしれませんぞ。あえて危険をおかさずとも、ただちに悠々自適になられるが賢明かと存じまする。」

「たわけたことをいうな、うつけ者めが」と、スパダサン伯爵がいった。「炉端《ろばた》にでもひきこもり、奥方どもを相手に、サルダナパルス[17]もどきに、真珠玉に糸を通したり、

際、この地に逃れたビザンティン帝国の皇太子によって創建された。一五世紀中葉にはオスマン帝国領となる。カール五世の野望に立ちはだかった、皇帝スレイマン一世は、ここの生まれ。

(14) cf.［エラスムス2］「現今トルコ人に対して企てられている戦争でさえ、これを肯定してしまってはならぬ。こうした手だてによって安寧がかなうというなら、キリスト教はまったく病んでいる。こうした行為によって良いキリスト教徒が生まれるわけがない。剣をもって購われたものは、剣によって失われる。(中略)だが、現今では、邪悪な者に相対して戦う時、私たちもまた邪悪な者となりはてているではないか」(『戦争は体験しない者にこそ快し』)。なおエラスムスは、同趣旨の『対トルコ戦争について』を一五三〇年、バーゼルで上梓している。

(15) トルコ南部。その昔、トルコ人化したギリシア人によるカラマン公国があった。コンヤが中心都市。

(16)「慎重居士」の意味。ピクロコル軍のうち、唯一ギリシア語に由来する人名となっている。

糸紡ぎをして、一生暮らせとでもいうのか。虎穴に入らずんば、虎児を得ずとは、ソロモンの箴言なり。」

「だが、虎穴に入りすぎれば、虎児をも失うと、マルクール[18]は答えましたぞ」と、エケフロンがいった。

「もうよいわ、先に進むぞ」と、ピクロコルがいった。「わしが畏れるのは、あのグラングジエの、いまいましい軍団だけなんじゃ。メソポタミア進攻中に、背後をつかれたら、どうすればいいのじゃ?」

「いともたやすきこと」、メルダーユ隊長が答えた。「モスクワの者どもに、ちょっとした召集命令なりとも出されれば、ただちに四五万の精鋭部隊が決起いたしまする。愚生を司令官に任命くだされば、なんでもいたしてござる。かみつき技に、キックにパンチ、まんじ固めもなんのその、ぶっ殺してくれましょう。神も仏もありませんぞ。」

「突撃、突撃!」と[19]、ピクロコルがかけ声をあげた。「用意万端ととのえよ。われのことを思う者よ、続け!」

(17)　別名アッシュル・バニパル。古代アッシリア帝国最後の王だが、奢侈・放蕩のイメージで語り継がれた。cf.［ヴィヨン］「智勇すぐれた騎士、サルダナは、クレタ王国を征服した名将だが、恋ゆえに女装に身をやつし、少女たちに混じって糸を紡いだ」(『遺言書』「二重のバラード」)。

(18)　あるいはマルコルフで、ソロモン王に仕える道化師。箴言をめぐる両者の気のきいたやりとりが、『ソロモン＝マルコルフ問答集』として中世以来もてはやされ、各国で活字化された。そこでのマルコルフは、素朴な農民なのだが、この愚者が賢者をいいまかしたりする。

(19)　これは、古代ペルシア、アケメネス朝のキュロス王が、小アジアのリディア王国との戦いで叫んだことば。この章、「殿 Cyre」という呼びかけが連発されるが、このキュロス王とかけているのか？　なおモンテーニュも『エセー』三・五「ウェルギリウスの詩について」で、このせりふを引用している。

第34章　ガルガンチュア、救国のためにパリを離れる。ジムナスト、敵に遭遇する

このころ、父親の手紙を読んだガルガンチュアは、さっと現れた、巨大な愛馬にまたがって、ただちにパリの町を離れ、早くも修道女橋《ノナン》(1)を越えていた。ポノクラート、ジムナスト、ユーデモンも早馬に乗り、ガルガンチュアに続いた。残りの一行は通常の速さで旅をして、書物や学問のための道具を、すべて持ち帰ってきた。

さてパリイーに到着したガルガンチュア、ググ家の小作人から、ラ・ロッシュ＝クレルモーに陣地を築いたピクロコルが、トリペ隊長〔「小さなコップ」の意〕率いる大軍を寄こして、ヴェードの森やヴォーゴドリー部落〔巻末地図2を参照〕を攻略し、畑などを荒らしながら、プレソワール・ビヤール〔修道女橋のすぐ南。大きなブドウ搾り器《プレソワール》でもあったのか〕のあたりまで進軍してきて、近辺で乱暴狼藉のかぎりをつくしたという、奇怪にして信じがたい話を聞かされた。ガルガンチュアはおそろしさのあまり声も出ず、どうすればいいのか、よくわからなかった。だがポノクラートが、長年の盟友であるラ・ヴォーギュイヨンの領主さま(2)のところに

行かれれば、なにごとにつけ適切な助言がいただけますと勧めたので、さっそくそのようにした。すると、ラ・ヴォーギュイヨン殿は、こころよく助太刀を申し出た。そして、部下を送り、一帯の様子を偵察し、敵の動静を探りましょう、現況をしっかり見すえてから、ことを進めましょうと述べた。

ジムナストが偵察役として志願したが、万全を期して、付近の街道やら間道を、はたまた小川や牧草地を熟知している人間を帯同することになった。そこでジムナストは、ラ・ヴォーギュイヨン殿の楯持ちをつとめるプルランガン(3)を連れて出発、ひそかに四方八方の様子を探った。

この間、ガルガンチュアは部下ともども、少しばかり腹ごしらえをして、英気をやしなった。愛馬には、カラスムギを一ピコタン(4)、すなわち七四樽《ミュイ》と三斗《ボワソー》も与えた。ジムナストと相棒は馬を進めていったが、敵の兵士たちが、できるだけふんだくっ

(1)　シノンの町を出て、ヴィエンヌ川を渡る橋。フォントヴロー女子修道院が通行税徴収の権利を有していた。
(2)　パリイーの村外れ。ラブレー家と同族のル・プティ家の所有であった。
(3)　「粋な男」の意。『第四の書』第四〇章には、料理人の名前として登場。
(4)　一回分の飼い葉のことで、ふつうは大した分量ではない。

てやろうと、あちこちに散らばって略奪をはたらいていたので、ばったり出くわしてしまった。遠くからジムナストの姿を認めると、彼らはどっと近づいてきて、身ぐるみはごうとした。そこでジムナスト、こう叫んだのである。

「みなさまがた、わたしはあわれな悪魔〔「あわれな奴」の意味でもある〕でございます。どうぞお慈悲を賜りください。まだ、いくばくかの金貨も残っておりますゆえ、飲んでしまいましょうかね――なにしろ、効験あらたかなる〈飲む黄金《アウルム・ポタビレ》〉〔当時、このような霊薬があったが、ここは「飲み代」ということ〕でございますから。おまけに、この馬も売り払って、この新入りめは、酒代にいたしますです。ですから、お仲間に入れてくださいな。めんどりをつかまえて、背脂をさしこみ、こんがり焼いて、調理して、切り離してから、味付けをとおっしゃるならば、目の前のわたくし以上の名人はおりませんです。さて、ご祝儀《プロフィキアット》がわりに、お仲間のみなさんに乾杯させていただきます。」

こういうとジムナスト、水筒を取りいだし、口もつけずにじゃあじゃあと、なんともお行儀よく流しこんだのである。兵隊やくざたちは、あごも外れんばかりに大口をあけ、グレーハウンド犬みたいに舌をだらりと垂らして、次は俺さまだとばかりに、ジムナストの飲みっぷりに見とれていた。ところがこのとき、トリペ隊長が、なにごとかと思って駆けつけてきたのである。そこでジムナスト、水筒を差し出すと、こういった。

「隊長さま、一気に飲んでくださいませ。ちゃんと毒味はいたしました。これは、ラ・フォワ・モンジョー〔ポワトゥー地方、ニオールの南の村〕の銘酒でございます。」

「なんだと、この田吾作め、われらを愚弄する気か。きさま、何者じゃ？」

「あわれな悪魔でござい。」

「ははあ、あわれな悪魔ならば、どすぎた真似をするのも当然じゃわい。なにしろ、通行税《ペアージュ》も租税《ガベル》も払わずに、どこにでもでばってくる奴じゃからな。だがな、貧乏悪魔が、そのようにりっぱな馬に乗ってくるというのは、ふつうではないの。ほら、悪魔さんよ、その軍馬、わしがもらってつかわす。さあ、おりるのじゃ。乗り心地がよくなくば、悪魔先生、あんたに乗るからな。わいはなあ、こん畜生め、悪魔にかっさらわれるのが大好きなんじゃ。」

第35章　ジムナスト、身のこなしも軽く、トリペ隊長やピクロコル軍の兵士を殺してしまう

ところが、このやりとりを聞いていた何人かは、背筋がぞくぞくっとしてきて、てっきり悪魔が化けてでたんだと思って、両手で十字を切った。そして民兵《フラン・トパン》〔実際は、ルイ一二世により廃止されていたともいう〕の隊長をつとめる、お人好しのジャンなる男が、ブラゲットから時禱書をとりだすと、大声で叫んだ。「神は神聖なり《アギオス・ホ・テオス》。(1)おまえが神の仲間なら、なにかいえ。悪魔の手先なら、消え失せるがいい！」だが、ジムナストはいなくならない。これを聞いて、民兵が何人も隊を離れてしまった。

ジムナストは、こうしたすべてに目をこらし、あれやこれや考えた。そして馬からおりるふりをして、左側にぶらさがると、バタルド剣を脇に差したまま、あぶみをくるっと回転させて、馬の腹をくぐって、今度はぽーんと空中に飛びあがり、鞍の上に両足で立ったけれど、後ろ前だった。そこで、「こんじゃあ、まら、あべこべだ」〔casが「場合」と「陰部」の掛詞になっている〕といった。そしてぴょんとジャンプすると左ターン、最初と寸

分たがわぬポーズをみごとに決めたのである。そこでトリペ隊長、こういった。

「わいは、この期におよんでそんなことはせんよ。当然じゃろが。」

ジムナストは「くそっ、しくじった！　いまのジャンプは取り消しだ」というが早いか、軽い身のこなしでぱーんと今度は右回りに飛び上がると、鞍のわくに右手の親指を突いて、その腱と筋肉で全身を支えてぐっと伸身の倒立をおこない、そのまま三度回転してみせた。(2) そして四度目には、空中で身をそらせると、馬の両耳のあいだにまで体を伸ばして、左手の親指一本で倒立して、風車のようにまわってみせた。それから右手で鞍のなかほどをぽんとたたいて、そのはずみを利用して、馬の尻に貴婦人みたいに座ってみせた。

それからおもむろに、右脚をまたがせて、馬乗りになった。そして、「でも、きちんと鞍にまたがるほうがいいですかね」というと、二本の親指を馬の尻にあてて、ぴょーんと空中回転を決めて、きちっと鞍上の人となった。で、次に、また空中にジャンプすると、両足をそろえて鞍の上に着地して、十字架のようにぐっと横にのばした

(1) 聖金曜日（イエスが十字架上の人となった日）における、ギリシア語による祈りで、カトリックの典礼にも残ったという。

(2) まさに体操競技の「鞍馬《あんば》」であって、笑わせる。

両手を、百回以上もぶるんぶるんと振りまわしながら、「悪魔ども、こりゃたまらん、頭がおかしくなりそうだ。止めてくれ、おさえてくれ、悪魔め！」と絶叫した。

ジムナストが、飛んだり跳ねたりしているのを、啞然とした表情で見ていた兵隊どもは、こういいあった。

「くわばら、くわばら！　こいつは鬼か悪魔が化けて出たんだ。〈主よ、邪悪なる敵《アブ・ホステ・マリ》よりわれらを助けたまえ《グノ・リベラ・ノス・ドミネ》〉！」そして、ガチョウの羽根かなんかをくすねた犬みたいに、うしろを振り向きながら、ほうほうの体で逃げ去ってしまった。

　そこでジムナスト、好機到来とばかりに馬からおりると、剣を抜いて、剛の者とおぼしき連中にばっさばっさと斬りつけて、次々となぎ倒した。傷つき、半死半生の目にあいながら、だれも手向かおうとはしなかった。ジムナストがびっくり仰天の曲芸を披露したばかりか、トリペ隊長が、「あわれな悪魔め」などと呼びながら、ジムナストに話しかけたものだから、これぞ飢えたる悪魔にまちがいないと思いこんでしまったのだ。

　それでも、トリペ隊長だけは、相手のすきをついて、ドイツ傭兵用のずん胴の剣で、ジムナストの頭をかち割ろうとした。だがジムナストは甲冑で身を固めていたから、がつんと食らっただけでなんともなく、振り向きざま、フェイントの突きを空中にさっとかました。そして隊長のガードが上がったところで、胃と、結腸と、腎臓の半分を、ばっさりと切ってしまったからたまらない。トリペ隊長はもんどりうって倒れたけれども、倒れるときに、四杯分以上のスープと、スープまみれの霊魂をはき出したのである。(3)

そこでジムナストは引きあげた――一か八かの勝負をいつまでも続けていると、いつかは運も逃げてしまう、騎士たる者、わが身の幸運をたいせつにあつかって、これを痛めつけたり、いじめたりしてはいけないと考えたのである。こうして彼は、プルランガンとともに、馬にまたがると、ぽーんと拍車をあて、ラ・ヴォーギュイヨンめざしてまっしぐらに戻ったのであった。

(3) rendre l'âme は「死ぬ」という熟語だが、ここでは、文字通りの意味にも掛けている。

第36章　ガルガンチュア、ヴェード浅瀬の城[1]を壊し、一同は浅瀬を渡る

さて帰還したジムナストは、敵方の様子と、その部隊を相手に、ひとりでいかなる戦略[2]を用いたのかを報告し、相手は、軍規もなにもこころえずに略奪やら追いはぎをはたらくごろつきにすぎないから、果敢に進軍すべきです、彼らをけもの同然に屠るなどたやすいことと主張した。

そこでガルガンチュア、先に述べた面々をしたがえると、くだんの巨大牝馬にうちまたがった。道中、一本の背の高い巨木を見つけると、——ふつうは聖マルタンの木と呼ばれるのは、昔ここに、聖マルタンが立てた杖が伸びて、この大木になったと言い伝えられるからだが[3]——こういった。

「これがあれば鬼に金棒。杖にもなるし、槍にもなるからね。」

そして、この巨木をなんなく引き抜くと、枝葉をとって、思うぞんぶん細工した。

そうこうしている間に、牝馬がおしっこをして、腹のなかをすっきりさせた。とこ

ろが、なにしろ、ものすごい分量だから、七リューにもわたって洪水を引き起こし、おしっこがヴェードの浅瀬に流れこんで、川を増水させたため、この地の敵部隊は、左手の丘陵に逃れた者は別として、全員が恐怖のうちに溺れ死んでしまった。

ヴェードの森にさしかかったガルガンチュアは、ユーデモンに、城には残党がいることを知らされた。そこで確かめるために、大音声でこう叫んだ。

「おまえたち、いるのか、いないのか？　いるなら、とっと消え去るんだ。いないなら、いうことはない。」

ところが、城壁の狭間《マシクーリ》に陣取ったやくざな砲兵がガルガンチュアに大砲をぶっぱなして、右のこめかみに強烈な一撃をみまったのである。もっとも、ガルガンチュアのほうは、スモモの実が当たったほども痛くなくて、こういった。

(1) 巻末地図2参照。正確には、浅瀬の手前——東方にあたる——の「ヴェードの森の城」のことと思われる。

(2) 「戦略」は stratagème で、フランス語としての初出。現在では「策略、知略」の意味だが、本来の意味で使われている。またラブレーは、『戦略論、あるいはランジェ侯の武勲と知略について』をラテン語で著し、仏訳もリヨンで上梓したとされるが、ともに発見されていない。

(3) 聖マルタンが眠っているあいだに、同行の聖ブリスが巡礼杖を地面にさすと、それが伸びて樹木となったともいう。なお初版では「大きなハンノキ」とあった。

「これはなんだい？　ぼくたちにブドウの実でもぶつけようというのかい？　ブドウ摘みが高くついちゃうよ。」

砲弾がブドウの実だと、本当に思っていたのだ。

城内で略奪に夢中の連中も、これを聞きつけて、塔や砦のところに駆けつけると、ガルガンチュアの頭部をめがけて、軽砲やら火縄銃で九〇二五発以上も撃ちまくった。ばらばらと弾が降ってくるので、ガルガンチュアがこういった。

「おいポノクラート、ハエがわんさとたかって、よく見えないんだ。追い払うから、ほら、そこのヤナギの枝でも取っておくれよ。」

鉛の弾や、石ころのことを、牛にたかるハエだと思っていたのである。そこでポノクラートが、ハエではなくて、実は、城から乱射されている砲弾なのですよと教えてあげた。

するとガルガンチュアがどうしたかといえば、例の巨木でもって城塞をどすーんとひと突き、がつんがつんと殴りつけて、塔も砦もぺっちゃんこにしてしまった。かくして城内の連中はことごとく粉砕されて、全員殲滅とあいなった。

こうして一行はさらに進んで、水車橋にさしかかったのだが、浅瀬の一帯は死屍累々として、流れもせき止められ水車も動かぬといったありさまだった。だれもかれも、牝馬の小便洪水の犠牲となったのである。行く手をふさぐ死体の山を見て、いかにして川を渡るのか、一同が思案投げ首していると、ジムナストがいった。

「悪魔どもが渡ったというなら、わたしだってちゃんと渡れますよ。」

「そうか、地獄落ちの連中のたましいを奪いに、悪魔どもは渡ったに決まっているものな」と、ユーデモンがいった。

「なむあみだぶ、なむあみだぶ！　ではジムナストに渡河《とか》してもらわねばな」と、ポノクラート。

「もちろんだとも。さもないと、先には進めないからな。」

　こういうと、ジムナストは馬に拍車をかけて果敢に進んでいったが、愛馬は死体などいささかもおそれはしなかった。というのも、ジムナスト、アイリアヌスの説〔『動物の特性について』〕にしたがって、霊魂[4]にも、死体にも怖じ気づかないように、愛馬を訓練してあったのだ。いや、ホメーロスが物語っているけれど、かのディオメデスがトラキア人を殺したとか[5]、オデュッセウスが敵の死体を馬に踏みつぶさせたとかいったふ

（4）　原文は les ames だが、初版などには les armes「武器」とあった。アイリアヌスに従えば「武器にも、死体にも」となるので、les ames は誤植かもしれない。
（5）　ディオメデスは、ギリシア神話のトラキアの王。馬を人肉で飼育していた。

うに、人を殺してまでも、馬を馴らさせたというのではない。干し草のなかに人形《ファントーム》をいれておいて、カラスムギをやるときに、必ず踏みつけさせていたのである。

かくして他の三名も、つつがなく後に続いたものの、ユーデモンだけは別であった。あおむけになって死んでいた、ぱんぱんに腹がはった土左衛門のどてっぱらに、愛馬の右脚が膝あたりまでぶすっと入ってしまい、抜けなくなってしまったのだ。馬がばたばたもがいていると、ガルガンチュアが、棒の先で、土左衛門の臓物の残りをかき出してくれて、ようやくにして脚を持ち上げられたという次第であった。

ところがお立ち会い、馬の医学《イピアトリ》からすると摩訶不思議なことに、このぶくぶく野郎の臓物に触れていたおかげで、馬の脚の骨性腫瘍が治ってしまったのである。

第37章　ガルガンチュア、髪をとかして、砲弾をばらばらと落とす

こうしてヴェード川を渡り、しばらく進んでいくと、グラングジエの居城〔ラ・ドゥヴィニエール、あるいはラブレー家の農場という理屈になる〕に近づいたが、王は息子たちの到着を今か今かと待っていた。

ガルガンチュアが到着すると、みんなはおもいっきり彼を歓迎したのだが、人々がこれほど浮かれ騒いだのは空前にして絶後のことであった。というのも、『年代記《スプレメントゥム・》補遺補訂版《スプレメンティ・クロニコルム》(1)』によれば、ガルガメルが喜びすぎて死んでしまったともいうではないか。——といっても、このわたしはまったく関知せぬことだし、それがガルガメルだろうと、別の女だろうと、ほとんど気にもしていないのでありまするが。

で、本当の話はといえば、ガルガンチュアは洋服を着替えて、櫛《くし》で髪をとかしていたのだ。いやはや、櫛といっても、大きな象牙をそのままはめこんだ、長さ一〇〇

(1)　フィリッポ・ダ・ベルガーモ『年代記補遺』(一四八三年) を茶化したものとされるが、詳細は不明。

間《カンヌ》もある強大なしろものでござる。であるからして、櫛をとかすたびに、ヴェードの森を落城させたときに髪の毛に撃ちこまれた砲弾が、七発以上ずつ、ばらばら、ばらばらっと落ちてきたのである。

　これを見たグラングジエ、てっきりケジラミかと思って、こういった。

「やれやれ、息子よ、おまえはモンテーギュ学寮のシラミ鳥をご持参かいな。[2] あのようなところに住んではほしくはなかったんじゃよ、わしは。」

　そこでポノクラートが、こんなふうに答えた。

「とんでもございません。わたくしめが、若君をモンテーギュなどと申す、シラミだらけの学寮にお入れしたなどと、お考えになられてはこまります。そのくらいなら、いっそうのこと、聖イノサン墓地[3]に巣くう乞食の仲間にでもお入れいたしましたよ——なにしろ、わたしも知っておりますが、ひどく不潔で、残酷な連中なのですから。ムーア人やタタール人につかまった徒刑囚にせよ、監獄に入れられた殺人犯にせよ、はたまた、お屋敷の飼い犬にせよ、あの学寮に住むみじめな連中にくらべますれば、待遇がよすぎるぐらいなのでございます。

　ですから、わたしがパリの王さまでしたら、かならずや学寮に火をはなちまして、ああした非人間的なことが横行していても、見て見ぬふりをしている学長や教師たち[4]

を、火あぶりにしてくれましょうぞ。」

そして、砲弾を一発拾うと、こう続けた。

「ほれ、若君ガルガンチュアさまは、ヴェードの森をお通りの際、不実な敵により砲弾を浴びたのでございます。しかしながら、天罰てきめん、城は崩壊し、やつらは全滅いたしましたぞ。サムソンの知略にやられたペリシテ人〔「士師記」一六を参照〕や、「ルカ伝」一三章にありまする、シロアムの塔の倒壊で押しつぶされた人々と、同じであります。したがいまして、時の運がこちらにありますうちに攻め続けるというのが、わが意見であります。そもそも機運《オカジオン》の神さまは、前髪をすべて垂らしておりますために、通り過ぎてしまいますと、二度と呼びもどすことはできません。後頭部にはつかむ毛も

(2) モンテーギュ学寮は一四世紀の創立。サント＝ジュヌヴィエーヴ図書館のあたりで、記念のプレートがある。学寮長ジャン・スタンドンクが課した極端に厳しい規律は、かつてここに寄宿したエラスムスなどに批判された。なお、エラスムスと同時期に寮生であって、その後、パリ大学神学部で厳格主義を発揮したのが、ノエル・ベダである。

(3) 地図2参照。レ・アルにあり、回廊には「死の舞踏」の壁画が描かれていた。乞食・貧民が集まり、説教なども頻繁におこなわれていた。

(4) その一人が、モンテーギュ学寮長・ソルボンヌ評議員の、前出ノエル・ベダ。福音主義者との対立のさなか、フランソワ一世の意向で、一五三三年、パリから追放されたが、翌年帰還を許された。

地図2　16世紀半ばのパリ図から。中央上に聖イノサン墓地、下はサン＝トノレ門。

ありませんし、けっして振り向いてなどくれませんぞ。」

「そのとおりじゃ」と、グラングジエがいった。「だが、即刻というわけでなくてもよかろう。今夜は、おまえたちのために祝宴を開きたいのだ。よくぞ帰ってきてくれた。」

こういうと夕食が用意された。とりわけロースト料理が大量に並んだ。牡牛が一六頭、牝牛が三頭、子牛が三二頭、乳呑み子ヤギが六三頭、ヒツジが九五頭、ブドウの絞り汁をかけて焼いた子ブタが三〇〇頭、シャコが二二〇羽、ヤマシギが七〇〇羽、ルーダンやコルヌアーユ地方〔ブルターニュのカンペール周辺〕のキンヌキ《シャポン》が四〇〇羽、めんどりとハトが六〇〇〇羽ずつ、エゾライチョウ六〇〇羽、野ウサギの子が一四〇〇羽、ノガン三〇三羽、ひなどりが一七〇〇羽であった。けものの肉は、あわてて集めたので多いとはいえないが、それでも、テュルプネー修道院長〔シノンの北東にあるベネディクト会修道院〕からのイノシシが一一頭、グラモン〔同じく、シノンの北東〕領主からのけものが一八頭あったし、レ・ゼッサール〔ロワール河右岸、ランジェの近く〕殿からのキジが一四〇羽、モリバトが数ダースあった。水鳥《みずどり》も、コガモ、ヨシゴイ、ダイシャクシギ、チドリ、シャコ、ガン（雁）、イソシギ、タゲリ、ツクシガモ、ヘラサギ、アオサギ、ゴイサギのひな、オオバン、シラサギ、コウノトリ、ヒメノガン、オレンジ色したフラミンゴ――つまりフェニコプテールのことだが

――、テリゴール(5)、七面鳥のひななどがあった。それにクスクス(6)やポタージュ類もわんさとあった。

とにかく大量の食べ物があり、なにひとつ欠けていなかったし、これらが、フリップソース〔「ソースなめ助」。『パンタグリュエル』第三〇章にも出てくる〕、オーシュポ〔「シチュー煮太郎」〕、ピールヴェルジュ〔「ブドウ酢作太郎」〕といった、グラングジエの料理人によって調理されたのだ。またジャノ・ミケル〔「巡礼田吾作」といった感じか〕とヴェルネ〔「飲み干し之介」〕が、お酒類をしっかりと準備した。

(5) Terrigoles で、この一五四二年版での追加だが、ラブレーにしか出てこない単語で意味不明。

(6) 原文は Coscossons で、アラビア語に近く、もちろんフランス語としての初出。ちなみに、couscous の初出は一八世紀とされる。

第38章　ガルガンチュア、サラダといっしょに六人の巡礼を食べてしまう

さて、この物語では、六人の巡礼の身におこったことについて、ぜひともお話ししておかなくてはいけない。(1)この巡礼たち、ナント近くのサン＝セバスチャン詣で(2)から戻るところで、その日の晩、仮の宿を求めて、敵の兵隊がこわいからと、菜園のレタスとキャベツのあいだの、エンドウ豆のつるの上に隠れていたのだった。

ところがあいにくガルガンチュアは、少しばかりのどがかわいたので、サラダ用のレタスはどこかにないかと尋ねたのである。すると、この国でもいちばんみごとなレタスがございます、プラムの木やクルミの木ほども大きいのでございますよと聞かされたものだから、さっそく自分で取りにいって、おいしそうなレタスを手にして帰っ

(1)　こうした脱線の話法は、騎士道物語などの定石。

(2)　ロワール河左岸。蛇のかみ傷に霊験あらたかだとされたが、ペスト除けとしても信心された。第四五章を参照。

てきた。それでもって、いっしょに六人の巡礼も持ってきてしまったのだけれど、彼らは、あまりの恐怖に、口をきくことも、咳ばらいをすることもできなかった。

ガルガンチュアが、食べる前に、泉でレタスを洗っているとき、彼らは小声でこういいあった。

「どうすればいいのかいな。これでは、レタスのあいだで溺れちゃうやないか。大声、出してみよか？ でもなあ、声出して、スパイやと思われて殺されたらかなわんさかい。」

このように話し合っていると、ガルガンチュアは巡礼を、シトー会の酒樽ほどもある大皿に、レタスもろとも乗っけると、夕食前のちょっとした前菜にでもと、油と酢と塩をかけて、ぱくぱく食べ始め、たちまち五人を飲みこんでしまった。六人目は、皿に乗ったレタスの下に隠れていたけれど、巡礼杖がちょこんとはみ出ていた。

これを見たグラングジエ、ガルガンチュアにこういった。

「これはどうもカタツムリの角《つの》のようじゃな。食べるでないぞ。」

ところがガルガンチュアは「どうしてです。カタツムリは今月が旬じゃないですか」というが早いか、杖といっしょ(3)に巡礼もつまみあげて、おいしそうに食べてしまった。そして、ピノー・ワインをがぶがぶ飲んで、みんなで今か今かと夕食を待ちかまえていた。

食べられてしまった巡礼たちは、ガルガンチュアの歯のひき臼につぶされまいと、必死に逃げまわったが、なんだか、どこかの地下牢にでもぶちこまれたような気分だった。ガルガンチュアがお酒をがぶっと飲んだときには、あやうく口のなかで溺れそうになったし、ワインの奔流に押し流されて、ほとんど胃の深みにはまりそうになった。でも、モン＝サン＝ミシェル詣での巡礼《ミクロ》がするように、杖を使ってぽーんとジャンプして、歯の土手の安全地帯《フランシーズ》にうまく避難したという次第であった。

ところが、あいにくなことに、巡礼のひとりが、もうだいじょうぶだろうかと杖であたりを探っていて、ついうっかりして、虫歯の穴をがちーんとたたいてしまい、下あごの神経に触れてしまったのだ。おかげでガルガンチュア、ものすごい激痛をおぼえたものだから、それにたえかねて、「いてててっ」と叫びだした。

そして、なんとか痛みを軽くしようとして、つまようじを持ってこさせると、表のカラスクルミの木のところに出てきてですね、ほら、巡礼さんをほじくりだしたのです。

（3）pineau は、このあたりのブドウの品種。第五章を参照。

ひとりは脚を、もうひとりは肩を、もうひとりはずだ袋、もうひとりは財布、もうひとりは肩かけ袋をと、あちこちにひっかけて、ぽんと出したのだけれど、さきほど杖を突き立ててしまった御仁は、ブラゲットにひっかかって出てきた。でも、これがもっけのさいわいというやつでして、アンスニーの町〔ナントとアンジェの中間、ロワール河右岸の町〕へ寄ったあたりから苦しめられていた、横根のしこりにうまく穴があいて、膿《うみ》が出てくれたのです。

こうしてほじくり出された巡礼たちは、ブドウの苗の畑を越えて、すたこらさっさと逃げていき、ガルガンチュアの歯痛もおさまったという次第なのであります。

するとちょうど、夕食の準備ができましたとユーデモンが呼びにきた。

「では、おしっこで厄払いをしちゃいますよ」というと、ガルガンチュア、じゃあじゃあとおしっこをし始めた。尿の川で道がさえぎられてしまったので、やむなく巡礼たちは、この大運河を渡った。そして一同は、森のはし伝いに街道に出たものの、オオカミ用の大きな網のわなに落ちてしまったのだ。しかしながら、ただひとり無事だったフルニエが、綱やら網やらをじょうずに切って仲間を助け、みんなで逃げだせた。こうして難を逃れた一行は、ル・クードレー〔巻末地図2参照。スイイーの修道院の南〕近くの小屋で、その晩は寝ることにした。

そしてラダレ〔「歩き疲れて」の意。『第四の書』第四〇章にも登場〕という巡礼が、今回のできごとは、ダヴィデの「詩編」で予言されていたんやと教えたので、まったくなんの因果でと思っていたみんなも、このひとことで元気が出てきたのである。(4)

「〈人々がわれらに逆らって立ちあがったとき、彼らは、われらを生きているままで、飲んだであろう〉とあるさかいに。こりゃあ、わいたちが塩まぶしのサラダといっしょに食われちまったということやんけぇ。〈彼らの怒りがわれらにむかって燃えたったとき、大水はわれらを押し流し〉てえのはな、あの巨人が一気飲みしたってことだっせ。〈われらのたましいは、激流を越え〉が、ほら、しょんべん運河を渡ったちう意味や。〈われらのたましいは、おそらく、たえがたき水を越えた〉てえのが、道をふさいだ、やつのしょんべんのことやないか。でな、〈主はほむべきかな。主はわれらをえじきとして、彼らの歯牙にゆだねられなかった。われらは、野鳥を捕らえる罠を逃れる鳥のように、逃れたり〉ていうのが、わいらが罠に落ちたときの予言じゃわい。フルニエのおっちゃんのおかげで、〈網は破られ、われらは逃れた。われらの助けは……〉というわけや。」

(4)　聖書を日常のできごとの予兆として深読みすることを風刺して、おもしろい挿話としたもの。cf.「詩編」一二四。

第39章　ガルガンチュアに歓待されたジャン修道士、夕食のさいに熱弁をふるう

さて、ガルガンチュアが食卓について、もりもりと食べ始めると、グラングジエはさっそく、ピクロコル王とのあいだに起こった戦争の原因や理由について話しだした。そして話は、修道士ジャン・デ・ザントムールが、修道院のブドウ畑を守って、大勝利をおさめたてんまつにも及んで、これぞ、カミルス、スキピオ、ポンペイウス、カエサル、テミストクレスの武勲にもまさるものだとして、グラングジエはジャン修道士をほめたたえた。

そこでガルガンチュアは、今後の作戦について相談したいから、今すぐ彼を呼びにいってくれませんかと頼んだ。この意を受けて執事が出向き、グラングジエのラバにまたがり、十字の棍棒を手にして、意気揚々たるジャン修道士を連れてきた。修道士は、みんなから、いろいろと優しいことばをかけられ、抱擁され、歓迎のあいさつを受けた。

「おお、ジャン修道士じゃないか、よくきたな。」

「おや、従兄のジャン殿ではないですか。」

「ジャン修道士だって、まったく！」

「本当によくきたな。抱擁させてくれ。」

「おれにだって、あいさつさせてくれよ！」

「おい、たまきん道士、ぐっと抱きしめて、くたくたにさせてやるからな。」

そしてジャン修道士が、ふざけたことといったら、もう、こんなに愛嬌があって、気のいい奴もいなかった。

「さあ、さあ」とガルガンチュアがいった。「こっち側の、わたしのとなりの椅子にでも座ったらどうだ。」

「では、おっしゃるとおりにいたしましょう……おい、そこの若いの、水をくれ。ぐぐっとついでくれよ。肝でも冷やしてやりたいからな。ここに入れてくれ。うがいをしたいからな。」

「〈袈裟は脱ぐべし《デポジタ・カッパ》〉とね。さあ、その服を脱ぎましょうよ」と、ジムナストがいった。

「ほ、ほおー、これはこれは。〈わが会則には〉、脱いではならぬという決まりがありましてな」と、ジャン修道士。

「そんな決まりなどは、くそくらえですよ。修道服など着ていると、肩がこってかなわないでしょ。脱いでしまいなさいよ。」

「いやいや、このままにさせておいてくれ。このほうが、酒がうまいし、体も、すっかり浮き浮きしてくるんでね。こんな服、いったん脱いだら、お小姓どもの靴下どめかなんかにされるのが関の山。一度、クーレーヌ〔シノン西方で、城があった〕でやられました。それに、食欲もなくなってしまうのです。僧服を着て食卓につくと、まったくもう、楽しく飲めるったらない。きみにも、きみの馬にも乾杯ってなぐあいでしてね。

さあさ、神よ、みなさまをお守りください。わたしはもう、夕食はすませてきました。でも、だからといって、食さぬわけではないですぞ。なにしろ、わたしの胃袋には石畳がしきつめてありまして、ベネディクト修道会の大樽みたいにがらんどうで、弁護士殿の財布みたいに、いつだって大口あけて待っているのですから。

コイはだめだが、どんな魚もときた〔以下、「背中を食べて、はらわた残せ」と続く俚諺〕。シャコの手羽先、尼さんの太もも、なんでもかんでもいただきますよと。かたまらにて討ち死にするのも、こいつあ愉快な死にざまでございとね(1)。そういえば、われらが修道院長は、若鶏のササミが大好物でございましてね。」

「それなら」と、ジムナストがいった。「キツネとは似ても似つかない。キツネは、若鶏でも、ひなどりでも、つかまえても、ササミは食べませんからね。」

「それはなぜだと？」

「キツネには、料理人がいませんからね。ほどよく焼いたり煮たりしないと、ササミ《ブラン》は赤身のままで白くはなりませんよ。赤というのはですね、その食べ物がよく調理されていない証拠なんです。ただしオマールエビやザリガニは別でして、煮たり焼いたりすると、司教さまの帽子みたいに真っ赤になりますがね。」

「神よ、バイヤールに祝福を！(2)」と、修道士がいう。「してみると、わが修道院の看護士は、まだ生煮えですね。ハンノキのお椀《わん》みたいに、真っ赤なお目めをしてますから。おや、この小ウサギのもも肉は、中風に効きますよ。ところで、話が変わりますが、若い女性の太ももは、なぜいつも冷たいんですかねえ？」

「このような問題は、アリストテレスにも、アフロディシアスのアレクサンドロス〔アリストテレスの注釈者として有名だった〕にも、プルタルコスにも述べられていませんが」と、ガルガンチ

(1)　修道女と姦淫した者は、勃起したまま死ぬという俗信があった。

(2)　バイヤールはフランス貴族で、シャルル七世、ルイ一一世、フランソワ一世に仕え、勇猛果敢で知られた。これは彼の口ぐせとされる。

ュアがいった。

「ある場所がですね、自然に冷たいとしたら」と、修道士が話し出した。「これには三つの原因がございます。その一、そこを水が流れているから。その二、日の光が射しこまず、暗くて、日陰になった場所だから。そして、その三はですね、お尻の穴から北風吹いて、下着ひらひら薫風が香り、おまけにですね、ブラゲットからもぴゅうぴゅう風が入るからなんですわ。わっはっはっ！　愉快だね！　ほら、そこな小姓、酒じゃ、酒をもて。ちん、ちん、ちんとな。このような美酒をくださるとは、神さまはすばらしい方だ。誓ってもいいぞ――もしもわたしが、イエス・キリストの時代に生きていたら、ユダヤ人にイエスさまをオリーブの園で捕まえさせるようなことはさせなかったでしょうにと。たらふく夕食を食べたくせに、すたこらさっさと逃げ出して〔cf.「マタイによる福音書」二六〕、優しき主を危難におとしいれた、あの意気地なしの使徒の方々なんて、このわたしならば、ひざのあたりをぐさっと切ってやったでしょうに。いやはや、しくじったとあらば、悪魔にも見捨てられたということですよ。

わたしはね、短刀をふりまわすべきときに逃げ出すような奴は、毒薬よりも嫌いなんです。えへん、八〇[3]年とか一〇〇年でいい、なぜわたしがフランス国王になれないのだ。パヴィアの戦いの逃亡兵なんぞ、耳をそいで、去勢してやりますよ。弱虫病が、いつまでたっても治らないんですから。優渥なる国王さまを、あのような苦境に追いやるくらいなら、なぜそこで討ち死にしなかったのか。逃げて、おめおめと生き恥をさらすより、勇敢に戦って散ったほうが、よほどいさぎよく、名誉なことではないですか……

ところで、今年は、ガチョウのひなはさほど食せませんかね。ご同輩、そこのブタ肉をくださいな。あれ、あれ、ブドウのソースがなくなってしまった。〈エッサイの根から芽が出てきおった〉のですな。(4) いのちもなにも知ったことか、のどが渇いて死にそうなんじゃ。このワイン、なかなかでござるのお。

ところで、みなさんはパリでどんなワインをお飲みでした？　わたしなんぞ、一昔前には、半年以上も、どこの馬の骨にも屋敷を開放しておりました。誓って、うそなどいってませんよ。クロード・デ・オー・バロワ修道士(5)をごぞんじですか？　いい相

(3)　一五二五年。フランス軍はカール五世の軍勢に敗北し、フランソワ一世はマドリードで捕虜に。

(4)　cf.「イザヤ書」一一。いくつかの解釈あり。原文はラテン語で Germinavit radix Jesse だが、これを発音すると、Germinavit がフランス語の Je r'nie ma vie「命など否認するぞ」に、Jesse が j'ai soif「のどが渇いた」と、ジャンのせりふになるのだともいう。

(5)　不明。初版にはクロード・ド・サン・ドニ修道士とあったが、これも不明。

棒なんですがね。ところがですね、変な虫でもつきおって、いつ頃からだか、勉強しかしなくなりましてね。いや、このわたしは勉強などいたしませんよ。おたふくかぜになるのがこわいから、わが修道院では、みんな勉強などいたしませんて。[6] いまは亡き修道院長[7]は、学ある修道士ほど、世にすさまじきものなしと、つねづね申しておりました。ほれ、そこのお方、〈最高の学僧、最高の碩学にはあらず〉ということですわ。

それにしても、今年は、いつになくウサギが多かったですな。その代わり、八方手をつくして探したものの、オオタカも、その雄も手に入りませんなんだ。ラ・ベロニエール[8]殿がハヤブサをくださると約束してくれたけれど、最近、手紙をくれましてな、どうもそのハヤブサ、息切れするようになってしもうたらしい。

今年は、シャコに耳をつつかれそうですなあ。でも、わたしなんか、網でシャコを捕まえてもおもしろくない。そんなことしてると、むしろ風邪をひいてしまいますわ。あちこちを馬で走りまわっていないと、楽しくないのです。もちろん、生け垣やら茂みやらを、ぽんぽん跳ぶときに、僧服の毛がこすれてとれたりしますがね。そういえば、良血のグレーハウンド犬を入手したんですわ。ウサギがこの犬から逃げられたなら、それこそ、悪魔にでもくれてやりますよ。従僕が、モールヴリエさま[9]のところに持っていったのを、取り返してきたのでございますがね。悪かったですかね？」

「いやいや、ジャン修道士、悪魔にかけて、全然そのようなことはありません」と、ジムナストが答えた。

「では」と、ジャンがいった。「悪魔が生きてるうちに、悪魔どもに乾杯といきますか。ちくしょうめ、あのちんばめが、犬をどうする気だったんだ？　くそっ、あの野郎、牛をつがいでもらったほうが、よほど喜ぶくせに。」

「ジャン殿、なぜまた、口汚いおことばなどを？」と、ポノクラートが聞いた。

「いや、いや」と修道士。「単なることばのあやですから、心配ご無用。キケロ風レトリックの華とかいうやつですわ。」

(6)「流行性耳下腺炎」になると精力が減退するといった発想からか。

(7) 修道士の不勉強、無知さかげんは、エラスムス「修道院長と教養ある女性」（『対話集』所収）など、当時はさかんに風刺されていた。

(8) シノンの東、クラヴァン゠レ゠コトー村にある領地で、『第四の書』第一三・一四章に出てくる「バシェの殿様」が領主。

(9) グレーハウンド犬 levrier からの連想。ラ・ドヴィニエール近くの領主で、足が悪かったという。

第40章　修道士は、なぜ世間から遠ざけられているのか、
またなぜ、ある者は、鼻がみんなより大きいのか

「まったく、キリスト者の誓いとして申すぞ」と、ユーデモンがいった。「この坊さんの人なつっこさときたら、思っただけでも、うっとりとしてしまいます。とにかく、われわれみんなを、楽しませてくれますからね。それなのに、いったいどうして、世間さまは修道士を〈興ざめな連中《トゥルブル・フェット》〉などと呼んで、愉快な集まりから追い払ってしまうのでしょう――まるで、ミツバチが巣から、雄バチを追い払うみたいに〔働きバチはメスで、雄バチの役目は女王バチとの交尾のみ〕。もっとも、かのウェルギリウスだって、〈働きバチは、ぐうたらな雄バチを巣から遠ざける〉〔『農耕詩』四・一六八〕と申しておりまするが。」

そこで、ガルガンチュアがこう答えた。

「僧服やら頭巾が、世間から汚名をきせられ、ののしられ、呪われるのは、カエキアスと呼ばれる北東の風が雨雲を呼ぶのと同じく、当然のことなのです[1]。その自明の理[2]由は、彼らが、世間の糞便、つまりは人々の罪を飯の種にしているからでありまして、

そのため、人々は彼らを、糞虫めとばかりにご不浄に投げこむわけです。そのご不浄が、修道院という次第——つまり家の便所と同じであって、社会生活から切り離されているのですよ。

なぜサルが、家庭でいつもばかにされ、いじめられるのかわかりますか？(3) それがわかれば、老いも若きも、修道士をうとましく思う理由だって納得がいくはずです。サルは、犬のように家を守りもせず、牛のように鋤《すき》を引きもせず、ヒツジのようにミルクや羊毛をつくることもない。また馬のように、重い荷物を運んでもくれない。ではなにをするかといえば、糞尿を垂れ流して、あちこち荒らしまわるだけではないですか。だからみんなにばかにされ、殴られるのですよ。

これと同じで、修道士も——あの無為徒食の連中のことですが——農民のように働くことはなく、兵士のように国を守ることもなく、医者のように病人を治すこともな

(1)「カエキアスが雨雲を招くごとく、みずから不幸を招く」という、古代のことわざがある。エラスムスも、『格言集』で同様の表現を扱っている。

(2) cf.「彼らはわが民の贖罪の献げ物をむさぼり、民が罪を犯すのを当てにしている」(「ホセア書」四)。

(3) 以下は、プルタルコス「似て非なる友について」にヒントを得ている。

い。きちんと福音を説く学識者や教育者のように、人々に説教したり、教え諭したりすることもない。また商人のように、公共のために必要で便利なものを売り歩いたりもしない。だから、みんなの罵声を浴び、ひどく嫌われるのです。」

「なるほどな。でも連中は、われらのために神に祈ってくれるではないか」と、グラングジエがいった。

「とんでもないですよ」と、ガルガンチュアがいった。「釣り鐘をがんがんうち鳴らして、近隣を悩ませているのが、本当のところじゃないですか。」

「本当ですとも」と、ジャン修道士も相づちをうった。「ミサも、朝の祈りも、夕べの祈りも、それはもう、鐘をきちんと鳴らせば、半ば終わったみたいなものですからね。」

「連中はですね」と、ガルガンチュアがいった。「自分では全然わかってないのにですね、聖者伝やら聖書の詩編をやたらとたくさん、ぶつくさぶつくさ唱えるのです。主の祈りをたっぷり唱えて、長ったらしい〈アヴェ・マリア〉をあいだに挟んだりもしますが、深く考えているわけでも、理解しているわけでもありません。したがってわたしは、これを祈りではなく、神の冒瀆《モックデュー》と呼んでいます(4)。

連中が、パンや肉入りスープにありつけないと困るからではなく、きちんとわたしたちのために祈ってくれてるというなら、神さま、彼らにご加護をたまわりください。本当のキリスト教徒は、その身分も、場所も、時代も問わず、だれもが神に祈りを捧げるのです。ですから精霊も、彼らのために祈り、とりなしてくださるのでありますし、神も、彼らを恩寵によって受けいれるのです。(5) ところで、われらがジャン修道士とはこうした人間ですよ。(6) だからこそ、だれもが

(4) エラスムス『祈りについて』(一五二四年)の反映とされる。同書は翌年、ユマニストのルイ・ド・ベルカンにより仏訳されたが、その表現と重なる個所も多い。なお、ベルカンは、ノエル・ベダを中心とするソルボンヌ神学部の憎しみを買って、一五二九年に異端として処刑された。

(5) 福音主義者のルフェーヴル・デタープルやエラスムスを導き手として、ラブレーも、聖職者の介在をしりぞけ、むしろ精霊との直接の交わりをかけがいのなきものと考えていた。次の一節が典拠となっている。「霊も弱いわたしたちを助けてくださいます。わたしたちはどう祈るべきかを知りませんが、霊自らが、言葉に表せないうめきをもって執りなしてくださるからです。(中略) 復活させられた方であるキリスト・イエスが、神の右に座っていて、わたしたちのために執りなしてくださるのです」(「ローマの信徒への手紙」八)。また「恩寵」の問題も、ここで提示されている。

(6) 初版などでは、tel n'est nostre bon Frere Jean「われらがジャン修道士は、そうではありません」と否定文になっていた。この場合、続く「だからこそ pourtant」のところは、「しかしそれでも」という解釈が成立する。n'est が単なる誤植なのか、それとも作者の意志による変更なのかは、物語におけるジャン修道士の位置づけともからむ微妙な問題といえる。コミカルな役回りとはいえ、ジャンは次々と敵を殺す人間であって、けっして純粋の善玉ではない。ジャン修道士の挿話を、聖書のたとえ話

彼の仲間になりたがるのです。こちこちの信心家ではありませんし、ぼろぼろの僧服を着てもいません。きちんとしてますし、愉快で、はっきりしていて、いい相棒ですよ。額に汗して働きますし、虐げられた人々を守り、苦しんでいる人々を力づけ、貧しい人々を助け、修道院のブドウ畑を防衛するのです。」

「もっともっと、たくさんやってますよ」と、修道士がいった。「教会で朝の祈りやら、命日の祈りを、てきぱき片づけながら、大弓の弦をつくったり、大小の矢をみがいたり、ウサギを捕まえる網や袋をつくったりしてますから、少しも怠けてなどいないのですから。

それはさて、飲み物じゃ、酒じゃ。くだものでも持ってこい。おっ、これは、デトロックの森の栗ではないか(7)。こいつをかじりながら、うまい新酒でも飲めば、ほら、みなさんも、「和《わ》屁《へい》」〔paix「平和」とpet「屁」の掛詞〕を結べますよ(8)。諸君、まだはしゃいだ気分になれませんか? ちくしょう、おれは、教会裁判所判事の馬みたいに、どこの浅瀬でだって、がぶ飲みするぞ!

「ジムナストが、「ジャン修道士よ、鼻水がたれてるから、ふいたらどうだ」といった。

「わっはっはあ!」と、ジャンは笑いながらこういった。「鼻まで水にひたったからといって、このわたしが溺れそうだって？　とんでもないですぞ。〈そは、いかなる理由によるものぞ？《クァレ・クイア》〉鼻水は出るが、鼻から水が入ることはないのじゃ。毒消しに、ちゃんとブドウ汁なるものが詰めてありますからな。ご同輩、わたしの鼻の皮で冬の長靴でもつくれば、おもいっきりカキがとれまっせ。水など、絶対に入りませんからな。」

「それにしてもなぜ、ジャンは、そのようなりっぱな鼻を持っているのでしょうか？」と、ガルガンチュアが聞いた。

「それはだなあ」と、グラングジエが答えた。「神さまのおぼし召しじゃ。陶工がじゃな、皿や壺をこねてつくるごとくにじゃな、神はその御心《みこころ》にかなう形や目的にあわせて、われらをつくりあげるのじゃ[9]。」

のごときものと解するなら、「われらがジャン修道士は、そうではありません」と否定文でもよかったとも思われる。

(7) ヴァンデ地方、フォントネー＝ル＝コント近くで、栗は名産。栗を食べすぎると、ガスがたまるのである。

(8) 教会裁判所の判事は、すぐ賄賂に手を出すとの評判であった。そこで、その馬も、どこの水でも飲みたがるという次第。

(9) 次の一節をしたじきにしている。「人よ、神に口答えするとは、あなたは何者か。造られた者が

「いや、それはですね」と、ポノクラートがいった。「ジャンの奴、鼻市場にまっさきに駆けつけたんですよ。いちばん大きくて、りっぱな鼻をちょうだいしたって次第ですよ。」

「いやあ、どっこい、そうはいきませんぜ」と、修道士。「真の修道院哲学によりますればですね、わが乳母のおっぱいが柔らかでして、そのおっぱいを吸っておりまするうちに、わが鼻は、あたかもバターのなかにでも入りまするように、おっぱいのなかにもぐりこんだのでございます。そしてですね、ねり桶のなかのパン生地のごとくに、そこで大きくふくれあがったのでございますよ。だからして、乳母が固いぱいぱいですと、子供は鼻ぺちゃとなりまするわい。[10] ぐわっはっはっ！ 愉快ですのお。〈鼻の形象によりて、立ちたるものの姿がわかる〉[11] のでありますからな。いや、おれさまはジャムはぜったいに食わんぞ。小姓、酒をもて。同じく《イテム》、トーストもじゃ！」

造った者に、〈どうしてわたしをこのように造ったのか〉と言えるでしょうか。焼き物師は同じ粘土から、一つを貴いことに用いる器に、一つを貴くないことに用いる器に造る権限があるのではないか」(「ローマの信徒への手紙」九)。

(10) 必ずしもおふざけではなく、アンブロワーズ・パレもこうした話を展開している。

(11) 鼻の大きさは逸物のサイズを示すという俗信を示す。後半は、「詩編」一二三、冒頭の転用。

第41章　修道士、ガルガンチュアを眠らせてしまう。また、彼の時禱書と聖務日課書について

こうして夕食が終わると、一同は現状について合議した結果、夜中ごろに小部隊で出撃して、敵軍がどのように待ち伏せて、またいかなる監視体勢をとっているのかを探ることに決まった。そして、それまでのあいだ、しばし休息して英気をやしなうことになった。だが、ガルガンチュアは輾転反側《てんてんはんそく》するばかりで眠れなかった。そこで修道士が、こういった。

「わたしなどは、説教を聞いているときとか、祈りのときでないと、ゆったり眠れませんよ。ですからお願いです。殿がじきに眠れるかどうか試すために、ふたりで、例の悔悛の七詩編〔六、三二、三七、五一、一〇二、一二九、一四二番〕を朗唱してみませんか？」

このアイデアは、大いにガルガンチュアの気に入った。そこでさっそく、第一の詩編から歌い始めたのだけれど、二番目の詩編の冒頭〈……する者はさいわいである《ベアティ・クオルム》〉のあたりで、ふたりとも眠りこんでしまった。とはいえ、ジャン修道士は、修道院で

の夜明け前の祈りに慣れていたから、夜中前にきちんと目を覚ました。そして、次のごとき歌謡を声を張りあげて歌い、ほかの連中を起こしたのだ。

おお、ルニョー、目を覚ませ、見張るのだ、
おお、ルニョー、目を覚ますのだ〔当時の俗謡。ルニョーは羊飼いである〕。

そして全員が目を覚ますと、こういった。

「みなさまがた、朝の祈り《マティーヌ》は咳ばらいに始まり、夕食は酒に始まると申しますよね。では、われわれはこれとは逆に、朝の祈りを酒で始め、夕刻になって、食事の始めに、われがちにごほんごほんと咳をしようではありませんか。」

そこでガルガンチュアが、こういった。

「眠って起きて、すぐ酒を飲むですって？　それは医学の勧める食事法[1]にかなった生活ではありませんよ。まず最初に、余分なものやら不純なものを、腸から排出しなくてはいけないのですから。」

（1）第二三章に、「真正にして確実な医学が定めた食事法」のことが語られていた。

「いやはや、おみごとな処方で。ですがね、老練な医者の数よりも、年季の入った酒飲みのほうが少ないなんてことは、ございませんよ。そんなことでしたら、不肖、このわたくしの体、悪魔の群れにでもくれてやりましょうぞ。わたしはですね、わが腹の虫と契約を結んでおりまして、いつも虫はわたしといっしょに寝てるのでして、一日中そのようにしっかりとしつけてございます。ですから起きるときも、いっしょなのであります。では、わたしはちとばかり、もどし薬〔原文は tyrouer で、以下にあるように、鷹狩りの用語〕でもいただいてからまいりますゆえ、殿は、好きなだけ下剤でもおかけになるがよろしい。」

「もどし薬とは、これいかに」と、ガルガンチュアが聞いた。

「いやはや、わが聖務日課書のことですよ。鷹匠《たかしょう》は、タカにえさをあげるに先だちまして、ニワトリの脚などを食わせます。そうして、鳥のおつむりのもやもやした粘液《フレグム》を吐き出させて、しっかり食欲を起こさせるのです。でもって、このわたくしもですね、朝には、この愉快で、かわいい聖務日課書を手にいたしまして、肺の臓のお浄めをいたします。[2]さすれば、ほれ、飲みかた準備完了という次第です。」

「では、そのありがたい時禱とやらを、どの方式で唱えるのです?」

「フェカンの方式[3]に則っておりまする」と、ジャンが答えた。「つまり、そうですね、せいぜい詩編が三つに、聖書の講読も三つで、できるだけ短く切りあげるか、さもなければ、いやなものはやらんぞ方式です。わたくし、時間におとなしく従うなんてことはございません。時間というものは、人間のためにあるのでして、人間が時間のためにあるのではございませんからね(4)。したがいまして、不肖ジャンめは、時禱をばですね、あぶみのように伸縮自在に唱えるのでございます。適当にですな、短くしたり、長くしたりいたしますです。〈短き祈りは天にまで達し、長酒は杯を空にす〉〔昔からのことわざらしい〕とな。これはどこに書かれておりましたっけ？」

「はてさて、どうもわからんが」と、ポノクラートがいった。「それにしても、おい、たまきん坊主、おまえは修道士にしておくにはもったいない御仁じゃ。」

「あなたとわたしは似たものどうし。〈おいでなされ《ウェニーテ》、飲むために《アポテムス》〉(5)とな。」

かくして、焼き肉《カルボナード》が大量に用意され、こってりしたスープとパンも出されて、修道士は思うぞんぶん飲みほした。お相伴をつとめた者もいたが、それを差し控えた連中

(2)　聖務日課書を酒瓶の意と解釈する読みもあるし、聖務日課を唱えることで、のどがかわいてくるからという解釈もある。

(3)　フェカンはノルマンディの港町だが、意味不明。「いつやるの Tu fais quand ?」との掛詞か。

(4)　cf.「安息日は、人のために定められた。人が安息日のためにあるのではない」(「マルコによる福音書」二)。

(5)　朝課で歌われる「おいでなさい、崇めるために」という詩編のもじり。

もいた。

さてそれから、各人は武具に身をかためて、出陣の準備にとりかかった。修道士は、胃袋をつつむ僧服と、手にした十字棒のほかには、武具甲冑などいらないといったけれど、無理やり武装をととのえさせることにた。一同の要望を受け入れて、ジャン修道士、足の先から頭のてっぺんまで、がちんがちんに身をかため、ナポリ王国産の名馬にまたがると、幅広の短剣を腰にさしたのである。

さてさて、同道するは、ガルガンチュア、ポノクラート、ジムナスト、ユーデモン、加うるにグラングジエの一族郎党でもっとも勇猛果敢なる二五名の精鋭、いずれも鎧かぶとにてしっかりと身をかため、聖ゲオルギウスのように、長槍かまえて馬にまたがり、(6)馬の尻には火縄銃を一丁載せていたのでありました。

(6) 宮廷詩人クレマン・マロが一五三二年の正月に、国王フランソワ一世に謹呈した書簡詩「盗まれました、王さま」では、雇っていたガスコーニュ人の従僕に金を持ち逃げされた顚末が語られる。「その召使い、聖ゲオルギウスのように馬にまたがって、ぐっすりお眠りのご主人さまを置いてった」という一節を踏まえての表現か。

第42章　ジャン修道士、仲間を激励するも、木にぶらさがってしまう

かくして気高き戦士たちは、その冒険へと出発するのであります[1]。いざ火花散らしての決戦の際には、いかに干戈を交えるのか、いかに防衛すべきかについては、むろん心中に期するところがございます。そこで修道士は、一同に檄を飛ばすのでありました。

「諸君、恐れることなかれ。怖じけづくことなかれ。わたしが、まちがいなく先導いたしまする。神よ、聖ベネディクトゥス〔ジャンはベネディクト会士である〕よ、われらとともにあらんことを！　わたしに勇気と力があるならば、こんちくしょうめ《パル・ラ・モルビュ》、やつらなんぞカモみたいに、毛もなにもむしりとってあげまする。飛び道具以外、なにもこわくないですぞ。いやいや、わたしには、修道院の番人が教えてくれたまじないがありまして、こ

(1)　ここもまた、騎士道物語の語り口を採用している。

れをむにゃむにゃ唱えれば、大砲も鉄砲も当たらないとかいう。でもね、役になんぞ立ちっこない。なにせ、このわたしめが全然、信じていないのですからね。さりながら、わが十字棍棒が、驚異の働きをいたしますから、ご心配めされるな。

さて、諸君のなかにアヒルさながら水中にもぐって逃げようなどとする者[2]がいれば、この僧服をがばっとかぶせて、わたしの代わりに修道士にでもなってもらいやしょう。僧服こそは、臆病かぜに吹かれた兵士の特効薬[3]ですからな。狩り場で役立たずになってしまった、ムールル殿〔不明〕のグレーハウンド犬のことをお聞きかな？ 殿が、犬の首に僧服をかけたところ、あーら不思議、目にしたウサギやキツネをけっして逃すことがなくなった。そればかりか、お立ち会い、それまでは疲れやすく、〈不感症、かつ、呪いをかけられて不能〉〔教皇法令集の項目を転用した〕であったくせに、国中のメス犬に乗っかっていくようになったのですぞ。」

こんなふうに、かっかとなって、べちゃくちゃしゃべりながら、ジャン修道士は、柳《ソーレー》が原の手前にある、一本のクルミの木の下を通ったのである。ところが、太い枝が折れているところに、かぶとのひさしがひっかかってしまった。それでもかまわず、馬にぱしっと拍車を入れたところ、拍車にとても敏感なこの馬、ぽーんと前に飛び出した。修道士は、枝からひさしをはずそうとして思わず手綱を放し、片手でクルミの木の枝にぶらさがった。だが、このあいだに、愛馬はすっと抜けて、走り去ってしまったのである。

こんなわけでジャン修道士、クルミの木に宙ぶらりんとなって、助けてくれ、殺される、裏切り者めなどと、叫びだした。ユーデモンが最初にこれに気づき、ガルガンチュアを呼んで、「殿、こちらへ。宙づりになったアブサロムにござります(4)」といった。ガルガンチュアはやってくると、宙ぶらりんになった修道士のかっこうを、つくづくと眺めてから、ユーデモンにこういった。

「アブサロムと比較するのは、やや的はずれではないだろうか。アブサロムは髪の毛が引っかかったのだぞ。だが、あの坊主は坊主頭ゆえ、耳を引っかけたのだからな。」

「にゃろめ、お助けを」と、修道士がいう。「おしゃべりしている場合ですかいな。なんだか、教皇法令集そのままに説教する連中にそっくりではないですか。やつらときたら、死の危機に瀕した隣人に出会ったならば、その者を助けるよりは、むしろ、

(2)　faire la cane は「怖じけづく」の意。

(3)　僧服の効能については、第三九章を参照。

(4)　cf.「サムエル記　下」一八。ラバに乗っていたアブサロムは樫の木に宙ぶらりんとなり、ヨアブに殺された。

罪の許しを得られるように告解しなさいと諭すのがつとめだ、さもないと、三叉の雷電でもって破門いたす、などというのですからね。[5] やつらが川にでも落ちて、溺れそうになっているのを見たら、助けにいって、手でも差し出してやる代わりにですな、〈浮き世を軽蔑し、世間から逃れること〉[6]について、みごとに、長々と説教をしてみせますぞ。そしてやつらが、土左衛門になったら、拾ってやりますわい。」

「ほらほら坊や、動いちゃだめ」と、ジムナスト。「いま助けてやるからな。おまえは、かわいい〈坊主《モナクス》〉だからな。〈坊主、修道院にては、たまご二個の価値もなし。されど外にありては、優に三〇個の価値ありて〉〔出典などは不明〕とな。おいらなんか、絞首刑になったやつを五〇〇人以上見てきたけど、ぶらっとぶらさがって、こんなに典雅なやつには、お目にかかったことがないぞ。こんな雅びになれるなら、おいらも一生ぶらさがっていたいやね。」

「あんたら、それだけ説教すれば十分でしょうに」と修道士がいう。「悪魔にかけてじゃ、おいやでしょうから、神かけて、助けてくださいな。わたしが着てる、この僧服にかけて、諸君は、〈しかるべき時と場所〉で後悔することになりまっせ。」

そこでジムナストは下馬すると、クルミの木にのぼり、脇の下に手をかけて修道士を持ち上げ、もう片方の手で、かぶとのひさしを木の枝からはずしてやった。それから修道士をぽーんと地面に落とすと、自分も飛びおりた。地面におりたったジャン修道士、鎧もかぶとも脱ぎすてて、次々と野原に放り投げると、十字棍棒ひっつかみ、愛馬にうちまたがった。その馬は、逃げようとしたところを、ユーデモンが捕まえておいてくれたのである。――かくして一行は、愉快にたのしく、柳が原《ソーレー》街道を進んでいくのであります。

（5）このあたり、ローマ教皇令を批判している。教皇をゼウス（ユピテル）に見立てている理屈。
（6）この主題はほとんどトポスであって、エラスムス（『現世をさげすむ』）など多くの著作家が論じている。ペトラルカ『孤独な生き方について』もある。

第43章　ガルガンチュア、ピクロコルの小部隊に遭遇する。修道士はティラヴァン隊長を殺すも、敵兵に捕らえられる

さてピクロコル王は、トリペ隊長が内臓をえぐり出されて[1]、尻に帆かけて逃げ帰ってきた連中から、悪魔どもが兵士におそいかかったという報告を聞いて、大いに憤慨した。そして徹夜で作戦会議を開いたが、アスティヴォーとトゥクディヨンは、ピクロコル軍の力は強大であるからして、たとえ地獄の悪魔が勢ぞろいしても、うち負かせそうですと結論をくだした。王は、こんなことを完全には信じていなかったものの、待てよ、家来たちのいうとおりかもしれないぞとも思った。

そこでティラヴァン伯爵〔「突撃する」、あるいは逆に「先に逃げ出す」の意〕率いる一六〇〇人の騎士を派遣して、一帯の偵察にあたらせることにした。いずれも白兵戦にも適した軽快敏捷なる馬にまたがり、聖水をたっぷりと浴び、目印にストラを肩からななめにかけていた。もしも悪魔と出会っても、このグレゴリウス聖水〔汚れた教会を清めるために、聖グレゴリウスが考え出したという水〕とストラのあ

らたかなる霊験によりて、百鬼どもを雲散霧消させようとの魂胆なのであった。

この先遣隊、ラ・ヴォーギョンから、「らい病舎《マラドリー》」(2)のほうに疾駆していったものの、話を聞く相手が見つからずに、きびすを返して、ふたたび丘を越えていったが、ル・クードレー近くの羊飼い小屋で、さきほどの五人の巡礼を見つけた。巡礼が泣き叫び、神に誓い、助けてくれと頼んだけれど、いや敵のスパイだろとばかりに縛りあげて、綱につけて引き連れていった。そしてスイー方面へとくだっていったところで、ガルガンチュアに悟られてしまった。ガルガンチュアは部下にこういった。

「諸君、いよいよ合戦だ。敵方の数はこちらの十倍はあるが、攻撃をしかけるべきであろうか？」

(1) 原文は Tripet fut estripé となって地口になっている。étriper「内臓を取り出す」のフランス語としての初出である。tripe「臓物」との地口で「トリペ隊長」が生まれ、それがさらに動詞に変化をとげたわけで、いかにもラブレー的な現象。

(2) 巻末地図2参照。シノン方面に、つまりジムナストとトリペ隊長が遭遇した地点に向かったのである。maladerie/maladrerie は ladre「(ラザロ→)らい患者」の派生語で、中世には、共同体——ここではシノンの町——からやや離れたところに設けられ、病者が隔離されていた。サン＝ラザールという現在の地名に、こうした歴史が秘められている。ちなみにパリのサン＝ラザール駅付近も、かつては町の外で、らい病舎があった。

「いったいどうせよと、いわれるのです。あなたは、人間を、精神力や勇気ではなく、数で評価なさるのですかい？」こういうと、ジャン修道士は、「悪魔にかけて、突撃！　突撃だ！」と叫んだ。

　これを聞いた敵軍は、てっきり本物の悪魔たちだと思って、脱兎のごとくに逃げ出したのだけれど、ただひとり、ティラヴァン隊長だけは、長槍を低くかまえると、修道士の胸のどまんなかに思いっきり突き立てたのである。ところが、このおっそろしい僧服に触れると、まるで、みなさんが小さなロウソクで鉄床《かなとこ》を叩いたみたいに、槍の先がぐにゃぐにゃとつぶれてしまったのだから、摩訶不思議。今度はジャンが、自慢の十字棍棒ふりかざし、首筋のあたりは肩先の、肩の峰《アクロミヨン》をしたたかに殴りつけた。そこで隊長、雷でも落ちたみたいに震撼して、なにがなにやらわからなくなり、馬の足元にもんどりうって落っこちた。肩にかけたるストラを見たジャン修道士、ガルガンチュアにいった。

「こいつらはただの坊主、青二才でっせ。聖ヨハネに誓って、わたしは、完璧な修道士なのでござる。ハエみたいに、ばたばたとやっつけてみせまするからな。」

　こういうと馬を早駆けさせて、追いついて、まるでライ麦でも叩くように、あっちからぼかんと、こっちからぼかんと、敵を打ちのめしたのだ。ジムナストがすかさず、敵を追跡すべきかどうか、ガルガンチュアに尋ねた。するとガルガンチュア、こう答えた。

「それはなりませぬ。真の兵法にしたがうならば、けっして敵を、絶体絶命の窮地にまで追いつめてはならない。というのも、そうした危地に追い込むことで、かえって力がもりもりわいてきて、意気消沈して、すでに萎えていたのに、気力がぐっと増してしまうのだからな。圧倒されて、うち負かされたも同然の人々にとっては、助かる望みがいっさいないことにまさる救済方法はないことを心せよ。ほどよいところで満足せず、敗戦の報をもたらす使者のひとりも残さないほどまでに、敵を壊滅し、完全に殲滅してしまおうなどとしたことがあだとなり、敗者が勝者の手から、最終的な勝利を奪い返したという実例が、これまでどれほどあったことか。

いいか、敵軍にはつねに、あらゆる門を、あらゆる道を開放してやって、むしろ銀の橋を架けてでも、彼らを送り返してあげるのです。(3)」

「なるほど。ですが修道士もいっしょでして(4)」と、ジムナスト。

(3)　エラスムスが『箴言集』で伝えている、「寛大王」ことアラゴン王アルフォンソ五世のことばという。

(4)　原文は ilz ont le moyne となっている。avoir le moine は「一杯食わされる」といった成句だ

「なんだと、ジャンがいっしょなのか」と、ガルガンチュアがいう。「だが誓ってもいいぞ、痛い目にあうのはやつらのほうだからな。とはいえ念のために、まだ退却はせずに、ここで静かに待機しようではないか。わたしには、敵の戦術が十分わかったように思われるのだ。しっかり考えた末ではなく、運を天にまかせるというのが、やつらのやり口なのだ。」

こうして一同は、クルミの木立《こだち》の下で待ちかまえていた。いっぽう、ジャン修道士はといえば、出会った敵を、だれも彼も容赦せず、ばったばったとなぎ倒して進んでいった。すると、馬の尻に、さきほどの巡礼のひとりを乗せた兵と出くわした。兵士に身ぐるみはがれそうになった巡礼が、こう叫んだ。

「ああ、修道院長さま、修道院長先生、お願いです、助けてください！」

この叫び声を聞いて、敵兵たちがふりむいたところ、なんだかんだとかまびすしいが、なんのことはない、修道士がたったひとりなので、ラバに薪をかつがせるときのように、みんなでぼかぼか殴りつけたけれども、ジャンは痛くもかゆくもなかった。それもそのはず、僧服の上からぼかぼかやったといっても、なにしろかちんかちんの皮膚をしていたのである。

それから、ピクロコルの兵隊たちは、ジャン修道士を二人の射手に見張らせて、引き返してみたのだが、敵の姿など全然見あたらず、これはてっきりガルガンチュアが部下とともに退却したものと考えた。そこで追いつこうとして、クルミ林〔前出の「クルミの木立」のことと思われる〕をめざして全速力で馬を走らせた。ジャン修道士は、見張りの射手とともに、その場所に残していったのである。馬のいななきやらひづめの音を聞きつけたガルガンチュアは、一同にこういった。

「みなの者よ、敵兵の近づいてくるのが聞こえるではないか。ほら、何騎か群れをなして、押しよせてくるぞ。われら、この場所にかたまり、隊列を整えて前進しようではないか。そうすれば、やつらを迎え撃ってうち破り、われわれの面目をほどこすことがかなおうぞ。」

が、ここはわざと字義通りに使っている。第四五章を参照。

第44章　修道士が見張りの兵士を倒し、ピクロコル軍の先遣隊は敗北する

さて修道士は、敵兵がばらばらになって出陣していくのを眺めながら、ガルガンチュアとその手兵を攻撃するのだなと思って、自分が助太刀にいけないことで、大いに心を痛めていた。ところが、ふと見張りの様子をうかがってみたところ、このふたり、戦利品のおこぼれにでもあずかりたくて、部隊のあとをひょいひょい追いかけていきたそうな様子で、一行がくだっていった谷間を物欲しげにじっと眺めているではないか。修道士は、なにやら考えていたかと思うと、「こいつらは、どうすれば戦場で手柄を立てられるのか、まったく訓練されていないとみえるな。なにしろ、おれさまに不逃亡の誓いもさせなければ、短剣もとりあげないのだからな」といった。

そして、やにわに短剣を抜くと、右側の見張りに斬ってかかり、首筋の頸動脈から、左右の扁桃腺のあたりまで、口蓋垂をもろともに、ざっくりとひと太刀で断ち切ると、今度は二の太刀にて、脊椎の、第二椎骨と第三椎骨のあいだを、ぱしっと断ち割

ったものだからして、この弓手ばったと倒れてお陀仏になってしまった。

修道士は馬を左に向けると、もうひとりの見張りに飛びかかった。仲間が殺され、修道士に機先を制せられて、相手は大声で叫んだ。

「ああ、修道院長《プリウール》さま、降参です。管長《プリウール》さま、お願いでございまする。管長《プリウール》さま。」

すると修道士、同じようにこう叫ぶ。

「管長さまだとな。あらあら浣腸さま、脱腸さま、おけつさま《ポステリウール》となな。けつ《ポステール》に一発食らわすぞよ！」

「ああ、院長さま、かわいい管長さま。神さまが、あなたさまを大修道院長にしてくださいますことを！」

「この身につけたる僧服にかけてな」と、ジャン修道士がいった。「おまえを、この場で枢機卿にしてあげようじゃないか。聖職にある者から金品を巻き上げようとは不届き千万なり。この手で、たった今、枢機卿の真っ赤な帽子をかぶせてつかわす〔首をはねること〕。」

「院長さま、管長さま、未来の大修道院長さま。枢機卿さま、なんでもかんでもさま。ははあ、ははあ！　院長さま、お人柄もよく、かわいらしい管長お殿さま、わが身をあなたに差し上げまする。」

図10　『ガルガンチュア』(1537年)［NRB 21］第42章（＝決定版の第44章）の図版。死屍累々とはいっても、マリオネット的なイメージで、パオロ・ウッチェッロ《サン・ロマーノの戦い》にも似る。

「そうか。では、そちの身を、悪魔たちに差し上げまする。」

こういうとジャンは、一刀のもとに首をはねて、頭蓋骨をこめかみの上のあたりで輪切りにし、頭頂骨二枚、矢状縫合部、それに前頭骨のほとんどをぽーんと飛ばしてしまった。したがって二枚の髄膜が破れて、後部の脳室ふたつがぱっくりと口をあけたのだが、頭蓋骨はといえば、骨膜によって背中にたれさがっていた――外側が黒く、内側が赤く、さしずめ神学博士の帽子のような形なのであった。こうしてこの弓手も、ばったり倒れて息絶えた。

修道士は、愛馬に拍車をあてると、敵兵のたどった道を追っていった。そのころ、敵軍はガルガンチュア一行と街道筋で鉢合わせしていた。ジムナスト、ポノクラート、ユーデモンなどと力をあわせて、ガルガンチュアがマルタン聖人の大木をぶんぶんと振りまわして、大立ち回りを演じたせいで、ピクロコルの軍勢は次々と討ち死にしてしまい、まるで死神の形質《エスペス》と形相《フォルム》をまのあたりにしたかのごとくに、だれもかれも怖じけづいて、判断力《サンス》もどこへやら、浮き足だって、あわてて退却しはじめたのである。ところで、みなさまは、女神ユノの恨みがこもるアブだかハチ(1)にちくっと刺された

(1)　ユノはギリシア神話のヘラで、ゼウス（ユピテル）の妻。巫女のイオと浮気したゼウスは、イオを牝牛に変身させてごまかそうとしたが、ユノはやがて、凶悪なるアブに牝牛の耳を攻撃させる。

ロバが、積み荷を地面に落っことして、はみや手綱をひきちぎっては、息つく暇も休むいとまもなく、あっちこっちとむやみに走りまわるのをごらんになったことがありますよね。なにに突っつかれたのか知らないけれど、やたらに興奮しているではありませんか。ことは、これと同じでありまして、敵兵は、平常心を失って、逃亡したものの、逃げた理由はわかりません。彼らの心に宿った「パニック(2)」に追いかけられたにすぎないのです。

敵兵が、すたこらさと逐電することしか眼中にないのを見たジャン修道士、馬からおりると、街道ぞいにある大きな岩によじのぼって、だんびらの短剣をふりまわし、落ち武者たちを次々に斬りたおし、情けも容赦もしなかった。刃にかけて倒したる者、数知れずして、修道士の短剣はまっぷたつに折れてしまった。修道士、もう十分血祭りにあげ、殺生もしたから、残りの連中は見逃して、敗北の報を持ち帰らせてやろうと、内心で思った。そこで、死んで横たわる者から、まさかりを奪って握りしめ、大岩にのぼると、累々たる死体をけとばしながら敵方が敗走するさまを、ゆるりと眺めることにした。とはいっても全員に、長短の槍、長剣、火縄銃などは置いていかせた。また巡礼を縛って引き立てていた連中を下馬させると、その馬は巡礼にくれてやった。そして巡礼たちを、生け垣のはずれに止めおかせると、トゥクディヨン隊長を捕虜としたのである。

（2）原文は、une terreur Panice「パンへの恐怖心」となってはいるが、「パニック」のフランス語としての初出。「牧神パン」は、野山で大音声を立てて恐怖心をあおるとされた。

第45章　修道士、巡礼たちを連れ帰り、グラングジエが親切なことばをかける

この前哨戦に決着がつくと、ガルガンチュアは、——ジャン修道士は別として——仲間とともに引きあげ、明け方にグラングジエのもとに戻った。寝床で一同の安泰と勝利を神に祈っていたグラングジエ王は、みんなが無事であるのを見てほっと胸をなでおろして、抱擁を交わすと、修道士の消息を尋ねてみた。ガルガンチュアは、「修道士は、たぶん敵中にいますよ」〔avoir le moine「一杯食らう」という表現が使われていて、次とつながる〕と答えた。そこでグラングジエが、「では敵のやつらは、してやられるぞ」といったけれど、まさにそのとおりになっていた。こうした次第から、現在でも、「一杯食わす」という意味で、「だれそれに修道士を与える」(1)という表現が使われるのである。

グラングジエは、一同の体力を回復すべく、朝食をたっぷり用意しなさいと命じた。食事の準備ができて、ガルガンチュアが呼ばれたが、修道士はいっこうに姿を現さない。ガルガンチュアは心配で心配で、飲み食いする気分にもならなかった。

と、そこに突然、修道士が戻ってきて、中庭の戸口からこう叫んだ。

「おいジムナスト、冷や酒だ、冷たいワインを頼むぞ！」

ジムナストが出てみると、五人の巡礼〔第四三章を参照。結局、ひとりは置き去りになってしまったらしい〕と、捕虜のトゥクディヨンを連れた、ジャン修道士ではないか。そこでガルガンチュアも表に出向くと、よくぞ帰ってきたとジャンを大いに歓迎し、グラングジエの前に連れていった。いかなる首尾であったのじゃと、グラングジエに尋ねられたジャンは、敵に捕まったけれども、見張りの弓手をやっつけてやったこと、街道筋で、敵を血祭りにあげたこと、そして巡礼たちを取り戻し、トゥクディヨンを連行したことなど、すべて報告した。それから、みんなで楽しい饗宴とあいなった。

その間、グラングジエは巡礼に、出身国や、どこから来て、どこにいくのかなど尋ねてみた。みんなを代表して、ラダレが答えた。

「殿さま、わたしはベリー地方はサン＝ジュヌー(2)の出身です。こちらがパリュオ〔パリュオ＝シュル＝アンドル。シャトールーの近く〕出身で、こちらがオンゼー〔パリュオの近く〕、こちらがアルジー〔サン＝ジュヌーの修道院の分院がある〕、これがヴィルベルナン〔パリュオの近く〕の出でございます。一同そろって、ナン

(1)　原文は bailler le moyne à quelc'un である。

(2)　ベネディクト会があり、後出のアントワーヌ・ド・トランシュリオンが修道院長。

トの近くのサン＝セバスチャン〔第三八章を参照〕に詣でまして、のんびりと故郷に帰るところでございます。」

「なるほど。だが、なぜまたサン＝セバスチャンくんだりまで？」とグラングジエが聞いた。

「ペストにかからぬよう、聖セバスティアヌスさまに願をかけにいったのです。[3]」

「おお、あわれな者どもよ。おまえたちは、ペストは聖セバスティアヌスに由来すると思っているのか[4]？」

「ええ、そうです。わたしどもの説教僧が、たしかにそうだと話されました。」

「そうか、にせ予言者どもは、おまえたちに、そのような謬見を教えているのだな[5]」と、グラングジエがいった。「連中ときたら、神の定めた義人や聖人なども、人間に対して厄災しかもたらさない悪魔どもの同類だとみなして、罵詈雑言を浴びせるのだろうか。そういえば、ホメーロスは、ペストがアポロンの手で、ギリシア軍に持ちこまれたと書いているし〔『イリアス』第一歌〕、詩人たちも、ウェヨウィス[6]神など多くの邪神についで述べているのであった。シネー村でも、いんちき信徒が、聖アントニウスが脚にかっかと火をつけるとか、聖エウトロピウスは水腫病に、聖ジルダスは心の病に、聖ジュヌーは中風にかからせるなどと、説教していたな。わしは、異端者呼ばわりされたものの、そんなことは気にせずに、その男をみせしめに処罰してやったぞ。おかげで、それ以後、えせ坊主はだれひとり、わが領地に入ってこなくなったではないか。だが、おまえたちの王が、王国内でそうした手合いに、信仰のつまずき《スカンダル》となるようなことを勝手に説教させているとしたら、それは開いた口がふさがらないというものだ。というのもだな、魔術などの手段で、国土に悪疫《ペスト》をはやらせた者どもよりも、そうした手合いのほうが、よほど罪深いのだからな。ペストは肉体を殺すにすぎぬ。ところが、そうしたペテン師ときたら、魂に毒を盛るではないか。(7)」

(3)　実際、ベリー地方では、一五一〇年代、二〇年代と、ペストが大流行した。

(4)　聖セバスティアヌスはペストなど、さまざまな病気の守護聖人として中世に人気を博した。ちなみに、ペストに対する守護聖人でいちばん有名なのは聖ロクス。以下、作者はグラングジエの口を借りて、当時の過度の聖人崇拝を批判している。『痴愚神礼讃』四〇、四一も参照。

(5)　cf.「〈見よ、ここにメシアがいる〉〈いや、ここだ〉と言う者がいても、信じてはならない。偽メシアや偽予言者が現れて、大きなしるしや不思議な業を行い、できれば、選ばれた人たちをも惑わそうとするからである」(「マタイによる福音書」二三・二四)。

(6)　エトルリアの厄災の神であったらしいが、冥界のゼウス的な存在となる。cf. オウィディウス『祭暦』三。

(7)　グラングジエの巡礼への説諭は、暗に国王フランソワ一世の迷信深さに向けられたものだともいう。cf.「体は殺しても、魂を殺すことのできない者どもを恐れるな。むしろ、魂も体も地獄で滅ぼすグラングジエが、このような話をしていると、ジャン修道士が、つかつかっと入ってきて巡礼たちに尋ねた。

「おーい、大将。どこからきたんじゃい？」

「サン＝ジュヌーからでございます」、一同がいった。

「ならば、飲んべえのトランシュリオン修道院長は、どうなさっておる？」と、ジャンがいう。「それに修道士の連中は、ごきげんうるわしいかのう？ おまえたちが巡礼の旅に出ているすきに、女房どもとぎっこんばったんやってるんじゃないのかい？」

「へへー！」と、ラダレがいった。「うちの女房は平気でっせ。お天道さまの下で女房の顔を見た日には、苦労して夜ばいするような奴はいまへんで。」

「おやおや、とんちんかんはやめとくれやす」と、修道士がいいかえす。「女はんは、たとえプロセルピーナ(8)ほどのブスだって、あたりに坊主がいた日には、はいしどうどうと馬乗りよってな。なに、腕利きの職人はな、どんな木《こ》っ端《ば》でもなあ、ぐいぐいっとはめて、作っちまうのよ。おまえたち、家に帰ったら、かかあのお腹はぼてぼてよとな。ちがってたら、梅毒にかかってもかまへんで！ 〈僧院の、鐘の下なる暗がりは、子供授かる、産屋かな〉なんて、いうさかいな。」

「つまりですね」と、ガルガンチュアが受けた。「ストラボンを信じるならば、エジプトはナイル河と同じなのですね〔『地誌』一五〕。プリニウスも『博物誌』第七巻三章で、ナイルの豊かさは、パンであり、衣服であり、肉体なのだと述べておりますよ。」

そこでグラングジエがいった。

「心貧しき者よ、創造者である神の名において、立ち去るがよいぞ。今後は、神を永遠の導き手とするがよく、巡礼などという、むだな旅に、ほいほいと出かけぬことだ。家族を養い、各人の仕事に励み、子供をしっかり教育し、聖パウロさまの教えのとおりに暮らすがいい(9)。このようにしておれば、神や、天使や、聖人のご加護も得られ、ペストにもかからず、無病息災でいられるのじゃからな。」

それから一行を広間に連れていって、食事を取らせたが、巡礼たちはため息をつくばかり、そしてガルガンチュアにこういうのだった。

「あのような方をお殿さまとする国は、なんとしあわせなことか。わてらの町で聞か

ことのできる方を恐れなさい」〔「マタイによる福音書」一〇〕。

(8)　ギリシア神話のペルセポネに相当する冥界の女王。第二章『解毒よしなし草』にも出てきた。

(9)　ユマニストは、聖パウロのことばなどにもとづいて、巡礼は、むしろ社会生活や家族生活にマイナスだと考えていた。

されたどの説教よりも、殿さまがしてくださったお話のほうが、よほど教えられましたし、感化されました。」

「プラトンも『国家』第五巻〔四七三D〕で、王が哲学をものし、あるいは哲学者が支配するときに、国家は栄えると述べているのですよ(10)」と、ガルガンチュアはいった。そして、巡礼のずだ袋に食料をたっぷりとつめこませ、びんにはワインを満たし、帰路が楽だろうと馬を与え、食事代にとカロルス銀貨(11)を何枚か渡してやったのである。

(10) エラスムス『痴愚神礼讃』二四など、ユマニストがよく引用する一節。

(11) シャルル八世時代に鋳造された銀貨だが、カール五世への当てつけともなっている。

第46章　グラングジエ、捕虜となったトゥクディヨンを人道的《ユメーヌマン》にあつかう

さてトゥクディヨン隊長が、グラングジエの前に引き出されて、ピクロコル王の意図と戦略について、またこのたびの突然の騒擾によって、なにを望んでいるのかを問いただされた。隊長は、ピクロコル王の目標と宿願は、フーガス売りへの危害を口実にして、できれば全土を征服することだと返事をした。

「ずいぶん厚かましいな」と、グラングジエがいった。「二兎を追う者は、一兎も得ずというではないか。もはや、キリスト教徒たる同胞たちに危害を及ぼしてでも、王国を征服するといったご時世でもあるまいに。古代のヘラクレス、アレクサンドロス、ハンニバル、スキピオ、カエサルといった連中に追随するなど、福音の教えに反することじゃ。福音書は、われわれが、自分の国や領土をきちんと守り、支配や統治をおこなって、他国に敵意をいだき、これを侵略するようなことのないように諭しているのじゃぞ。いいか、かつてサラセン人や夷狄《いてき》の者どもが武勲《ブルエス》と呼んでいたことは、い

までは、強盗とか悪事と呼ばれるのだからな。(1)

ピクロコル王にしても、わたしの家に押し入って、敵意をいだいて略奪などをおこなうより、自分の家にとどまり、王として堂々とそれを治めるほうが、よほどいいではないか。家政をしっかりとおこなえば、家は発展するけれども、わたしの家を攻略などすれば、おのれの破滅を招くだけなのだぞ。トゥクディヨンとやら、神の名にかけて、これより帰国いたして、正しき道にしたがうがいい。そして、あやまちに気づいたなら、それを国王に指摘してあげなされ。だが、そなた個人の損得勘定で、進言するのはいけない。なぜならば、個人の所有物などは、全体と分かちがたく、もろともに破滅するしかないのだからな、いいか。

そなたの身代金は、そっくりそのまま返してつかわす。(2) 武具や馬も、返すように命じておく。古くからの友である隣国に対しては、このようにするのが当然の話。なにしろ、このたびのいざこざ《ディフェランス》は、いわゆる戦争《ゲール》などではないのだからな。プラトンは『国家』第五巻〔四七〇C〕において、ギリシア人どうしが兵を動かした場合、これを戦争とはいわずに、内乱《セディシオン》と呼びたいと述べているぞ。(3) 不幸にも、そうした事態が生じた場合も、できるだけ節度をもってことを運ぶべきだと勧めているわけだ。

もしもそなたの側が、これを戦争と呼ぶとしても、それは表面的なものにすぎず、われわれの心の奥底の小部屋《キャビネ》〔第三二章、冒頭のグラングジエのふるまいを参照〕にまで及ぶものではない。なぜなら、名誉をけがされた者はだれもなく、全体として、ここで問題となっているのは、われわれの臣民――双方とものということじゃ――が犯したあやまちを正すことにすぎないのだからな。もっとも、このあやまちなるものにしても、そなたも承知していようが、これは水に流してしかるべきものであった。すぐにことを構える人間たちが記憶にとどめられる必要はなく、そんな連中は軽蔑にあたいするだけなのだ――わたしがしたように、その損害をきちんと償ってやった場合などは、なおさらのことだ。神こそが、われわれの争いを正しく裁いてくださるはずなのだ(4)。わたしやわが臣民が、

(1)　このあたり、福音主義にもとづく平和主義の立場から、暗にカール五世の覇権主義への批判ともなっている。

(2)　一五二五年、パヴィアで敗れてカール五世の捕虜となったフランソワ一世の身代金のことを暗示しているのか。フランソワ一世は、マドリッド条約に署名させられて帰国したが、ふたりの息子を人質に残した。その後、皇帝が強く主張したブルゴーニュの領有権ともからんで、身代金問題は長びく。結局、一五三〇年に一二〇万エキュ相当の金――四トン以上になったという――が支払われた。この間、資金捻出のため、各都市は重税に苦しめられた。「ラブレーの『ガルガンチュア』は、フランソワ一世がワインに課税して、リヨンの大暴動を招いた年代の作品である」（ミシュレ『フランス史』）。

(3)　エラスムスも、『平和の訴え』『キリスト教君主教育』などで、この一節を引いている。

(4)　cf.「愛する人たち、自分で復讐せず、神の怒りに任せなさい」（「ローマの信徒への手紙」一二）。

ひょっとしてなにか神に背くようであるならば、わたしとしてはむしろ、わが生を奪いたまえ、目の前で、わが富を滅ぼしたまえと神に祈る所存なのであるから。」

こう話し終わると、グラングジエは修道士を呼んで、みなの前でこう尋ねた。

「ジャン修道士よ、ここに控えるトゥクディヨン隊長を捕らえたのは、おまえか？」

「殿」と、修道士が答えた。「本人がおりますし、分別もわきまえた年齢の男でございます。わたくしから申しあげるよりも、当人の口からお聞きいただければと存じますが。」

そこで、トゥクディヨン隊長がこういった。

「殿、まさしくこの男がわたしを捕らえました。わたしといたしましても、いさぎよく捕虜となりました。」

「おまえは身代金を要求したのか？」と、グラングジエがジャン修道士に聞いた。

「いやいや、そのようなことは気にもしておりません。」

「この者を捕縛したことで、いくら所望するのじゃ？」

「びた一文いりません。わたしは金では動きません。」

するとグラングジエは、修道士が敵将を捕らえたほうびに、トゥクディヨン当人の前で、サリュ金貨六二〇〇〇枚を数えて渡すのだと命じた。トゥクディヨンに食事を供しているあいだに、このようにことが運ばれたのであったが、グラングジエは敵将に、自分のもとにとどまりたいか、それとも、ピクロコル王のもとに戻るほうがいいかと尋ねた。するとトゥクディヨンは、仰せのとおりにいたす所存と答えた。そこでグラングジエは、「ならば、そなたの王のところに戻るがいい。無事を祈るぞ」といった。

　そしてトゥクディヨンには、ブドウの実や葉のみごとな装飾をあしらった黄金のさやに納められた、ヴィエンヌ製の名刀、それから評価額一六万デュカ〔一デュカは、大体二エキュに相当〕の宝石類をちりばめた、重さ七二〇〇〇マール〔貴金属の重量で、一マールは約二四五グラム〕の金の首飾り、そして、餞別として一〇〇〇〇エキュを与えた。

　さて、こうした会見のあとで、トゥクディヨンは馬にまたがったわけであるが、ガルガンチュアは、安全を期して、ジムナストに、兵士三〇人と射手一二〇人ばかりを率いさせて、必要とあらば、ラ・ロッシュ゠クレルモーの城門まで送ることにした。

　トゥクディヨンが出発すると、修道士はさきほど受領したサリュ貨幣六二〇〇〇枚を返上して、こう述べた。

「殿、このような賜り物は、時期尚早にございます。このいくさが終わるまで、お待ちください。不測の事態となるかもしれませんぞ。十分な軍資金のない戦争など、線香花火のようなものにすぎません。いくさの活力源、それはなんといっても、先立つものでございます〔タキトゥス、キケロなども述べてきた常套句〕。」

「そうか、それでは」と、グラングジエが答えた。「決着がついたのちに、おまえにも、また、わしのために大いに働いてくれた者どもにも、しかるべき論功行賞をおこない、その労に報いることにしようぞ。」

第47章　グラングジエ、軍団を動員する。トゥクディヨンはアスティヴォーを殺すも、ピクロコル王の命令により殺される

これと時を同じくして、ベッセ〔以下、いずれもシノン近くの村々〕、ル・マルシェ・ヴィウ、フォーブール・サン＝ジャック、ル・トレノー、パリー、リヴィエール、レ・ロッシュ・サン＝ポール、ル・ヴォーブルトン、ポンティーユ、ブレエモン、ル・ポン＝ド＝クラン、クラヴァン、グラモン、レ・ブールド、ラ・ヴィロメール、ユイーム、スグレ、ユッセ、サン＝ルーアン、パンズー(1)、レ・クードロー、ヴェロン、クーレーヌ、シューゼ、ヴァレンヌ、ブルグーユ、リール＝ブーシャール、ル・クルレー、ナルセー〔第一章を参照〕、カンド、モンソローといった村々、ならびにその近隣の土地から、グラングジエのところに使者が訪れて、ピクロコル軍がずいぶん被害を与えたとの話だが、

(1)『第三の書』第一六章―一八章に、パンズー村の巫女（シビラ）が出てくる。

昔からの同盟関係にかんがみて、兵力であれ、軍資金であれ、あるいは他の軍需品であれ、できるかぎりのことはいたしたいと申し出たのである。

グラングジエ王との協定により、そうした村々から集められた資金は、エキュ金貨にして、総額一億三千四百万二枚と半分にのぼった。兵士は、武装兵一五〇〇〇名、軽騎兵三二〇〇〇名、火縄銃隊八九〇〇〇名、志願歩兵《アヴァンチュリエ》一四万名、それにカノン砲・バジリク砲・小型細身砲《スピロール》が合計一一二〇〇門と、砲兵四七〇〇〇名を数えたが、いずれも、半年と四日分の給金は前払いしてあったし、食料も持参していた。

ガルガンチュアは、こうした申し出を拒みはしなかったものの、さりとて、すんなりと受けいれたわけでもなかった。そして深く感謝すると、こんどの戦いにおいては、こうした善意の方々の手をわずらわす必要がないように、知略を働かせるつもりだと述べた。

そしてガルガンチュアは、使いを送り、ふだんはラ・ドゥヴィニエール(2)、シャヴィニー〔ラブレーの父、アントワーヌの所有地があった〕、グラヴォ〔ブルグーユの北〕、カンクネ〔シノンのすぐ北〕といった村で配置についていた軍団《レジオン》に、万全の隊形を整えさせた。その数は、武装兵二五〇〇名、歩兵六六〇〇〇名、火縄銃手二六〇〇〇名、大砲二〇〇門、砲兵二二〇〇〇名、軽騎兵六〇〇〇名にのぼり、すべて、きちんと部隊に分かれ、主計、従軍商人、蹄鉄工、武具師などなど、行軍に必要な人員もしっかり備わっていた。軍団はいずれも、兵法に通じ、鎧かぶとに身を固め、軍旗をしっかりと見守って進軍し、隊長の意志をすぐさま理解して、それにしたがい、きびきびと走り、大胆に攻撃し、危険とあらば慎重にことを進めるといった勇士であって、軍隊というよりは、むしろオルガンの調和のとれた響きや、かちかちと着実に時を刻む時計じかけにも似ていた。

さて自陣に帰還したトゥクディヨンは、ピクロコル王に謁見すると、みずからの行動と、実見したことがらについて詳しく報告して、グラングジエ王と和議を結ぶべきことを、強い調子で勧告した。グラングジエ王は、世にも稀なるりっぱな人物であるし、これまでもっぱら恩恵を受けてきた隣人たちを、かように苦しめるとは道理にも合いませんし、なんの得にもなりませんというのであった。そして、「なによりも肝要なのは、今回の挙兵が、結局は、みずからの墓穴を掘り、不幸を招くことにしかならないことであります」と、条理を説いた。というのも、ピクロコル王の軍事力はさほどではなく、グラングジエ軍に、いともたやすく蹂躙されかねなかったからである。

（2）以下、いずれも所有地があったりして、ラブレー家ゆかりの場所とされる。

だが、トゥクディィヨンが言い終わらないうちに、アスティヴォーが大声でこういった。

「トゥクディィヨンのごとき根性なしの家臣が仕えているとは、国王も、なんと不幸であらせられることか！　拙者が見るところ、この男の心根はすっかり変わりはてたのでして、あちらに引き止められていたならば、敵方に寝返って、われわれに弓を引く腹づもりであったにちがいありませんぞ。されど、美徳なるものが、敵にも味方にも誉めたたえられるのと同じく、邪悪さなるものは、ただちに露見してしまうのよな。それればかりか、敵方が、そうした邪心につけこんで、おのれの利益をはかる場合とても、そのような奸臣や裏切り者は、つねに忌みきらわれるものと相場は決まっておるわい。」

こういわれて、トゥクディィヨンはどうにも我慢がならず、剣を抜くと、アスティヴォーの左胸の少し上をぐさっと突き刺した。そして、たちまちにして絶命したアスティヴォーの死体から剣を引き抜くと、

「忠臣を誹謗する者の末路とは、このようなものと心得よ！」と言い放った。

すると烈火のごとく怒りだしたピクロコル王、まばゆいばかりの刀とさやを見て、こういった。

「さてはきゃつらめ、わがよき友アスティヴォーを悪逆非道にも、わが面前で殺させんがために、かような金ぴかものを渡したのだな！」

そして射手たちに、トゥクディヨンをばらばらにしてしまえと命じた。ただちに命令が実行されたが、そのやりかたときたら、残酷きわまりないものであって、部屋は血潮の海と化したのである。アスティヴォーのなきがらが、てあつく葬られた一方で、トゥクディヨンの死体は、城壁から谷間に投げ捨てられた。

この残虐なる仕打ちのうわさが全軍に流れると、あちこちからピクロコル王に対する不満の声がもれ始めて、ついにグリップピノー〔「酒つかみ」あるいは「小銭づかみ」の意〕なる者が王にこう申し出た。

「殿、このたびの大計、その帰趨はわかりませんぞ。わが軍の志気、さほど確固たるものとも思えませぬ。ここに及び、兵糧の支給も十分とはいえず、数度の出撃により、兵員の減少いちじるしきを、みなの者は察しておりまする。しかも、敵方には、莫大なる数の援軍が参るとのこと。ひとたび、この城を包囲されますれば、ことによると、わが軍の全滅という事態もあるやもしれず。」

「くそっ、くそったれ！」と、ピクロコルがいった。(3)「おまえたちはムランのウナギではないか。さばかれないうちから、ぴいぴい泣きやがる。勝手に攻めてくるがいい！」

(3) ムランはパリ東南、セーヌ河沿いの町。昔からあることわざで、まだなんともないのにぎゃーすかいうときに「ムランのウナギにそっくりだ」などという。

第48章　ガルガンチュア、ラ・ロッシュ＝クレルモーに籠城するピクロコルを襲撃して、その軍勢をうち破る

ガルガンチュアが軍の全権を握った。そして父親グラングジエは砦にとどまりて、一同にねんごろなることばをかけて激励し、武勲をたてたる者にはほうびを取らせると約束した。

かくしてガルガンチュア軍、ヴェードの浅瀬に到達し、あるいは船にて、あるいはぱっと架けたる浮き橋にて、一気にここを渡る。そしてラ・ロッシュ＝クレルモーが丘の上に位置し、いかにも地の利を占めていることを考えて、その夜の作戦について討議した。だが、ジムナストがこういった。

「殿、もっぱら最初の突撃で真価を発揮するというのが、われわれフランス人の性質かつ気質なのでありまして、その折りには、悪魔も顔負けの豪傑ぶりをみせますものの、ちょっと気をゆるめますと、それはもう、女子《おなご》にも及びません(1)。兵士たちが腹ご

しらえをして、少しばかり休みましたら、すぐにでも突撃命令をお出しください。」

この方針でよかろうということとなり、全軍を平地に展開し、予備の部隊を丘の側面に配置した。ジャン修道士は、歩兵六個中隊、武装兵二〇〇名を率いて、すみやかに沼地を渡りて、ル・ピュイ[2]の先、ルーダン街道[3]まで到達した。

この間、突撃が続いたが、ピクロコル軍は、城塞から討って出て、敵を迎え撃つのがいいのか、あるいはじっと動かずに城を守るのがいいのか、計りかねていた。ところが、ピクロコルは、子飼いの武装兵団いくつかを引き連れて、猛然と討って出たのである。その結果、丘の斜面に向かって雨あられと浴びせられる砲弾の大歓迎を受けるはめにおちいった。やがてガルガンチュア軍は低地に引き下がって、砲兵隊に思うぞんぶん活躍させた。ラ・ロッシュ＝クレルモー城の守りにあたる軍団は、力のかぎり防衛につとめたが、放たれた矢は、攻め手のはるか頭上に飛び去ってしまい、だれにも命中しなかった。砲火をまぬがれた少数の者は、猛然とわが軍に突撃してきたけれど、詮なきことであった。というのも、いずれもわが陣列に受けとめられて、そのまま倒されてしまったのだ。この状況を見て、敵の軍勢は退却を決意したが、すでに修道士が退路をふさいでいた。そこで敵軍は、秩序も、規律もなしに逃走した。それを追撃しようとする者もいたが、修道士が引き止めた——逃げる敵兵を深追いすれば、味方の隊列が乱れ、それを好機と、城内から一気に逆襲に出てこられてはと危惧したのだ。こうして、しばし様子を見ていた修道士、突撃してくる者がだれもいないことをたしかめると、フロンティスト公爵〔ギリシア語の「思慮深い」から〕をガルガンチュアのところに遣わせて、「左側の斜面に軍を進め、そちらの城門からのピクロコルの退路を断つのが喫緊にてございます」と建言した。

ガルガンチュアはただちにこの作戦を実行に移し、セバスト〔ギリシア語の「尊敬すべき」から〕師団の四個中隊を派遣したが、丘の上に達しないうちに、ピクロコルならびに、散開状態の敵軍と正面衝突することとなった。中隊は、猛烈な勢いで突入したものの、城内から弓やら鉄砲で激しく攻撃されてしまい、甚大なる被害をこうむった。これを見たガルガンチュア、大部隊を引き連れて、救出作戦を開始、城壁の一角をめがけて集中砲火を浴びせたので、城内の兵力も、その地点に引きつけられた。

(1)　ティトゥス・リウィウスが、ガリア人に関して述べたことば。エラスムスが『箴言集』に収めている。
(2)　ラ・ロッシュ＝クレルモーの南の、ピュイ・ジラール農場のことか。巻末地図2参照。
(3)　「ルーダンの悪魔憑き」と呼ばれる一七世紀の事件で有名なこの町は、シノンの南西二〇キロに位置する。

いっぽうジャン修道士は、自分が包囲している側には兵士や見張りがいなくなり、いかにも手薄になったのに気づくと、なんとまあ勇ましいことに、砦に接近して、ついには何人かの部下ともども城壁の上まで登ってしまった――力で正面突破をはかる軍勢よりも、ぽーんと不意に現れる軍勢のほうが、敵の心胆を寒からしめるものと考えたからにほかならない。

とはいっても、まさかの時に備えて城外に残した二〇〇名を除く、部下全員が城壁を登りきるまでは、喊声《かんせい》などはあげずに、じっと息をひそめていたのである。そして全員がそろうと、みんなでおそろしいときの声をあげて、城門を固める衛兵を、抵抗する暇も与えずに屠り、扉をあけると兵士たちを突入させた。そして、猛烈な勢いでもって、大混乱をきわめる東門に駆けつけると、背後から敵の力を大いに殺いだのである。

四方を取り囲まれて、ガルガンチュア軍に城内を攻略されたのを見てとった籠城軍は、降伏して、修道士に慈悲を乞うた。修道士は、敵兵の武器やよろいをすべて捨てさせて、あちこちの教会に閉じこめると、十字棒をすべて押収してから、逃げ出さぬように戸口に見張りを立てた。それから東門を開くと、ガルガンチュアの助太刀におもむいた。

ところがピクロコルは、城内から援軍がきたものと思いこみ、身のほど知らずにも、さらに大胆になって突進していったところ、ガルガンチュアが「おお、ジャン修道士ではないか。これはよくきてくれた」と叫んでいるではないか。そこで、これでは万策つきたと、ピクロコルもその部下も、ちりぢりに逃げ出してしまった。ガルガンチュアは、敵兵をばっさばっさと殺しながら(4)ヴォーゴドリー(5)まで追いかけていったが、やがて攻撃中止の合図をおこなった。

(4) 直訳すれば、「殺し、虐殺しながら」となる。第二九章で、グラングジエは、「流血をできるかぎり少なくとどめて、壮挙を達成してもらいたい」と書き送っていたのだが、息子は父の教えを守ったことにはならないのでは？
(5) ヴェードの森の北。ピクロコルは東方向、つまりレルネとは逆に逃げたことになる。

第49章　逃走したピクロコル、不運におそわれる。そしてガルガンチュアが戦後におこなったこと

失意のピクロコル王は、リール＝ブーシャール〔シノンの東一五キロほど〕方面に逃げていったものの、リヴィエール街道(1)で馬がつまずいて倒れたために、かんかんになって怒りだし、怒り心頭に発して、愛馬を剣で斬り殺してしまった。ところが、だれも馬に乗せてなどくれないので、すぐ脇にあった水車からロバを拝借に及ぼうとしたのだったが、粉屋たちに見つかって袋だたきにあい、衣服もはぎとられて、代わりに、これでも着ろやと、ぼろぼろの仕事着を渡される体たらくとあいなった。

こうしてかんしゃく持ち《コレリック》の王さまは、あわれにも落人《おちうど》となったわけだが、ポール＝ユオー村(2)にて、川〔アンドル川である〕を渡るときに、年寄りの呪術師《ルールビドン》に自分の不幸を物語ったところ、「飛んでくるはずないけれど、ニワトリヅル《コックシグル》〔もちろん想像上の鳥。『パンタグリュエル』第一一章を参照〕なる怪鳥が、もしも飛んできたならば、おまえの王国、戻ってくるよ」と、その婆さんに告げられた。その後、ピクロコルの消息は杳としてわからない。

しかしながら、このわたしが聞いたところでは、彼は現在、リヨンの町で日雇い人足だかになっていて、あいかわらず怒ってばかりいるらしいのです。そして異国の人と見れば、老婆の予言では、ニワトリヅルが飛んでくれば、自分はかならず王国に戻れるというから、今か今かと待っているのだけれど、いつになったらニワトリヅルが飛来するのか知りませんかと尋ねているとのことであります。

さて、戦闘が終わって、ガルガンチュアは、なにはさておき、部下の人数を数えてみたところ、戦闘での死者はごく少数であることが判明した。すなわち、トルメール〔ギリシア語の「大胆な」から〕隊長麾下の歩兵が数名と、胴衣に火縄銃が命中したポノクラート(3)ぐらいのものなのだった。

それから兵士たちには、部隊別に休養をとらせたが、この際、主計に命じて、食事の費用を支払うようはからった。また、ラ・ロッシュ＝クレルモーの町がわが方に帰したからには、いかなる暴行危害を加えることもまかりならぬこと、食後は、城の前の広場に集まれば半年分の俸給を支払うことを伝えさせた。

(1) リヴィエールは、シノンとリール＝ブーシャールの中間の村で、第四七章に出てくる。
(2) 城で有名なアゼ＝ル＝リドーの西で、同じくアンドル川に面している。
(3) 作者の不注意か。ポノクラートは、第五一章で褒美をたまわる。

こうした段取りをすませたガルガンチュアは、ピクロコル軍の敗残の兵士をすべて、先の広場に集合させると、自軍の王侯や隊長たちも列席の上で、次のような演説をおこなうのだった。

第50章　ガルガンチュア、敗軍の兵に演説する

われわれの先祖先人が、合戦のあとで、その輝かしい勝利を記念すべく、いかなることをしたのかを思い起こしてみると、征服した土地に建築物を建立するよりも、むしろ慈悲をほどこすことにより、被征服者の心のなかに勝利の記念碑を建立することのほうを好んできたではないか。それが理にもかなうし、自然のことだとしてきたのである。というのも、彼らは、凱旋門、記念柱、ピラミッドなどに刻みこまれて、風雨にさらされ、とかく人々の欲望をあおりがちな、あのものいわぬ碑文などよりも、寛容なるふるまいによって、人々の胸に生き生きとした記憶をもたらすことこそ、価値あるものと考えてきたのである。

彼らが、サン＝トーバン＝デュ＝コルミエ(1)の合戦やパルトネー要塞の陥落(2)の際、ブ

(1)　レンヌの北東、約三〇キロ。一四八八年七月二八日、シャルル八世の軍がブルターニュ公国連合軍をうち破った。

(2)　一四八七年、シャルル八世の軍門にくだった。パルトネーはポワティエの西五〇キロ。

ルトン人に示した寛仁大度なる心は、諸君も覚えているにちがいなかろう。また、ドロンヌやタルモンデ〔第一六章にも出てきた〕といった、国境の沿岸地帯を略奪し、人命を奪い、荒らしまわったエスパニョラ島〔ハイチのこと〕の野蛮人《バルバール》を、彼らが優しく遇したこと〔第三二章、ガレの演説を参照〕も、諸君は聞いたことがあろうし、さぞかし聞いて驚いたにちがいない。カナール国王のアルファルバル〔架空の王〕が、みずからの幸運にあきたらず、オーニス国〔ラ・ロシェルのあたり〕に激しく押し入って、アルモリック〔ブルターニュ〕のすべての島々や近隣地域において海賊行為をはたらいたとき、満天下は、諸君やその父君たちの称賛と祝辞の声でみちあふれたのであった。それはなぜかといえば、――ああ神よ、神のご加護よ――わたしの父が、正規の海戦により、アルファルバルをうち破り、捕らえたからにほかならない。

ところが、なんたることであろうか？ 他の国王や皇帝ならば、たとえカトリックを名乗る人々であっても、この国王をぞんざいに遇して、過酷にも獄舎につなぎ、過大なる身代金を課したにちがいないのだ(3)。ところが、わたしの父ときたら、王を丁重にもてなし、親切にも、自分の宮殿に宿泊させ、また信じがたい寛大さによりて、餞別《ドン》の品と、行為やら友情のあかしの品々をもたせて、無事に故国に送り返したのであった。その結果、どうなったと思われるか？ 国に帰還して、王族や三部会を召集したアルファルバルは、われわれが人道にみちた国民であることを知らされたことを申し述べると、すでにグラングジエの国は、正しき礼節の手本となっているのであり、自分たちも、ぜひとも礼節ある正しさの手本となり、全世界に範と仰がれるようになろうではないか、意を決していただきたいと頼んだのである。そして全員一致で、国土も、領地も、王領も、ことごとくわが国に差し出し、われらの意志に委ねることにしたのだった。

かくしてアルファルバル王は、みずから、九〇三八隻もの輸送船団を率いて、急ぎわが国に戻ると、王家伝来の宝物はもとより、ほぼ全国中の財宝を持参したのである。というのも、西北東の風〔作者の誤記とされる〕に帆あげて、まさに船団が出航しようとしたとき、人々が殺到して、金、銀、指輪、宝石、スパイス、薬や香料、オウム、ペリカン、オナガザル、ジャコウネコ、ジュネット〔小形のジャコウネコ〕、ヤマアラシなどを、船に投げこんだのだ。賢き母にして、この息子ありと評判をとる者は、みなこぞって船内に、稀少なる品々を投じたという。かくして、わが国に到着したアルファルバル王、わたしの父の足に接吻しようとしたところ、そのようなふるまいはふさわしからずとのこ

（3）第四六章、注（2）を参照。

とで許されず、むしろ友人として抱擁を受けたという。次いで、王が贈り物を差し出したところ、過分なものだとして、受け取ってはもらえなかった。では、自分ならびに子孫の者は進んで奴隷や農奴となりましょうと申し出たともいうが、これまた、公平ではないとして許されなかったのである。そこで今度は、三部会での決定を受けて、王国の領土を譲り渡すべく、しかるべき人々全員により批准され、署名捺印されたる権利譲渡証書を差し出したのだが、これまた、きっぱりと受け取りを拒否されて、火中に投ぜられてしまったのである。

そしてどうなったのかといえば、カナール人の誠意と純朴さとに感じ入った、わたしの父親は、憐憫の念におそわれて悲しくなり、ついには慟哭しはじめたという。そして、ことばを選び、適切な箴言などもまじえて、自分が示した寛大さはさしたるものではないことを示し、自分としては花のつぼみほどの価値ある善行もほどこしてはいないのであるし、仮にいくばくかの度量を示したとするならば、それはそうする義務があったからにすぎないと述べたのである。

ところが、アルファルバル王の方は、父の寛仁なる心にますます感じ入ることとなったのだ。そして諸君、はたして、いかなる結末となったと思われるか？　いわゆる身代金としては、極端なことをいうならば、いささか横暴に二〇〇万エキュを要求して、年長の王子たちを人質としてとめおくこともできたかもしれない。(4) ところが、その代わりとして、カナール国はみずから永久の属国となり、毎年、二四カラットの純金にて二〇〇万エキュを支払う義務を引き受けたのだ。初年度にはこの額が支払われたが、二年目には、自由意志により二三〇万エキュが、そして三年目は二六〇万、四年目が四〇〇万と、彼らの意志で金額がぐんぐん増大していくわけであるから、早晩、朝貢はまかりならぬと禁じる必要が起こりそうなのである。

これこそ、感謝の自然の姿にほかならないではないか。「時」は、すべてをむしばみ、減らしていくものであるのに、(5) 善行については、これを増大させていくのだから。要するに、道理をわきまえた人間に、寛大な心で善意をほどこすならば、その善意は、高貴なる思いや記憶に養われて、たえず成長していくのである。

このわたしも、先祖より受け継ぎし寛仁大度の徳に欠けるようなことは、いささか

(4) フランソワ一世は、ふたりの王子を人質に差し出して、一五二六年三月に帰国すると、カール五世との身代金ないし解決金の交渉にあたったわけだが、提示された要求額は、まさに二〇〇万エキュであった。それを数度の交渉と出し渋りによって、一二〇万エキュに負けさせたわけである。cf. 第四六章、注(2)。

(5) cf.「オウィディウス」「おお物という物を食いつくす時よ！　嫉みぶかい歳月よ！　おまえたちは一切を破壊する」(『変身物語』巻一五)。

も望んではいないのであって、即刻、諸君の罪を許して、解放し、もとどおり自由の身といたしたい。これに加うるに、城門を出るときには、各自に三か月分の手当を支給するゆえ、家族のもとに帰るための費用に充当するがいい。また農民たちから危害を加えられてもいけないゆえ、楯持ちのアレクサンドルに、武装兵六〇〇名、歩兵八〇〇〇名を率いさせて、諸君を安全に送り届けることといたそう。神のご加護のあらんことを！

わたしとしては、この場にピクロコル王がおられぬことを心から残念に思っている。というのも、このたびの戦争は、わたしの望みでもなく、わたしとしては、名声やら富をいや増そうなどという意図もまったくないことを、王にしっかりと納得してほしかったのである。しかしながら王の行方は知れず、どこに消えたかも明らかではないからして、王国はそっくり、その息子に残すこととしたい。とはいえ、王子はまだ満五歳にもなられぬというではないか。これではあまりに若年ゆえ、王国の年長の王族や知識人が指導や教育にあたるがよかろう。

また、貴国の行政官たちの貪欲さに歯止めをかけなければ、かくも荒廃したる王国は、たやすく崩壊する危険があるから、ポノクラートが総督や知事の上にたって、しかるべき権限をもって、これを監督し、かつまた、王子に君臨・統治する能力がそな

わったと認めるまで、その側近として仕えることを命じるものとする。(6)

とはいえ、わたしが思うに、悪事を犯した者に関して、それを許すのは、あまりにもだらしなく、軟弱なことというほかはなく、それでは、どうせ恩赦がもらえるというよこしまな心により、たやすく再犯に及んでしまう口実ともなりかねないのだ。当時の世界で、もっとも優しい人物であったという、あのモーセにしても、イスラエルの民のなかで、謀反や反乱の罪を犯した者は、厳しく罰したというではないか。

また、かのユリウス・カエサルは、じつに温厚なる将軍であって、キケロもカエサルについては、その最高の幸運は、まさに人を救い、許すことができたことであり、その最良の美徳は、人を救い、許したいと常に願っていたことだと述べているほどだ〔キケロ『リガーリウス弁護』一二〕。それにもかかわらず、このカエサルさえも、反乱の首謀者たちは厳罰に処しているのである。

こうした先人の例にならい、諸君には、出立に先立って、次の者をわたしの手に委ねてほしいのだ。(7) まず第一には、その浅はかなる慢心ゆえに、今回の戦争の原因をつ

(6) 結局、グラングジエ＝ガルガンチュアの国家が実質的な権力を握ることになるが、これでいいのかと、ドゥフォーは疑問を呈している（[Defaux 2]）。

(7) 寛大さも、悪の首謀者には及ばないのである。

くった張本人の、あのごりっぱなマルケである。第二は、マルケのとんでもない考え方を、ただちに治してやることを怠ったフーガス売りの仲間たちである。そして最後は、ピクロコル王の評定官、将軍、廷臣や側近の者どもだ。彼らは、国境を越えて、われわれを攻撃するように、ピクロコル王に助言し、使嗾《しそう》したにちがいないのだからな。

第51章　戦後、勝利したガルガンチュア軍の論功行賞がおこなわれる

こうしてガルガンチュアの演説《コンシオン》(1)が終わると、要求どおりに謀反人たちが引き渡された。ただし、スパダサン、メルダーユ、ムニュアーユの三人〔第三三章に登場した、悪しき助言者〕はいなかった――戦闘の始まる六時間前に逃亡し、ひとりはアニェッロ峠〔南仏、イタリアとの国境〕まで一気に、もうひとりはヴィール渓谷〔カルヴァドス県〕まで、そして残りのひとりはログローニョ〔スペイン北部の町〕まで、道中わき目もふらず、息もつがずに逐電してしまったのである。また、この日の戦いで死んだふたりのフーガス売りも、いなかった。

さて、これらの捕虜の処遇であるが、ガルガンチュアは彼らに苦痛を与えるようなことはせず、ただ、自分が新たに設けた印刷所(2)で、印刷プレスのレバーをぐいっと引

(1)　第二四章に、「福音主義者の説教《コンシオン》」とあったことを想起したい。

(2)　平和のシンボル。『パンタグリュエル』第八章の手紙で、ガルガンチュアは、「神の力により生まれた」印刷術を、「悪魔のそそのかしで生まれた」戦争兵器と対比させる。ちなみにパリに印刷工房が

っぱる仕事を命じたのだった。

それから戦場の露と消えた人々を、クルミ林《ノワレット》〔四三章を参照〕の谷間やブリュルヴィエイユの野原〔巻末地図2を参照〕に丁重に葬った。負傷者は、大きな病院《ノゾコーム》で治療、看護させた。また町や住民がこうむった損害を懸念して、各人の申告と宣誓にしたがって、被害をすべて弁償させた。そしてここに要塞堅固な城を築かせ、将来、不意に暴動などが起きたときにも、しっかりと防衛するため、部隊や歩哨を配置した。

帰還にあたって、ガルガンチュアは、いくさに参加した軍団の全兵士に、心からの感謝のことばを述べるとともに、軍団を、それぞれの駐屯地にもどして、冬をすごさせることにした。だが、戦闘において数々の武勲をたてた第十部隊《デクマヌス》〔「主力部隊」という意味〕の精鋭と、歩兵中隊の隊長たちは、グラングジエのところに引き連れていった。

それらの一行が無事に帰還したのに接し、グラングジエは大いに喜んだが、そのありさまは筆舌にもつくしがたいものといえよう。かくして、ペルシアのクセルクセス王(3)の治世以来、たえてなかったほど豪勢で、盛りだくさんで、山海の珍味を集めた饗宴を開かせた。

この祝宴が終わると、グラングジエは、そこで使われた食器類や装飾品を各人に賜ったのであるが、その価値はビザンチン金貨で一八〇万と一四枚分にもなった。それは古代の大きなアンフォーラ、大きな壺、大皿、大ぶりの茶碗、コップ、水差し、燭台、酒杯《さかずき》、船型の器、花瓶、菓子皿といった食器であった。それから別に、純金製の大食器とか、宝飾品や七宝細工《エマイユ》などもあったが、それらの細工は、だれが鑑定しても、素材をはるかに凌駕する値打ち物なのだった。

そればかりではない。グラングジエは、自分の財産から各人に一二〇万エキュを現金で支給した上、それぞれの希望によって、各地の城や、それに付属する所領を永代譲渡した――むろん、後継者なくして死んだ場合は、別ではあるが。すなわちポノクラートにはラ・ロッシュ＝クレルモーを、ジムナストにはル・クードレーを、ユーデモンにはモンパンシエを、トルメール伯にはル・リヴォー〔シノン東南一〇キロほど、レメレ村の城〕を、イティボール〔ギリシア語の「まっすぐに突進する」から〕隊長にはモンソローを、アカマス〔ギリシア語の「疲れを知らぬ」から〕隊長にはカンドを、キロナクト〔ギリシア語の「わが手で働く」から〕隊長にはヴァレンヌを、セバスト隊長にはグラヴォを、楯持ちのアレクサンドルにはカンクネーを、ソフローヌ〔ギリシア語の「賢い」から〕隊長にはリグレ〔シノンの南六、七キロ〕をといった具合で(4)、以下、その他の土地も各人に分配され

生誕したのは一四七〇年で、場所はソルボンヌ構内であった。

(3)　cf.「エステル記」一・九。スサで、家来のために一八〇日間、次いで民衆のために七日間の酒宴を開いた。

たのである。

(4)「第十部隊」に合わせたのか、合計一〇人の名前が挙がっている。

第52章　ガルガンチュア、ジャン修道士のために、テレームの修道院を建立させる

さて残るは、修道士への論功行賞だけとなった。ガルガンチュアは、ジャン修道士をスイイーの修道院長にしようと考えたけれど、ジャンはこれをことわった。そこで今度は、ブルグーユ〔ベネディクト会修道院があった〕ないしサン゠フロラン〔ソーミュールの隣町で、ベネディクト会修道院がある〕の修道院のうち好きなほうを、あるいはなんならば両方とも与えようと思った。ところがジャンときたら、修道士を面倒みたり、管理するなどまっぴらごめんと、一も二もなくことわったのである。

「と申しますのも」と、彼は述べた。「自分自身もまともに管理できないこのわたし、他人《ひと》さまを管理できるはずもありません。(1) しかしながら、余のために働いてくれたし、今後もなんとか役に立ちそうだと思われますならば、わたしの気に入るような大修道

(1)　ソクラテスに帰せられる箴言かと思われるが、「自分の家庭を治めることを知らない者に、どうして神の教会の世話ができるでしょうか」(「テモテへの手紙一」三)、も想起させる。

院の建立をお認めくださいませんか。」

この願いをガルガンチュアも大いに気に入って、ポール＝ユオー村〔第四九章を参照〕の大きな森から二リューばかり離れた、テレーム(2)という、ロワール河畔の土地を提供することにした。そこでジャン修道士は、ほかの修道院とは正反対の修道院〔「修道会」とも訳せる〕を設立していただきたいのですと、ガルガンチュアに頼みこんだ。

「ということは、まず第一に」と、ガルガンチュアがいった。「まわりに壁をめぐらしてはいけないことになるな。なにしろ他の修道院は、どれも堅固な壁で囲ってあるからな(3)。」

「ええ、そのようにいたしたく存じます。そもそも、前にも塀《へい》、うしろにも塀《へい》といった場所では、塀《へい》がたくさん、いやいや、不平《ふへい》がたくさん生まれますし、おたがいに嫉妬や羨望、それに陰謀なども起きますし。」

また、現行の修道院のなかには、女性がここに入ってきた場合――女性といっても、貞淑で、慎み深い女性(4)ということだが――、彼女が通ったあとを掃き清める習慣があるというので、今度の修道院では、修道士や修道女がふらふらっと入ってきたりしたら、彼らが通った場所を、丹念に掃除することに決められた。

また、この世の修道院では、すべてが時間によってきちきちと定められ、限定され、決められているから、テレームには、いかなる時計も日時計も置かないことにした。

（2）「テレーム」という名称の由来は、二重性を有している。まずはギリシア語の「意志《テレーメ》」であって、これが「あなたが望むことをしなさい」という、この修道院の唯一の規則と関連してくる。次に、第九章でも言及されている、『ポリフィルスの夢』（ヴェネツィア、一四九九年）との関連である。この寓意物語で、愛するポリアを探索するポリフィルスに対して、宮殿の先導役に二人の女性が指名される。それがロジスティカ（理性）とテレミア（意志）なのである。なお聖書では、テレーマはもっぱら「神の意志」の意味で使われているという。

（3）テレーム修道院のモデルは、いずれもフランソワ一世が建造させた二つの城だとされる。まずは、今日でも、ロワールの城めぐりのハイライトであるシャンボール城である。

そしてもうひとつが、ブーローニュの城、通称マドリッド城にほかならない。ピクロコル戦争の挿話の背後に、フランソワ一世とカール五世の対立が読みとれることは、注で述べたとおり。屈辱的な条約と引き替えにマドリッド幽閉を解かれ、一五二六年に帰国したフランソワ一世は、その悪夢を追い払うかのように、ブーローニュの森に新たな「城にして楽しみの場」（『パリ市民の日記』）を建造する。王は、従来の城は、どれも牢獄のようなものだから、陽気な雰囲気にしたいと語ったとも伝えられる。だとすれば、ジャン修道士のための「ほかの修道院とは正反対の修道院」とは、フランソワ一世のための反牢獄空間の投影かもしれないし、テレームで「自由意志」が尊重されることも納得がいく。なお、このイタリア風の大胆な設計の城は、フランス革命期にとり壊されてしまった。

（4）底本とした一五四二年版では publicques となっているから「娼婦」の意味になってしまうが、発話者はジャン修道士ではないのだし、pudicques「淑女」のほうがしっくりくる。初版などもそうなっているので、ここは誤植か。ちなみに、フランス国立図書館所蔵本では、この個所が pudicques とそして、あらゆる仕事は、ころあいをみはからって、うまく案配することになった。

「なぜならば」と、ガルガンチュアはいった。「いちばんの時間のむだづかいは、時刻を数えることだからな。そんなことをして、なんの得があるというのだ。それに、良識や判断力にしたがわずに、教会の鐘の時間に合わせて、みずからを処するなどは、とても正気の沙汰とはいえないからな。」

ひとつ《イテム》、当世では、女子修道院に入れられるのは、片目か、びっこか、せむしか、ブスか、できそこないか、狂女か、くるくるぱあか、不具者《マルフイシエ》〔「呪いのかかった女」ともとれる〕か、奇形と相場は決まっていたし、男ならば、カタル病み、生まれそこない、まぬけ、一家のお荷物と、相場は決まっていたのであるからして……(5)

「ところでですね」と、修道士が割りこんだ。「器量も気だてもよくない女なんて、そんな反物〔tel/toileの語呂合わせ〕が役に立ちますかね?」

「修道女にするのには」と、ガルガンチュアがいった。

「なるほど、下着ぐらいは作れますかね」と、修道士がいった。

……こうした次第で、本修道院には、美女で、スタイルもよく、気だてもいい女性、そして美男で、かっこよくて、いい性格の男性しか入れないことが決められた。

ひとつ、従来、女子修道院には、男は人目を忍んでこっそりと入るしかなかったことから、テレーム修道院においては、男がいなければ、女もいてはならず、女がいなければ、男もいてはならないことに決められた。

ひとつ、従来、男も女も、ひとたび修道会に入ると、志願期間をすぎると、あとは一生涯そこにとどまることを強制され、拘束されていたことにかんがみて、テレーム修道院においては、男女を問わず、修道会に入ったあとも、いつでも好きなときに、きれいさっぱり足を洗えるということに決められた。(6)

ひとつ、世の修道士は、貞潔《シャストテ》、清貧《ポーヴルテ》、服従《オベディアンス》という、三つの誓約をおこなってきたことにかんがみて、テレーム修道院では、きちんと結婚もできるし、財産をたく

手書きで直されている。詳しくは［宮下2］pp. 151-154、を参照。

(5)　この個所、その叙法からして、登場人物の発話ではなく、地の部分と思われる。そこに急にジャン修道士が介入してしまうという、いかにもラブレーならではの掟破りの手法と解釈したい。［マラン］を参照。

(6)　修道制に否定的なエラスムスは、次のように書いていた。［エラスムス1］「いま君は、自由と束縛とを交換しようとしている。(中略) こんどは宗教を口実にして、新手の奴隷制が発明された。現在、大部分の修道院で行われているのがそれなんだ。ここでは規則による以外は、なにをすることも許されないだろう。君になにかの収入があったとしても、それは修道院のものになってしまう。ほんの一歩でも外へ出ようものなら、君はまるで親を毒殺したとでもいうように引きずり戻されるだろう」(「結婚をいやがる娘」)。

わえて、自由に暮らせるように定められた[7]。

修道にふさわしい年齢として、女子は一〇歳から一五歳、男子は一二歳から一八歳のときに受け入れることにした。

(7) いわゆる修道誓願に対して否定的な、危険な個所といえる。ラブレーが私淑したエラスムスの次の個所などは、パリ大学神学部により告発されていた。cf.「エラスムス1」「パンフィルス：ところで、厳しい誓願を立てて結婚を断念する者は、ある意味で、みずから去勢したことにはならないだろうか？マリア：そう思えるわね」(「恋する青年と乙女」)。

第53章　テレーム修道院は、どのように建築され、どのような財源があてられたのか

修道院の建物ならびに諸設備の費用として、ガルガンチュアは、大アネル金貨二七万八三一枚をぽーんと寄付した。そして、完成までは毎年、ラ・ディーヴ川[1]の通行税から、太陽エキュ貨幣〔ルイ一一世が鋳造させた〕を一六六万九千枚、またスバル座貨幣[2]を同じだけ供出することにした。

また修道院の基金ならびに維持費として、ノーブル・ア・ラ・ローズ金貨[3]で、二三六万九五一四枚分の地代が永久に入るようにして、毎年、修道院の門前で支払うこととして、正式の書状を与えて、これを保証した。

さて修道院の建物であるが、それは六角形をなし[4]、それぞれの頂点には、直径が六

（1）ラ・ドヴィニエールの近くの小川で、航行可能な河川などではない。ラブレー一流のおふざけ。
（2）これも作者のおふざけ。
（3）イギリス王エドワード三世が鋳造させた。バラのマークが付いている。

〇歩の、丸くて大きな塔が建てられた。どの塔も、大きさも、形も同じであった〔以下、ルノルマンによる復元図を参照〕。

修道院の北側をロワール河が流れており、その岸辺に「北の塔《アルテイス》」(5)が立っていた。そこから東にいくと「薫風の塔《カラエール》」、そして「東の塔《アナトール》」、「南の塔《メザンブリヌ》」、「西の塔《エスペリ》」と続き、最後が「氷結の塔《クリエール》」となっていた。

塔と塔の間隔は、三一二歩もあった。塔はどれも、地下蔵《カーヴ》を一階に数えれば、全部で六階建てであった。一階は、籠の取っ手型の丸天井になっていたが、残りの階の天井は、フランドル石膏で持ち送り《キュ・ド・ランプ》の形に固めてあった。屋根は良質のスレートで、その下部は、金めっきした小人物や動物の像をあしらった鉛で包んであった。そして格子窓と格子窓のあいだには、金色と空色の縞模様に塗られた縦樋がぐっと突きだして、地下まで達し、下水道となって川に流れこんでいた。

それは、ボニヴェ城(6)、シャンボール城(7)、シャンティー城(8)よりもはるかに壮麗な建築物だった。なにしろ、九三三二室(9)もあって、各部屋には、奥の間《アリエール・シャンブル》、仕事部屋《キャビネ》、衣装部屋《ガルドローブ》、礼拝室《シャペル》(10)、そして大広間への玄関が付いていたのだ。塔と塔の中間あたりには、踊り場付きのらせん階段が内部に設けられていた。その階段は、斑岩、ヌミディアの赤大理石、蛇紋岩などで作られ、横幅が二二ピエ〔一ピエは約三二センチ〕、厚さが指三本分

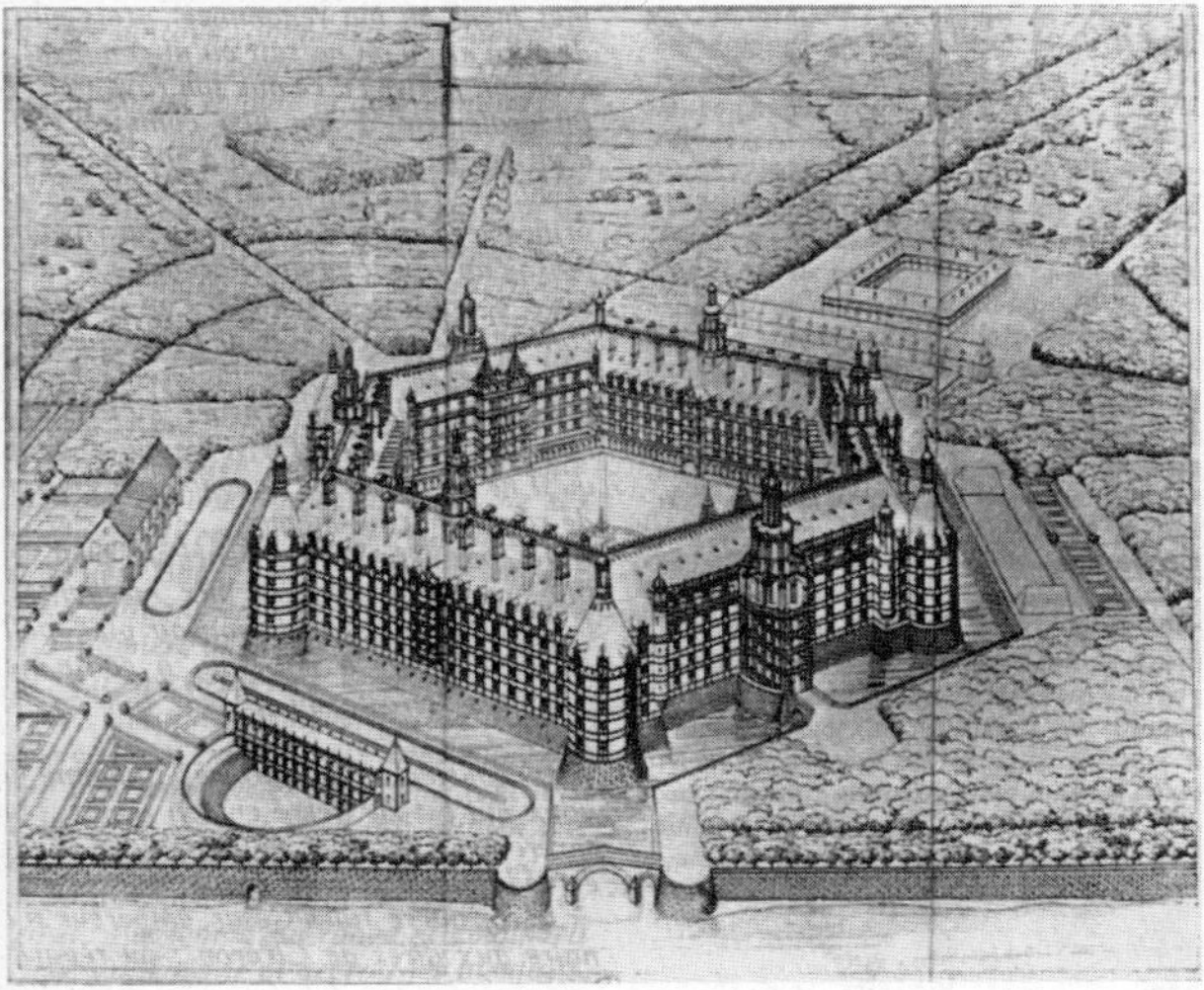

図 11　シャルル・ルノルマンによるテレーム修道院（1860 年）

で、一二段ごとに踊り場があった。踊り場には、古代風のみごとなアーチ型の門が二つあって、明かりとりになっている。この門からは、らせん階段と同じぐらいの幅で、透かしになったバルコニーに出ることができる。また階段をずっと上がっていくと屋根まで出られて、そこは望楼となっていた。このらせん階段からは、左右の大広間にも入れるし、その広間が各部屋と通じているわけなのである。

「北の塔《アルティス》」と「氷結の塔《クリエール》」のあいだは、(11)ギリシア語、ラテン語、ヘブライ語、フランス語、イタリア語、スペイン語の書籍を収めた、りっぱな大図書館となっていて、言語別に分類して、各階に置かれていた。

この「北の塔《アルティス》」と「氷結の塔《クリエール》」を結ぶ棟の中央あたりには、すばらしいらせん階段があり、外からは、六トワーズ〔一トワーズは、二メートル弱〕ほどの幅のアーチをくぐって入っていける。このらせん階段は、みごとに均斉がとれた、余裕のある作りになっていたから、槍を構えた兵士がずらっと横一列に六人並んで、そのまま屋上にまで上っていけるほどであった。(12)

いっぽう、「東の塔《アナトール》」から「南の塔《メザンブリヌ》」までは、美しい大回廊となっており、古代の戦勝図や山水画などで飾られていた。そして中央部には、川の側で述べたような、らせん階段と入口とが設けられていた。そして、その扉に、いにしえ《アンチック》の書体〔ローマン体のこと。第二三章を参照〕で大きく次のような文言が書かれていたのである。

(4)　天地創造に六日間を要したこともあり、六は完全数のひとつ。
(5)　ギリシア語の「北の」から。以下、いずれもギリシア語から。
(6)　ポワティエの近く。パヴィアで戦死するボニヴェ提督により、一五一三年から一五二五年にかけて建造された。
(7)　一五一九年、フランソワ一世が建築を決めたが、完成は約二〇年後。部屋数四四〇といわれる。
(8)　一五二八年、それまであった中世の城を取り壊して、建築した。現在は、コンデ美術館。
(9)　テレーム修道院のモデルとされるシャンボール城もマドリッド城も、いずれも三二のアパルトマンを擁するように設計されていて、この数字との連関を読みとる学者もいる。なお初版では「九三二室」となっていた。
(10)　有名な個所。ラブレーの信仰をめぐって――無神論者などという極端な説をも含めて――論争が活発だった時期に、テレーム修道院における教会や礼拝堂の有無が問題となったが、その際、このchapelleの解釈も、さまざまになされた。マリシャルによれば、「台所」「食料貯蔵室」「暖房室」「丸天井の部屋」「物置」「礼拝室」といった意味が可能だという。cf. 渡辺一夫「やはり台所があったのか？」（『渡辺』に所収）／リュシアン・フェーヴル「テレームの僧院に教会はなかったのか」（『フェーヴル』二・一・2）。
(11)　六角形、六つの塔、六階建て、そして六言語と、六の原理で貫かれている。
(12)　明らかに、シャンボール城の二重らせん階段を意識した記述。

第54章　テレーム修道院の大きな扉に記された碑文[1]

ここに入るなよ、まゆつば信者に熱狂信者、
サルまね坊主、ネコかぶり坊主にぶくぶく坊主、
えせ信徒の先祖のゴー[2]や、オストロゴー[3]、
それに輪かけた首ひねり野郎にあほんだら、
苦行服着た偽善の徒、上げ底の信心者、
毛皮まとった物乞い坊主、たかられまくるタフ坊主、
笑われ坊主にむくれ坊主、大騒動の仕掛け人、
どこかに行って、ガセ商いでもやるがいい。

あんたらの心ねじけた誤りが、
われらの田園を、
不幸ばかりで満たすのだ。

そのいんちきな声色《こわいろ》で、
われらの歌声を乱すのだ、
あんたらの心ねじけた誤りが。

ここに入るなよ、欲の深い法律屋、
庶民を食い物にする司法書士やその見習い、
教会判事に代書人、そしてパリサイ人、
善良なる教区の人々を、犬ころみたいに、
棺桶送りにする、老いぼれ判事。
ほらほら、あんたの給料、絞首台に落ちてるぞ、
そこに行って、わめきなよ。あんたが裁判沙汰に

（1）　中世末の「聖史劇《ミステール》」や「茶番劇《ソテイ》」の「呼び込み《クリ》」を模倣したものとされる。「大押韻派」の詩法をなぞっているのか、一〇音節の八行詩と、五音節の六行詩の組み合わせで、後者の一行目と六行目がリフレインとなっている。
（2）　『ガルガンチュア大年代記』では、マゴとともにアルチュス王（アーサー王）の仇敵。聖書ではゴグはマゴクの王で、反キリストの象徴。
（3）　東ゴート人だが、野蛮人の意。

したくても、ここじゃあそんなことはしてないよ。
訴訟や審理なんかはね、
ここでは娯楽になりゃしない、
ここはお楽しみの場所なんだから。
甲論乙駁したいなら、
かごにいっぱいするがいい、
訴訟や審理やなんかをね。

ここに入るなよ、おまえたちけちな高利貸し、
がりがり亡者に、お布施集めのエロ坊主
あこぎな握り屋、朝霧食らいの判事たち〔第二〇章を参照〕、
マール金貨を尿瓶《しびん》にね、なんと千枚貯めたって、
まだまだたりない、鼻ぺちゃの猫背野郎。
金ためて、袋にざくざくあるならば、
それでごきげんの、しみったれ野郎、

いま即刻に、非業の死でもとげるがいいや。

人でなしの顔した連中なんか
どこかに運んで
剃っちまえ。この場所は、
おまえたちには、縁なきところ。
この領地より立ち去るべし、
人でなしの顔した連中なんか。

ここに入るなよ、昼も夜も禁止だぞ、
しっと深い亭主たち、気ぶせな悋気《りんき》じじい。
暴動あおるアジテーター、
心霊体や小鬼たち、やきもち亭主の使用人、
オオカミよりもこわい、ギリシア人やらローマ人。
梅毒に骨までやられた疥癬もちよ、
恥辱にまみれて、かさぶたつけて、

あんたの潰瘍には、どこかよそで餌あげな。(4)

名誉も栄光も悦楽も、
ここでは楽しく調和して、
ひとつのものとなっている。
みんな身体も健康で、
この恵みにて授かるは、
名誉と栄光と悦楽なり。

ここに入りなさい、歓迎します。
よくぞやってきた、高貴な騎士のみなさまよ。
この土地からの収益は、とても大したものでして
お偉いさんも、細民も、
何千人も養える。
きみたちは、わが親しき人、特別なる人、
優雅で、陽気で、楽しくて、感じのいい連中だ、

とにかくみんな、優しい仲間。
高貴な仲間よ、
穏やかにして、明敏で、
卑しさとは無縁の人々よ。
ここにあるのは、
礼節の手引きなのですよ、
高貴な仲間よ。

ここに入りなさい、世間になんといわれても、
聖なる福音の教えを、するどい感覚で説く人々よ。

(4) 以上、四つの八行詩が「ここに入るなよ」で始まって、不信心者、裁判関係者、守銭奴、やきもち焼きや疥癬もちといったカテゴリーの人間が排除される。「ギリシア人やらローマ人」は、「やきもち亭主」に掛かるのか? それにしても、なぜこのカテゴリーに入るのかは不明。ドゥフォーは、性愛に支配された、ギリシア・ローマの歴史上・神話上の人物たちをイメージしているのかという([Defaux 2])。「心霊体や小鬼たち Larves, lutins」は戯訳。

ここに入れば、隠れ家も砦もそろい、
世間に毒を流さんものと、いかさまな筆で、
追い立てる、敵意あふれる誤謬からも守ってくれる。
入りなさい、ここに深い信仰を確立するために。
声と書かれたもの《バル・ロール》⑤により、
聖なることばの仇敵を、うち倒すのだから。

聖なることばが、
いとも神聖なこの地において、
根絶やしにされることがないように。
男は、腰に締めなさい、
女は、胸に⑥いだきなさい、
聖なることばを。

ここに入りなさい、高貴なる家柄の女性たちよ、
迷うことなく堂々と。吉兆のときに入るのです。

神々しき顔《かんばせ》と、端正なる容姿、
賢く、上品なる挙措をした、美しき花々よ。
栄誉あるすみか(7)は、この土地にこそあり。
この土地を、報賞として寄進した、大君は、
あなたがたのために、すべてを整えて、
黄金を賜りて、調度をいっさい整えられた。(8)

贈与により、賜りたる黄金は、
それを贈りし人に

(5)「巻物」のイメージで、次節につながる。モンテーニュも同様のイメージを用いている。
(6) cf.「立って、真理を帯として腰に締め、正義を胸当てとして着け、平和の福音を告げる準備を履き物としなさい」(「エフェソの信徒への手紙」六)。
(7)「栄誉あるすみか」は、オクタヴィアン・ド・サン＝ジュレ(一四六八—一五〇二)の大長編寓意詩(約九〇〇〇行)で、シャルル八世に捧げられた。詩人が俗世間の誘惑を逃れて、信仰の社に至る遍歴が、宮廷詩人の歩みと重ねて歌われる。
(8) こうして後半では、三つのカテゴリーの人間が歓迎されるが、「聖なる福音」と「深い信仰」の砦というイメージが印象的である。

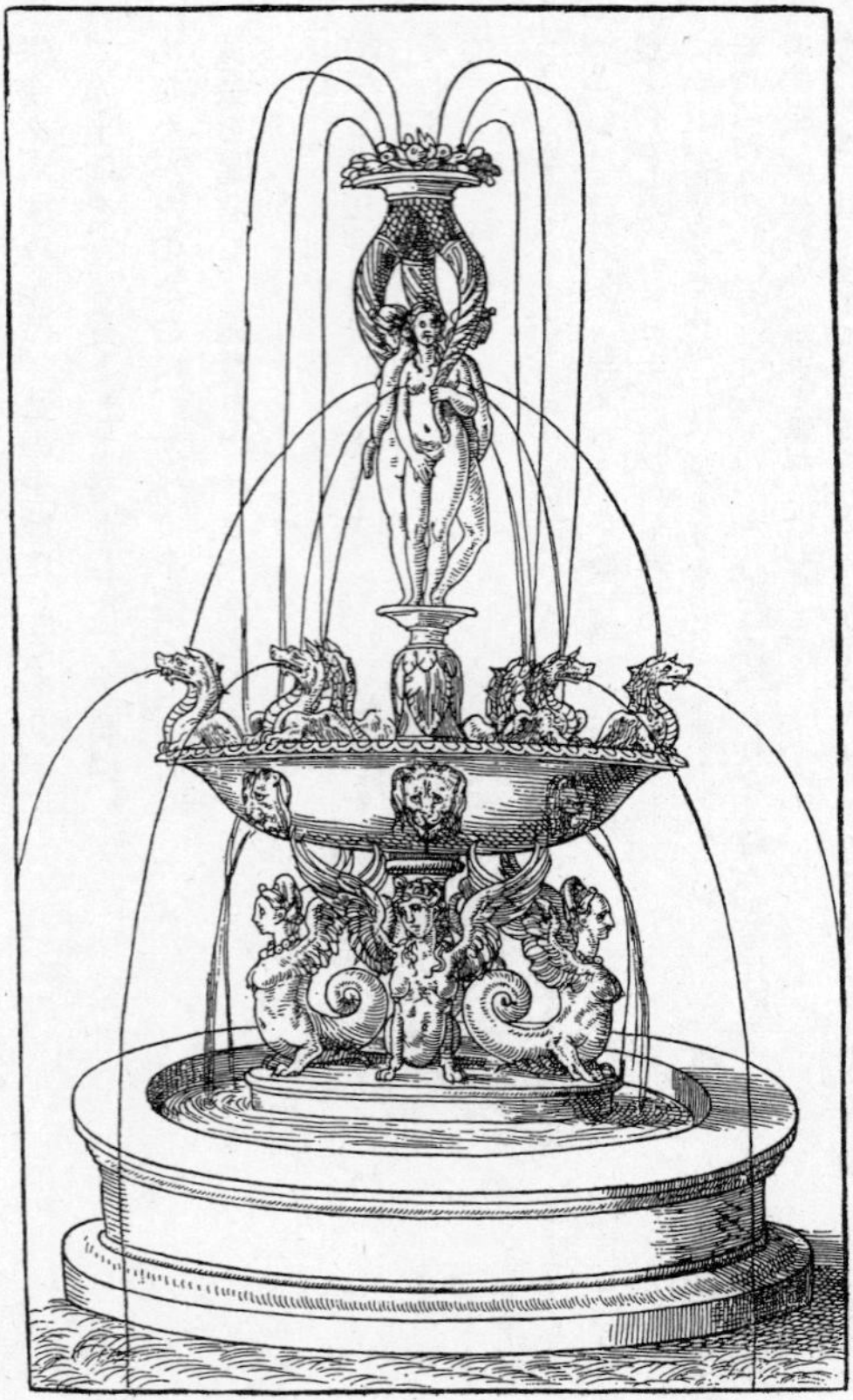

図 12　コロンナ『ポリフィルスの夢』仏訳版（1546 年）より。
豊穣の角と三美神。

赦しを授く。
誠実なる人々にとりて、
すばらしき報酬なり、
贈与により、賜りたる黄金は。

第55章　テレームの住人《テレミート》の館について

中庭の中央には、美しい雪花石膏《アラバスター》でつくられた豪華な噴水があった。その上部には、豊穣の角を手にした三美神がならび、乳房、口元、耳、目など、身体の開口部からは清水が流れ出ていた。(1)

中庭に面した建物は、玉髄石英や斑岩でできた太い柱と、古代風のアーチで支えられていた。内部は、ゆったりとした、美しい回廊がずっと続き、絵画や、シカ、一角獣、犀《さい》の角、カバの歯や象牙など、珍しい品々で飾られていた。「北の塔《アルティス》」から「南の塔《メザンブリヌ》」の門のところまでが、女性用修道院にあてられて、残りの部分に男性が住んでいた。女性宿舎の前には、彼女たちの娯楽用にと、「東の塔《アナトール》」と「薫風の塔《カラエール》」のあいだに、闘技場、馬場、劇場、プールがあって、このプールには、諸設備がそろい、ミルラの水〔別名「天使の水」、一六世紀に人気を博した香水〕があふれるほどに出る、実にすばらしい三階建ての浴場が付いていた。

河のそばには、みごとなる「楽しい庭園」(2)があり、その中央は美しい迷路となって

図 13 『ガルガンチュア』(1537 年)［NRB 21］第 53 章（＝決定版の第 55 章）の図版。中庭の噴水だけは、物語に合っている。そもそもいかなる作品の挿絵であったのか？

いた。「東の塔《アナトール》」と「南の塔《メザンブリヌ》」のあいだでは、テニスやボール遊びができるようになっていた。「氷結の塔《クリエール》」の側には、あらゆる果実がそろった果樹園があって、樹木がサイコロの五の目の形に植えられていた。(3)庭園の端は、大きな囲いとなっていて、野生の動物がたくさんいた。

「西の塔《エスペリ》」と「氷結の塔《クリエール》」のあいだには、火縄銃、弓、石弓の射撃場や射的場があった。「西の塔《エスペリ》」の外側には、二階建ての離れ家《オフィス》があって、そのうしろには厩舎が控えていた。また、この離れ家の前はタカ小屋となっており、名人級の鷹匠が管理していた。そして毎年、クレタ島、ヴェネツィア、サルマート人〔第三三章を参照〕などから、最高の鳥類がことごとく送られてきた。

そこでは、ワシ、シロハヤブサ、オオタカ、ワキスジハヤブサ、ラナーハヤブサ、ハヤブサ、ハイタカ、コチョウゲンボウなどが飼育されていたが、しっかり訓練され、飼い慣らされていたから、ひとたび城を出て、野に放たれると、出会った獲物をかならず捕まえた。猟犬の小屋は、やや離れて、先ほどの囲いのあたりにあった。

広間や居室や仕事部屋には、どこも季節に応じて、さまざまのタピスリーが掛けられ、通路は、緑の布でおおわれ、ベッドには刺繍がほどこされていた。次の間には、金縁のクリスタル・ガラスの鏡が置かれていたが、まわりには真珠がはめこまれた大きなもので、全身を映し出すことができた。

女子の館の出口には、香水係や美容師《テストヌール》が控えており、男性が女性を訪ねる場合には、この者たちを通さなければいけなかった。香水係たちは、毎朝、女性の部屋に、バラ香水、オレンジ香水、「天使の水」〔さきほど出てきたミルラの香水〕を置き、各人に、あらゆる芳香を放つ、貴重な香炉を届けていた。

(1)　有名な『ポリフィルスの夢』(ヴェネツィア、一四九九年)の図版との関連が指摘されている(図版を参照)。

(2)　原文は Jardin de plaisance。一五〇一年に出た、大押韻派の詞華集と同じなのは偶然か?

(3)　当時の造園術でも、五の目の模様が薦められていたとのこと。

第56章　テレーム修道院の男女の服装について

この修道院が創設された当時、女性は、それぞれに思い思いの服装をしていた。その後、彼女たちの自由意志により(1)、次のように改革がおこなわれた。

彼女たちは深紅ないしピンクの長靴下をはき、その長さは膝上でちょうど指三本分、はじがぎざぎざになって、刺繍がしてあった。靴下どめはブレスレットと同色で、膝上と膝下にはめられていた。靴、サンダル、スリッパは、深紅、赤、ないし紫のビロード製で、ザリガニのひげのような切り込みが入っていた。

下着の上には、カムロ織りのシルクのコルセットをつけ、さらに、赤、白、赤茶色、灰色などのペチコート《ヴェルチュガダン》(2)をつけて、その上にスカートをはいていた。スカート生地は、金糸刺繍で、よじれ模様がついた、銀色のタフタであったり、あるいは、各人の好みや、時候に合わせて、サテン、ダマスク、ビロードとさまざまで、色も、オレンジ、赤茶、緑、灰白色、青、薄黄色、赤、深紅、白と多彩だった。祝祭日には、金襴、銀糸織り、カンティーユ〔縒りをいれた金銀の刺繍糸〕のものや、キルトスカートなども着用した。

修道服も、季節によって、銀糸で縁飾りをほどこした金糸のリネンとか、金色の縫り糸を刺した赤いサテン、白、青、黒、赤茶のタフタ、絹のサージ、絹のカムロ織り、ビロード、銀糸の毛織物、金糸・銀糸のクロス、金糸でいろいろなモチーフをほどこした、ビロードやサテンなど、さまざまであった。

夏には、日によって修道服ではなくて、同様の飾りがついた、すてきな前あきのケープや、モール風の袖なしケープをはおったが、後者は、銀の縫り糸の上に、金糸で縁飾りをつけた、紫色のビロードであったり、金糸のひも飾りがついていて、縫い目ごとに、小さなインド真珠が留めてあったりした。またいつでも、袖口と同じ色合いの、ポンポン付きの羽根飾りが留めてあった。

冬も、同じような色のタフタの服を着たが、それにはオオヤマネコ、クロジュネット、カラブリアのテン、クロテンなど、高価な毛皮が縫いつけてあった。

ロザリオ、指輪、ブレスレット、首飾りはいずれも、紅ざくろ石、ルビー、バラスルビー、ダイヤモンド、サファイア、エメラルド、トルコ石、ざくろ石、めのう、

（1）「彼女たちの自由意志により」は、再版［NRB 20］での加筆で、自由意志による全体意志という逆説が強調される。なお、一六世紀には多くの修道院で改革が実行された。
（2）スカートをふくらませるためで、フランソワ一世の時代に、スペインから流行が採り入れられた。

緑柱石《ベリル》、大小の高級真珠などの宝石類で作られていた。

ヘアスタイルは、季節に応じて変えられた。冬はフランス風、春はスペイン風、夏はトスカナ風という具合だった。ただし日曜日や祝日はフランス風にしていた。(3) いちばん上品で、淑女らしい感じだからである。

男性は流行の服装をしていた。タイツは、ウールないし、ラシャ仕立てのサージで、色は深紅、ピンク、白、あるいは黒だった。短いズボンには、タイツと同色あるいは同系統の色合いのビロードが使われて、思い思いの刺繡や切り込みが入れられていた。胴衣《プルポワン》には、金糸・銀糸のラシャ、ビロード、サテン、ダマスカ、タフタが用いられ、同色の切り込み飾りや刺繡がほどこされて、みごとな仕立てとなっていた。絹の腰《エギ》ひも《ユイエト》も同色で、先端の金具は黄金製、おまけに七宝細工がほどこしてあった。短いマントや長いコート《シマール》は、金糸のラシャやクロス、銀糸のクロス、好みの色を混ぜこんで織ったビロードで作られた。

修道服には、女性のと同じく、貴重な材料が使われていた。その帯は絹で、色は胴衣に合わせてあった。各人がみごとな長剣を身につけていたのだけれど、その柄《つか》は黄金製で、鞘《さや》にはタイツと同じ色のビロードが張られ、先端は黄金で、手のこんだ細工がしてあった。短剣も、同様であった。帽子《ボネ》は黒のビロード、金の宝飾品がたくさん付いていた。そして上に、白い羽根飾りがちょこんと乗っていたのだが、先端にルビーやエメラルドなどがぶらさがった、黄金のスパンコールで、いくつにも分かれていた。

もっとも、男女のあいだには親和力《サンパティ》がはたらいていたから、彼らは毎日、同じような衣服をまとってもいたし、まちがいのないようにと、何人かの高貴な男たちが、毎朝、今日は女性たちはどのような服装なのかを男性側に伝える役目をしていた。というのも、すべては女性の意志によって運ばれていたのだ。

ところで、こうした優雅なる衣装を、豪華に着こなすのだから、男も女も、さぞかし時間がかかっただろうなどとは思わないでいただきたい。毎朝、何人もの専門の衣装係りが控えていたし、衣装も、きちんと揃えてあったのだし、部屋付きの侍女たちも、すっかり手慣れたもので、女性たちも、あっという間に全身の着付けが終わってしまうのである。

では、その時期や状況に合わせて、ぴったりの衣装類を調達するためにどうしていたのかといえば、実は、テレームの森の近くに、全長半リューという、巨大な建物が

(3) フランス風は、フードをかぶっていたという。

設けられていたのである。採光も十分で、設備もととのったこの建物には、金銀細工師、宝石職人、刺繍職人、仕立て職人、金糸紡績職人、ビロード職人、タピスリー職人や織り師などが住み込みで働いており、みずからの手職のわざを発揮していたのだけれど、それもすべて、このテレーム修道院の男女のご用をうけたまわるためにほかならなかった。

そのための材料や生地は、ナウジクレート殿[4]が納めていた。ナウジクレート殿は、毎年かならず、金の延べ棒、生糸、真珠や宝石を満載した、七隻もの船団を、ペルラス諸島やカニバール諸島〔ともに小アンティル諸島にあたる。『パンタグリュエル』最終章にも出てくる〕から送ってくれたのだ。なお、もしも真珠玉が古くなりかけて、その本来の白さが変色してしまった場合には、どうしたかといえば、ハヤブサに下剤がわりのえさを与える〔第四一章を参照〕のと同じ要領で、元気そうなニワトリにそれを呑みこませるという技術〔アヴェロエス(イブン・ルシュド)が考え出したという〕を用いて、真珠を新品同様にするのであった。

(4) ギリシア語で「船によって有名な」の意。ホメロス『オデュッセイア』では、魔法の船を持つパイエケス人を形容する表現。

第57章　テレーム《テレミート》の住人の生活規則について

テレームの住人の生活は、法や、規定や、規則によって支配されるのではなく、彼らの意向や自由意志《フラン・アルビトル》によって営まれた〔「自由意志」は、第二九章に出てくる〕。好きなときに起床して、その気になったときに、食べたり、飲んだり、働いたり、眠ったりしたのである。だれに起こされることもなかったし、食事をしろとか、あれこれしろなどと、だれかに強制されることもなかった。ガルガンチュアが、このように決めたのである。テレーム修道院の規則とは、次の一項目だけなのである。

あなたが望むことをしなさい。(1)

(1)　テレームはギリシア語の「意志《テレーメー》」から。この文言をめぐっては、アウグスティヌスの「愛せよ、そして汝が望むことをなせ」、キケロの「自由とはなにか？——望むように生きる力である」など、さまざまなことばが引き合いに出されてきた。なお原典では、改行もないし、書体やその大きさが変えられているわけでもない。

なぜならば、よい気質で、しっかりと教育を受け、優れた人々と交わっている自由な人間ならば、おのずからして、悪からは遠ざかり、徳行へと向かう本能《アンスタン》や衝動《エギュイヨン》がそなわっているのである。彼らはこれを品性《オヌール》(2)と呼んでいる。そして、彼らは、服従や束縛を強いられて、自分がおとしめられ、屈従させられると、本来ならば、おのずと美徳へと向かうはずの高貴な情動を、一転して、この隷属状態を廃し、打破することにかたむけるのである。というのも、人間というのは、禁断のことがらを常に試みようとするのだし、拒否されたことを渇望する存在なのである。(3)

さて、このような自由があればこそ、テレームの人々は、だれかひとりに気に入ったことでもあれば、称賛すべきことに、みんなで、そうしようとして競いあうのである。男でも女でもいいけれど、だれかが「飲みましょう」といえば、みんなで飲んだし、「遊びましょう」といえば、みんなが遊ぶのだ。「野遊びにいきましょう」といえば、みんなででかけていく。(4)たとえ鷹狩りとか狩猟の場合でも、美しくて、おとなしい馬に乗って、きれいに飾った儀仗馬かなんかを引き連れ、かわいい手袋をはめた手に、ハイタカ、ラナーハヤブサ、コチョウゲンボウなどをちょこんと止まらせている女性たちの姿が認められるのだ。もちろん男たちは、別の鳥を持っていく。

彼らはりっぱな教育を受けていたから、男も女も、だれでも例外なしに、読み書きはもとより、歌ったり、楽器を上手に演奏したりできたし、五、六か国語を話すのみならず、それで詩歌や散文を綴ることまでもしてのけた。また、徒歩であっても、騎馬であっても、ここの男たちほど、勇敢で、大胆で、器用であって、武器をあつかわせては、これほど力強く、敏捷で、巧みな者は、騎士のなかにもまず見あたらない。またテレームの女性ほど、優雅で、かわいくて、退屈などしなくて、しかも、手仕事や針仕事など、女性ならではの、りっぱにして自由な仕事において、みごとな能力を示した者は、これまでには見られなかったのである。

こうした次第で、両親の希望とか、あるいは別の理由により、だれか男性がこの修道院から出ようとしたときなどにも、男として、この人に身を捧げようと思った女性

(2)　原文は honneur で、「品性」は仮の訳語。渡辺訳は「良知」。

(3)　オウィディウス「われわれは禁じられたものを求め、常に、拒否されたものを欲するのだ」(『恋の歌』)を始めとして、ことわざのようになっている。

(4)　自由意志が全体意志にいきつくという逆説が示されているが、作者の真意はどこにあるのか？　ドゥフォーは、「キリスト者はすべてのものの上に立つ自由な主人であって、だれにも従属していない。キリスト者はすべてのものに奉仕する僕《しもべ》であって、だれにも従属している」という、ルター『キリスト者の自由』の冒頭を引用している([Defaux 2])。

をいっしょに連れだしては、結婚してしまうのであった。テレームで、献身と友愛の日々をしっかりと送ったからには、ふたりは、結婚生活においても、ますますこうした感情をはぐくんだのであり、晩年にいたるまで、新婚のころとおなじように愛し合うのである。

わたしとしては、ここで忘れずに、修道院の基礎工事をして[5]いて発見された謎歌《エニグム》を、みなさまのために引き写しておきたい。それは大きなブロンズ板に刻まれたもので、次のように書き記されていた。

(5) 第二章の『解毒よしなし草』も、ブロンズの墓から見つかったことを想起しよう。

第58章　予言の謎歌

幸運を待ちわびる、あわれな人間たちよ、
勇気を出せ、わたしのことばを聞きなさい[1]。

空に輝く星の姿によって、

（1）　この冒頭の二行、ならびに最終の一〇行だけがラブレーの手になるという。残りは、「予言の形をとった謎歌」という、既存の作品の借用にすぎない。作者は、ラブレーと同時代の詩人メラン・ド・サン＝ジュレ（一四九一―一五五八）とされる。なおメランは、第五四章の注で出したオクタヴィアン・ド・サン＝ジュレの甥あるいは私生児とされる。
「謎歌」はイタリアからもたらされて、この時代に流行したジャンルで、表の意味と裏の意味という二重性を愉しむ、遊戯的な詩作品といえる。作者不詳のまま、写しが回覧されたりするケースが多いものの、『暇つぶしに推理を働かせるのにもってこいの、愉しいなぞなぞ問題』（リヨン、一五六八）のような集成も上梓されている。ここでは、福音を奉じる人々への迫害の予感という深刻なテーマと、ジュ・ド・ポーム（テニスの前身）の進行とが、重なり合っていることになる。

人間の精神は、おのずと、
きたるべきことがらを、予言できるという。
これを確かに信じることができるなら、
はたまた、この上ない能力により、
未来の運命を認識することができて、
遠い未来における運命や推移を
確実な流れとして判断できるなら、
聞きたいと思う者には、教えてやろう、
遅くとも、今度の冬までには、
いや、もっと早くに、われわれが暮らす
この場所に、一群の人々が出現するぞと、[2]
彼ら、休息に飽き、無為に疲れて、
白昼堂々と、闊歩して、
あらゆる人々をそそのかし、
争いや謀反に駆りたてるぞと。[3]
そのことばを信じて、聞くならば、

はたして、なにが起こり、どれほどの犠牲が出ることか、
彼ら、友だちどうしを離反させ、
近親の人々も、骨肉相食むようにし向けるぞ。
生意気なる息子は、徒党をくんで、
父親に反抗することを、恥とも思わず、
高貴な生まれの偉い御仁も、
臣下の者に襲われよう。
そして、名誉と畏敬という義務も、
あらゆる秩序と判断力を失うだろう。
彼らは、各人が次々と、
高きに昇り、引き返す〔サーブとレシーブ〕のが当然という。
そのとき、争いは激しく、
不和や不一致、右往左往もはなはだしく、

(2)「休息に飽き、無為に疲れて」を、追放されたノエル・ベダたちの首都への復帰と解釈すると、「今度の冬」とは、一五三三年から三四年にかけてという理屈になる。
(3) テニス(ジュ・ド・ポーム)の試合が、戦争・内乱に喩えられていることに注目。

震天動地のことがらを記した物語にも、
これほどの騒擾に言い及ぶことなし。
ここにいたりて、多くの前途有為な人々も、
その若さと熱意とに駆られて、
この熱き願いを信じすぎたあげくに、
花の盛りに、夭折することとなろう。
ひとたび、こうした気持ちを抱けば、
争いや戦いにより、天をとどろかし、
地を足音で満たさぬうちは、だれひとり、
この行為をやめることができないだろう。
そして、真実を求める人々よりも、
信仰なき人々が、大いに権威を誇ることになる。
なぜならば、無知で愚かな有象無象《うぞうむぞう》の、
信仰や熱意に、みんなが追従するのだし、
いちばんのまぬけが、裁き手にも選ばれよう。(4)
ああ、甚大なる被害をもたらす、おそろしい洪水よ！

——わたしが洪水というのには、当然の理由がある——
突然に、水が大量にあふれ出すまでは、
こうした動きが、一世を風靡《ふうび》して、
地上は、これから解放されはしないのだから。
もっとも穏やかなる人々も、戦いのさなかに、
この洪水にみまわれて、水浸しとなるのは必定のこと、
闘争に身を捧げし、彼らの心は、
罪もけがれもない動物の群さえも、
いささかも容赦することなく、
その卑しき、腱や腸〔ガットでもある〕は、
神々に捧げられることなく、
人々の日用の品に使われる。
ああ、今こそ、考えるのだ、
いかにして、これらすべてを免れるのかを！

（4）「裁き手」はゲームの審判だが、ベダを暗示するともいわれる。

これほどに、深刻なる騒擾のなかにあって、
この球形の物体《マシーヌ・ロンド》(5)が、いかなる安らぎを得るというのか。
この球体を、もっとも敬う、幸福なる人々は、
これをなるべく損じたり、失ったりせぬように、身を慎んで、
さまざまの手段にて、この球体を、しっかりと制御して、
その場におしとどめようと心を砕く(6)であろう。そこで、ずたずたの、
哀れなる球体は、それを創造した本人に救いを求めよう。
その悲しき運命の、あげくのはてに、
陽光が、西に沈む前に、
球体に影を投げかけて、
日蝕よりも、自然の闇夜よりも、暗くなろう。
そして、たちまちにして、その自由と、
天空に賜りし、恩恵と光明とを失うのだし、
あるいは、少なくも、うち捨てられたままとなろう。
しかしながら、この球体、この滅亡と破壊に先立って、
長きにわたり、激しくも、

大きな振動を呈するのであろう。(7)
あのエトナの山が、ティタンの息子(8)に向かい、
投げつけられたときの、揺れもこれほどではなく、
そのテュポエウス《ティフォン》が、激怒して、
山々を海中に投げこんだときの、
イナリメ島(9)の震撼ぶりも、これほどではなかった。
このようにして、球体は、ごくわずかな時間のうちに、
悲しき状態となって、有為転変をこうむって、

(5)　あとの問答を参照。「地球」にして「ボール」ということ。
(6)　「神」あるいは「ボール職人」ということになる。
(7)　このあたりは、次の個所を想起させる。「その苦難の日々の後、たちまち太陽は暗くなり、月は光を放たず、星は空から落ち、天体は動かされる」(「マタイによる福音書」二四)。
(8)　次に出てくる、怪物テュポエウスのこと。ゼウスを一度やっつけるが、やがてエトナ山を投げつけられて、押しつぶされてしまう。エトナ山の噴火は、そのなごりとされるし、「台風」の語源ともなる。
(9)　現在のイスキア島、ナポリ沖の火山島。テュポエウスが投げつけられたおかげで、地震が多いとされる。

これを手中に収めた者でさえ、
いずれは、次の者に明けわたすことになろう。
かくして、この動きに終止符を打つ、
絶好の潮時も間近とならん。
おまえたちも話に聞いているはずの、あの大洪水により、
だれもが、引け時《ルトレット》〔ゲームの終りか〕をわきまえることとなるのだから。
とはいえ、出発に先立ちて、
洪水と対立抗争とを終わらせるべく、
天空にて、巨大なる炎が灼熱の光で輝けるのを、
人は、はっきりと見ることになろう。
こうしたできごとが完了した後には[10]、
選ばれし者たちは、財産やら、
天の恵みをとりもどして、歓びいっぱい、
さらには、しかるべき褒美にもあずかって、
富める者ともなろう。それ以外の者は、
最後には無一物となろうが、それも当然の話。

苦しい試練が、こうして終わることで、
各人は、予定《プレデスチネ》された運命を果たすのだからして。
これこそは、約定《やくじょう》ずみのことなり。ああ、最後の最後まで、
不退転である者こそ、讃えられるべきではないか！

刻まれた文言《モニュマン》を読み終えると、ガルガンチュアは深いため息をもらし、居合わせた人々にこう述べた。
「福音の信仰にめざめた人々が迫害を受けるのは、今の世の中だけの話ではないのだな。それにしても、今後もつまずくことなく、(11)神が、その愛しい息子を介して、われわれに予定した目標に、(12)まっすぐ突き進み、地上の情念《アフェクシオン・シャルネル》(13)にまどわされて、道を踏みはずすことのない人こそ、まことに幸せではないか。」

(10)　以下一〇行が、ラブレー作。
(11)　「つまずく」は scandaliser で、「迫害を恐れて、信仰を失う」意であるし、「読者へ」にも出てきたことにも注目。cf.「わたしにつまずかない人は幸いである」(「マタイによる福音書」一一)。
(12)　「謎詩」の終りでも出てきたが、「救霊予定説」を暗示するのか。
(13)　単なる「肉欲」ではない。scandaliser とともに、affections も、巻頭の「読者のみなさまへ」に出てきたことに注意。

図 14 『ガルガンチュア』(1537 年)［NRB 21］第 56 章（＝決定版の第 58 章）の図版。明らかにジュ・ド・ポーム（テニス）の場面である。オリジナルの木版なのだろうか？

するとジャン修道士がいった。

「殿のご判断では、この謎歌は、はたしてなにを示し、なにを意味していると思われますか？」

「なにをいうのだ。神の真実が、いかに進み、いかに持続するのかに決まっているではないか。」

そこで修道士が、こういった。

「聖ゴドランさま(14)にかけて、わたしの解釈は、さようなものではございませんぞ。スタイルとしては、あの予言者メルラン(15)流のものですから、それは、お好きなように、深刻なる寓意《アレゴリー》やら釈義《アンテリジャンス》をなさるのは、勝手ですし、殿も、ほかの方々も、まあお好みの夢物語を紡ぎだされるがよろしいかと存じまする。さりながら、このわたしから見ますれば、この詩の意味といいましても、こんなものは、ポームの、すなわちテニスの試合のありさまを、晦渋なことばで描いただけにすぎません。〈人々をそそのかし〉うんぬんとありますが、これはテニスの試合をする人たちのこと、ふだんは

(14) かつてラブレーが入っていた、マイユゼーのベネディクト会修道院に埋葬されている聖人。

(15) マーリン。アーサー王麾下の魔術師・予言者。『ガルガンチュア大年代記』でも、重要な役割をはたす。それと謎歌の作者メラン・ド・サン＝ジュレをかけている。

友人なんですな。そして二ゲームばかりいたしますと、試合をやめて、別の選手が入ってくるわけです。そして、ボールが、コードの上を通ったのか、下を通ったのかは、最前列の観客《ル・プルミエ》が判定するのです。〈洪水〉といいましてもねえ、それは流れる汗のことですぞ。またラケットのガットは、ヤギやヒツジの腸で作られます。〈球形の物体《マシーヌ・ロンド》〉とは、なにを隠そう、ボールのことですわい。そしてゲームが終わったら、赤々と燃える火の前でひと休みしてから、着替えをいたしますです。もちろん、酒宴でもということになりまするが、そりゃ、勝利収めた連中は〈陽気〉にもなりますわな。てなわけでして、みんなでごちそうでも食べましょうよ！」

終わり。

リヨンにて、フランソワ・ジュストにより印刷。

解説

『ガルガンチュア』をお届けする。後述するごとく、『パンタグリュエル』と『ガルガンチュア』のどちらを最初に刊行すべきか、大いに迷いもしたが、やはり、父親の物語を最初にお読みいただくことにした。以下、ラブレーの作品に関しては、『新ラブレー書誌』(一九八七年)の分類番号を、[NRB 20]などと略号で挙げておく。

ラブレーの生涯と作品

知的放浪の時代

まずは、フランソワ・ラブレー François Rabelais の生年であるが、正確なところは不明というしかない。そもそも、この時代の人間で、アウグスブルクのフッガー家の大番頭マテウス・シュヴァルツのように、「一四九七年二月二〇日、わたしは生まれた」、「わたしの最初の衣服は、わが母の腹だ」といって、妊婦姿の母親を絵に描かせて、『服飾自伝』の最初に据えるといった、強烈な自己意識の持ち主は、例外的な存在なのである（『服飾自伝』に関しては、［宮下3］を参照）。ご本人が「自分は何歳でして」などと述べていても、そうした記録が複数残っていると、矛盾をきたしていて、むしろ後世の人間が迷わされるのが落ちなのである。ラブレーの場合は、そうした記録はないし、本人も黙して語らない。

そこで、ラブレー学の泰斗アベル・ルフラン先生がどうしたかといえば、テクスト内部に手がかりを探し求めて（『ガルガンチュア』第四章など）、一四九四年二月四日という結論を導きだした（詳しくは［二宮］を参照）。もちろん、なんの具体的な証拠もないわけで、苦肉の策というしかない。ただし、死亡に関しては、ラブレーの兄による遺産相続の記録（一五五三年三月十四日付け）という、信頼できる史料が最近発見された。これと、七〇歳で死んだという間接的な記録とを重ね合わせて、一四八三年を生年としておくのが穏当なところといえよう。

生地は、「フランスの庭」と呼び慣わされてきたロワール河流域の町シノン——現在の人口は八〇〇〇人ほど——である。ロワールの支流ヴィエンヌ川に面したシノンの町は、一四二九年、ジャンヌ・ダルクがシャルル七世と会見したシノン城で有名であろう。父親のアントワーヌ・ラブレーは弁護士であって、郊外のラ・ドヴィニエールには農場を所有していた。いわゆる「法服貴族」の出身ということだから、当時としては、フランソワは、もっとも開明的な社会階層の一員として生を受けたといえそうだ。シノンの町中ではなく、ラ・ドヴィニエールで生まれたと伝記などに書いてあるが、これも証拠あっての話ではない。『ガルガンチュア』で、ラ・ドヴィニエールの近くでピクニックをしていたときに、母親のガルガメルが産気づいて、主人公を生んだことから、こうしたお話が成立したのかもしれない。別に、シノンの町のランプロワ通りの屋敷でおぎゃーといったとしても少しもおかしくない。

ともあれ、ラ・ドヴィニエールには、ラブレーの「生家」が残されていて、「ラ・ドヴィニエールの家」として博物館になっている（九時半から一七時まで開館。夏期は一九時まで）。本巻で、「ピクロコル戦争」の舞台となる、この一帯には、現在もなお、のんびりした牧歌的な風景が広がっている。その昔、初めてここを訪れたときにも、あたりからぷーんと馬糞のにおいが漂ってきてうれしくなった。村の人口だけれど、少し前の資料によれば、ラ・ドヴィニエールのあるスイイー村が四三一人、ピクロコル王の領地となるレルネ村が三七一人だという。まことにちっぽけな村落なのである。

そのスイイー村には、ベネディクト会修道院――ジャン修道士の本拠地は、ここという設定――があったから、ここの学校で初等・中等の教育を受けたのかもしれない。父親を見習って、当初は法律の勉強を志し、ブールジュ大学――『パンタグリュエル』第五章に出てくる――あたりで学んだのではないのか。フランスのおへそのあたりに位置するブールジュは、百年戦争時代に、ブルゴーニュ派によってパリを追い払われたシャルル七世の一統が、仮の首都としていた由緒ある町で、ブールジュ大学法学部も、名声を馳せていた(今は、その大学もない)。少し遅れて、ジャン・カルヴァンも、オルレアン大学、ブールジュ大学と渡り歩いて、法律の勉強をしている。ラブレーも、似たような経路で大学を遍歴したものと思われる。良家の三男坊のフランソワ、案外と気楽な身分であった。知的放浪というモラトリアムに、その青春時代をついやしていたのかもしれない。

その後、一五二〇年に、フォントネー・ル・コント――ラ・ロシェルの北東五〇キロほど――のピュイ゠サン゠マルタン修道院に在籍して、哲学や神学にとどまらず、ギリシア語を学んでいたことがわかっている。フランチェスコ会の修道院で、清貧なる日々を送っていたのだ。この地の高名な法学者アンドレ・チラコーのサークルにも出入りしていたらしい。そして、この時分に、著名なユマニストのギヨーム・ビュデに、ギリシア語混じりのラテン語書簡をしたためていて、これが現在に伝わるラブレーの最初のテクストとなっている（フランス国立図書館写本部に直筆を所蔵）。

こうして知的意欲に燃えるラブレーは、同僚のピエール・アミーとともに、ギリシア語の勉強に熱中した。やがては、『パンタグリュエル』第八章において、ガルガンチュアの口を借りて、「ギリシア語を知らずして、知識人を自称するなどは恥ずかしきこと」と、息子パンタグリュエルに書き送る彼なのである。

ところがピュイ＝サン＝マルタン修道院は、フランチェスコ会でも、「厳修会派（オプセルヴァンス）」といって、ドンス・スコトゥスや聖ボナヴェントゥーラの著作を指針として、神学の勉強に身を捧げることを要求する会派に所属していたから、古典ギリシア語の学習に対しては、むしろ否定的なのであった。カトリック教会が典拠とする「ウルガタ版」、つまりラテン語訳聖書の権威を揺るがしかねないではないか。

この頃、フランスでは、ユマニスム（人文主義）と結びついた福音主義運動が盛んとなり、当初は王権も好意的な反応を示していた。ところが、パリ大学神学部（通称ソルボンヌ）はこうした動きに警戒を強めて、ギリシア語・ヘブライ語から訳した聖書の出版を禁止するなど、新旧の対立は激化していた。ギリシア語とは、異端思想の源泉ともなりうる危険な言語なのでもあった。こうした時代の流れのなかで、ラブレーとアミーは、所持するギリシア語書籍を没収されてしまうのだ。
友人のアミーは、バーゼルという改革派の地へと逃れていった。だが、ラブレーは、そうはしない。転籍願いを出して、フォントネーから遠くないマイユゼーのベネディクト会修道院に移るのだ。そして院長のジョフロワ・デスチサックに気に入られて、交友関係を広めていったらしい。

リヨン市立病院医師、物語を書く

やがてラブレーは、次のステップに移る。僧服を脱いで、医学の勉強に身を捧げるのだ。一四八三年生まれとすれば、とうに不惑の年も過ぎている。大変な晩学ということになる。でもラブレーは、私淑するエラスムス——後年、「わたしはあなたの学識ある乳房で育ちました」と手紙を書いている——が、『校訂新約聖書』(一五一六年)の序文で、アウグスティヌスが司教になってからギリシア語に目覚めたことを例に挙げて、「このわたしも、四九歳という年齢になって、ようやくヘブライ語に戻ったのだ。以前は、ほんのわずかしか咀嚼できなかったので」と述べているのを読んでいたかもしれない。そして、仁術としての医学の勉強――当時だからもちろん、ギリシア語・ラテン語の素養と切り離せない――に中年になって取りかかるわが身を、アウグスティヌスやエラスムスに重ね合わせていた気がする。とにかく、どこでかは不明だが、猛烈に勉強したのであろう。一五三〇年、モンペリエ大学医学部に登録して数か月で得業士《バシュリエ》となり、翌年には、教育実習でヒポクラテス、ガレノスをギリシア語原典に即して講義する。翌年すなわち一五三二年には、これをラテン語に翻訳して、パトロンのデスチサック司教への献辞を添えて出版する。

ではラブレーは、『ヒポクラテスならびにガレノス文集』、マナルディ『医学書簡第二巻』といった、学術書をどこで出版したのか？　パリではなく、自由な空気が漂う、商都リヨンから世に送ったのである。

カエサルの時代には「ガリアのローマ」と呼ばれたリヨンは、ヨーロッパの交通・戦略上の要衝として重きをなしていたが、ルネサンス時代を迎えると、年四度の国際的な大市《フォワール》により、北のアントウェルペンなどと共に栄華をきわめた。ローヌ河とソーヌ河が交わるこの都市では、ヨーロッパ中から集まった商人・銀行家が、商品の売買契約をおこない、為替手形を交換し、レートを決定していた。為替手形のやりとりが象徴するごとく、この商都は、いわば異なる価値の交換・逆転がおこなわれる、開かれた時空間であった。そして各国の知識人・文学者・芸術家を引きつけると同時に、イタリア・ルネサンスの窓口ともなっていた。六、七万人と、人口はパリの三分の一ほどにすぎなかったものの、リヨンは確固たる存在感を示していた。一六世紀のフランスは、パリとリヨンという二つの焦点を有する楕円形の肖像として思い描くのが望ましい（詳しくは［宮下1］を参照）。

高等法院と大学という、法と知の管理システムが不在で、王権のお膝元パリからも遠い国境の都市。これこそが、リヨンのメリットであって、自由な雰囲気が横溢していた。活字本にしても、大学町カルチエ・ラタンで産声をあげたパリとは対照的に、リヨンでは、〈メルシエール通り〉（「商人の街」の意味）という世俗的な界隈が本の街となった。自由闊達な出版活動が展開されて、「危険な書物」の一大拠点ともなっていくのである。

もうひとつ忘れてはいけないことがある。「商人の心性」が息づくこの都市では、読み書き算盤に代表される、実学が尊ばれた。女性もそうした恩恵にあずかることができた。情熱的なソネットなどを残したルイーズ・ラベ（一五二四？―六六年）が、まさにそれにあたる。この時代、女性の作家・詩人や画家は、きわめて稀な存在にとどまる。イタリア・ルネサンスを飾る「創造的エリート」六〇〇人のリストが作成されているけれど、女性はわずか三人しかいないのだ（［バーク］）。そうした「創造的エリート」、つまり芸術家となりえた女性にしても、特権階級か芸術家の娘と相場は決まっていた。ところが「綱具屋小町」とあだ名されるように、ルイーズ・ラベは綱具屋の娘にすぎない。町人階級出身で、文学史を飾る作品を書き残した女性は、ヨーロッパ全体を見渡しても、彼女ぐらいしかいないのではないか。ほかにも、貴族の生まれとはいえ、リヨンはペルネット・デュ・ギエという女性詩人も生んでいる。

さて、話をラブレーに戻すとして、彼が学術書の刊行のために訪れたのが、〈ブドウ通り〉のグリフィウス書店。アルドゥス版を手本として、エラスムスなどユマニストの書物を出すのが専門の人文系の書肆であったが、当時、誕生まぢかの、世俗の慈善組織、「リヨン大施物会」ともつながりが深かった。この施物会傘下のリヨン市立病院が次の医者を探しているというではないか。こうしてラブレーは、一五三二年十一月から、ローヌ河に面した市立慈善病院の第三代目の医師として勤務を開始する。年俸四〇リーヴルというのは、たとえばアンリ二世の主治医の年俸一二〇〇リーヴルと比較すると、天と地の差だ。リヨンの印刷工の収入と同程度にすぎないのである。だが、「リヨン大施物会」関連の仕事は基本的にボランティアであったのだから、やはり、この額でもよしとすべきところであったのか。ラブレー先生、あとはパトロンの支援に頼ったものと推察される。

ソーヌ川
PORT DV TEMPLE
R DV TEMPLE
R DV TEMPLE
R. S.T ANTHOINE
PORT DE CHALAMON
メルシエール通り
R. MERCIERE
R. PERANDIERE
R. TVPIN
R. DE LA DRAPPERIE
R. DV PVIS PELV
PVIS PELV
R. DV PALAIR GRILLEY
R. DE LA CROYSETE
R. DE LAVMONNE
R. MAVDICTE
穀物広場
木材広場
12

地図3 「リヨン鳥瞰図」(16世紀半ば) より。市立病院・メルシエール通り界隈

ちなみにリヨン市立病院は現在も同じ場所にあり、中庭にはラブレーのメダイヨンが飾られている。また病棟の一部は「市民救済博物館」Musée de l'hospice civil といって、慈善をテーマとしたミュゼとなっている。ラブレー医師が働いていた頃の入院患者名簿も陳列されているので、リヨンに行ったら立ち寄りたい場所である。

さて、病院のスタッフは、司祭、薬剤師、乳母、パン焼き職人から、看護婦役の修道女約二〇人に至るまで、およそ三〇人で構成され、医師は、ラブレーと床屋外科医のブノワ・クリュゼル先生の二人だけだった。これで一五〇人以上の入院患者を診ていたのである。医師は、泊まり込みではなく、自宅から、午前と午後の二回の回診に通えばよかった。ラブレー先生が住む〈木材通り〉(〈木材広場〉とも)と市立病院のあいだに、リヨンの本の街が広がっていたのである(「リヨン鳥瞰図」を参照)。

印刷工房が蝟集する〈メルシエール通り〉界隈には、〈穀物市場〉〈パン広場〉〈ワイン広場〉といった食物関係の青空市場も集まっていた。そこで働く連中や、印刷工房で長時間労働をこなす職人たちは、居酒屋につどい、酔っぱらってくだを巻いていた。彼らはまた、地区で、あるいは職業でまとまって、「無軌道の僧院」などと呼ばれる祝祭結社を結成しては、「さかさまの世界」を演出していた。たとえば印刷職人たちは、「ダメ弁護人席」と称した事務所を構えて道化た模擬裁判を開くかと思えば、カーニヴァルの期間には、「誤植の殿様」の山車《だし》を仕立てては、おもしろおかしく行進していた。ラブレー先生、そのような祝祭的な雰囲気のただよう横町を抜けて、病院に向かい、「医者と患者と病気によって演じられる笑劇《ファルス》」（『第四の書』「献辞」）としての医学を実践していたことになる。

さて一五三二年、『ガルガンチュア大年代記』が発売された（刊行年は明記されているが、版元の記載なし）。グラングジエとガルメルの息子、ガルガンチュアが、魔術師メルランの雲に乗ってイギリスに渡り、アーサー王に仕えて敵をうち破るという、むちゃくちゃなストーリーで、文学的な価値は、正直なところ疑わしい。この手の「ゴシック体小冊子」を得意としていた書店が、病院におもしろい先生がいるから、今度はあの人に書いてもらおうと思って、「ラブレー先生、いかがですか。こいつと似たのを書いてくださいよ」と頼んだのかもしれない――もちろん、こんな記録は残っておらず、わたしが勝手に想像してみたにすぎない。そこでラブレー先生、聖史劇《ミステール》の端役のパンタグリュエルを、ガルガンチュアの息子に仕立て上げて、あっという間に続編を書いてしまう。この頃、リヨネ地方は毎年のように干ばつ続きで――一五二九年には、リヨン版「米騒動」まで起こっている――、人々は飢えていた。そこで、人間に塩をかけてのどからからにする小悪魔パンタグリュエルのことを思いだしたのだろうか？

かくして『大巨人ガルガンチュアの息子にしてのどかから国王、その名も高きパンタグリュエルのものすごく恐ろしい武勇伝』、通称『パンタグリュエル』が世に出たのだ。学術本とは異なり、本名ではなく、アルコフリバス・ナジエ Alcofrybas Nasier というペンネームが使われている。ただしこれは、フランソワ・ラブレーのアナグラムにすぎない。扉には、「ノートル＝ダム・ド・コンフォール教会の近くのプリンスこと、クロード・ヌーリー書店刊」とある。刊行年は記されていないが、一五三二年説が有力である。

アナグラムを使ったことについては、もちろんお遊びとしての側面を指摘することができる。ギリシア詩人ピンダロスを愛したロンサール Pierre de Ronsard が、「ピンダロスのバラ」Rose de Pindare を気取ってみたり、ノエル・デュ・ファーユ Noël du Fail が、レオン・ラデュルフィ Léon Ladulfi のペンネームで、『田舎物語集』を出したりと、この世紀にはアナグラムが流行していたのだから。おまけに、ラテン語世界の住人である知識人が、世俗語による軟文学に手を染めるなどもってのほかという偏見も根強かったにちがいない。フランス語の散文を上梓するのは、医学や法律関係の学術本を上梓するのとは、まったく話がちがう。やがて医学博士となるインテリが、フランス語で奇想天外な物語を出そうというのならば、やはりここは、ペンネームに頼るのが常道であったにちがいない。

だがそれは、フランス語が、ようやく書き言葉として認知される時期とも重なっていた。一五三九年には、ヴィレル＝コトレの王令により、裁判関係のテクストは「フランスの母なる言語」、つまりフランス語で書くべきことが定められる。かくしてフランス語は、ラテン語のみならず、地域言語をも司法から排除して、国語としての地位を固めていくであろう。とはいえ、単語の綴りや句読法はもとより、統辞法（シンタックス）も、まだまだ不安定であった。ラブレーは、ファジーな構造の言語を逆手にとって、自由に操り、実験的ともいえる言語表現への道を突き進んでいく。

さて、『パンタグリュエル』だけれども、表向きは、巨人の誕生と成長、従者パニュルジュとの遭遇、知の武者修行としての論争、そして「無秩序王《アナルク》」との戦争と勝利と、きわめて単純に、騎士道物語風のストーリーをなぞっていく。だが読者はむしろ、おしっこ洪水で敵を溺れさせたり、語り手アルコフリバスが急に物語に闖入して、王さまの口のなかに入り込み、別世界を見聞してくるといった、時としてシュールな調子のほら話に、惹きつけられるにちがいない。作者の真骨頂は、こうした細部の語り口の奔放さに発揮されている。そして、こうした途方もない饒舌さとちゃんちゃんばらばらのなかに、思想的なトピックスや同時代の現実が、ぽーんと投げこまれているのだ。

こうして『パンタグリュエル』は、騎士道物という中世の規範を、あえて時代錯誤的に模倣しつつ、そうした文学空間からの離陸を模索する——まずは主題の設定において。ソフィスト的な知からの脱却というテーマがそれだ。物語をじっくりと読んでいただくしかないけれど、知識は力なりと信じこんで、記憶容量たっぷりの脳みそ——なにしろ巨人なのだからして——で、相手を論破しては、鼻高々のパンタグリュエルは、パニュルジュという口八丁手八丁の風来坊のうちに「自己の分身《アルテル・エゴ》」を見いだす。「雄弁」「騙り」といったヘルメス的な特徴を有するパニュルジュを、哲学的媒介者、鏡の中の自分とすることで、主人公は「慈愛《シャリテ》」なき知の空しさに目覚めていく。その意味において、『パンタグリュエル』は、「教養小説」の遥かなる先駆ともいえそうだし、こうした鏡像関係は、ドン・キホーテとサンチョ・パンサ、運命論者ジャックとその主人をも予告しているのだ。リヨンの街で出会ったうすっぺらな年代記が、このような変身をとげたのである。

そしてラブレー先生、このパンタグリュエルの名前を冠した、もうひとつのシリーズも世に送る。「世の中が乱れていると、人々は自分の浮き沈みに驚いてしまい、迷信にもすがるように、天空に、自分の不幸の原因やら前兆を探し求めるものだ」とは、モンテーニュのことばだが（『エセー』第一巻・一一章「予言について」）、この頃のヨーロッパでは、「占星術」が大流行していた。しかしながらユマニストのラブレーによれば、星辰を勝手に解釈して、未来を読みとるなど、むしろ神をも恐れぬわざなのであった。人間は、その意志の力で形相の産出にあずかりうる存在ではあるけれど、それだからこそ、神の摂理を信じ、神と力を合わせて自己の十全なる生を作り上げるべきなのだ。ガルガンチュアも、息子への手紙で、天空を仰ぎ観測する「天文学」は学ぶべきだが、「未来を見抜く占星術」は「錯誤」にして「空しきもの」であるから、手を染めるなかれと忠告していたではないか（『パンタグリュエル』第八章）。こうして彼は、『一五三三年用のパンタグリュエル占い』という、ホロスコープのパロディを上梓する。ナンセンスぶりが痛快な、この八ページの小冊子は、「一五三五年用」などと看板を付け変えて、その後も発売される。

「父親殺し」

同じ頃ラブレーは、フランソワ一世の重臣として内政・外交に手腕をふるうジャン・デュ・ベレーの知遇を得ている。そして、侍医としてローマに同行するなど、多忙な日常を迎える。一方、福音主義とパリ大学神学部との対立は、次第に抜き差しならぬものとなっていく。王姉マルグリット・ド・ナヴァールが、改革派の同調者であったことも加わって、国王をも巻き込んで、錯綜した状況が生まれてくる。

ところで、『パンタグリュエル』初版の末尾を想起しよう。作者は、パニュルジュは結婚するものの、すぐコキュとなったこと、大西洋を航海して食人種をやっつけたこと等々、のちの『第三の書』『第四の書』の中味を予告している。もちろん、そうしたプロットが素直に実現されるわけではないものの、とにかく、今度のフランクフルトの書籍市でお求めになれますよと、前宣伝につとめるのだ。だが、作者は、すぐさま『第三の書』に着手したわけではなく、その前に、ある儀式を実行に移す。それはなにか？「父親殺し」（「ジュネット」）にほかならない。『パンタグリュエル』の生みの親ともいえる『ガルガンチュア大年代記』をご破算にして、新たなテクストを上書きすることで、わが息子に、しかるべき父親を与えたのである。

これが『ガルガンチュア』である。パンタグリュエルの父親の物語であるから、物語の時間からすれば『第一の書』ということなのだが、作者がこう命名したわけではない。この遡及入力によって、いかにも奇妙な現象が生じてしまう。早書きの感もあった『パンタグリュエル』と比較して、ストーリー的に先行する『ガルガンチュア』のほうが、内容・構成ともに深化した作品となってしまった。修辞学用語でいうならば、「キアスム（交差配列）」が出現したのである。本解説の冒頭で、『パンタグリュエル』と『ガルガンチュア』のどちらを先にお届けしようか、大いに迷ったと述べた理由が、ここにある。ストーリーを追うなら『ガルガンチュア』が先となるし、思想性などに重点を置くなら、『パンタグリュエル』を読んでから『ガルガンチュア』に進むのがわかりやすい、ということになろうか。

でも、そうしたことであまり悩む必要はない。こうしたキアスムが出現してしまったことに配慮してか、作者は、息子にも上書きをほどこしてあげるのだ。『ガルガンチュア』とほぼ同時期に上梓された、『パンタグリュエル』増補版［NRB 8］がそれだ（一五三四年、フランソワ・ジュスト刊）。もっとも、一五三三年刊の［NRB 7］にもラブレーが関与しているという説も、それなりの説得力があるから、そうなると、『パンタグリュエル』初版上梓後、作者は、ただちにその改訂に着手したことにもなる。

この『ガルガンチュア』では、スウィフト『ガリバー旅行記』ではないけれど、舞台が架空の巨人国ならば、同時代の現実を揶揄するのにも便利というわけで、するどい筆鋒によりカトリック権力がからかわれる。ところが一五三四年十月十七日の深夜、改革派がミサ聖祭を批判する文書をばらまいた、いわゆる〈檄文事件〉をきっかけとして、異端追及の動きが激化して、その影響が福音主義にも及ぶのである。そして、翌年一月十三日の「第二の檄文事件」が、こうした厳しい思想統制の動きを決定的なものとする。現にフランソワ一世は、一時的に出版禁止令までも出しているのだ。宮廷詩人マロなどの「ルター派の輩」——危険思想の持ち主に対する常套表現である——は、指名手配同然となって、ラブレーも、身の危険を感じて姿をくらます。ただし強力な後ろ盾が付いていたラブレーであるから、その身辺にまで危害が及ぶようなことはなかったらしく、一五三五年の夏には、二度目のイタリア旅行に出発している。ローマ滞在中には、かつて許可なくして還俗し、医学の道に走ったことの赦免を教皇に願い出る。そして、無報酬を条件として医学に携わることを許されるのだ。

また一五三八年にはフランソワ一世とカール五世の「エーグ＝モルト会談」に立ち会い、その後は、ピエモンテ総督ギヨーム・デュ・ベレー——ジャン・デュ・ベレー枢機卿の兄である——の侍医として、トリノへ向かう。「上医は国を癒す」（貝原益軒）という心境であったのか？　現実政治の世界とも関わりを持つのである。パトロン制度に従属する、当時の知識人・芸術家は、多かれ少なかれ、こうした役割を演じる運命にあったのだ。その間、一五三七年には、モンプリエ大学で医学博士号を取得し、解剖学の実習講義もおこなっている。かのウェサリウスが、北イタリアはパドヴァで執刀をおこなったのが、ちょうどこの頃である（ウェサリウスの『人体の構造に関する七つの本』、通称『ファブリカ』の刊行は一五四三年）。

知の対話篇から認識の航海へ

この間も、作者は、権力の介入を食い止めるべく、テクストの迫力を維持しながらも、細心の注意を払って作品に手を入れる。こうして一五四二年に出されたのが、『ガルガンチュア』改訂版（[NRB 23]）と『パンタグリュエル』改訂版（[NRB 12]）である（リヨン、フランソワ・ジュスト。後者は巻末に『パンタグリュエル占い』を収録）。ところが、「ソルボンヌ野郎」を「ソフィスト」に直すなどして、ソフト・フォーカスをかけたのに、こうした著者ラブレーの苦労もなんのその、旧友エチエンヌ・ドレ――この当時、リヨンで出版業に乗り出していた――が、旧版を勝手に発売してしまう（[NRB 13] [NRB 24]）。そこでラブレーは激怒、両者が絶交するという一幕も演じられる（ドレは、マロが発表を手控えていた――アントウェルペンでは出されてしまったが――激越なる獄中詩『地獄』も無断出版している）。

だが、こうした工夫にもかかわらず、『ガルガンチュアとパンタグリュエル』は翌年、パリ大学神学部作成の禁書目録に掲載されて、ラブレーの動静、またしても不明となってしまう。とはいえ、創作意欲は衰えるどころか、いやまして、一五四六年には、『第三の書』をパリで上梓する（クレチアン・ヴェシェル）。敢然と決意を固めたのだろうか、「医学博士、フランソワ・ラブレー」と、ここに初めて物語を本名で発表したのだった。だが、なんといってもパリは権力のお膝元、書籍商仲間による事前検閲システムも成立していた。そこで今度は、国王の出版独占許可状「特認《プリヴィレージュ》」――期間は六年となっていた――を巻頭に添えて、ガードを固めた。「特認」の趣旨は、むろん版権の保護にあった。だが実際は、いくらでも海賊版が出されてしまうのが、この時代なのであって、リヨン、トゥールーズなどで、さっそく偽版が発売されている。「特認」とはむしろ、国王という認可者の権威をかざすことで、思想統制よけの避雷針のような機能をはたしていたとも思われる。

この『第三の書』では、威厳と英知とをそなえたパンタグリュエルは、背丈も人間なみとなって、舞台の脇から、物語の進行を見つめている。代わりに主役の座についたのがパニュルジュで、結婚すべきかいなか、ハムレットもどきに悩んだあげく、種々の占いや夢判断に、あるいは賢者たちのアドバイスにすがる。にもかかわらずパニュルジュは、いわば不決断という認識の病いをかかえたまま彷徨するしかない。これは「言葉と物」（フーコー）とが乖離してゆく時代の、実存的な不安の表象であろうか？　パンタグリュエルとパニュルジュの一行は、「パンタグリュエリヨン草」を満載して、「聖なる酒びん《ディーヴ・ブテーユ》」――渡辺訳では「徳利明神《とつくりみようじん》」――のお告げを求めて、船出するのだった。物語形式からはやや遠ざかり、対話篇に接近したところの、おもしろまじめな哲学的コメディの極致といえようか。連作中の最高峰との呼び声も高い。

しかしながら、この『第三の書』も、上梓後まもなく『禁書目録』増補版に入れられてしまう。そこでラブレーは、改革派に好意的なロレーヌ地方のメッツ（メス）に逃れて、しばらくは市の医師として勤務するしかなかった。そしてメッツから、ジャン・デュ・ベレーに窮状を訴える書状を送り、それが受けいれられて、ふたたび枢機卿の随員となるのである。

明くる一五四八年、『第四の書』が刊行される（リヨン、ピエール・ド・トゥール）。ところがこれがとんでもない代物で、第一一章が始まり、一行がマクレオン島に上陸したところで、突然終わってしまうという、信じがたい不完全版なのだ（なお、第一一章は、後述する、完全版の第二五章冒頭部分に相当する）。いくら規範からの逸脱志向が強いラブレーでも、こんな尻切れトンボの作品を世に問うわけがない。デュ・ベレー枢機卿に随行してローマに赴く途中で、書きかけの原稿をとりあえず本屋に渡して、手付け金なんぞもらった罰で、勝手に出版されてしまったという推理もあるけれど、真相は藪の中だ。現在ならば返品モノなのに、なにせルネサンスは、鷹揚というかアバウトな時代。こんな欠陥商品まがいの作品でも、何度か増刷されたのだから笑ってしまう。

ともあれ、作者は憤慨して、リヨンの版元ピエール・ド・トゥールとは縁を切る。そして一五五二年には、『第四の書』完全版をパリで上梓するのだ（ミシェル・フザンダ刊）。新国王アンリ二世による一〇年間の「特認」を添え、「難句略解」という単語集までも、おまけに付いている。ただし、この「難句略解」、本人の作かどうか怪しいともいわれる。

他者や書物から与えられる知識に頼らずして、みずから認識の旅に出ること。古代ギリシアの『オデュッセイア』、中世の聖杯物語群、そしてルネサンスの航海記を下敷きにした認識の旅の記録、これが『第四の書』といえようか。が、それにしても最初に上陸する「メダモチ島」について、「ギリシア語でどこでもない場所」（「難句略解」）なんですと説明されれば、もうひとつの「ユートピア」なんですねとも思うものの、航海記全体のリアリティは稀薄にもなる。一行が、次々と上陸する島々も、なにやら雲をつかむような存在であるのは、読み手の能力不足であろうか？

たとえば島民が何も飲み食いせず、ひたすら風のみで生きている、「風《リュアック》の島」（四三、四四章）とは何を象徴するのか？「狼たちは風を食らい」（ヴィヨン『形見分け』）といえば、空腹で飢えていることの比喩なのだが、この島では、風がりっぱな食料となって、民衆は扇で、金持ちは風車で糧をえているとのことだ。でもって、風ばかり食べているとガスがたまりましてねと、おなら論議ともなれば、源内先生の『放屁論』もどきで愉快ではないか。ところが、パンタグリュエルが、「みなさんがエピクロスの快楽説を受けいれるならば、本当にしあわせだと思いますよ」などと容喙して、ぐだぐだと話が続いていくのだ。どうも、物語に迷走の気味が感じられて仕方がない。この「風の島」も含めて、『パンタグリュエルの弟子』別名『パニュルジュ航海記』（現存するのでもっとも古いのは、一五三八年版）という便乗本の挿話を、ラブレーがちゃっかり逆輸入した個所が妙に浮き立つところの、茫洋たる作品という印象が強い。

ただ全体としてみれば、社会諷刺的な側面、スイフト『ガリバー旅行記』を予告するような描き方も目立つので、『第四の書』全体を、ローマ教会を標的とした戦闘的なテクストとして読み解く試みもある。が、この場合でも、フランス教会の自立性を求める「ガリカニスム」とローマ教皇庁との対立・緊張を背景として、作者が、フランス王権の擁護の必要に迫られたという、事情も考慮しなくてはいけないのだが。

それにしても、パニュルジュの実存的な不安は克服されず、最終章で、彼は「恐怖病」におそわれる。そして、例によって例のごとし、スカトロジックな結末が待ち受けている。パニュルジュは、うんちを垂れ流しながら、こんなもの便とでも、糞とでも、うんちとでもなんとでも呼ぶがいいんだと居直ると、「さあ、飲もうじゃないか」と言い放つ。これにて一巻の終わりなのである。

こうして「聖なる酒びん」のお告げにたどりつかないまま、作者ラブレーは、翌年の、すなわち一五五三年の三月に、パリで忽然と世を去って、セーヌ右岸サン＝ポール教会の墓地に埋葬されたらしい。墓碑銘には享年七〇歳と記されていたというが、確かめるすべはない。教会も墓地も残ってはいないのだから。

『第五の書』という曖昧なテクスト

こうした事情もあって、いささかあっけない結末をどうにかしようと、作者の死後に出版されたのが『第五の書』[NRB 54]（一五六四年、刊行地不明、全四七章）で、ここでは「飲みなさい」というお告げが聞こえたことになっている。いや実際は、その少し前にも『未発表、鐘鳴島、フランソワ・ラブレー先生作』という、なんとなく商魂がすけて見えそうな未完成版（[NRB 53]）も発売されている（一五六二年、刊行地不明、全一六章)。さらに、両者とは微妙に異なる構成の稿本も残されていて、よけいにテクスト校訂の問題を不分明なものとしている。

『第五の書』の真偽に関しては、昔からさまざまな議論が繰り返されてきた。最近では、作者が、内容が別の二種類の草稿を残して死んでしまったため、版元とその周辺が、それぞれ勝手にいじくったあげくに、『鐘鳴島』や『第五の書』といった、齟齬のある物語ができあがってしまったという説が有力であるらしい。もちろん、作者ラブレーの草稿が現存しない状況では、そうした推理とても、ひとつの可能性にすぎない。ただひとついえるのは、『鐘鳴島』にしても『第五の書』にしても、あまりに安易な再利用が目立つ、粗雑なできばえの作品にすぎないということだ。熱狂的なラブレー・ファンや研究者は別にして、読まなくてもかまわないのではないのかとも思うのだ。そこにあるのは、多くの場合、ふたつの刊本とひとつの稿本を合成した、面妖な顔をした作品なのだから。したがって、碩学スクリーチのごとく、これを偽書としてばっさりと切り捨てて、名著『ラブレー』([Screech])でいっさい言及しないのも、これはこれでりっぱな見識にほかならない。

そもそも一六世紀には、「作者の輪郭」が、いまだに曖昧であって、当然のことながら、「著作権」という近代的な観念も未成立であった。先に「特認」という出版独占権にふれたが、これとても権利を保護されるのは、著者というよりも、むしろ版元なのであった。芝居の場合などは、もっと極端で、座付き作者ではなく、芝居小屋を所有する興行主が戯曲の所有権を握り、勝手に書き直したりもしていたという。したがって、海賊版がどんどん出たし、やれ剽窃だとか、やれ盗作だとかいっても、現代の感覚とはまったく異なっていたのだ。写本から活字本への過渡期を生きたフランソワ・ヴィヨンが、『形見分け』を、わたしに断りもなく、『遺言書』と呼びたがっている連中がいる」と、詩集『遺言書』のなかに、自作タイトルの訂正文を挟みこんでいた事実を想起すればいい。ラブレーの時代だって、まだまだ似たようなものなのであった。

つまり、フランソワ・ラブレーの作品という惑星のまわりを、『ガルガンチュア大年代記』や『パニュルジュ航海記』が、さらには、ボッシュ、ブリューゲルを連想させる版画集の『パンタグリュエルの滑稽な夢』といった、さまざまな衛星が取り囲んでいるイメージを描いてみればいいのだ。『第五の書』関連のテクスト群も、そうしたサテライト的な存在として位置づけておきたい。

したがって、今回の文庫版では、『ガルガンチュア』『パンタグリュエル』『第三の書』『第四の書』を翻訳の対象とする予定である。境界線上あるいは周辺のテクストは、付録とか別巻といった、別のかたちで紹介したいと考えている。

「メニッポス的な諷刺」

読者・観客への罵言や叱咤激励をもまじえた「前口上（プロローグ）」で始まり、厳粛であるべき主題をもおもしろおかしく取り扱い、時には、語り手が介入どころか、物語のリングに乱入してくる作品。しかも、随所に、料理・子供の遊び・図書目録・道化・たまきん等々の長大なリストが、謎詩・書簡・演説といった「オードブル」——そもそもは「作品の外部」という意味だ——が挟みこまれて、物語の進行をさまたげかねない作品構造。おまけに、たとえば、『パンタグリュエル』の場合、秋の新酒を飲みすぎて、頭がずきずきするもんで、ここらでやめさせてもらいます、続きはフランクフルトのブックフェアで買ってねといった、わがままな終わり方。自分勝手というか、唐突というか、謹厳実直な読み手ならば呆れかえってしまいそうな作品ではないか。

そんなわけだから、ふつうの読者は、ストーリー性に導かれて、『ガルガンチュア』『パンタグリュエル』をなんとか読み通しても、『第三の書』の半ばあたりで首をかしげて、挫折する確率が高い。仮に、そこを強行突破したとしても、『第四の書』の航海譚では、奇妙な島々の挿話に頭がぼやーんとしてきたところにもってきて、膨大なリストというテクストの壁が立ちはだかる。言語的な想像力、語彙のビッグバンに引きつけられたとしても、この難所を越えるのはなかなかむずかしい。

では、どうすればいいのか？　ここは、「小説」に対する既成概念というか思いこみを、いったん捨ててかかる必要がある。ラブレーの場合、ストーリーとは、極端にいえば、詰め物（ファルス）のための口実にすぎない。このような、一見して全然スマートではない物語、詰め物／諷刺が、乱雑にはさまれたところの荒唐無稽な物語が、昔からちゃんと存在したのである。それは「メニッポス的な諷刺」といって、古代ギリシアだったら『本当の話』などを書いたルキアノスが代表選手だ。次いで、ペトロニウスの『サテュリコン』などの傑作を経て、われらがラブレーが登場する。それからスイフト、スターン、さらにはメルヴィルの『白鯨』というように、ヨーロッパ文学には、「メニッポス風の諷刺」という骨太な流れが存在するのだ（以下、詳しくは［宮下2］を参照）。

その際、「ソクラテスの対話」のカーニヴァル性が強まったジャンルこそ「メニッポス風の諷刺」だという、バフチーンの『ドストエフスキーの詩学』での指摘は、傾聴にあたいする（［バフチーン2］）。わたしならば、これを「奇天烈化した、ソクラテスの対話篇」とでも呼んでみたい。それは、真理を試練にかけるための手段として、空想やら破天荒な冒険が招来されるところの、本質的にポレミックなジャンルであり、「強烈なコントラストと撞着的な概念結合」（バフチーン）にみちあふれ、「挿入ジャンル」を特権的に活用したところの、アクチュアルでジャーナリスチックな文学形式にほかならない。したがって当然、矛盾・対立するかに思われる、複数の文体・複数の声を常数として持つのである。

登場人物のことば・思想の対立に重点が置かれた、この「最終的な問いかけ」（バフチーン）のジャンルにおいては、神出鬼没のキャラクターが演じる筋立てにあわせるようにして、戦争と平和、真の信仰といった深刻なテーマが提示されるのだ。そして、こうした「思想たち」が、古代からの伝統の修辞学（レトリック）——エラスムス譲りの「逆説的礼賛」という、道化的なレトリックを想起しよう——というアリーナで乱闘を繰り広げる。解決ではなく、問いかけのジャンルであるからして、最後が唐突だったり、「まあ、一杯やりましょうや」でも、少しもかまわない理屈となる。

多義性と笑う力——今こそ、ラブレーを

著者もまた、作品が形式的にも内容的にもだんだら模様であることを、十分意識している。たとえば『第三の書』の「前口上」で、シマウマ男のエピソードを引き合いに出して、縞模様はきらわれかねないけれど「パンタグリュエル精神」さえあれば平気ですからご安心くだされと述べているのがいい証拠だ。そもそも、ルネサンス時代のユマニストの言説においては、主題と脱線の境界など曖昧なものだし、破格や変調だって、ありふれたことなのだ。モンテーニュが自作について述べた表現を借りるなら、「ちぐはぐな寄せ木細工」であることが、多義性を帯びた、豊饒なるテクストの証左となっているのである。ラブレーの物語も、こうした系譜に属している。なんといってもラブレーは、図柄の曖昧さゆえに境界神ヘルメスを紋章に選んだエラスムスの、世俗語における後継者ではないか(実はエラスムスの早とちりで、ヘルメスではなくディオニソスの図柄だったという落ちがついているが)。並のユマニストであったなら、ラテン語の論文体や対話篇に向かうところを、ラブレーは、下位ジャンルの小説形式に果敢に体あたりしていったのだ。そして、物語の小宇宙で、エラスムス譲りの精神を自由に飛翔させてみたところ、このような作品が成立してしまったという次第ではないのか。

ところでバフチーンは、「メニッポス流の諷刺」のメインストリームに棹さす作品としてラブレーを名指ししながら、それをカーニヴァル性と民衆文化論で解読して、「公式文化からの解放者」と規定したけれど、そうだろうか？「メニッポス流の諷刺」であるからには、知識人も民衆も、聖と俗も、精神と肉体も、どれもこれも渾然一体ということにしておいて、さしたる不都合はないと思うのだが。

ともあれ、《ガルガンチュアとパンタグリュエル》は、さまざまに解釈されてきた。アベル・ルフランが、ラブレーを「理性論的な無神論者」とみなして、近代自由思想の誕生を告げる存在として持ち上げたことに対して、アナール派の創始者のリュシアン・フェーヴルが反駁し、そうした近代的な理性という解読格子で無神論と決めつけることの矛盾を説いたのは有名であろう（『フェーヴル』）。ほかにも、「反修道会の福音主義者」（スクリーチ）、「反スコラ的な神秘主義者」（ドゥフォー）といったものから、「デリダに先立つ、意味の脱構築者」（テレンス・ケイヴ）という勇ましいものまで、作者の思想的立場は、あれこれ解釈されてきた。

けれども、もっぱら思想の器として物語を読むことは、この森の豊かさを見逃すことにもなりかねない。ラブレーの本当の魅力は、自由奔放にことばの想像力を働かせることによって、そこに、豊饒かつファンタスチックな、希有の物語空間を構築したことだと思う。読者にも、この圧倒的なことばの小宇宙を思う存分に体験していただきたいものである。

「作品が生きながらえるには、ラブレーの場合のように、その空想力（ファンタジー）が途方もないもの《モンストリユーズ》であることが要求される」と述べて、フロベールはラブレーを愛読した。「ペン人間《オム・プリュム》」を自称する、この純粋小説家から、ジョイスを経て、クンデラ、大江健三郎に至るまで、ラブレーは現代の文学にも深く浸透している。

ミラン・クンデラにとって、ラブレーは枕頭の書であった。若い頃は、共同寝室で、夜ごと労働者連中に読み聴かせていたという。とりわけ、貴婦人にふられたパニュルジュが仕返しをする、「尿の川」の挿話（『パンタグリュエル』第二二章）が、みんなのお気に入りだった。そしてついに、ひとりの純朴な男にパヌルクというあだ名が付けられた。「パヌルク、シャワーを浴びろ！　さもないと、犬の小便で洗っちゃうぞ」と、みんながからかったという。サルマン・ラシュディ『悪魔の詩篇』を、ラブレーと重ね合わせた小説論の、枕に置かれた、感動的エピソードだ。チェコからフランスに亡命した、この作家は、ユーモアの特質とは、ふれるものすべてを多義的な存在にすることだと強調する。ラブレーの笑い／ユーモアは、「相対性のカーニヴァル」によって、「道徳的な判断」を宙づりにするのである。単一の価値観が押しつけられ、非対称性がきわだつ世界に、われわれは生きている。そうした時代であるからこそ、世界を相対化してくれる笑い／ユーモアが重みを増すのだ。クンデラは、評論をこうしめくくる。

「ユーモアとは、この世界の多義性、他者を裁くことについての人間的な無資格性を明るみに出す、すばらしい閃光である。ユーモアとは、人間的事象の相対性にたいする同意の陶酔、確信というものはないという確信から生ずる不思議な快楽である。(中略) 心を締めつけられながら、私はパニュルジュがひとを笑わせなくなる日のことを思うのである」(『クンデラ』)。

世界の多義性を照射するものとしてのユーモア・笑いの力を、奇天烈な対話篇という思考戦略の尊さを再認識しようではないか。唯一の解釈を強いるような、こわばった、抑圧的な読みや支配に、「理解する前に、そして理解することなく裁いてしまう」(クンデラ) ような愚行に、われらが「パンタグリュエル精神」でもって対抗しようではないか。

『ガルガンチュア』について

作者が直接に関与したとされるエディションに限定して、出版データを掲げておく。

• [NRB 19]:『ガルガンチュア』初版。本文はゴシック体。世界に一部しか残されていない（BN Rés. Y2 2116）。タイトルページが落丁したのを補ったのか、別の白紙が綴じ込まれていて、なぜか、その左上にGargantua. とローマン体で印刷されている。いずれにせよ、本来の扉がないために、版元も刊行年も不明というしかないが、活字やメントの比較などから、次の［NRB 20］と同じく、リヨンのフランソワ・ジュストが版元と考えられる。刊行時期は、一五三五年の始めとも、一五三四年の秋ともいわれる。全五六章、一〇〇葉。八つ折判。

• ［NRB 20］：『ガルガンチュア』（リヨン、フランソワ・ジュスト、一五三五年）。本文はゴシック体。世界に四部残っている。［NRB 19］の補訂版である。なお第二章の「解毒よしなし草」の冒頭には、二つのステートが残る。スクリーチは、虫食いのリアリティを表現しようとして、わざと活字を叩きつぶしたものと推理する（［スクリーチ］を参照）。全五六章、一〇四葉。一六折判。

• ［NRB 23］：『ガルガンチュア』（リヨン、フランソワ・ジュスト、一五四二年）。ゴシック体（タイトルなど一部は、ローマン体）。世界に一〇部ほど残っている。［NRB 19］［NRB 20］では第四章の一部だった「酔っぱらいたちの会話」が大幅に補筆されて第五章となり、第二〇章の一部だった「ガルガンチュアのお遊び」も、［NRB 19］の一四三種類から二一七種類に増加して、第二二章として独立をはたしている。九枚の木版挿絵が章飾りに使われているが、そのうち六枚は、相前後してフランソワ・ジュストが出した『パンタグリュエル』[NRB 12]と共通。とはいえ、『ガルガンチュア』のために彫った、オリジナルの木版は、ほとんどなさそうである。ただし、第一二章「ガルガンチュアの木馬」の挿絵（一〇六ページを参照）は、棒馬遊びをしているので、オリジナルかもしれない。いずれにせよ、この方面の研究はほとんど未開拓といえる。全五八章、一五六葉。一六折判。拙訳の底本である。

そして、最後に、作者が積極的に関与したかはどうかは不明だが、異本文を含む、次の版を挙げておきたい。

• [NRB 21]：『ガルガンチュア』（一五三七年）。版元はリヨンのドニ・ド・アルシーと思われる。ローマン体のモダンなエディションで、ラブレーは[NRB 23]の完成にあたり、この版を活用したと推測されている。九枚の木版挿絵が章飾りに使われているが、同時期に出した『パンタグリュエル』[NRB 10]と共通のものも多い。この版の挿絵も、本文中にいくつか挟んでおいた。

なによりも注意すべきは、くり返しになるけれど、連作《ガルガンチュアとパンタグリュエル》のうちで、『ガルガンチュア』が最初に執筆されたわけではないということだ。わずか三二ページの凡庸な物語『ガルガンチュア大年代記』に触発されたラブレーは、その息子の冒険譚を一二八ページの長編に仕立ててみせた。その『パンタグリュエル』の次に、『ガルガンチュア』に着手したのであった。では、上書きの対象となった、うすっぺらなゴシック体小冊子のあらすじを紹介しておく。

　アルチュス王の宮廷に仕える魔術師メルランは、クジラの骨からグランゴジエとガルメルを作り、やがて息子のガルガンチュアが生まれる。両親は、消えたメルランを探すべく、頭に岩を乗せて旅に出て、やがて、モン＝サン＝ミシェルの海岸に到着する。ブルトン人といざこざとなり、グランゴジエとガルメルは、持参した岩を沖に置く――モン＝サン＝ミシェル島とトンブレーヌ島の起源である。ほっとしたのか、グランゴジエとガルメルは熱病と便秘で急死してしまう。孤児となったガルガンチュア、牝馬を連れてパリに出ると、馬の鈴にちょうどいいと、ノートル＝ダム聖堂の鐘を持ち去るけれど、牛三〇〇頭と羊二〇〇頭と引き換えに返却してあげる。そしてモン＝サン＝ミシェルの海岸に戻って、メルランと出会うと、雲に乗って海峡をひとっ飛び、大ブルターニュはロンドンのアルチュス王の宮廷に赴くのだ。そして、怪力ぶりと大食漢ぶりを誇示して、アルチュス王のために働くことになって、鉄の棍棒や豪華な衣装を作ってもらう。それから、アルチュス王に臣従を誓わないアイルランド、オランダ連合軍との合戦で大活躍して、最後には、敵の巨人との一騎打ちにも勝利を収めるのであった。

ラブレーの『ガルガンチュア』は、この『ガルガンチュア大年代記』の単純なリメークではない。この素材に、一応の敬意を払いながらも、『パンタグリュエル』執筆という経験を大いに生かして、次のような新たな作品を書き上げたのである（章立ては［NRB 23］にしたがい、［Ménager］の要約も参考にした）。

「前口上（プロローグ）」

第一章―二章：ガルガンチュアの家系図。――『解毒よしなし草』という「謎詩」。

第三章―六章：ガルガンチュア誕生。――ガルガメルのご懐妊、「酔っぱらいたちの会話」。

第七章―一三章：ガルガンチュアの幼年時代。――名前の由来、衣装と色彩の意味論、遊びといたずら、尻ふきの方法。

一四章―二四章：教育について。――ソフィストの家庭教師。ユーデモンの聡明さに、ガルガンチュア圧倒され、パリに留学。ノートル＝ダム大聖堂の鐘持ち去り事件。悪しき教育の再確認と「お遊び」のリスト。ポノクラート先生の教育方法、晴天篇ならびに雨天篇。
第二五章―五一章：「ピクロコル戦争」。――発端とピクロコル軍の攻勢、ジャン修道士の登場と活躍。グラングジエ、和平を模索するも受けいれられず。ピクロコルの世界征服の妄想。ガルガンチュア、助太刀に戻る。巡礼、ガルガンチュアに食べられそうになる。修道士歓迎の酒宴と談論。小競り合いと宙づりのジャン。ジャン、敵を殺しまくる。グラングジエの捕虜の扱い。ガルガンチュア、敵を殺して、勝利を獲得し、演説する。懲罰と論功行賞。
第五二章―五八章：「テレームの修道院」。――ガルガンチュアとジャンの対話。テレームの描写、扉の銘文。テレームの男女の生活。「予言の謎詩」。

ミクロな眼差し、マクロな眼差し

この『ガルガンチュア』は、作者が思うぞんぶんに腕をふるっていることを、読者は実感されるにちがいない。これはやはり「父親殺し」の作品なのであって、「リメーク」というならば、それは『パンタグリュエル』との関係においていいうることである。『パンタグリュエル』では、やや手探りの感もあった筆致も、ここでは自信にみちあふれており、かっちりした作品が成立している。だから、読み手も、安心してテクストの海に乗り出すことができる——もちろん時には、「ずいぶんと深入りしてしまったではないか。このあたりで船の帆をおろして」（第一〇章）などと、語り手が、進路をさえぎることもあるけれど。

主人公の家系、奇怪な誕生と成長、教育、戦争と武勲、平和の到来というフレームは、『パンタグリュエル』と共通しているが、そうした骨格に、たっぷりとした肉付けがなされている。戦争と平和、教育問題、君主論・統治論、信仰の真と偽、神の恩寵と自由意志、ユートピア等々、ラブレーが《ガルガンチュアとパンタグリュエル》で取り上げるテーマは、ここにほぼ出つくしている。それらの問題系が、読者に対して迫力ある問いかけをしてくるといえようか。物語の舞台も、変化に富んでいる。作者の故郷から首都パリに移り、「ピクロコル戦争」が始まると、主人公は故郷に呼びもどされる。そして戦後、ロワール河沿いに建設されるというテレームの修道院は、ピクロコル王の架空の世界征服とともに、いかにもユートピア（「どこにもない場所」）的なイメージを際だたせている。

主人公の巨人性は、処女作『パンタグリュエル』と比較した場合、さほど目立たない。その代わりというわけでもないが、ブリューゲルの《子供の遊戯》と双璧をなす遊びの膨大なリストなどをまじえて、子供時代が巨大なカンヴァスに描かれる。とりわけ有名なのは、ガルガンチュア少年が、最高の尻ふき手段を求めて、あれこれ試す挿話だろうか（第一三章）。「かみなどできたなきしりをふくやつは、いつもふぐりにかすのこすなり」という、渡辺一夫による狂歌風の名訳を、あるいは「先日脱糞痛感／未払臀部借財……」という漢詩文を、愉快な気分で口ずさんだ読者も多いにちがいない。この章では、「飲んだり食べたり眠ったり」（第一一章）という「口唇期」の次に訪れる、「肛門期」の本質が、性欲への予感をも含んで、みごとに、かつまた痛快に表現されている。尻拭きの試行錯誤が問いかけるのは、単に排便の体得といったレベルのことではなく、自己と他者、自然と文化といった、認識の問題だと思われる。「尻拭きに触発された自我の発見は、脱糞を通じて人間存在の発見に至る。（中略）己を知るという、ソクラテス的知への第一歩を彼に可能ならしめた」（［細川］）のである。笑う哲学者ラブレーの面目躍如たるエピソードなのだ。

ガルガンチュアの教育のエピソードも、スコラ学とユマニスム、写本時代と活字時代、ゴシック書体とローマン体といった、新旧のコントラストを媒介として、生き生きと描かれている。ポノクラート先生が、古いカリキュラムを再度試して、詳しく観察する挿話などは、実証的な精神のたいせつさを説いているのか？　これじゃあだめだと、薬草エレボルスを使って、知の下剤をかけるのもおもしろい。狂気に効くという薬草のおかげで、ガルガンチュア君は、完全に「初期化」されてしまう。こうしておいてから、「いにしえのローマン書体」に象徴される、新時代の、つまりはルネサンスの教育システムが「インストール」されるという次第。しかも、身体運動をも包摂した、人間が主体的に生きる技術を、真の意味での「人文知」を、生活サイクルに組みこむ方法が模索されている。

『ガルガンチュア』において、格段と現実に密着したフィクションが成立していることも、確認しておきたい。『ガルガンチュア』の半分近くを占める、「ピクロコル戦争」という巨大エピソードを思い出してみよう。そもそも、これはレルネ村のフーガス売りと、スイイー村の羊飼いの喧嘩をきっかけとした小ぜりあい、いわばコップの中の嵐にすぎない。注にも記したごとく、実は、河川の漁業権かなんかをめぐる、ラブレーの父アントワーヌ弁護士と、レルネ村の領主ゴーシェ・ド・サント＝マルトとの裁判合戦という、きわめてローカルな現実を素材としているのだ。したがって物語は、このちっぽけな村落の周辺で展開される。ぜひとも、拙訳に添えた地図（巻末地図2）を参照しながら、戦いの帰趨をたどっていただきたい。より興味を抱かれた読者は、拙訳を携えて、シノン見物なども兼ねて、この挿話の舞台に乗り込まれるといい。ラブレーの故郷が、地形をも含めて、きわめてリアルに再現されていることが実感できるはずだ。

こうした、いわば盆栽のようなリアリティが追求されている一方で、この「ピクロコル戦争」は、ハプスブルク家とヴァロワ家とのヘゲモニー争いという、ヨーロッパの大きな現実をも下敷きにしている。フランソワ一世とカール五世は、神聖ローマ皇帝選挙における争い、各地での戦闘と、さまざまな角逐を演じている。フランソワ一世は捕虜にまでなっているのだ。ここでは、怒りっぽいピクロコル王をカール五世に見立てて、ハプスブルク家の世界支配の野望が揶揄されている。フランソワ一世の懐刀のデュ・ベレー兄弟を後ろ盾にいただいている作者としては、このように現実の政治を虚構のなかに、それとなく書き込んで、フランス王権への忠誠の身ぶりをも示した腹づもりだったのであろうか？

子供の戦争ごっこのような小競り合いと、ヨーロッパ規模の主導権争い——ミクロコスモスとマクロコスモスとを合致させた、優れた挿話である。戦いに破れたピクロコル王が、リヨンに落ちのびて日雇い人足となるという落ち——このカーニヴァル的な奪冠のシーンを、作者はにんまりしながら書いたにちがいない。

「高度の意味」とはなにか

ところが、骨の髄を嚙みしめてよく読んでみると、なんだかわからなくなるというのも、ラブレーのテクストの特徴だ。この「ピクロコル戦争」をめぐっては、すぐ癇癪をおこし、邪欲に動かされるピクロコルという悪玉と、平和を購うことも辞さないという、いわばエラスムス流の和平論者のグラングジエという善玉が対置されている。だが、戦争は回避できず、その段階で主人公ガルガンチュアとジャン修道士がからんでくる。陽気で、茶目っ気もあり、グルメで快楽主義者のジャンは、十字架型の棍棒を手に、敵を次々と殺しまくる。ラブレーは、お得意の解剖学用語をちりばめたくて、ジャン・デ・ザントムール、すなわち「こま切れ男のジャン」を登場させて、おおげさな殺陣のシーンを描いたにちがいない。それにしても、いくら勧善懲悪とはいいながら、修道士が大量殺人を犯すのだから、面食らうのだけれど、いや、これはコミカルなギャグなのだからとか、人形劇みたいなものなのだとか思えば、まあ、とりあえず納得もいく。だが、そのうちにガルガンチュアが、「自己の分身《アルテル・エゴ》」のジャンに、「きみ、ちょっとやりすぎですよ」とかなんとかいって一件落着するだろうと考えたら、大ちがいなのである。なぜならば、グラングジエの気持ちを逆なでするがごとく、ガルガンチュア本人も、「敵兵をばっさばっさと殺して tuant et massacrant」（第四八章）しまうのだから。父親のグラングジエは、さぞ悲しんだと思われる――そうした場面は描かれることはないが。こうして、殺戮をはたしてから、ガルガンチュアは、ようやく戦いの矛を収めて、戦勝演説をおこなうという段取りが採用されているのだ。和平ではなく、殺戮こそが、ガルガンチュアへの世代交代には不可避の通過儀礼なのだろうか？　一例を挙げるにとどめたけれど、ラブレーの物語では、「読者には魂の平安など禁じられている」と、ドゥフォー教授が述べるごとく、とかく作者の筆は、予定調和を乱す方へと漂流していくのである。

さて戦後、ジャン修道士の希望で、他の修道院とは対極の「テレーム修道院」が設立されるが、この挿話の解釈も、なかなかむずかしい。もちろん、平和の到来を記念して、男女がともに仲良く、楽しく暮らせるような空間ということなのだろう。ここでは、なによりも「自由意志」が尊重されるという。それはありがたいではないか。修道院に囲いがないのだって、望ましい。ところが、読み進んでいくと、どうも異様なのだ。みんな自由な服装をしていましたが、やがて改革がおこなわれて、いくつかのファッションが決まりましたという。その個所に、作者は［NRB 20］で、わざわざ「自由意志により」と加筆している。そして結局は、男女に「親和力《サンパティ》」が働いて、毎日、同じような衣服をまとっておりましたとくるではないか。「自由意志」が、安易に「全体意志」にすり変わってしまうような、危うさを感じてしまうのだ。そもそも、だれもがお行儀がよくて、りっぱな教育を受け、男も女も、読み書きはもとより、楽器の演奏もじょうずで、五、六か国語を話し、詩歌や散文までも綴るようなコミュニティ（第五七章）を、ジャン修道士が歓迎するはずがないではないか。

作者は、漠然と、自由意志による個人が、自立的に生きることで、全体意志というレス・プブリカが成立するように思い描いて、こうした共同体を描き出したのだろうか？　だが、「自由意志」を強調すればするほど、読み手としては不安を拭いがたくなる。「自由意志」にこだわるあまり、不自由な世界が生まれてしまったという逆説。ラブレーは、この挿話に対していかなるスタンスを取っているのだろうか？

「……と決められた」と、テレーム修道院の規則が、単純過去形によって、つまりは主体を欠いたままに列挙される文章（第五二章）に、ジャンがちょっかいを出すのも当然ではないのか（この介入については、「マラン」を読まれたい）。ともあれ、テレームという「掟の門」をめぐる個所が、なにやら変調をきたしているのは確かだ。

そして最後に、地中から発見された「謎歌」が披露される。ジュー・ド・ポーム（テニスの前身）の試合の描写にも、福音主義者を待ち受ける受難の予言詩にも読めるように書かれているものの、とにかく全体の雰囲気が暗い。やはり、一五三四年秋から翌年の春にかけての、数度の「檄文事件」と、それに続く弾圧という、暗雲立ちこめる世の中の空気を反映しているような気がする。

テニスと迫害、どちらが表の意味で、どちらが深読みになるというのか？　でも、テニス説のジャン修道士が、「謎詩」に「高度の意味」(「前口上」)があるかどうかなんて気にせず、食い気を優先して、「みんなでごちそうでも食べましょうよ！」と、饗宴のイメージで物語をしめくくってくれるから、正直なところほっとする。深刻なテーマを扱うのはかまわないとして、陰鬱なムードはラブレーには似合わない。

「第五元素の抽出者アルコフリバス先生」が念ずること、それは、テクストを味読して、読者が思うようにエキスを吸収することにちがいない。とりあえずは、「いつだって笑い声をたやさずに、だれとでも酒を飲みかわし、ものごとを茶化してばかり」(「前口上」)のソクラテスさんでいいではないか。そして、このソクラテスさんという箱をあけて、そこになにを見いだすのかは、読者次第なのである。

底本、参考・引用文献

拙訳は、次の校訂版、ならびに〔NRB 23〕の写真複製版を底本としている。

・Rabelais, *Œuvres complètes*, édition établie, présentée et annotée par Mireille Huchon, avec la collaboration de François Moreau, Gallimard, coll. Pléiade, 1994.

なお、ラブレーの校訂をめぐる問題に関しては、拙稿「テクスト校訂をめぐって」(〔宮下2〕に所収)をぜひ読まれたい。

次に、右のプレイヤード版以外に用いた、主要なエディションや翻訳を挙げておく。

・*Œuvres de François Rabelais*, édition critique par Abel Lefranc, Jacques Boulenger etc, Honoré et Edouard Champion/Droz, 1913-1955.〔いわゆる「ラブレー協会版」だが、『第四の書』の途中で頓挫した〕

・Rabelais, *Gargantua*, Droz, T. L. F. 163, 1970.〔スクリーチ編による、「初版」〔NRB 19〕の校訂版。〔Screech 2〕と略す〕

・Rabelais, *Gargantua*, édition de Gérard Defaux, Le Livre de Poche, coll. Bibliothèque Classique, 1994.〔ドゥフォー編による、〔NRB 20〕の校訂版として重要。〔Defaux 2〕と略す〕

- Rabelais, *Œuvres complètes*, édition de Guy Demerson, Seuil, 1995.〔現代フランス語訳が付いた便利な版〕
- Rabelais, *Œuvres complètes*, édition de Pierre Jourda, 2 vols, Garnier, 1962.
- Rabelais, *The Histories of Gargantua and Pantagruel*, translated by J. M. Cohen, Penguin Books, 1955.
- *The Complete Works of François Rabelais*, translated by Donald M. Frame, University of California Press, 1991.
- Rabelais, *Gargantua e Pantagruele*, a cura di Mario Bonfantini, 2 vols, Einaudi, 1953.
- ラブレー『第一之書　ガルガンチュワ物語』―『第五之書　パンタグリュエル物語』全五巻、渡辺一夫訳、岩波文庫、一九七三―七五年。

略号表

注や解説で言及した研究書・翻訳などについては、煩雑さを避けるために、次のような略称を用いたことをおことわりしておく。

[NRB]：S. Rawles/M. A. Screech, *A New Rabelais Bibliography――Editions of Rabelais before* 1626, Droz, T.H.R.219, 1987.

[ヴィヨン]:『ヴィヨン詩集成』天沢退二郎訳、白水社、二〇〇〇年。

[エラスムス1]:《世界の名著17 エラスムス、トマス・モア》中央公論社、一九六九年。エラスムスは、渡辺一夫・二宮敬訳『痴愚神礼讃』、二宮敬訳『対話集』を収録。

[エラスムス2]:二宮敬著《人類の知的遺産23 エラスムス》講談社、一九八四年。月村辰雄訳『学習計画』『パラクレシス』『戦争は体験しない者にこそ快し』を収録。

[エラスムス3]:《宗教改革著作集2 エラスムス》教文館、一九八九年。片山英男訳『キリスト者の君主の教育』などを収録。

[エラスムス4]:エラスムス『平和の訴え』箕輪三郎訳、岩波文庫、一九七四年。

[エラスムス5]:エラスムス『痴愚礼讃』大出晁訳、慶應義塾大学出版会、二〇〇四年。『痴愚神礼讃』からの引用は、ラテン語原本からの初めての本格的な翻訳である、本書を用いた。ただし、この作品に言及する際は、人口に膾炙した『痴愚神礼讃』というタイトルをそのまま使っている。

[オウィディウス]:オウィディウス『変身物語』上・下、中村善也訳、岩波文庫、一九八一/八四年。

[カルヴァン]:『カルヴァン小論集』波木居齊二編訳、岩波文庫、一九八二年。

[クンデラ]:ミラン・クンデラ『裏切られた遺言』西永良成訳、集英社、一九九四年。

[ジュネット]：ジェラール・ジュネット『パランプセスト』和泉涼一訳、水声社、一九九五年。
[スクリーチ1]：マイクル・A・スクリーチ「ラブレーを見る」宮下志朗訳、『みすず』一九九三年一月号、所収。
[ダンテ]：ダンテ『神曲』平川祐弘訳、河出書房新社、一九六六年。
[バーク]：ピーター・バーク『新版イタリア・ルネサンスの文化と社会』森田義之・柴野均訳、岩波書店、二〇〇〇年。
[バフチーン1]：ミハイール・バフチーン『フランソワ・ラブレーの作品と中世・ルネッサンスの民衆文化』川端香男里訳、せりか書房、一九七三年。
[バフチーン2]：ミハイール・バフチーン『ドストエフスキーの詩学』望月哲男・鈴木淳一訳、ちくま学芸文庫、一九九五年。
[フェーヴル]：リュシアン・フェーヴル『ラブレーの宗教――16世紀における不信仰の問題』高橋薫訳、法政大学出版局、二〇〇三年。
[プラトン]：プラトン『饗宴』森進一訳、新潮文庫、一九六八年。
[マラン]：「ラブレーにおけるユートピア的身体」、『食べられる言葉』梶野吉郎訳、法政大学出版局、一九九九年、所収。
[二宮]：「生死の認知をめぐって」、二宮敬『フランス・ルネサンスの世界』筑摩書房、二〇〇〇年、所収。

［細川］：細川哲士「ラブレー」、《教育思想史Ⅵ　ルネサンスの教育思想（下）》、東洋館出版社、一九八六年、所収。
［宮下1］：宮下志朗『本の都市リヨン』晶文社、一九八九年。
［宮下2］：宮下志朗『ラブレー周遊記』東京大学出版会、一九九七年。
［宮下3］：宮下志朗『エラスムスはブルゴーニュワインがお好き』白水社、一九九六年。
［宮下4］：宮下志朗「トリスタンの手紙はいかにして読まれたか」、『書物史のために』晶文社、二〇〇二年、所収。
［森1］：森洋子『ブリューゲルの「子供の遊戯」』未来社、一九八九年。
［森2］：森洋子『ブリューゲルの諺の世界』白凰社、一九九二年。
［森3］：森洋子『ブリューゲル全作品』中央公論社、一九八七年。
［渡辺1］：二宮敬編『渡辺一夫ラブレー抄』筑摩叢書、一九八九年。
［Defaux 1］：G. Defaux, *Pantagruel et les Sophistes*, Martinus Nijhoff, 1973.
［Ménager］：D. Ménager, *Rabelais en toutes lettres*, Bordas, 1989.
［Rigolot］：F. Rigolot, L'affaire du «torchecul»: Michel-Ange et l'emblème de la charité, in *Etudes Rabelaisiennes*, Tome XXI, Droz, 1988.
［Screech］：M. A. Screech, *Rabelais*, Cornell U. P., 1979.〔M. A. Screech, *Rabelais*, traduit de

l'anglais, Gallimard, 1992〕

これ以外に、ラブレー関連の日本語文献として、次のものを挙げておきたい。

渡辺一夫『ラブレー雑考』上・下、《渡辺一夫著作集　1・2》筑摩書房、一九七〇年。

荻野アンナ『ラブレー出帆』岩波書店、一九九四年。

マドレーヌ・ラザール『ラブレーとルネサンス』篠田勝英・宮下志朗訳、白水社、〈文庫クセジュ〉、一九八一年。

なお、聖書からの引用は、日本聖書協会による「新共同訳」を使用した。

巻末の年表作成にあたっては、内外の文献を参照したが、日本語のものとしては次を参考にした。

・渡辺一夫『フランス・ユマニスムの成立』岩波書店、〈岩波全書〉、一九七六年、所収の「略年表」。

・二宮敬編「ラブレー年譜」、ラブレー『第一之書　ガルガンチュワ物語』渡辺一夫訳、岩波文庫、一九七三年、所収。

・二宮敬「エラスムス　その日その日」、[エラスムス2]所収。

・柴田三千雄・樺山紘一・福井憲彦編『世界歴史大系　フランス史2』山川出版社、一九九六年、所収「フランス史年表」。

・宮下志朗「〈ガルガンチュワ〉の時代――年表作成の試み」、『仏語仏文学研究』一四号、中央大学、一九八二年、所収。

＊

高校時代は、大江健三郎に夢中だった――ほかにも安部公房、高橋和巳、倉橋由美子が好きだったから、われらが世代の平均的な文学青年ということなのだが。大江のエッセイで、渡辺一夫という存在を知って、フランス・ルネサンスに興味を抱いた。その頃、『大江健三郎全作品』(新潮社)が出て、月報に、仏文研究室で渡辺を囲む写真が載っていたりして、大いに憧れたものだ。今から思うと、なんとも純情な若者なのだった。とはいえ、憧憬の対象には近づかないほうが賢明だとも思っていたし、ましてや研究者になろうという気持ちなど、これっぽっちもなく、無為な日常をすごしていた。ところが、それから月日がめぐり、いつのまにかフランス語教師になっていた。でも、ラブレーはやはりむずかしい。サイドアタックでいこうと決めて、『本の都市リヨン』(晶文社)を書いた。そこでのラブレーは、ほんの脇役にすぎない。その後、『ラブレー周遊記』(東京大学出版会)という著作も出したけれど、タイトルが示すように、主として作品の敷居や周辺を扱っている。だが今回はちがった。翻訳という形で、ラブレーに直接アタックすることになったのだから。

古典にはいくつも訳があっていい、ダンテを見よ、シェイクスピアを見よと、口でいうのは簡単だ。しかし、渡辺一夫訳には、そうしたものいいを許さないほどの威厳が備わっている。この歴史的な名訳を、尊崇の念で仰ぎつつも、なるべく明快な訳文を実現すること——このことを念頭に、原文にアタックした。翻訳の姿勢としては、数年前にモンテーニュを抄訳したときと変わらない（『エセー抄』みすず書房）。ラブレーは、語りのレベルで、さまざまな声を使い分けているのだから、それを訳文に反映させてみた。語り手を中立的な存在にして、「である」で通せば、悩みは少なかったであろうが、そうはせず、冒険してみたのである。

渡辺訳には、「集注版（ヴァリオルム）」のおもむきがあって、さまざまな解釈を紹介しているが、そうした方針は採用しなかった。もちろんページの制約もあるけれども、訳者の気持ちとしては、とにかく読者に、物語を愉しく読み通してほしいから、注釈の森で本文を窒息させたくはなかった。とはいっても、ものがラブレーなのだからして、注解なしというわけにもいかない。で、短い事項注などは、あえて割り注にして、それ以外の、解釈にかかわる注解などは、章ごとにまとめて、小口注というかたちで添えることにした。でも、そんなものは無視して、最初はとにかく、ぐんぐんと読み進んでいってくだされぱいい。むろん、解説などは、後まわしでかまわないのである。

ラブレー先生は、フロベールとはちがって「わたしが生きているかぎり、自著に挿絵は入れさせません。（中略）絵があると、観念がそこで閉じられてしまいますから」という証言を残してはいないので、挿絵も、少しだけ入れさせてもらった。ただし、底本とした [NRB 23]、および [NRB 21] の挿絵に、つまり同時代のものだけに限定した。ギュスターヴ・ドレのものなどを入れだしたらきりがないので、表紙のデザインを例外として、今回は見送った。その代りに、リヨンやパリの都市図を、さらにはピクロコル戦争の舞台となったラ・ドヴィニエール周辺の地図も収めておいたので、ぜひとも、参照して愉しんでいただきたい。

拙訳で初めてラブレーに接する若い読者が、ラブレーの「おもしろまじめ」な小説を喜んでくださることを、心から祈りたい。そしてまた、永年にわたって渡辺訳に心酔してきた読者も、拙訳を歓迎してくださらんことを。

＊

本書を、今は亡き二宮敬先生に捧げたい。フランス・ルネサンスが好きなだけの凡庸な学生を、ずいぶんと可愛がってくださった。たびたび、お宅におじゃましては、フサ先生をまじえて、夜が明け初めるまで談論風発に及んだのは、忘れがたい思い出である。渡辺一夫の愛弟子として、ラブレーの新訳を期待されながら、先生は、渡辺訳の補訂というストイシズムを貫かれたまま、逝去された。自分の不肖の弟子が、こともあろうにラブレーの新訳を出したと知ったら、なんとおっしゃるだろうか？

ラブレーの新訳をどうですかと、筑摩書房の岩川哲司さんにいわれたのは、かなり前のことだ。友人の肝いりで、バルザックの小説『骨董室』を訳す機会が訪れたので、優れたバルザック読みで、『骨董室』のファンでもある岩川さんに、拙訳のゲラを読んでもらったことがある。そんな頃に、この申し出があったと記憶している。光栄ではあるが、その責任はあまりに重く、しばらくのあいだは曖昧な返事しかできなかった。だが、ええい、なるようになれと、あれこれ具体的な準備を始めたのは二年ほど前のことにすぎない。そして暇を見ては訳し始めたところ、ぐんぐんと筆が進むのには自分でも驚いてしまった。学生時代、がむしゃらに、この難解なテクストに挑戦した日々がよみがえってきたような気がした。こうして、とにかく『ガルガンチュア』を訳し終えることができた。岩川さんの、優しい励ましのことばのおかげである。深く深く感謝したい。次は『パンタグリュエル』。さらに忙しい日々が待ち受けているが、「神聖徳利」のご加護のあらんことを。

二〇〇四年秋

宮下志朗

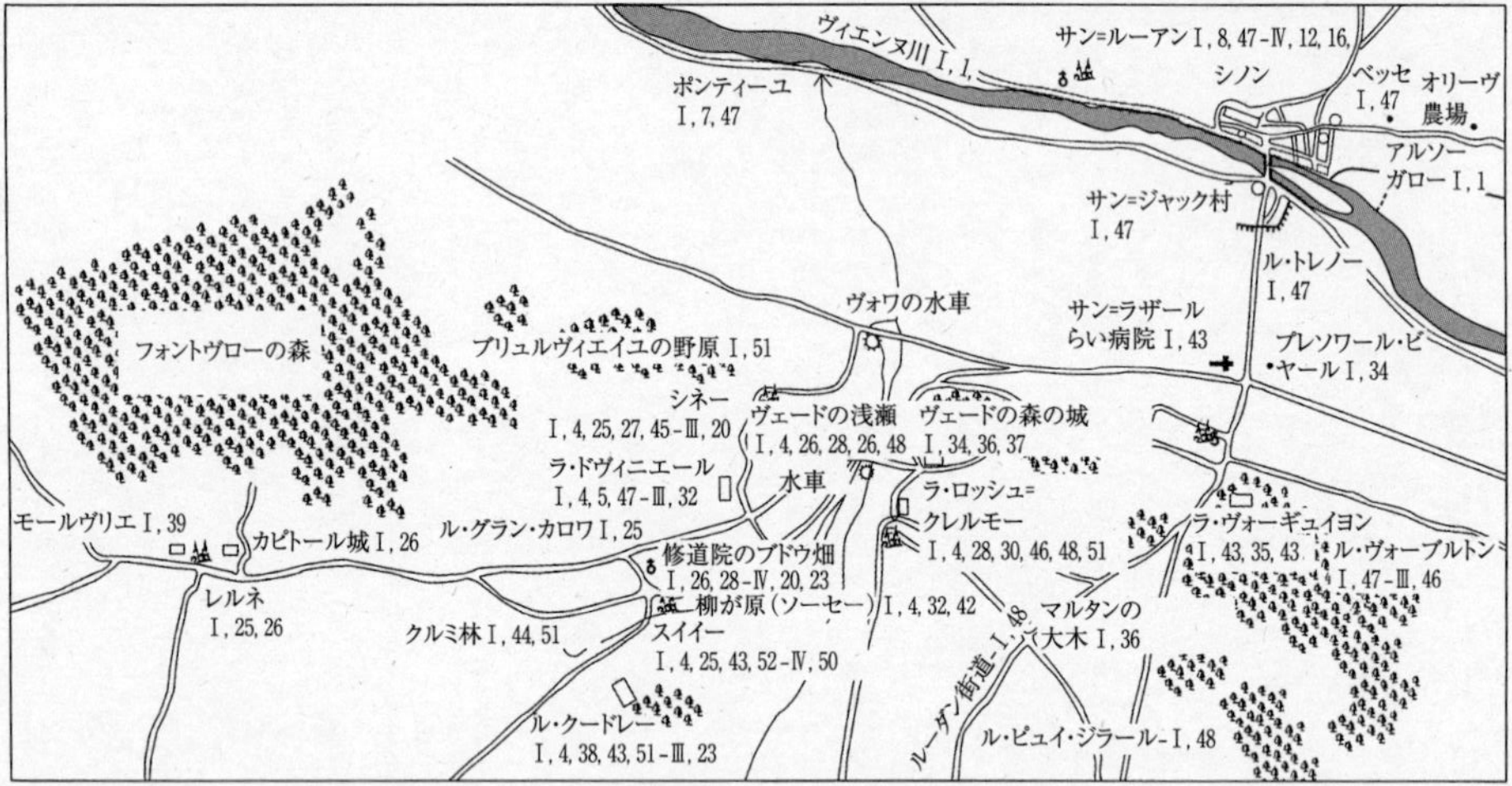

巻末地図２　ピクロコル戦争の舞台

（I, 25とあれば『ガルガンチュア』第25章に、IV, 20とあれば『第四の書』第20章に出てくる）

［出典］M. Hubert-Pellier/J. Vivier, Sur le pas de Rabelais en Touraine, C.L.D.,2001.

年表

ラブレー関係の項目はゴシック体で組んである。
文学作品や絵画などの情報は、各年度の最後にまとめて記載してある。

1483年

フランソワ・ラブレー、シノン、あるいは郊外のラ・ドヴィニエール――分益小作地を所有――に生まれる。父親アントワーヌはシノンの弁護士である。

1484年

8月30日：ルイ11世死去、シャルル8世即位。

・ボッティチェッリ《ヴィーナス誕生》(ウフィッツィ美術館)

1486年

・『笑劇、ピエール・パトラン先生』(リヨン)

1488年

7月27日：サン＝トーバン＝デュ＝コルミエの戦い。フランス国王軍が、オルレアン公ルイの率いるブルターニュ連合を破る。

9月9日：ブルターニュ公フランソワ2世死去。アンヌ・ド・ブルターニュが後継者となる。

1489年

・ヴィヨン『大小遺言書』(パリ)〔最初の刊本〕

1491年

12月13日：シャルル8世、アンヌ・ド・ブルターニュと結婚。ブルターニュの併合が確定的に。

1492年

コロンブス、第1回目の航海、西インド諸島に上陸。

・フィレンツェのロレンツォ・デ・メディチ死去。

・マルグリット・ド・ナヴァール生まれる（†1549）

1493年

・この頃、『無銭飽食集成』（パリ）〔ヴィヨン学士を主犯に見立てた詐欺文学〕

1494年

旧説によれば、ラブレーはこの年に誕生したとされる。

9月1日：シャルル8世、ナポリ王国の継承権を求めてイタリアに攻めこむ。「イタリア戦争」（-1559）の開始。これがきっかけで梅毒がフランスに持ちこまれたともいう。

・フランソワ・ダングレーム、後のフランソワ1世生まれる（†1547）

・サヴォナローラ、メディチ家を追放して、フィレンツェの権力を握る。

・アンジェロ・ポリツィアーノ没。

・ゼバスティアン・ブラント『愚者の船（阿呆船）』（バーゼル）

1495年

・ロベール・ガガン『フランス起源論』（パリ）

1496年

・クレマン・マロ生まれる（†1544）

1497年

・フィリップ・メランヒトン生まれる（†1560）

・レオナルド・ダ・ヴィンチ《最後の晩餐》(ミラノ、サンタ・マリア・デッレ・グラツィエ聖堂)

1498年

4月7日:シャルル8世死去、ルイ12世即位。

5月23日:サヴォナローラの処刑。

12月17日:ルイ12世、ジャンヌ・ド・フランスと離婚し、翌年、未亡人となったアンヌ・ド・ブルターニュと再婚。

・ヴァスコ・ダ・ガマ、インドのカリカットに到達。

1499年

10月:フランス軍、ミラノとジェノヴァを占領。

・マルシリオ・フィチーノ没。

・フランチェスコ・コロンナ『ポリフィルスの夢』(ヴェネツィア)

1500年(聖年である)

・のちのカール5世、ネーデルラントのヘントに生まれる。

・エラスムス『格言集』初版(パリ)

・デューラー《1500年の自画像》(ミュンヘン、アルテ・ピナコテーク)

1501年

8月:フランス軍、ナポリに入る。

1502年

・ロードス島、オスマン・トルコに攻略される。

・ジョスカン・デ・プレ《ミサ曲集第1巻》

1503年

12月29日:フランス軍、ナポリ王国から駆逐される。

・ノストラダムス生まれる(†1566)

・この頃、レオナルド《モナ・リザ》(ルーヴル美術館)

1504年

9月22日：「ブロワ条約」。フランス、イタリアを失う。

・エラスムス『キリスト教兵士提要』（アントウェルペン）

1506年

・エラスムス、モア共訳『ルキアノス小品集』（パリ）

1508年

・「カンブレ同盟」。教皇ユリウス2世の提唱のもとに、神聖ローマ皇帝マクシミリアン1世とフランス王ルイ12世が同盟を結成し、ヴェネツィア、トルコを牽制。

・ギヨーム・ビュデ『ユスティアヌス法典注解』上巻（パリ）

1509年

・イギリス王ヘンリー8世即位。

・エチエンヌ・ドレ（†1546）、ジャン・カルヴァン（†1564）生まれる。

・ルフェーヴル・デタープル『詩編校合5編』（パリ）〔旧約聖書の原典批判の嚆矢〕

1510年

・ジャン・ルメール・ド・ベルジュ『ゴール縁起』全3巻（-1513、パリ）

・ギヨーム・ポステル（†1581）、ベルナール・パリッシー（†1590）、アンブロワーズ・パレ（†1590）生まれる。

1511年

ラブレーはこの頃、アンジェ近くのラ・ボーメットのフランチェスコ会修道院に入ったのか。

10月4日：教皇ユリウス2世、スペイン、ヴェネツィア、スイスと神聖同盟を結成してフランスに対抗。

・エラスムス『痴愚神礼讃』（パリ）

・ヘルマン・ボーテ『ティル・オイレンシュピーゲル』初版（シュトラスブルク）〔1510年の可能性もある〕
・フィリップ・ド・コミーヌ没。

1512年

4月11日：ラヴェンナの戦い。フランス軍、「神聖同盟」軍を撃破。
9月14日：メディチ家、フィレンツェに帰還する。
・ルフェーヴル・デタープル『パウロ書簡注解』（パリ）

1513年

フランス軍、敗北が続く。国王は、新教皇レオ10世に恭順を誓う。
・ジャン・ルメール・ド・ベルジュ『二言語の和合』（パリ）〔「二言語」とは、フランス語とイタリア語〕。マキャヴェッリ『君主論』完成（刊行は1532年だが、写本で評判に）。

1514年

1月9日：国王妃アンヌ・ド・ブルターニュ死去。
5月18日：ルイ12世とアンヌ・ド・ブルターニュの娘のクロード・ド・フランス、フランソワ・ダングレームと結婚。
10月9日：ルイ12世は、英国王ヘンリー8世の娘マリーと結婚。
・アラン・ブシャール『ブルターニュ大年代記』（パリ）、ギヨーム・ビュデ『古代貨幣考』（パリ）。

1515年

1月1日：ルイ12世死去。娘婿のフランソワ・ダングレームが、国王フランソワ1世として即位。同月25日にランスで戴冠式を、2月15日にパリ入市式を挙行。

9月14日：マリニャーノの戦いで勝利し、ミラノを奪回。
・セバスティアン・カステリヨン生まれる（†1563）
・この頃、ボッシュ《快楽の園》（プラド美術館）、グリューネヴァルト《イーゼンハイム祭壇画》（コルマール、ウンターリンデン美術館）
・北海道で、アイヌの蜂起。

1516年

8月18日：ボローニャ政教協約。教皇が、フランス国王の高位聖職者叙任権を承認し、ここに「ガリカニスム」が確立する。
11月29日：フリブールで、スイスと永久平和条約を結ぶ。
・ギヨーム・ブリソネ、モーの司教に就任。
・この年、フランソワ1世の招聘で、レオナルド・ダ・ヴィンチがフランスへ。アンボワーズ近くのクロ・リュッセの館に住む。
・アリオスト『狂えるオルランド』初版（フェラーラ）、エラスムス『校訂新約聖書』『キリスト教君主教育』（バーゼル）、モア『ユートピア』（ルーヴァン）。

1517年

10月31日：ルター、「95箇条の提題」を発表。ドイツ宗教改革の始まり。
・ウルリッヒ・フォン・フッテン『無名人書簡集　続巻』（ケルン、シュトラスブルク）、ロイヒリン『カバラ術について』（ハーゲノー）、エラスムス『平和の訴え』（バーゼル）。
・メルリン・コカイオ〔＝フォレンゴ〕『バルドゥス』初版（ヴェネツィア）〔「混交体文学（マッケローニ）」の傑作で、ラブレーにも影響〕

1518年

10月：カエタヌスによるルター審問。

・エラスムス『結婚礼讃』（ルーヴァン、バーゼル）

1519年

1月12日：皇帝マクシミリアン1世死去。フランソワ1世、スペイン王カルロス1世と皇帝位を争う。

6月28日：選挙により、カルロス1世が皇帝カール5世（シャルル＝カン）として即位。

・フランソワ1世、シャンボール城の建造を決意。

・レオナルド・ダ・ヴィンチ没。

・ビュデ、『君主教育論』稿本をフランソワ1世に謹呈する。

・クロード・セーセル『フランス君主制論』（パリ）

1520年

6月：フランソワ1世とヘンリー8世による「金襴の陣の会見」。モア、ビュデ、マロなども列席。ただし和平交渉は不調に終わる。

6月15日：教皇レオ10世、教書を出してルターの著作を断罪し、破門をほのめかす。

9月：カール5世、ネーデルラントの改革派を弾圧する最初の王令を出す。

10月頃：ラブレー、フォントネー・ル・コントのフランチェスコ修道会に入る。同僚のピエール・アミーとともにギリシア語を学び、法学者アンドレ・チラコーのサークルに出入りする。ギヨーム・ビュデに書簡を送る（現存せず）。

10月23日：カール5世、エクス＝ラ＝シャペル（アーヘン）で戴冠式。

・フランソワ1世、パリに王立図書館を創設。

・ノエル・ベダ、パリ大学神学部理事に。
・スレイマン1世、オスマン・トルコのスルタンに即位(†1566)。
・ルター『キリスト者の自由』(ヴィッテンベルク)、マキャヴェッリ『戦争の技術』(フィレンツェ)。

1521年

1月3日：ルター、破門される。
3月4日：ラブレー、ビュデに書簡を送る。〔そのなかで、「青年 adolescens」を自称しており、ラブレーの生年との関連で問題となる〕
6月：ブリソネ、ルフェーヴル・デタープルを招く。「モーのグループ」の誕生。
・カール5世とフランソワ1世の「第一次戦争」(-1526)。
・メランヒトン『神学通論』『修辞学教育』(ヴィッテンベルク)

1522年

4月27-29日：フランス軍、ビコッカの戦いで皇帝軍に負け、ミラノを失う。
12月：スレイマン1世、ロードス島を攻略。ヨハネ騎士修道会は、やがてマルタ島に退く。
・ジョワシャン・デュ・ベレー(†1560)、ルイーズ・ラベ(†1566) 生まれる。
・エラスムス『対話集　増補版』(バーゼル)、ルフェーヴル・デタープル『四福音書注解』(パリ)。

1523年

8月12日：パリ大学神学部、ギリシア語・ヘブライ語から直接に訳した聖書の出版を禁じる。
・ブルボン公シャルル、カール5世側に寝返り、亡命する。

・パリ大学神学部、ブリソネと「モーのグループ」を糾弾。
・ギヨーム・ファレル、パリに最初の改革派教会を設立。
・ツヴィングリ、チューリヒで宗教改革。
・カルヴァン、保守派の牙城モンテーギュ学寮に入る。
・ルフェーヴル・デタープル『フランス語訳新約聖書』(パリ)

ラブレーとピエール・アミーは、ギリシア語書籍を没収される。

1524年

1月27日：ビュデ、ラブレーに書簡を送り、ギリシア語書籍が返却されたことを喜ぶ。

6月：ブルボン公、皇帝軍を率いてプロヴァンスに侵入。

ドイツ農民戦争（-1525)。

この頃、ラブレーは、教皇クレメンス7世に、フランチェスコ会からベネディクト会への転籍を嘆願する。その後、聖職録保有の許可を願い出る、第二の嘆願書も提出。

やがて、ポワトゥー地方マイユゼーのベネディクト会修道院に移ったのか。そして院長・司教のジョフロワ・デスチサックの保護を受ける。

・チラコー『婚姻法について』新版（パリ）〔ラブレーがギリシア語で「チラコー讃」を、アミーがラテン語で「ラブレー讃」を寄せる。チラコーは、ラブレーによるヘロドトス『歴史』第2巻のラテン語訳を称賛〕
・ジャン・ブーシェ『アキテーヌ年代記』(パリ)、エラスムス『自由意志論』(バーゼル)。

1525年

2月24日：フランス軍、パヴィアで敗北を喫して、フランソワ1世は捕虜となり、スペインに連れていかれる。母親

のルイーズ・ド・サヴォワが摂政に。

5月27日：ドイツ農民戦争の指導者トマス・ミュンツァー、処刑される。やがて各地の農民団も鎮圧される。

8月26日：パリ大学神学部、フランス語訳聖書の出版を禁止。ルフェーヴル・デタープルの仏訳も焚書となる。「モーのグループ」は解散させられて、ルフェーヴルは、その後シュトラスブルク（ストラスブール）に亡命。

ラブレーは、リギュージェの付属修道院にいたらしく、ジャン・ブーシェなどとの友誼を結ぶ。

・「再洗礼派」が生まれる。

・ブリューゲル生まれる（†1569）

・シャンピエ『騎士バイヤールの勇ましい生涯』（リヨン）、ルター『奴隷意志論』（ヴィッテンベルク）。

・ジャン・クルエ《フランソワ1世の肖像》（ルーヴル美術館）

1526年

1月14日：「マドリードの和約」。フランスは、旧ブルゴーニュ公領、ミラノ、ナポリなどを放棄し、フランドル・アルトワの宗主権をカール5世に譲る。

3月17日：フランソワ1世、息子二人を人質にして、釈放される。

5月22日：コニャックで「神聖同盟」の締結。カール5世に対抗して、教皇やヴェネツィアと組む。

「9月6日朝」、リギュージェの修道院で、ブーシェ宛てに書簡詩を書く（1545年にブーシェの著作に収録）。

・ノエル・ベダ『覚え書き』（パリ）で、エラスムス、ルフェーヴル・デタープルを指弾する。

・エラスムス『ノエル・ベダの誹謗書を反駁す』（バーゼ

ル)、ビベス『貧民救済論』(ブルッへ)。

1527年

5月6日：皇帝軍、ローマに侵攻。翌年まで占領を続けて、「ローマの略奪（サッコ・ディ・ローマ)」に。

・王姉マルグリット・ダングレーム、ナヴァール王アンリ・ダルブレと結婚して、マルグリット・ド・ナヴァールとなる。

・リヨンに、トリニテ学寮設立。

・マキャヴェッリ没。

・アグリッパ・フォン・ネッテスハイム『学芸の不確実性とむなしさについて』(ケルン)〔この医師・哲学者は、『第三の書』のヘル・トリッパのモデルとされる〕

1528年

1月22日：英仏両国、カール5世に宣戦を布告。

・フランス、オスマントルコと通商協定を結ぶ。

・ブーローニュ城（通称「マドリード城」）の建築開始。

・カルヴァンは、この頃モンテーギュ学寮を出て、オルレアン大学、次いでブールジュ大学で法律を学び、1530年に法学士となる。

・イグナティウス・デ・ロヨラ、モンテーギュ学寮に入る。

・カスティリオーネ『宮廷人の書』(ヴェネツィア)、エラスムス『キケロ派』(バーゼル)。

・クレマン・ジャヌカン《鳥の歌》

1529年

4月17日：エラスムス『平和の訴え』などを仏訳した、改革派ユマニストのルイ・ド・ベルカンの処刑。

4月25日：リヨンで「大暴動（ラ・グランド・ルベーヌ)」発生。穀物価格の暴騰が主たる理由。

8月3-5日：フランソワ1世とカール5世の「カンブレの和議」、別名「貴婦人の和議」(ルイーズ・ド・サヴォワとマルガレーテが代理で署名した)。フランスはブルゴーニュ、プロヴァンスなどを領有し、代わりにナポリ、ミラノなどを放棄。トマス・モア、クレマン・マロなども列席。

秋：マールブルク会談。ルター派とツウィングリ派の和解の試みも、対立解けず。

・エチエンヌ・パーキエ生まれる（†1615)。

・ジョフロワ・トリー『シャンフルリー』(パリ)、ビュデ『ギリシア語考』(パリ)、エラスムス『子供の教育について』(バーゼル)、ルキアノス『本当の話』最初の仏訳（パリ)。

・アグリッパ・フォン・ネッテスハイム『女性の高貴さと優越性について』(アントウェルペン)

・フランス語版『ティル・オイレンシュピーゲル』(パリ)〔「1539年、アントウェルペン刊」とあるが、実際は1529年パリ刊とされる〕

・ポントルモ《墓に運ばれるキリスト》(フィレンツェ、サンタ・フェリチタ聖堂)

1530年

3月：「王立教授団」の発足（「コレージュ・ド・フランス」の前身)。しかしながら、パリ大学神学部により、「異端にして、つまずきの源」と非難される。

6月-11月：「アウクスブルクの国会」。ルターの代理でメランヒトンが「アウクスブルク信仰告白」を提出するも、皇帝カール5世との対立は激化。

この頃、ジャンとギヨームのデュ・ベレー兄弟は、ヘンリー8世の離婚問題をめぐる調停などで、英仏、さらには教

皇庁との仲介役として尽力している。

9月17日：ラブレー、モンペリエ大学医学部に登録。修道院の許可は得ていない。

10月18日：モンペリエ大学で、解剖学講義に列席。

11月1日：医学得業士（バシュリエ）となる。

・ラ・ボエシー（†1563）、ジャン・ボダン（†1596）生まれる。

・ジャン・ブーシェ『高貴にして、恋する婦人の勝利』（ポワチエ）、ルフェーヴル・デタープル『新約ならびに旧約聖書』仏訳（アントウェルペン）。

1531年

・ドイツのプロテスタント諸侯、「シュマルカルデン同盟」を結成して、カール5世に対抗する。

・リヨンに、世俗の慈善組織「大施物会」が創設される。リヨン地方、干ばつに苦しむ。

・国王の注文で、ミケランジェロの《レダと白鳥》（模写のみが現存）がフランスに運ばれ、年末にリヨンに到着。その刺激的なポーズが話題となる。

4月-6月：ラブレー、教育実習として医学部で講義。ヒポクラテス『箴言集』、ガレノス『医術について』をギリシア語原典によって講じる。

・アンリ・エチエンヌ生まれる（†1598）。ツウィングリ没。

・『味わい深い模範短編集』（パリ、リヨン）〔『デカメロン』『オイレンシュピーゲル』、ポッジョなどの仏訳を収める〕

・マルグリット・ド・ナヴァール『罪深き魂の鏡』（アランソン）、アグリッパ『オカルト哲学』（ケルン）、エラスムス『箴言集』（バーゼル）。

・越前、一向一揆。

1532年

8月4日：ヴァンヌ高等法院、フランスとブルターニュの統一を認める。

8月14日：国王一行のレンヌ入市式。王太子がブルターニュ公位を戴冠し、ブルターニュのフランスへの併合が演出される。

ラブレー、マナルディ『医学書簡第二巻』を刊行（リヨン）、チラコー宛ての献辞を添える（6月3日付け）。

『ヒポクラテスならびにガレノス文集』ラテン語訳（リヨン）、ジョフロワ・デスティサック宛て献辞を添える（7月15日付け）。

『ルキウス・クスピディウスの遺言書』刊行（リヨン）、アモリー・ブシャール宛て献辞を添える（9月4日付け）。〔このテクストは、のちに偽書だと判明する〕

9月：ジャン・デュ・ベレー、パリ司教となる。

10月：北フランスで、フランソワ1世とカール5世の会談。

11月1日：ラブレー、リヨン市立病院――管轄は「リヨン大施物会」――の3代目の医師に任命される。年俸40リーヴル。「木材通り」の居宅から、病院に通う。

11月30日：ラブレー、エラスムスに書簡をしたためて「あなたの学識ある乳房で育った」と敬愛の念を表明する。またキケロ派によるエラスムス批判の著者スカリジェールが実在人物であることを教える。

『ガルガンチュア大年代記』（リヨン）〔32ページの小冊子〕

アルコフリバス・ナジエ『パンタグリュエル』初版（リヨ

ン、クロード・ヌーリー）〔アルコフリバス・ナジエは、フランソワ・ラブレーのアナグラム。刊行年が入っておらず、1531年説もある〕

司厨長アルコフリバス先生『パンタグリュエル占い。1533年用』（リヨン、フランソワ・ジュスト）〔扉の絵は『愚者の船』から借用。1535, 1537, 1538年用として再版。次いで「万年用」となる〕

『1533年用の暦』〔断片らしきものが伝わるのみ。「医学博士にして占星術教授の、わたくしフランソワ・ラブレーの作」とある〕

12月4日：シャンベリーの聖骸布、危うく焼失をまぬがれる。

・南仏のヴァルド派、改革派と合流する。

・エチエンヌ・ジョデル生まれる（†1573）

・マロ『クレマンの青春詩集』（パリ）、アリオスト『狂えるオルランド』決定版（フェラーラ）、マキャヴェッリ『君主論』（ローマ）。

1533年

2月15日：ラブレー、3か月分の俸給10リーヴルを受領。

四旬節：ジェラール・ルーセル、ルーヴル宮で福音主義的な説教をおこない、評判をとる。ソルボンヌ（パリ大学神学部）、ノエル・ベダを筆頭にルーセルを攻撃し、「反ルター」の運動を展開、ジャン・デュ・ベレーの態度を生ぬるいとして批判する。また、改革派シンパの王姉マルグリット・ド・ナヴァール『罪深き魂の鏡』を発禁にしようとしたらしい。

5月18日：フランソワ1世、ルーセルの身をマルグリット・ド・ナヴァールに預ける。

5月26日：ノエル・ベダ、パリから追放される。以後、両派による中傷文書合戦。マロも、改革派シンパとして、風刺詩を制作。
5月-6月：宮廷、リヨンに滞在（のちのアンリ2世との結婚を10月に控えて、カトリーヌ・ド・メディシスがお輿入れしてきた）。
6月7日：ソルボンヌ、有害な書物を生み出す印刷術の廃止を国王に訴える。
ラブレー、この頃、ジャン・デュ・ベレー、メラン・ド・サン＝ジュレの知遇を得る。
10月：カルヴァンの書簡により、ソルボンヌでは『パンタグリュエル』を、『罪深き魂の鏡』などとともに「汚れた、罪深い書物」と考えていたことがわかる。
11月1日：福音主義者のパリ大学総長ニコラ・コップの演説が物議をかもす。コップはバーゼルへ、演説原稿の起草者カルヴァンはアングレームへ亡命する。
11月末：ルーセル、投獄される。
12月1日：『パリ大学神学博士ノエル・ベダ先生の告白』（ヌーシャテル、ピエール・ド・ヴァングル）〔改革派による偽書〕
12月10日：フランソワ1世、異端者対策の強化をパリ高等法院に命じる。
・フォンテーヌブロー宮殿の、ロッソによる「フランソワ1世回廊」の装飾が始まる。
・アントワーヌ・マルクール『だれにも役立つ商人の書』（ヌーシャテル）〔副題に「パンタグリュエルの殿さまの隣人にして、斯道の優れたる専門家パンタポル殿の書き下ろし」とある。クロード・ヌーリー工房の職人で、改革派と

なってスイスに移ったピエール・ド・ヴァングルが出した風刺文。マルクールは改革派牧師で、翌年の「檄文」の起草者〕

・マロ編『パリのフランソワ・ヴィヨン作品集』(パリ)、グラチアン・デュ・ポン『男性と女性の論争』(トゥールーズ)。

・ホルバイン《大使たち》(ロンドン、ナショナル・ギャラリー)

1534年

1月：ノエル・ベダ、パリに戻り、王立教授団の聖書解釈やヘブライ語教育を批判。

1月半ば：ラブレー、パリ司教ジャン・デュ・ベレーに伴ってローマへ向かい、2月2日に到着。植物採集などをおこなう。

4月14日：ラブレー、リヨンに帰着。やがて病院勤務を再開。

4月：カルチエ、第一回目の航海（9月に帰国）。

・ルーセルが釈放されて、説教を再開し、騒ぎとなる。

ラブレー、マルリヤーニ『古代ローマ地誌』を刊行（リヨン、セバスティアン・グリフィウス)、ジャン・デュ・ベレー宛ての献辞を添える（8月31日付け)。

5月：ノエル・ベダ逮捕され、その後、モン＝サン＝ミシェルに流刑。

8月22日：バルバロス・ハイレッディン、チュニス占領。

10月17-18日：「檄文事件」。ミサ聖祭を否定する、片面刷りの改革派文書がパリやロワール河沿いの都市でばらまかれた。「例の檄文は、国王の居るアンボワーズ城にも貼られたという」(『パリ市民の日記』)。以後、「ルター派の輩」

への迫害の時期に。

10 月 18 日：マロ、マルグリット・ド・ナヴァールを頼ってネラックに逃れる。その後、尋問などを経て、翌年 4 月にはフェラーラ宮廷に亡命。

11 月 13 日：檄文事件にからむ最初の処刑者（檄文所持の罪で）。この頃、マルグリット・ド・ナヴァールは、「忌まわしき檄文は、わたしたちに罪を着せるための罠なのです」と、兄フランソワ 1 世に書き送る。

12 月：カルヴァン、フランスを去り、バーゼルへ。

12 月 21 日：フランソワ 1 世、パリ高等法院に異端審査特別委員会を設置。

12 月 24 日：マルグリット・ド・ナヴァールの『罪深き魂の鏡』をパリで出版したアントワーヌ・オジュロー、処刑される。

・イグナティウス・デ・ロヨラ、イエズス会を創設。「英国国教会」の成立。ミュンスターでの再洗礼派王国（翌年、壊滅）。

・王立図書館が、ブロワからフォンテーヌブローに移る。

・ルター訳『聖書』（ヴィッテンベルク）

1535 年

1 月：ラブレーの父、アントワーヌ死去。

1 月 13 日：「1 月 13 日事件」。第二の「檄文事件」で、「異端文書」が流布される。フランソワ 1 世、印刷活動を禁じる布告を発する。

1 月 21 日：大規模な贖罪行列。その後、6 人が処刑される。

1 月 25 日：「ルター派」73 人に対する召喚状（マロ、印刷業者シモン・デュ・ボワなど）。

2 月 13 日：ラブレー、市立病院の俸給を受けとり、姿をく

らます。ジョフロワ・デスティサックを頼って、ポワトゥー地方にいたのか。

2月14日：ラブレーの後任として、3人の医師が立候補する。

2月23日：ラブレー、グルノーブルにいるとの噂が立つ。

同日：フランソワ1世、パリ高等法院の統制という条件付きで、印刷業をふたたび許可する（ビュデやデュ・ベレー兄弟の働きかけとされる）。

この頃、『ガルガンチュア』初版（リヨン、フランソワ・ジュスト）〔唯一残る刊本には扉が欠けている。1534年秋刊行という説も有力〕

3月5日：ピエール・デュ・カステル、リヨン市立病院医師に選ばれる（年俸30リーヴル）。

3月6日：モン・サン＝ミシェルから戻ったノエル・ベダは、パリのノートル＝ダム聖堂前庭で、罪を認めて謝罪する。

5月：カルチエ、第二回目の航海（翌年7月帰国）。

『ガルガンチュア』第二版（リヨン、フランソワ・ジュスト）

7月15日：ラブレー、ジャン・デュ・ベレーについてローマに向かう。

8月：翌年5月まで、二度目のローマ滞在。教皇パウルス3世に、「誓願破棄」に関して罪の許しを請うた上で、ベネディクト会修道士としての身分変更を願い出る。

ローマから、ジョフロワ・デスティサックに報告書簡を出す（12月、翌年1月28日、2月15日の3通が残る）。

7月6日：国王ヘンリー8世の離婚に反対し続けた、トマス・モアが処刑される。

7月16日：「クーシーの王令」。フランソワ1世は、改革派の囚人たちを釈放し、逃亡者には、棄教して戻ることを勧める。
7月20日：カール5世軍、チュニスを奪取する。
11月：ミラノ公が没し、フランソワ1世は息子を後継者にと望むが、受けいれられず、皇帝側についたサヴォワ公と戦闘状態に。
・ジュネーヴ、改革派の都市に。
・ビュデ『ヘレニズムからキリスト教へ』（パリ）、オリヴェタン『聖書』仏訳（ヌーシャテル）。
・パルミジャニーノ《長い首の聖母》（ウフィッツィ美術館）
1536年
1月17日：ラブレー、教皇への再度の誓願。内容は、ベネディクト会修道院に移ることと、無報酬で医学に携わることで、即日認められる。
2月：フランソワ1世、スレイマン1世と同盟条約を結ぶ。
2月11日：ラブレー、サン＝モール＝デ＝フォセのベネディクト会修道院への受け入れを許される（パリ郊外、マルヌ川沿いで、ジャン・デュ・ベレーが委託修道院長）。やがて、この修道院は在俗化され、ラブレーも在俗修道参事会員という身分になる。
5月31日：「リヨンの王令」。改革派への追求、しばし緩和される。
6月：カルヴァン、ジュネーヴに。
7月21日：ジャン・デュ・ベレー、パリの奉行に任命され、都市の防備を強化する。
この頃、ラブレーの私生児テオデュール――2歳で死ぬ

――が生まれたのか？

・カルヴァン『キリスト教綱要』ラテン語版（バーゼル）、ドレ『ラテン語考』（リヨン）。

・エラスムス没。

1537年

2月：人を殺めるも「恩赦」となったドレの祝賀会がパリで挙行され、ラブレー、ビュデ、マロ、マクランなどが参加。

5月22日：ラブレー、モンペリエ大学より医学博士号を受ける。その後、リヨンで解剖学の実習をおこなったのか？

8月10日：ローマの知人に宛てた書簡が途中で検閲されて、機密事項漏洩の疑惑で、釈明を求められる。

10月：モンペリエ大学でヒポクラテスに関する講義をおこなう（翌年4月まで）。

11月17日：解剖学実演の報酬として1エキュ受領。

・フランス王立図書館に「納本制度」が発足する。

・ノエル・ベダ、ルフェーヴル・デタープル没。

・ボナヴァンチュール・デ・ペリエ『キュンバルム・ムンディ』（パリ）、ジャンヌ・フロール『恋愛物語集』（リヨン）。

1538年

・ギヨーム・デュ・ベレー、ピエモンテ総督として着任。

4月：カルヴァン、ギヨーム・ファレルとともに、ジュネーヴから追放される。

6月18日：フランスと皇帝軍、ニースで休戦条約を結ぶ。

7月14-16日：フランソワ1世とカール5世の「エーグ＝モルト会談」で、一時的和睦をはたすも、フランス国内は不寛容の時代へ。ラブレーも列席。

9月28日：「プレベザの海戦」。バルバロス・ハイレッディン率いるオスマン・トルコ軍がヨーロッパ連合艦隊を破る。

・カルヴァン、シュトラスブルクへ。

・ロベール・エチエンヌ『羅仏辞典』（パリ）、マロ『作品集』（リヨン）。

・『パンタグリュエルの弟子』（パリ、ドニ・ジャノ）〔『パニュルジュ航海記』と総称される模作〕

・ティツィアーノ《ウルビノのヴィーナス》（ウフィッツィ美術館）

1539年

春：「大食らい団」という秘密結社を結成していた、リヨンの印刷工が、食事や労働条件への不満をきっかけに、ストライキに入る。親方側との裁判沙汰ともなり、影響は数年間に及ぶ。

6月24日：全国の高等法院に、異端の調査・追求が命じられる。

8月：（司法に関する）「ヴィレル＝コトレの王令」。裁判の手続きは「フランスの母語」でなされること、洗礼名簿の義務などを規定。

（印刷業に関する）「ヴィレル＝コトレの王令」。職人の団結・ストライキ、「信心会（コンフレリー）」の禁止、親方による食事提供の義務、印刷業者と書籍商は別のマークを使うことなどを規定。

秋から冬：ラブレー、ピエモンテ総督ギヨーム・デュ・ベレーについてトリノへ向かう。

・ロベール・エチエンヌ『仏羅辞典』（パリ）

1540年

1月9日：ラブレーの庶子フランソワとジュニー名で、嫡出子としての認知願いが提出され、やがて認められる。

6月1日：「フォンテーヌブローの王令」。異端は反乱罪として、火刑をも含む、厳しい方針で臨むべきことを裁判所に命令。

・イエズス会が公認される。

秋：ローマに送った書簡が、またしても検閲されて、ラブレーに機密漏洩の疑惑が。ラブレー、危険を感じて、シャンベリー経由で年末に帰国。

・ブラントーム生まれる（†1614）

・ビュデ没。

・『アマディス・デ・ガウラ』の仏訳が出始める。

1541年

ラブレー、この年は大体トリノに。11月に、ギヨーム・デュ・ベレーとともに帰国。

5月：カルチエ、第三回目の航海（翌年10月まで）。

・カルヴァン、ジュネーヴに復帰して、神政政治を樹立する。

・カルヴァン『キリスト教綱要』フランス語版（ジュネーヴ）、マロ『聖書詩編』仏訳（アントウェルペン、パリ）。

・ミケランジェロ《最後の審判》完成（システィーナ礼拝堂）

1542年

『ガルガンチュア』『パンタグリュエル』（リヨン、フランソワ・ジュスト）〔著者の手の入った決定版〕

『パンタグリュエル』（リヨン、エチエンヌ・ドレ）〔『パンタグリュエル占い』『パニュルジュ航海記』が付録に〕

『ガルガンチュア』(リヨン、エチエンヌ・ドレ)〔「著者により最近見直され、大幅に増加された」と銘打つ〕
旧知のドレに、自分の関与していない版を上梓されて、ラブレー怒る。
『ガルガンチュアとパンタグリュエル』(リヨン、ピエール・ド・トゥール)〔巻頭に、ドレ版への抗議文を掲載〕
3月1日：オルレアン近くの知人の屋敷から、オルレアンの弁護士アントワーヌ・ユロに書簡。
5月：トリノに戻る。
11月13日：ギヨーム・デュ・ベレー、遺言を作成して、ラブレーにも年金の遺贈を命じる。
4月：ロベルヴァルのカナダ探検（翌年まで）
7月：パリ高等法院は、カルヴァン『キリスト教綱要』を禁書とする。
12月：ギヨーム・デュ・ベレーと共にフランスに帰国。
・マロ、ジュネーヴに亡命。
・アントワーヌ・エロエ『完全なる女ともだち』(リヨン)
・フランソワ・アベール『パンタグリュエルの夢』(パリ)〔夢が主題の長詩編で、『第三の書』に影響を与えたともいわれる〕

1543年

1月9日：ギヨーム・デュ・ベレー没。ラブレーも臨終に立ち会っていた。3月、ル・マン大聖堂での葬儀にも列席。
5月30日：ラブレーの恩人、ジョフロワ・デスティサック没。
・フランスで最初の「禁書目録」(稿本)。ラブレーの『ガ

ルガンチュアとパンタグリュエル』もリストアップされる〔タイトルからして1542年のピエール・ド・トゥール版か〕

・カルヴァンとカステリヨンの対立。

・カルヴァン『聖遺物について』(ジュネーヴ)、ギヨーム・ポステル『世界の合一について』(パリ)、コペルニクス『天球の運動について』(ニュルンベルク)、ウェサリウス『人体の組成について』(バーゼル)。

・ポルトガル人、種子島に漂着(鉄砲伝来)

1544年

7月:ヘンリー8世、カール5世と組んで、大陸遠征。

9月18日:「クレピーの和議」。フランソワ1世、カール5世と和睦。

9月:前年よりジュネーヴを離れ、シャンベリーなどを転々としていたマロ、トリノにて客死。

・デ・ペリエ没。

・モーリス・セーヴ『デリー』(リヨン)、『故デ・ペリエ作品集』(リヨン)、ミュンスター『世界地誌』(バーゼル)。

1545年

ラブレーは、サン゠クリストフ゠デュ゠ジャンベの司祭職を付与されたらしいが、詳細は不明。

1月1日:フランソワ1世、ヴァルド派の弾圧を承認する。ジャン・デュ・ベレーの融和策は、トゥルノン枢機卿の強硬策に敗れる。

・カステリヨン、ジュネーヴから追放され、バーゼルへ。

4月:南仏のメランドールなどでヴァルド派の虐殺。

9月19日:『第三の書』の出版、ならびに「初期の二巻の改訂版」のための6年間の出版独占権「特認」をフランソワ

1世から下付される。

『禁書目録』が出版される（パリ、ジャン・アンドレ）。ラテン語112点、フランス語121点の合計233点を掲載（カルヴァン、デ・ペリエ『キュンバルム・ムンディ』、『ガルガンチュアとパンタグリュエル』など）。

・トリエント公会議始まる（-63）

・ペルネット・デュ・ギエ『詩集』（リヨン）、ジャック・カルチエ『航海の記録』（パリ）〔第2回航海のみ〕。

・ディアーヌ・ド・ポワチエのためのアネ城の建造始まる（設計はフィリベール・ドロルム）

1546年

ラブレー『第三の書』（パリ、クレチアン・ヴェシェル）。

2月27日：『第三の書』の版元とラブレーのあいだにトラブルが生じていたことを物語る古文書。ただし、具体的なことは不明。

ラブレー、国外に逃れる。メス（メッツ）市の医師として、年俸120リーヴルで契約。

6月：「シュマルカルデン戦争」（翌年まで）

8月3日：ドレ、「瀆聖・反逆・禁書販売」により、パリのモーベール広場で処刑される。

12月31日：ソルボンヌ、禁書目録の増補版を作成。『第三の書』も入れられる。

・ルター没。

・ジャン・マルタン訳『ポリフィルスの夢』（パリ）

1547年

1月28日：ヘンリー8世死去。エドワード6世即位。

2月6日：メス（メッツ）のラブレー、ジャン・デュ・ベレーに窮状を訴える手紙。

3月31日：フランソワ1世死去。アンリ2世即位。

7月：ラブレー、ローマに向かうジャン・デュ・ベレー枢機卿に侍医として同行。9月27日にローマ到着。

10月8日：パリ高等法院に、異端裁判のための「火刑裁判所」を設置。

12月11日：「フォンテーヌブローの王令」。聖書に関する書物は、ソルボンヌの検閲を受けないかぎり、印刷・販売を禁じられる。

・『禁書目録増補版』(パリ、ジャン・アンドレ)。ラテン語37、フランス語48の81点を追加。

・ビュデ『君主教育論』(パリ)、ノエル・デュ・ファイユ『田舎物語』(リヨン)、マルグリット・ド・ナヴァール『マルグリット珠玉集』(リヨン)、ペルチエ・デュ・マン『詩集』(パリ)。

・セルバンテス生まれる (†1616)

1548年

『第四の書』(リヨン、ピエール・ド・トゥール)〔初版だが、全11章しかない不完全版〕

5月：アキテーヌで、反塩税一揆が起こり、秋に140人が処刑される。

6月18日：ラブレーは、ローマにいたらしい (32エキュの領収書が残っている)。

9月23日：アンリ2世、カトリーヌ・ド・メディシスのリヨン祝賀入市式。総監督はモーリス・セーヴ。

・セビエ『フランス詩法』(パリ)、ロヨラ『霊操』(ローマ)。

1549年

ラブレー『模擬戦記』(リヨン、セバスティアン・グリフィ

ウス)〔デュ・ベレー枢機卿が、フランス王子の誕生を祝して、ローマで挙行した模擬戦を描く。ラブレーは種本を利用している〕

6月16日：国王のパリへの祝賀入市式。フィリベール・ドロルム、トマ・セビエ、ジャン・マルタンが演出。

9月22日：デュ・ベレー枢機卿帰国の途に。ラブレーも同行したはず。

12月21日：マルグリット・ド・ナヴァール没。

・ガブリエル・デュ・ピュイ＝エルボー、『テオティムス』(パリ)で、ラブレーを堕落した嘲笑家と攻撃。

・『いとも華麗なるリヨン入市式』(リヨン)、ジョワシャン・デュ・ベレー『フランス語の擁護と顕揚』(パリ)、『オリーヴ』(パリ)。

・ザビエル、鹿児島に至り、キリスト教の布教、同時に慈善医療をおこなう。

1550年

・ユマニストの出版人ロベール・エチエンヌ、パリを捨ててジュネーヴに亡命。

7月19日：ジャン・デュ・ベレー、ローマを離れて帰国。ラブレーもともに、パリ郊外のサン＝モール在俗修道院に戻り、『第四の書』を仕上げる。

・カルヴァン、『つまずきを論ず』(ジュネーヴ)で、ラブレーの無信仰を攻撃。

8月6日：ラブレー、全著作に関する10年間の「特認」を国王から獲得。その後、1552年のフザンダ版『第三の書』『第四の書』に添付される。

・ロンサール『オード四部集』(パリ)、ルイ・メグレ『フランス語文法論』(パリ)、ペルチエ・デュ・マン『フラン

ス語の綴字と発音について』（ポワチエ）、テオドール・ド・ベーズ『犠牲を捧げるアブラハム』（ジュネーヴ）、ヴァザーリ『芸術家列伝』初版（フィレンツェ）。

・ポルトガル船、平戸に入港。

1551年

1月18日：ムードンのサン＝マルタンの司祭職を与えられるも、年額130リーヴルで第三者に貸与する。

6月27日：「シャトーブリアンの王令」。思想信条を弾圧する条項の集大成。印刷工房・書籍商の禁書目録常備の義務、ジュネーヴへの亡命者との連絡禁止、亡命者の財産没収といった項目も含まれている。出版業者などでジュネーヴへの亡命が相次ぐ。

・ピエール・ブロン『海の怪獣博物誌』（パリ）

1552年

1月15日：「シャンボール条約」。アンリ2世、ドイツ諸侯と組んで、皇帝に対抗。

1月28日：『第四の書』（パリ、ミシェル・フザンダ）〔全67章の完全版で、巻末に「難句略解」を添える。「刷了」と、オデ・ド・シャチオン枢機卿への献辞は1月28日付け〕

『第三の書』（パリ、ミシェル・フザンダ）〔決定版である。「著者により見直し、訂正がなされた」とある〕

3月1日：ソルボンヌの要求により、パリ高等法院は、『第四の書』の販売を2週間中断する。だが、ソルボンヌの思惑どおりにことは運ばず、その後販売が再開されたと思われる。

4月：メス（メッツ）、ヴェルダン、トゥルの、いわゆる「三司教区」をフランス軍が占領。

4月18日：アンリ2世、メス（メッツ）に凱旋入城。

10月-12月：皇帝軍がメス（メッツ）を攻囲するも、フランソワ・ド・ギーズ（ギュイーズ）がこれを撃退。

10月：ラブレーが投獄されたとの噂が、リヨンで流れる。

・ロンサール『恋愛詩集』（パリ）、シャルル・エチエンヌ『フランス街道案内』（パリ）。

1553年

1月2日：カール5世、メス（メッツ）包囲網を解く。

1月9日：ラブレー、ムードンとサン＝クリストフ＝デュ＝ジャンベの司祭職を辞任する。

3月初め：ラブレー没。兄で、シノンの商人のジャメ・ラブレーが包括受贈者となる。〔18世紀に製作された墓碑銘では、4月9日にジャルダン通りで死去し、サン＝ポール墓地に埋葬されたとあった〕

10月27日：「ミシェル・セルヴェ事件」。異端の罪で逃亡していたスペインの神学者セルヴェ（セルベト）、ジュネーヴで捕らえられて処刑される。

『医学博士ラブレー先生の作品集』（出版地・版元記載なし）〔最初の作品集で、『ガルガンチュア』『パンタグリュエル』『第三の書』『第四の書』と、『パンタグリュエル占い』を収める〕

・マキャヴェッリ『君主論』仏訳、オリヴィエ・ド・マニー『恋愛詩集』（パリ）、ジョデル『クレオパトラ』上演（ボンクール学寮）、セルヴェ『キリスト教復位』（ヴィエンヌ）。

1554年

・マルタン・ベリー〔＝カステリヨン〕『異端について』（ラテン語版はバーゼル、フランス語版はルーアン）、ジャ

ン・クレスパン『殉教者列伝』(ジュネーヴ)。

1555年

・ノストラダムス『大予言』初版(リヨン)、ルイーズ・ラベ『作品集』(リヨン)。

・フランスからアントウェルペンに移住していたクリストフ・プランタン、印刷工房を開設。

・「アウグスブルクの宗教和議」。ルター派が公認される。

1559年

7月10日:アンリ2世、馬上槍試合で事故死。フランソワ2世即位。

・マルグリット・ド・ナヴァール『エプタメロン』(パリ)

・ブリューゲル《ネーデルラントの諺》(ベルリン、国立美術館)、《謝肉祭と四旬節の喧嘩》(ウィーン、美術史博物館)。

1560年

3月17日:「アンボワーズの陰謀」。改革派の権力奪取が失敗する。

12月5日:フランソワ2世病死。シャルル9世即位。母親のカトリーヌ・ド・メディシスが摂政に。

・カルヴァン『キリスト教綱要』フランス語決定版(ジュネーヴ)

・ブリューゲル《子供の遊戯》(ウィーン、美術史博物館)

1562年

1月17日:「正月王令」。改革派に、都市の外での礼拝、私邸の内部での集会などが許可される。

3月1日:ヴァッシーでギーズ公の軍が新教徒を殺害。第一次宗教戦争始まる。

・改革派によるリヨン支配(翌年まで)

『ラブレー先生作、鐘の鳴る島』（出版地・版元記載なし）〔全16章の偽書〕
1563年
3月19日：「アンボワーズの寛容王令」。第一次宗教戦争終わる。
1564年
布告により、この年から正式に1月1日が新年となる。
3月：国王と摂政の国内巡歴（66年5月まで）。
『第五の書』（出版地・版元記載なし）〔「医学博士フランソワ・ラブレー先生作」となっている。偽作と思われる〕
・トリエント公会議の決定をふまえた『禁書目録』の刊行（ローマ）。
・カルヴァン、ファレル没。
1565年
・『パンタグリュエルの滑稽な夢』(パリ)〔ボッシュやブリューゲルを連想させる怪物人間の図版120点を収録。作者はジャン・デプレか〕
1566年
『医学博士ラブレー先生の作品集』（リヨン）〔『第五の書』も収めた、最初の作品集〕
1569年
・『多国語対照聖書』（アントウェルペン）
1572年
8月23-24日：「サン＝バルテルミーの虐殺」。各地に波及する。
1574年
5月30日：シャルル9世没。アンリ3世即位。

1575年

フィッシャールト、《ガルガンチュアとパンタグリュエル》のドイツ語への翻案『奇想天外な、あほだら文学』、第1巻を出す（シュトラスブルク）。

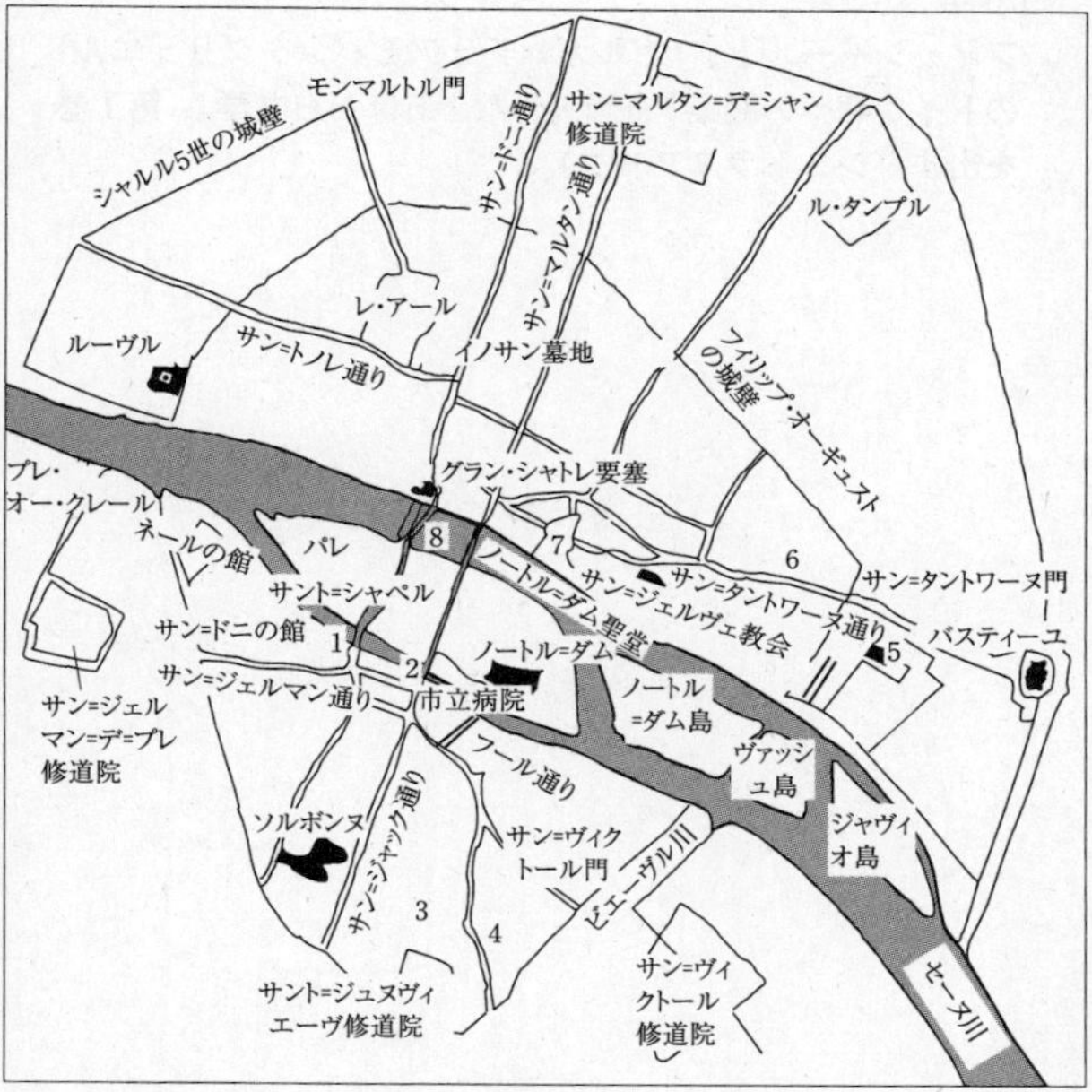

1-サン=ミシェル橋
2-プチ・ポン
3-モンテーギュ学寮
4-ナヴァール学寮
5-サン=ポール教会
6-サン=タントワーヌ修道会
7-グレーヴ広場
8-両替橋

巻末地図1　15世紀から16世紀のパリ

本書は「ちくま文庫」のために新たに翻訳したものです。

本書のなかには、今日の人権意識に照らせば不当・不適切と思われる表現を含む文章もあります。しかし、本書の時代背景および原著作の雰囲気を精確に伝えるため、あえてそのままとしました。

ちくま文庫

ガルガンチュア

ガルガンチュアとパンタグリュエル1（全5巻）

二〇〇五年一月十日　第一刷発行
二〇一〇年九月十日　第四刷発行

著者　フランソワ・ラブレー
訳者　宮下志朗（みやした・しろう）
発行者　菊池明郎
発行所　株式会社 筑摩書房
東京都台東区蔵前二―五―三　〒一一一―八七五五
振替〇〇一六〇―八―四一二三
装幀者　安野光雅
印刷所　株式会社精興社
製本所　株式会社積信堂

乱丁・落丁本の場合は、左記宛にご送付下さい。
送料小社負担でお取り替えいたします。
ご注文・お問い合わせも左記へお願いします。
筑摩書房サービスセンター
埼玉県さいたま市北区櫛引町二―六〇四　〒三三一―八五〇七
電話番号　〇四八―六五一―〇〇五三

ISBN4-480-42055-X C0197